Das Buch

Plötzlich Drache ist das erste Buch der voraussichtlich neunteiligen, gleichnamigen Serie. Weitere Informationen sind unter nicolas-bretscher.ch abrufbar.

In einer alternativen Realität hatte sich der im Jahre 2022 entstandene Ukraine-Konflikt zum dritten Weltkrieg entwickelt. Während sich Russland mit China verbündet hatte, standen viele Länder Europas, unter anderem auch die Schweiz, der Ukraine zur Seite. Als sich der Winter näherte, ahnten ich als zwanzigjähriger Informatiker und mein drei Jahre älterer Bruder noch nicht, was uns in naher Zukunft bevorstehen würde …

Nicolas Bretscher

Plötzlich Drache

Roman

Bibliografische Information der Deutschen Nationalbibliothek: Die Deutsche Nationalbibliothek verzeichnet diese Publikation in der Deutschen Nationalbibliografie; detaillierte bibliografische Daten sind im Internet über dnb.dnb.de abrufbar.

7. Auflage

Illustrationen: Durch Midjourney AI generiert
Verlag: BoD · Books on Demand GmbH, Überseering 33, 22297 Hamburg, bod@bod.de
Druck: Libri Plureos GmbH, Friedensallee 273, 22763 Hamburg
Webseite: nicolas-bretscher.ch

ISBN: 978-3-7693-4041-9

1

Alltag

Es war exakt 6:20 Uhr, als mich mein Wecker mit einer ruhigen Musik weckte. Wie immer schaltete ich den Wecker aus und stand sofort auf, um nicht wieder von der Müdigkeit übermannt zu werden. Ich zog mich an und bereitete mir mein Frühstück zu, was stets aus mehreren Scheiben Brot mit Nuss-Nougat-Creme und Saft bestand. Nach dem Essen putzte ich mir die Zähne und machte mich auf den Weg zur Arbeit. Ich ging zu meinem Auto (ein weisser Elektro-SUV) und stieg ein. Nachdem ich mich für fast 30 Minuten durch den Stadtverkehr gekämpft hatte, erreichte ich meinen Arbeitsplatz. Ich begrüsste meine Kollegen und setzte mich an meinen Computer.

Dieser Tag verlief wie fast alle anderen Tage in meinem Leben völlig normal. Und das gefiel mir, da ich nur ungern Veränderungen in meinem Leben hatte. Aus diesem Grund bevorzugte ich es, jeden Tag immer gleich zu gestalten.

Als der Arbeitstag vorüber war, stieg ich wieder in mein Auto ein und fuhr los. Im Gegensatz zu meinem morgendlichen Arbeitsweg genoss ich diese Fahrt, da ich nun vollständig wach war und somit aufnahmefähig für die goldene Herbstsonne, die bereits hinter den Häusern von Zürich unterging und dem leisen Summen des Elektromotors, was jede Beschleunigung begleitete. Als ich an einer Ampel an vorderster Stelle anhalten musste, wartete ich gespannt auf das gelbe Licht, was die bevorstehende Weiterfahrt ankündigte. Sobald die Ampel von Rot auf Gelb und schliesslich auf Grün wechselte, drückte ich das Gaspedal durch und augenblicklich schoss ich mit meinem Auto nach vorn, begleitet durch das stetig höher werdende Sirren des Motors, was mich stets an ein Raumschiff erinnerte. In diesem Moment stellte ich mir vor, ich würde vom Boden abheben und in den Himmel emporsteigen. Es war schon immer mein Traum gewesen, wie ein Drache durch die Luft fliegen zu können. Nur wenige Sekunden später musste ich jedoch mit meiner Beschleunigung aufhören, um nicht zu schnell zu werden. Hinter mir war das nächste Auto mindestens einhundert Meter entfernt, was mich insgeheim amüsierte. Obwohl die Fahrt aufgrund des Abendverkehrs über eine halbe Stunde dauerte, verging die Zeit wieder einmal viel zu schnell.

Enttäuscht kam ich zu Hause an und setzte mich auf mein Sofa, um mich ein wenig auszuruhen.

Ich dachte über meine Kindheit nach, die alles andere als leicht gewesen war. Schon früh hatte ich bemerkt, dass ich anders war als die anderen Kinder. Während die den ganzen Tag draussen spielten, war ich allein in meinem Zimmer und las. Mein Interesse galt vor allem wissenschaftlichen Themen wie Mathematik, Astrophysik und Chemie. Da mir mein Bruder schon sehr früh das Lesen beibrachte und ich meiner Mutter ständig Fragen über die Entstehung von Sternen und der molekularen Zusammensetzung von bestimmten Gegenständen stellte, kaufte sie mir Bücher zu diesen Themen, die ich in fast jeder freien Minute las. Obwohl ich jedes dieser Bücher schon mindestens ein Dutzend Mal durchgelesen hatte, las ich sie immer und immer wieder, um mir jedes noch so kleine Detail merken zu können. Ich wollte unbedingt wissen, wie das Universum funktioniert und weshalb alles so ist, wie es ist.

Im Kindergarten und in der Schule hatte ich es schwer. Ich wurde ständig als Aussenseiter behandelt oder gemobbt, weil niemand verstand, weshalb ich anders war. Für mich waren die anderen Kinder schwer von Begriff, unsauber und grob. Sie verstanden nichts, was ich ihnen über die Entstehung unseres Sonnensystems zu erklären versuchte, sie beschmutzten jeden Gegenstand, den sie anfassten und selbst die stabilsten Spielzeuge gingen unter ihrer groben Behandlung kaputt. Schlussendlich wagte ich es nicht einmal mehr, meine Sachen unbeaufsichtigt zu lassen. Ich fürchtete, dass ein Kind etwas kaputt oder schmutzig machen könnte. Daraufhin dauerte es nicht lange, bis die anderen Kinder entdeckten, wie sie mich am besten ärgern konnten. Sie stahlen meine Sachen und gaben sie mir erst wieder, sobald ich die Kindergärtnerin um Hilfe bat.

In der Schule wurde es immer schlimmer. Zuerst waren es die ständigen Streiche, die mir auf die Nerven gingen. Schlussendlich musste ich jedoch täglich davonlaufen, um nicht geschlagen zu werden. So wurde jeder Schultag zu einer Qual, die mich bis in meine Träume verfolgte. Erst als ich in die Berufsschule kam, wurde ich von meiner Klasse akzeptiert und das Mobbing hörte auf. Ab diesem Moment wendete sich mein Leben zum Besseren. Ich zog in meine eigene Wohnung, kaufte mir ein Auto und lebte mein Leben so, wie ich es am liebsten hatte.

Ich wachte aus meinen Tagträumen auf und war froh, nicht mehr in der Vergangenheit leben zu müssen. Als ich mir mein Essen zubereiten wollte, schrieb mir mein Bruder Tom, ob ich ihn am nächsten Tag besuchen möchte. Ich stimmte zu und fing an, zu kochen. Am nächsten Tag fuhr ich direkt nach der Arbeit zu Tom. Seine Hündin Emma begrüsste mich wie jedes Mal in wilder Aufregung.

«Und Nils, kamst du gut durch den Verkehr?», fragte Tom, nachdem sich Emma ein wenig beruhigt hatte.

«Ja, der Verkehr war noch nicht so schlimm.», antwortete ich.

Wir setzten uns auf sein Sofa und unterhielten uns über die vergangenen Tage. Die ständigen Streitigkeiten, die wir früher untereinander gehabt hatten, schienen in weite Ferne gerückt zu sein. Mittlerweile verstanden wir uns sehr gut, obwohl wir kaum unterschiedlicher hätten sein können. Tom konnte schon immer gut mit Menschen umgehen. Er war ständig mit Freunden unterwegs und stets offen für Neues. In gewisser Weise ergänzten wir uns perfekt.

Als der Abend vorüber war, ging ich nach Hause und dachte darüber nach, wie perfekt mein Leben in diesem Moment verlief.

Von mir aus kann es für immer so bleiben, dachte ich mir.

Ich ging ins Bett und schlief zufrieden ein.

2

Marschbefehl

Ich wachte auf, als die Sonne durch die kleinen Spalten zwischen den Fensterläden in mein Zimmer schien. Dem Winkel der Sonnenstrahlen nach zu urteilen, war es schon bald Mittag. Ich stand auf und streckte mich nach der langen und erholsamen Nacht.

Zum Glück ist heute Samstag, dachte ich, als ich mich anzog und ins Wohnzimmer ging.

Ich mochte meine Arbeit sehr. Dennoch freute ich mich auf ein erholsames Wochenende. Zuallererst sah ich auf mein Mobiltelefon, um die Nachrichten zu beantworten, die ich in der Nacht erhalten hatte. Vor zwei Stunden hatte mir Tom eine Sprachnachricht geschickt.

«Ich habe heute Morgen einen Marschbefehl erhalten. In zwei Monaten muss ich in die Ukraine, um gegen die russischen Soldaten zu kämpfen. Aus irgendeinem Grund haben sie mich nicht als Sanitätssoldat eingeteilt, obwohl ich dazu ausgebildet wurde.»

Diese Nachricht traf mich wie ein Pfeil ins Herz. Mein grosser Bruder soll in der Ukraine gegen russische Soldaten kämpfen? Ich bekam es mit der Angst zu tun. Was, wenn er niemals aus diesem Einsatz zurückkehren würde? Voller Sorgen rief ich Tom an.

«Hallo Nils.»

«Hallo Tom, ich habe gehört, dass du nun entgegen allen Erwartungen doch kämpfen musst. Wurdest du nicht früher als Sanitätssoldat eingeteilt?»

«Ja, eigentlich schon. Aber anscheinend haben sie zu wenige Kampfsoldaten. Deswegen wurde ich jetzt so eingeteilt.»

«Aber was machst du denn jetzt? Wirst du tatsächlich kämpfen?»

«Ich muss. Wenn ich mich weigere, geht's vors Militärgericht.»

«Und was passiert, wenn …»

«Mach dir keine Sorgen, Nils. Ich werde schon auf mich aufpassen.»

«Du ziehst in den Krieg gegen die Russen, wobei es eine hohe Wahrscheinlichkeit gibt, dass sie dich töten, und ich soll mir keine Sorgen machen?»

Ich bemühte mich, mir meine zunehmende Traurigkeit nicht anmerken zu lassen. Leider gelang es mir nicht ganz, da meine Stimme bei meiner letzten Frage zu schwanken begann.

«Nicht traurig werden, Nils.», sagte Tom.

Natürlich hat er das wieder einmal bemerkt, dachte ich. «Ich bin nicht traurig, ich mache mir nur Sorgen um dich.»

«Das verstehe ich, aber ...»

Daraufhin wusste Tom nicht mehr, was er sagen sollte. Nach einer kurzen Gesprächspause versuchte er erneut, meine Sorgen zu besänftigen.

«Hast du gesehen, wie schlecht die russischen Soldaten ausgerüstet sind? Die Helme, die sie tragen, halten nicht einmal einen Schlag aus. Man kann die einfach plattdrücken wie eine Aludose.»

«Mhm», entgegnete ich fortwährend besorgt.

Er sprach noch weiter über die Nachteile der russischen Ausrüstung, aber ich hörte nicht mehr zu. Meine Gedanken kreisten zu sehr herum, als dass ich mich noch auf das Gespräch hätte konzentrieren können. Nach unserem Telefonat wurde es nicht besser.

Es muss irgendeine Lösung für dieses Problem geben, dachte ich.

Am nächsten Morgen war ich so müde wie schon seit Monaten nicht mehr. Die ganze Nacht hatte ich wachgelegen und versucht, eine Lösung zu finden. Ich war inzwischen auf viele Ideen gestossen, jedoch war keine davon gut genug durchdacht, sie tatsächlich umzusetzen. Beim Frühstück musste ich wieder an das denken, was Tom über die Ausrüstung seiner Gegner gesagt hatte.

Wenn er eine deutlich bessere Ausrüstung hätte wie die, könnten sie ihm wenig anhaben.

Leider gab es für jeden Soldaten dieselbe Ausrüstung.

Als Schweizer Soldat hat man zwar eine bessere Ausrüstung als die russischen Soldaten, aber ich glaube nicht, dass der Unterschied ausreichen wird, dachte ich.

Da kam mir eine Idee: Ich könnte Tom eine Rüstung kaufen, die komplett schuss- und stichsicher war. Doch war es erlaubt, seine eigene Ausrüstung mitzunehmen? Nach einer kurzen Recherche fand ich heraus, dass man als Soldat ausschliesslich die Ausrüstung verwenden durfte, die man zur Verfügung gestellt bekam.

Was wäre, wenn ich ihm die Rüstung erst dann gebe, wenn der Kampf bereits begonnen hat? Es muss bestimmt einen Zeitpunkt geben, ...

Ich verwarf diesen Gedanken wieder, da es mir nicht möglich wäre, zum richtigen Zeitpunkt am richtigen Ort zu sein.

Oder etwa doch? Ich könnte mir auch so eine Rüstung kaufen und eine Waffe, mit der ich mich verteidigen kann. Ich wurde beim Militär zwar als untauglich eingestuft, aber das bedeutet nicht, dass ich nicht meinen Bruder beschützen darf.

Angespornt durch die neue Hoffnung, die in mir wuchs, suchte ich im Internet nach Firmen, die schusssichere Westen herstellten. Anschliessend fragte ich jede Firma an, die dazu in der Lage wäre, einen komplett schusssicheren Anzug zu produzieren. Da es Sonntag war, musste ich mich noch einen Tag gedulden, um eine Antwort zu erhalten. Gespannt wartete ich darauf, bis der Tag zu Ende war und als der Montag begann, prüfte ich alle fünf Minuten meine E-Mails. Nur wenige Stunden später, als ich gerade am Arbeiten war, erhielt ich eine erste Antwort. Leider hatten sie geschrieben, dass keine Produkte, die sie verkauften, meinen Anforderungen entsprächen und dass sie keine Massanfertigungen machen würden. Auch die nächsten Antworten waren ähnlich. Obwohl mich bereits gewisse Zweifel heimsuchten, hielt ich an der Hoffnung fest, brauchbare Anzüge für Tom und mich kaufen zu können. Immerhin hatten die meisten Firmen noch nicht geantwortet.

Dieses Mal schien der Tag nicht enden zu wollen. Ich überprüfte immer und immer wieder mein Postfach, in der Hoffnung, eine Zusage zu erhalten. Dadurch verstrich die Zeit so langsam, dass ich mit jeder Minute unruhiger wurde. Als ich endlich nach Hause gehen konnte, hatte ich die Hoffnung bereits fast aufgegeben.

Was für eine dämliche Idee. Wie konnte ich nur glauben, einfach so eine perfekte Rüstung kaufen zu können? Das würde bestimmt jeder machen, der das Geld dazu hat, wenn das so einfach wäre, dachte ich, während ich mit dem Auto im Stau stand.

Ich widerstand dem Drang, die Mails während der Fahrt zu prüfen, obwohl ich vor lauter Anspannung zitterte.

Als ich zu Hause ankam, erhielt ich eine neue Nachricht. Ich öffnete sie und konnte meinen Augen nicht trauen. Es war eine Zusage! Ich musste lediglich vor Ort erscheinen, damit sie die genauen Masse von mir nehmen konnten. Für Tom musste es dementsprechend etwas breiter sein. Vor lauter Freude sprang ich vom Sofa auf und jubelte. Nachdem die erste Aufregung abgeklungen war, machte ich mit ihnen einen Termin ab und eine Woche später wurde bereits die Produktion in Auftrag gegeben. Leider musste ich fast mein ganzes Erspartes ausgeben, um die beiden Rüstungen für Tom und mich zu kaufen. Trotzdem glaubte ich, die richtige Entscheidung getroffen zu haben.

3

Vorbereitung

Inzwischen stand der Militäreinsatz von Tom nur noch wenige Tage bevor. Ich wartete immer noch auf die Lieferung der Rüstungen und des Schwertes, was ich mir ebenfalls gekauft hatte. Erstaunlicherweise war es deutlich leichter, ein Schwert oder Messer zu kaufen, als sich einen schuss- und stichsicheren Anzug anfertigen zu lassen. Es gab hunderte Variationen von Dolchen, Messern und Schwertern in allen möglichen Formen und Farben. Ich hatte eines bestellt, was mich an die Schwerter von Herr der Ringe erinnerte. Hoffentlich war es nicht zu schwer für mich.

Ich sass auf dem Sofa, als es an der Tür klingelte. Ich sprang auf, zog mir meine Schuhe an und betätigte den Türöffner.

Ist das jetzt endlich meine Bestellung oder nur wieder etwas anderes? Fragte ich mich, als ich in aller Eile das Treppenhaus hinunterrannte.

Der Postbote, der im Eingangsbereich stand, stellte gerade ein grosses, jedoch leicht aussehendes Paket ab.

«Sind Sie Nils Wollseif?», fragte er.

«Ja.»

«Dann bitte ich Sie, hier zu unterschreiben.»

Ich gab ihm meine Unterschrift und nachdem wir uns verabschiedet hatten, hievte ich das Paket die Treppe hoch. Es war höchstens zehn Kilogramm schwer, jedoch mindestens einen Meter hoch und fast genauso breit. Als ich endlich vor meiner Wohnungstür ankam, rann mir der Schweiss die Stirn herunter und meine Arme zitterten vor lauter Anstrengung. Ich öffnete das Paket und war sehr erleichtert, die grau-schwarzen Rüstungsteile aus Kevlar und Karbonfaser erkennen zu können. Es waren auch zwei Helme dabei, die innen weich gepolstert und aussen hart waren, mit jeweils einer dicken Panzerglasscheibe vorne, durch die man hervorragend sehen konnte. Unter den Rüstungsteilen lag noch das Schwert. Als ich es herausnahm, war ich überrascht, wie gut es in der Hand lag. Obwohl es ungefähr anderthalb Kilogramm wog, fühlte es sich federleicht an. Nun war es an der Zeit, die Rüstung anzuprobieren. Ich zog zuerst den Beinschutz an, danach die Stiefel, den Brustpanzer und alle verbleibenden

Teile. Es gab sogar Handschuhe und einen gepanzerten Kragen. Die meisten Teile liessen sich einfach anlegen. Beim Beinschutz hingegen musste ich mich hinlegen und mit aller Kraft daran ziehen, um die Beine durch die steifen Öffnungen zu zwängen. Als ich fertig war, betrachtete ich mich im Spiegel und war überrascht, wie gut ich in meiner neuen Rüstung aussah. Es schränkte zwar meine Bewegungsfreiheit und mein Sichtfeld erheblich mehr ein, als ich es mir vorgestellt hatte, jedoch war ich zufrieden damit, wie leicht die Panzerung war. Ich schwang das Schwert durch die Luft und stellte mir vor, ein mittelalterlicher Krieger zu sein. Dabei bemerkte ich, dass einige Stellen der Rüstung zu scheuern begannen.

Daran hatte ich nicht gedacht. Wie es aussieht, werde ich mir einige Schürfwunden zuziehen, wenn ich damit kämpfe.

Ich hatte zwar nicht vor, viel zu kämpfen, aber ich wusste, dass es unvermeidbar war, wenn ich in die Ukraine gehen würde.

Morgen fahre ich nach Kiew, dachte ich.

Da ich für meinen speziellen 'Ausflug' einiges an Zeit benötige, nahm ich mir für die nächsten drei Wochen frei. Obwohl ich alles bis ins kleinste Detail geplant hatte, war ich nervös.

Zuerst fahre ich meine geplante Route nach Kiew. Für die Reise habe ich bereits genügend Essen gekauft. Mein Auto kann ich mit meinen mobilen Solarzellen aufladen, die ich mir ursprünglich wegen der Stromknappheit gekauft habe. Tom wird in genau neun Tagen dort eintreffen. Wenn ich morgen losfahre, werde ich voraussichtlich einen Tag früher ankommen. Ich verstecke mich einfach mit meinem Auto irgendwo am Stadtrand und warte darauf, dass unsere Soldaten eintreffen. Dann suche ich Tom und übergebe ihm die Rüstung. Sollte ich irgendwelchen Feinden begegnen, die mich angreifen, wird mich meine eigene Rüstung schützen und im Notfall kann ich auch mein Schwert benutzen...

Dies war ungefähr das hundertste Mal, dass ich mir meinen Plan durch den Kopf gehen liess. Ich war felsenfest davon überzeugt, dass alles wie geplant verlaufen würde. Trotzdem wollte meine Nervosität nicht nachlassen. Mein Unterbewusstsein warnte mich ständig vor den Gefahren, denen ich mir auf meiner Mission stellen musste.

Es war 9 Uhr, als mich mein Wecker aus einem furchtbaren Traum weckte. Ich stand schweissgebadet auf und begann, mich auf die Reise vorzubereiten. Die Taschen standen schon bereit, da ich sie am Vorabend gepackt hatte. Nach einem nahrhaften Frühstück füllte ich den Kofferraum meines Autos mit dem Essen und den Solarzellen. Die Rüstungen, das Schwert und meine Kleider musste ich auf die Rücksitze legen. Als ich losfuhr, dachte ich nochmals über die Entscheidung nach, Tom nichts von meiner Mission zu sagen.

Er muss sich auf seinen Einsatz konzentrieren können. Wenn er sich auch noch um mich Sorgen macht, wird ihn das ablenken.

Wenige Stunden später erreichte ich die österreichische Grenze. Zum Glück wurde ich nicht bei der Grenzkontrolle aufgehalten. Die hätten mich bestimmt nicht ohne Weiteres durchgelassen. Als ich bei der ersten Ladestation ankam, die auf meiner Route lag, war diese besetzt. Zum Glück wurde ein Platz nach nur fünfzehn Minuten frei und ich konnte mein Auto aufladen. Während des Ladevorgangs ging ich auf die nächstgelegene Toilette und ass in einem Restaurant, da ich meine Vorräte noch nicht aufbrauchen wollte.

Nach der Ladung fuhr ich weiter bis nach Wien, wo ich in einem Hotel übernachtete, während mein Auto erneut Strom tankte. In den nächsten Tagen konnte ich ohne Zwischenfälle durch die Slowakei fahren. Als ich zwei Tage später in der Ukraine ankam, begegnete ich zunehmend weniger Menschen. Je weiter ich in Richtung Kiew fuhr, desto mehr Militärfahrzeuge kamen mir auf der Strasse entgegen. Ich konnte sogar einige Panzer sehen, die auf schweren Lastwagen transportiert wurden.

Als ich wie geplant einen Tag vor Toms Ankunft in Kiew ankam, musste ich feststellen, dass sich in der einst belebten Stadt keine Bewohner mehr befanden. Alle Menschen waren schon vor Monaten evakuiert worden, als die ersten Kämpfe in der Nähe der Stadt begonnen hatten. Nun standen alle Häuser leer und überall waren Spuren des Krieges zu erkennen.

Ist es üblich, dass ich einfach so in die Stadt fahren konnte, ohne entdeckt zu werden, oder hatte ich einfach wieder einmal Glück? Fragte ich mich, als ich in einem verlassenen Parkhaus nahe der Stadtgrenze aus dem Auto stieg und mich auf die Suche nach einem sicheren Unterschlupf begab.

Ich breitete die Solarzellen ausserhalb des Parkhauses aus, um anschliessend mit dem dazugehörigen Akku das Auto laden zu können. Da die Sonne hoch am wolkenlosen Himmel stand, würde der Akku bereits vor dem Sonnenuntergang voll sein.

Nach einer kurzen Suche fand ich ein Haus, bei dem die Haustür offenstand. Als ich eintrat, konnte ich erkennen, dass das Schloss aufgebrochen war. Es waren noch einige Möbel vorhanden, aber alle Wertgegenstände, Esswaren und sonstige Vorräte fehlten. Alles war mit einer Staubschicht bedeckt, die darauf schliessen liess, dass bereits seit Wochen niemand mehr hier gewesen war. In jedem Raum war es mucksmäuschenstill. Nicht das leiseste Geräusch konnte ich vernehmen. Dies beruhigte mich, da ich während meiner Suche nach einem Unterschlupf durchgehend weit entfernte Schüsse gehört hatte. Ich wartete die Zeit bis zum Abend ab und ging zurück zum Auto, um die über den Tag gesammelte Solarenergie zu tanken. Als ich beim Parkhaus ankam, waren meine Solarzellen mitsamt des Akkus verschwunden.

Mist. Hier scheinen also doch noch Menschen zu sein. Jetzt kann ich mein Auto nicht mehr laden, um nach Hause zu kommen. Ich muss demnach später von irgendwo her Strom beziehen.

Erleichtert stellte ich fest, dass das Auto nicht aufgebrochen worden war und all meine Vorräte noch vorhanden waren. Die Diebe waren anscheinend nicht im Parkhaus gewesen, ansonsten hätten sie das Auto mit Sicherheit gestohlen. Ich nahm einen Teil meiner Vorräte mit in den Unterschlupf. Die Rüstungen und das Schwert hatte ich schon beim ersten Mal mitgenommen. Es war bereits dunkel, als ich in meinem temporären Zuhause ankam. Ich machte mir mein Abendessen und wollte mich anschliessend auf dem staubigen Sofa schlafenlegen, als ich draussen Schritte hörte. Mein Herzschlag beschleunigte sich augenblicklich und ich nahm, so leise ich konnte, mein Schwert zur Hand. Durch das Fenster erkannte ich draussen auf der Strasse mehrere Personen, die in leisen Schritten in Richtung Stadtzentrum schlichen. Sie schienen mich nicht bemerkt zu haben. Dennoch wagte ich es kaum, zu atmen. Ich klammerte mich an mein Schwert, während ich die drei Personen beobachtete, die sich langsam von mir entfernten. Es war ein Mann, eine Frau und ein Kind. Sie trugen Taschen voller Esswaren mit sich.

Was haben sie vor? Und warum gehen sie nicht aus der Stadt raus mit dem Kind? Wissen sie denn nicht, dass es morgen wieder grosse Kämpfe geben wird?

Vor lauter Anspannung stand ich nach einer Viertelstunde immer noch wie angewurzelt da.

Ich sollte ins Bett gehen. Wenn ich morgen nicht ausgeschlafen bin, könnte meine Mission böse Folgen haben.

Also legte ich mich schlafen und versuchte, meine Nervosität zu unterdrücken. Leider gelang mir das nicht auf Anhieb, weswegen ich die halbe Nacht hindurch wach dalag und mir sehnlichst mein eigenes Zuhause herbeiwünschte, wo ich in Sicherheit war.

4

Suche

Es war eisig kalt in meinem Unterschlupf, als mich das erste Sonnenlicht weckte. Über Nacht schien der Winter eingebrochen zu sein, denn auf den Strassen lag eine dünne Schneeschicht und der Morgentau war gefroren. In der Ferne konnte ich die Motoren der Militärfahrzeuge hören, die sich der Stadt näherten.

Die Suche nach Tom beginnt, dachte ich, während ich mir mein kaltes Frühstück zubereitete und anschliessend meine Rüstung anzog. Als ich nach draussen ging, kam mir in den Sinn, die Rüstung für Tom zu verstecken, da ich sie im Ernstfall verlieren konnte. Und ich wollte mir auch nicht vorstellen, was geschehen würde, sollten unsere Feinde plötzlich solch eine Rüstung finden. Deswegen versteckte ich das Exemplar für Tom unter einem Gullideckel. Damit sie nicht in das Loch fiel, band ich die Rüstung an den Metallstäben fest, die Kanalarbeitern als Leiter dienten. Daraufhin machte ich mich auf den Weg, Tom zu finden. Ich musste schliesslich nur den Geräuschen folgen. Neben den Motoren waren jetzt auch vermehrt Schüsse zu hören. Je näher ich kam, desto langsamer und vorsichtiger bewegte ich mich. Schlussendlich kroch ich von einer Deckung zur nächsten, um nicht entdeckt zu werden. Obwohl die Gefahr nun grösser war als letzte Nacht, fühlte ich mich dank der Rüstung einigermassen sicher. Leider konnte ich jetzt bereits fühlen, wie es mir bei jeder Bewegung die Haut aufschürfte.

Ich hätte nie gedacht, dass der Kampf so weit weg stattfindet, dachte ich, als ich nach über einer halben Stunde immer noch keine Soldaten sehen konnte.

Die Stadt wollte kein Ende nehmen. Immer wenn ich dachte, dass hinter dem nächsten Haus gekämpft wurde, musste ich anschliessend feststellen, dass sich noch mindestens ein weiteres Haus zwischen mir und dem Kampfgeschehen befand. Nach einer Stunde waren die Schüsse bereits so laut, dass meine Ohren zu schmerzen begannen. Ich kam gerade hinter einem Haus hervor, als ich mehrere Bewegungen erkannte. Instinktiv duckte ich mich und beobachtete das Geschehen. Vier Militärfahrzeuge der Schweiz standen unter Beschuss. Scharfschützen auf den Dächern schossen auf alles, was sich bewegte. Die Fahrer sassen entweder nicht mehr im Führerhaus oder waren bereits erschossen worden. Eine Gruppe von mindestens zwanzig Männern versteckte sich hinter den Fahrzeugen und versuchte gleichzeitig, aus der Schussbahn zu gelangen. Da die Scharfschützen jedoch an vier unterschiedlichen Positionen standen, gab es keine Fluchtmöglichkeit.

Ich muss ihnen irgendwie helfen.

Schon wenige Sekunden später kam mir eine Idee. Ich betrat das Haus hinter mir, auf dem sich ein Scharfschütze befand, und schlich das Treppenhaus nach oben. Sollte ich ihn irgendwie ausschalten können, würden die Männer eine Fluchtmöglichkeit haben. Da ich wusste, dass sich Scharfschützen niemals ungeschützt positionieren würden, liess ich Vorsicht walten. Vor jeder Ecke lauschte ich für einige Sekunden, bevor ich den nächsten Schritt machte. Als ich gerade um die letzte Biegung im Treppenhaus gehen wollte, bemerkte ich ein schwaches, rotes Licht an der Wand. Ich blieb auf der Stelle stehen und versuchte zu erkennen, was es war.

Das sieht aus wie eine Bombe mit Infrarotsensor. Hier komme ich nicht vorbei, ohne sie auszulösen.

Ich ging zurück nach unten und durchsuchte den erstbesten Raum nach Gegenständen, die mir helfen konnten. Es war ein Büro mit alten Computern und Schreibmaterial. Ich steckte einen Kugelschreiber ein und kehrte damit zum Sprengsatz zurück. Um die Falle gefahrlos auszulösen, warf ich den Stift in Richtung des roten Lichts und versteckte mich hinter der Mauer. Ein ohrenbetäubender Knall erschütterte das Treppenhaus. Unzählige Splitter flogen durch die Luft und eine dichte Staubwolke breitete sich aus. Hustend wischte ich die eben entstandene Staubschicht von meinem Helm und kletterte über das Geröll nach oben.

Jetzt weiss jeder in der gesamten Stadt, wo ich bin. Das war vielleicht nicht die beste Idee.

Als ich auf dem Dach ankam, war der Scharfschütze nicht mehr an seiner vorherigen Position. Ich zückte mein Schwert und bewegte mich langsam nach vorne.

Urplötzlich knallte es neben mir und mehrere dumpfe Schläge trafen mich von rechts. Vor lauter Schreck liess ich das Schwert fallen und stolperte über einen kleinen Vorsprung. Dadurch verlor ich das Gleichgewicht und fiel zu Boden. Als ich mich wieder aufrichtete, sah ich den Scharfschützen mit einer Pistole neben mir stehen. Er schoss erneut und musste daraufhin feststellen, dass meine Rüstung jeglichen Schaden absorbierte. Fassungslos starrte er mich an und ich nutzte die Gelegenheit zum Gegenangriff. Mit schnellen Schritten bewegte ich mich auf ihn zu und stiess mit dem Schwert nach ihm. Er bewegte sich im allerletzten Moment ausser Reichweite und zückte sein Messer. Nun schlug ich mit aller Kraft zu und versetzte ihm dabei einen tiefen Schnitt in den rechten Arm, da er dieses Mal nicht schnell genug ausweichen konnte. Er liess das Messer fallen und versuchte daraufhin, mich zu entwaffnen. Ich zog mich kurz zurück und konnte anschliessend genau im richtigen Moment zustossen, als er sich gerade auf mich zu bewegte. Mein Schwert bohrte sich ihm in den Bauch und er sackte zu Boden. Erst als ich die Klinge herauszog, bemerkte ich, dass ich von oben bis unten mit Blut bekleckert war. Mir wurde übel und bevor ich mich setzen konnte, liessen mich meine Beine im Stich. Ich brach zusammen und lag einen Moment lang regungslos da, während ich den Scharfschützen betrachtete, der eben das letzte Mal zuckte, bevor ihn das Leben verliess.

Mir war schwindelig und mein Kopf schmerzte, als ich nach einer gefühlten Ewigkeit wieder aufstehen konnte. Mein ganzer Körper zitterte vor Anstrengung und Adrenalin. Die frisch entstandenen Schürfwunden brannten bei jeder Bewegung. Ich wollte nachsehen, ob sich die Soldaten in Sicherheit bringen konnten, aber bevor ich dazu die Gelegenheit hatte, kamen weitere Gegner die Treppe hochgestürmt.

Auch das noch, dachte ich, als ich in Angriffsposition ging und die Soldaten ihr Feuer eröffneten.

Ihre Schüsse waren so laut, dass meine Ohren innerhalb weniger Sekunden zu pfeifen begannen. Zum Glück hielt die Rüstung grösstenteils stand. Nur mein Visier begann, Risse zu bilden. Zwei von drei Männern, die auf mich schossen, stellten verwirrt das Feuer ein. Da ich nun weniger stark von den Schüssen zurückgestossen wurde, konnte ich angreifen. Dem linken Soldaten, der besonders verwirrt wirkte, schlug ich mit einem Hieb die Hand ab, mit der er sein Gewehr festhielt. Bevor ich erneut zuschlagen konnte, versuchte ein anderer Soldat, mir sein Messer in den Rücken zu rammen. Da es jedoch wirkungslos in der Panzerung steckenblieb, konnte ich ihm mit einer schnellen Drehung nach rechts die Kehle durchschneiden. Ich drehte mich gleich darauf wieder um, und versuchte den ersten Soldaten erneut anzugreifen. Er war schneller als ich und schlug mir mein Schwert aus der Hand. Sein Kollege hörte nun endlich auf zu schiessen und stiess mich zu Boden. Dank der Rüstung machte mir dieser Sturz nichts aus und ich trat dem verletzten Mann zwischen die Beine. Daraufhin krümmte er sich vor Schmerz und stiess einen russischen Fluch aus, den ich nicht verstand. Der unverletzte Soldat trat auf mich ein, musste aber gleich feststellen, dass er mich dadurch nicht verletzte. Da ich wegen den ständigen Angriffen nicht aufstehen konnte, warf er sich auf mich und versuchte, mir die Kehle durchzuschneiden, was dank meines gepanzerten Kragens nicht gelang. Ich nutzte die Gelegenheit und nahm die Pistole meines Gegners, womit ich ihm aus nächster Nähe zweimal in den Oberkörper schoss. Er sackte zusammen und blieb auf mir liegen. Gleichzeitig überraschte es mich, wie stark der Rückstoss einer so kleinen Waffe sein konnte. Als ich den eben getöteten Mann von mir wegstiess, kam der letzte verbleibende Soldat erneut auf mich zu mit meinem Schwert in der linken Hand. Er stiess mir damit so stark gegen die Brust, dass mir die Luft wegblieb. Ich wollte ihn ebenfalls erschiessen, jedoch trat er mir zuvor die Pistole aus der Hand. Daraufhin rollte ich ein wenig zur Seite, wodurch die Klinge abrutschte. Dies führte dazu, dass der Soldat das Gleichgewicht verlor und stolperte. Da ich nun endlich aufstehen konnte, rannte ich zur Pistole und schoss auf meinen Gegner. Er wich gerade noch aus und versteckte sich hinter einem Schornstein. Als ich erneut abdrückte, klickte die Pistole nur, da das Magazin leer war. Mein Gegner bemerkte dies und kam aus seiner Deckung herausgestürmt. Er schlug mit dem Schwert nach mir und ich wich nach hinten, um ihn aus dem Gleichgewicht zu bringen. Als er seine Bewegung stoppte, hielt ich das Schwert mithilfe meines gepanzerten Handschuhs an der Klinge fest und entriss es ihm, indem ich gleichzeitig mit der anderen Hand auf sein Handgelenk schlug. Ich nahm den Griff in die Hand und stach daraufhin blitzschnell zu. Die Klinge bohrte sich direkt in sein Herz und er starb, bevor sein Kopf auf dem Boden aufschlug.

Woher kamen die denn? So schnell konnten sie unmöglich das Treppenhaus hochgestiegen sein, nachdem ich die Falle ausgelöst habe.

Gerade als ich mich ein wenig beruhigen wollte, hörte ich noch weitere Schritte aus dem Treppenhaus. Ich hob das Gewehr des Soldaten auf, der zuerst das Feuer eingestellt hatte, und ging hinter dem Schornstein in Deckung. Mindestens sechs weitere Feinde betraten das Dach. Ohne zu überlegen, schoss ich auf die Männer ein. Der unerwartete Rückstoss des vollautomatischen Gewehrs führte dazu, dass nur die ersten paar Schüsse trafen. Drei Soldaten sackten zu Boden und die anderen eröffneten das Feuer, während sie sich duckten, um ein kleineres Ziel zu bilden. Ich versuchte meinen Angriff erneut, jedoch war das Magazin bereits leer.

Das ist genau der Grund, weshalb ich das Schwert bevorzuge. Mit Schusswaffen hat man immer Munitionsprobleme.

Die vier verbleibenden Männer schossen auf mich, während ich aus der Deckung stürmte, um sie anzugreifen. Sie trafen mich mit solch einer Wucht, dass ich nach hinten stolperte und schlussendlich hinfiel. Nach wenigen Sekunden mussten sie aufhören, um ihre Gewehre und Pistolen nachzuladen. Ich nutzte die Gelegenheit, um aufzustehen und nach drei schnellen Schritten dem nächsten Soldaten mein Schwert in die Brust zu rammen. Es steckte derart tief, dass ich es nicht auf Anhieb herausziehen konnte. Dadurch war es den umliegenden Männern möglich, mich festzuhalten. Ich griff mit einer freien Hand nach dem Messer eines Gegners und rammte es ihm in seinen rechten Oberschenkel. Weiter oben konnte ich ihn nicht treffen, da ich gerade von zwei Soldaten festgehalten wurde. Der nun verletzte Soldat brach zusammen, weil er auf seinem Bein nicht mehr stehen konnte. Ich nutzte die Gelegenheit, ihm das Messer in die Brust zu stecken. Herausziehen konnte ich es nicht mehr, da mich die zwei verbleibenden Männer wegstiessen. Das Schwert hatten sie an sich genommen. Nun konnte ich mich nicht mehr bewegen und sie drückten mich Schritt für Schritt näher an die Dachkante. Da mir alle anderen Optionen genommen worden waren, schlug ich mit dem Kopf gegen das Gesicht eines Gegners. Er schrie auf und lockerte seinen Griff. Dadurch gewann ich genügend Bewegungsfreiheit, um nach seinem Messer zu greifen und ihm damit die Kehle durchzuschneiden. Der andere Soldat, der mich von hinten festhielt, drückte meine Arme gegen meinen Oberkörper und ich konnte sie nicht mehr bewegen, weil er stärker war als ich. Mit einem Fuss trat ich nach hinten und kurz darauf lockerte sich sein Griff, da ich ihm zwischen die Beine getroffen hatte. Ich hob mein Schwert auf und stiess es nach hinten, in der Hoffnung, meinen Gegner zu treffen. Irgendwas hatte ich tatsächlich getroffen, jedoch konnte ich nicht feststellen, was es war, denn im selben Moment stürzte sich ein Soldat, den ich für tot geglaubt hatte, auf mich. Ich fiel zur Seite und erschrak augenblicklich, da sich mein Kopf nun über der Dachkante befand. Bevor ich aufstehen konnte, stiessen sie mich vollständig runter. Ungebremst raste ich auf den Boden zu, der sich acht Stockwerke unter mir befand.

Hätte ich doch wenigstens jemandem etwas von meiner Mission erzählt, dachte ich, als ich mich im freien Fall befand.

Die Strasse unter mir näherte sich mit zunehmender Geschwindigkeit. Die kalte Luft pfiff durch die kleinen Schlitze meiner Rüstung und liess das Blut auf meinem Visier trocknen. Kurz bevor ich auf dem Boden aufschlug, wurde mir schwarz vor Augen.

5

Auserwählt

Zuerst nahm ich nur ein Kribbeln wahr, was sich über meinen gesamten Körper ausbreitete. Danach verschwanden all meine Schmerzen innerhalb von wenigen Sekunden. Ich öffnete meine Augen und konnte nichts sehen, ausser dass ich auf einem weissen Stuhl sass, der weich gepolstert und mit Leder überzogen war. Alles andere war weiss ohne jegliche Schattierungen. Unter mir befand sich ein Boden aus diesem weissen Material. Meine Füsse warfen keine Schatten, was den Eindruck erweckte, dass dieser Untergrund gar nicht existierte. Dennoch konnte ich ihn fühlen. Da ich nur die Geräusche hören konnte, die ich selbst verursachte, nahm ich an, in einem geschlossenen Raum zu sitzen, der vollständig schalldicht war. Irgendetwas hatte sich grundlegend verändert. Ich wusste nicht, was es war, aber es fühlte sich anders an. Ungefähr so, als hätte man meinen Körper ausgetauscht.

Wo bin ich? Fragte ich mich.

Plötzlich ertönte eine Stimme. Ich hörte sie aus allen Richtungen zugleich, wodurch es unmöglich war, die Quelle ausfindig zu machen. Die Stimme klang nicht menschlich, obwohl sie deutsch sprach.

«Du fragst dich bestimmt, weshalb du noch lebst. Die Antwort ist ganz einfach, wenn man einige Details auslässt: Ich bin eine künstliche Intelligenz, die vom intergalaktischen Institut zur Bewahrung intelligenter Lebensformen (kurz IIBIL) dazu beauftragt wurde, die Menschheit vor sich selbst zu schützen. Meine jetzige Aufgabe besteht darin, mit dem kleinstmöglichen Eingreifen den Ukraine-Konflikt zu beenden.»

Meine Verwirrung wuchs ins Unermessliche. Nach einigen Augenblicken der Fassungslosigkeit konnte ich meine Gedanken dennoch sortieren und fragte:

«Ein intergalaktisches Institut? Heisst das etwa, dass Ausserirdische dich programmiert haben?»

«Genau.», antwortete die künstliche Intelligenz.

Meine Neugier übertraf nun meine Verwirrung. Ich hatte unzählige Fragen, aber keine Ahnung, in welcher Reihenfolge ich sie stellen sollte.

«Beobachtet ihr die Menschheit schon lange?» Platzte es aus mir heraus.

«Nein, das IIBIL hat euch erst vor 4698 Jahren entdeckt. Nur einen Monat später erhielt ich die Verantwortung für die Menschheit.»

«Für Menschen ist das eine sehr lange Zeit. Dann musst du bestimmt alles über uns wissen! Was ist eigentlich mit dem alten Ägypten passiert? Wir Menschen hatten eine ziemlich fortschrittliche Kultur und plötzlich geriet alles in Vergessenheit.»

«Das war meine erste Mission. Ich musste eingreifen, um den Fortbestand der Menschheit zu sichern.»

«Aber warum? Und was hast du getan?»

«Ich fürchte, mir bleibt keine Zeit, dir das alles zu erklären. Wir sollten uns auf die jetzige Mission konzentrieren: Den Ukraine-Konflikt. Mit einer Wahrscheinlichkeit von 81 % entwickelt sich dieser Krieg zu einer atomaren Katastrophe von globalem Ausmass. Dadurch, dass ich dich wiederbelebt habe, nachdem du gestorben bist, lässt sich diese Chance auf 12,6 % verringern.»

«Ich bin gestorben? Das habe ich gar nicht bemerkt.»

«Es ist auch nicht möglich, das wahrzunehmen, da nach dem Ableben keinerlei Gehirnaktivitäten mehr vorhanden sind.»

«Wie lange war ich tot?»

«Exakt 8 Tage, 17 Stunden, 43 Minuten und 38 Sekunden. Sofort nach deinem Tod nahm ich dich hier her, um zu berechnen, mit welchen Fähigkeiten ich dich ausstatten muss, damit die Chancen auf Frieden am besten stehen. Jetzt, da meine Berechnungen abgeschlossen sind, habe ich dich wiederbelebt. Es ist ungewöhnlich für mich, derart stark in die Geschichte der Menschheit einzugreifen, aber alle anderen Massnahmen zur Verhinderung der Apokalypse wären noch wesentlich drastischer gewesen.»

«Wenn das hier ein starker Eingriff ist, was sind dann normale Eingriffe?»

«Ein durchschnittlicher Eingriff war zum Beispiel ein Wort in einem Brief an Adolf Hitler, was ich verändert hatte. Dies führte schlussendlich zu seiner Niederlage.»

«Was meinst du mit Fähigkeiten, die du mir gegeben hast? Und wie soll *ich* den Ukraine-Konflikt beenden?»

«Das findest du am besten selbst heraus. Meine Simulationen ergaben, dass die Erfolgschancen am höchsten stehen, wenn du deine eigenen Entscheidungen triffst. Deswegen wurdest genau *du* von mir auserwählt. Nun schlafe ein wenig. Dann wird fast alles wieder so, wie es war.»

Nach diesen Worten überkam mich ein starkes Gefühl der Müdigkeit und mir fielen kurz darauf die Augen zu.

6

Erwachen

Es war exakt 6:20 Uhr, als mich mein Wecker mit einer ruhigen Musik weckte. Dieses Mal war jedoch etwas anders. Der Wecker erklang wesentlich lauter als normal und ich konnte erstmals deutlich erkennen, dass die Klaviermelodie aus einem Lautsprecher stammte und nicht aus einem echten Instrument. Mein Körper fühlte sich noch viel seltsamer an wie in meinem Traum vom weissen Raum und der künstlichen Intelligenz. Als ich den Arm in Richtung Wecker bewegte, um ihn auszuschalten, konnte ich ihn nicht mit den Fingern ertasten. Genauer gesagt, fühlte ich meine Finger überhaupt nicht mehr. Nun öffnete ich meine Augen, da der Wecker immer noch läutete und ich ihn endlich ausschalten wollte. Überrascht von dem blendend hellen Licht, was mein Zimmer erfüllte, schloss ich sie instinktiv wieder.

Habe ich etwa vergessen, die Fensterläden zu schliessen?

Ich öffnete die Augen erneut und sie gewöhnten sich schnell an die Helligkeit. Zu meiner Überraschung waren die Läden geschlossen. Ausserdem ging die Sonne um diese Jahreszeit erst in etwa anderthalb Stunden auf. Die einzige Lichtquelle war das Display meines Weckers. Trotzdem konnte ich jedes noch so kleine Staubkorn erkennen, was durch die Luft schwebte. Alles wirkte tausendfach schärfer und klarer, als ich es jemals erlebt hatte. Da ich den Ausschaltknopf nun finden konnte, betätigte ich diesen. Gerade als ich wegschauen wollte, fiel mir etwas Seltsames auf: Meine Hand hatte sich stark verändert. Statt Fingern besass ich nun lange, dunkelrote Krallen. Mein Handrücken bestand aus blutroten Schuppen. Als ich meinen Arm drehte, bemerkte ich, dass die Innenfläche meiner Hand nicht anders aussah. Die Schuppen setzten sich über den ganzen Arm fort bis unter die Decke, wo ich sie nicht mehr sehen konnte. Mein anderer Arm sah identisch aus.

Meine verrückten Träume scheinen sich fortzusetzen. Zuerst das Gemetzel in Kiew, dann der weisse Raum und jetzt das hier.

Ich schob die Bettdecke beiseite und betrachtete meinen Körper. Von oben bis unten war ich mit blutroten Schuppen bedeckt, die je nach Lage einen leicht anderen Farbton aufwiesen. Meine Arme und Beine waren nun gleich lang und mit dunkelroten Krallen bestückt, die einen schönen Kontrast zu den Schuppen bildeten. Erst jetzt entdeckte ich, dass ich nun über einen Schwanz und Flügel verfügte, die ich nicht bewegen konnte.

Ich muss ein Drache sein, dachte ich, als ich versuchte, die vielen neuen Eindrücke einzuordnen.

Mit meinem rechten Vorderbein, was man jetzt nicht mehr als Arm bezeichnen konnte, fuhr ich über meine unbeweglichen Flügel, was aufgrund der rauen Schuppen meiner Klauen ein unangenehmes Kratzen auf der ledrigen Haut erzeugte. Die Flügel waren auf der Innenseite etwas heller als der Rest von mir. Vom Aufbau her glichen sie Fledermausflügeln. Obwohl ich sie fühlen konnte, schaffte ich es nicht, sie zu bewegen. Es war, als müsse ich zuerst lernen, die neuen Muskeln zu bedienen. Das Gleiche galt für meinen mit Stacheln bestückten Drachenschwanz.

Wenn das ein Traum ist, will ich nicht wieder aufwachen, bis ich mindestens einmal durch die Wolken geflogen bin.

Mit diesem Gedanken begann ich, aus dem Bett zu steigen. Da es für mich als Mensch natürlich war, versuchte ich, auf zwei Beinen zu stehen. Auf dem harten Holzboden fanden meine durch Schuppen gepanzerten Füsse jedoch keinen Halt. Ich rutschte ab und fiel auf alle Viere, während meine Krallen den Boden zerkratzten.

So muss sich Emma jeden Tag fühlen, dachte ich, amüsiert über meinen kläglichen Versuch, aus dem Bett zu steigen.

Vorsichtig setzte ich einen Fuss vor den anderen, um nicht noch weitere Kratzer zu erzeugen.

Kurze Zeit später kam ich bei der Zimmertür an. Da ich als Drache nicht grösser war als zuvor und nun auf allen Vieren stand, befand sich die Türklinke ein gutes Stück über meinem Kopf. Ich musste mich mit einem Bein an der Wand abstützen, um sie zu erreichen. Beim ersten Versuch, die Tür zu öffnen, rutschte ich mit meinen Krallen auf dem Metallgriff ab, was ein fürchterlich lautes Geräusch erzeugte. Ich verharrte während der nächsten Sekunden starr in meiner Position und hoffte, dass mich die Nachbarn nicht gehört hatten. Beim zweiten Versuch gelang es mir, da ich die Türklinke nun an der gebogenen Stelle festhielt, um nicht wieder abzurutschen. Als ich die Tür öffnete, wurde ich erneut geblendet, da die Strassenlaternen bereits genügend Licht in das Wohnzimmer warfen, dass ein Mensch keine Lampe mehr benötigt hätte. Für meine Drachenaugen war es heller als direktes Sonnenlicht. Glücklicherweise gewöhnte ich mich sehr schnell an den Helligkeitsunterschied und schritt anschliessend ins Wohnzimmer. Auf dem Esstisch lagen meine Rüstung und mein Schwert. Daneben befand sich eine graue Schachtel und mein Mobiltelefon.

Wie kommen diese Gegenstände hierher? Das sollte doch alles noch in der Ukraine sein. War das ein Traum und die jetzige Situation echt? Oder ist es genau umgekehrt?

Ich konnte immer noch nicht mit Sicherheit feststellen, was die Realität war und was nicht. Da sich in diesem Moment alles real anfühlte, war ich mir trotz der verwirrenden Umstände einigermassen sicher, dass ich nicht träumte. Ich wusste nicht, was für ein Datum gerade war, weswegen ich auf einen Stuhl kletterte, um auf mein Handy zu schauen. Dabei stiess ich versehentlich einen anderen Stuhl mit meinem Schwanz um. Vorsichtig kletterte ich wieder nach unten, um den umgekippten Stuhl aufzustellen. Als ich ihn mit meinen Krallen an der Lehne festhielt, zerkratzte ich dabei das Holz.

Ich muss echt aufpassen, nicht alles kaputt zu machen, dachte ich leicht genervt darüber, dass ich beinahe alles beschädigte, was ich anfasste.

Anschliessend setzte ich mich wieder, um herauszufinden, welches Datum heute war. Der Stuhl war mir unbequem, da ich versuchte, so aufrecht wie ein Mensch zu sitzen. Schlussendlich musste ich mich leicht nach vorn beugen, damit ich nicht auf meinem Schwanz sass. Hierfür stützte ich mich mit den Vorderbeinen auf dem Tisch ab.

Wenn das ein Dauerzustand ist, muss ich mir wohl einen anderen Stuhl besorgen, dachte ich und musste bei diesem Gedanken schmunzeln.

Ich tippte mit einer Kralle auf den Bildschirm meines Smartphones. Nichts geschah. Ich tippte erneut, dieses Mal mit der Handfläche. Wieder geschah nichts.

Drachenschuppen scheinen den Strom nicht so gut leiten zu können wie die menschliche Haut.

Ich versuchte es mit meiner Schnauze und auch dieses Mal blieb der Bildschirm dunkel. Als ich es schlussendlich mit der Zungenspitze versuchte, reagierte der Touchscreen endlich. Es war Montag, der fünfte Dezember 2022.

Heute muss ich wieder arbeiten, da meine Ferien zu Ende sind.

Bei diesem Gedanken stutzte ich. Wie sollte ich so zur Arbeit erscheinen? Was würde geschehen, wenn plötzlich ein Drache durch die Stadt Zürich wanderte? Werde ich je wieder normal leben können? Ich benötigte mehr Zeit, die Situation zu begreifen.

Vielleicht wäre es am besten, wenn ich mich für heute krankschreiben lasse und mir die Zeit nehme, über die jetzige Situation nachzudenken.

Also ging ich zu meinem Computer und schaltete ihn ein, wobei ich schwer aufpassen musste, nichts zu beschädigen. Dank der Tatsache, dass ich den PC mit einer Tastatur anstelle eines Touchscreens bedienen konnte, bereitete es mir keine Schwierigkeiten, ihn zu starten und das Passwort einzugeben. Während des Anmeldevorgangs betrachtete ich meine Tastatur genauer.

Warum zum Teufel befindet sich so viel Dreck zwischen den Tasten? Und weshalb haben einige davon kleine Löcher und Kratzer?

Kurze Zeit später bemerkte ich, dass die Beschädigungen durch meine Krallen entstanden waren. Als ich anfing, die Nachricht an meinen Vorgesetzten zu tippen, bereitete es mir seelische Schmerzen, den fortlaufend schlechter werdenden Zustand meiner teuren Tastatur mitansehen zu müssen. Nach den letzten Buchstaben hatte jede Taste mindestens einen grossen Kratzer und mehrere Löcher. Ich sendete die Nachricht mit einem schlechten Gefühl ab, da ich gerade meine Tastatur zerstört und meinen Vorgesetzten angelogen hatte. Ich war schliesslich nicht krank, wie ich es geschrieben hatte.

Ein paar Minuten später setzte ich mich auf mein Sofa und versuchte, meine Gedanken zu sortieren.

Ich bin jetzt also ein Drache, mit der Aufgabe, den Ukraine-Konflikt zu beenden. Ausserdem muss ich arbeiten, aber ich weiss nicht, wie ich das anstellen soll. Morgen habe ich Homeoffice. Damit ist zumindest dieses Problem gelöst. Aber was mache ich, wenn ich wieder ins Büro gehen muss? Und wie schaffe ich es, einen Krieg zu beenden?

Meine Gedanken wechselten zu den Geschehnissen vor der Begegnung mit der künstlichen Intelligenz. Auf einmal fiel mir wieder ein, weshalb ich nach Kiew gefahren war.

Tom! Ich habe ihn völlig vergessen! Er ist ja immer noch im Krieg und seine Rüstung befindet sich unter einem Gullideckel. Ich muss sie ihm unbedingt so früh wie möglich bringen, bevor es zu spät ist. Deshalb hat es höchste Priorität, dass ich Fliegen lerne und nach Kiew gelange.

Mit meiner neu entdeckten Willenskraft sprang ich auf und wollte direkt loslegen, als mir erneut die graue Schachtel auf dem Tisch auffiel. Vorsichtig öffnete ich sie, um keine Kratzer zu hinterlassen. Darin befand sich eine Spritze und ein Brief, der mit einer sehr hohen Qualität gedruckt war. Auf dem Brief stand folgendes:

«Dies ist dasselbe, was ich dir verabreicht habe, um dich wiederzubeleben und dir Fähigkeiten zu verleihen. Setze es mit Bedacht ein, denn es reicht nur für einen Menschen! Ich melde mich wieder bei dir, wenn die Zeit reif ist.»

Ich war mir sicher, dass dieser Brief von der künstlichen Intelligenz stammen musste.

Damit lässt sich bestimmt ein Mensch in einen Drachen verwandeln, wie es bei mir geschah. Das ist revolutionär! Wenn ich diese Spritze verkaufe, könnte ich Milliarden verdienen. Oder soll ich es lieber für jemanden einsetzen, der mir mit meiner Mission helfen könnte?

Ich betrachtete die Spritze einige Sekunden gedankenverloren. Als mir einfiel, dass ich nicht unbegrenzt viel Zeit hatte, versorgte ich sie wieder in der Schachtel.

Bevor ich beginne, muss ich erstmal etwas essen, dachte ich hungrig.

Ich ging in die Küche und war augenblicklich von herrlichen Düften umgeben. Aus dem Kühlschrank roch es nach frischem Fruchtsaft, Milchprodukten, Fleisch und Fisch. Der Vorratsschrank roch nach Snacks aller Art und aus dem Brotkorb strömte mir der unverkennbare Duft von frischem Brot entgegen.

Danke, geheimnisvolle künstliche Intelligenz!

Ich öffnete den Küchenschrank, um einen Teller herauszunehmen. Da ich bereits wusste, dass es schwer werden würde, ihn nicht zu zerbrechen, plante ich jede Bewegung bis ins Detail, bevor ich sie ausführte. Zuerst hob ich den obersten Teller mit einer Kralle wenige Zentimeter an. Danach hielt ich ihn mit einer weiteren Kralle von oben her fest und zog ihn ein Stück heraus. Anschliessend half ich mit meinen anderen Krallen nach. Um ihn nicht zu zerkratzen, musste ich sehr behutsam vorgehen. Trotz all dieser Schwierigkeiten gelang es mir, den Teller unbeschädigt auf der Küchenablage abzustellen.

Das Brot liess sich zum Glück sehr leicht aus dem Brotkorb holen, da es aussen knusprig und innen weich war und somit nicht aus meinen Klauen rutschte. Ich nahm das Brotmesser aus der Schublade und war überrascht, dass sich der Plastikgriff ebenfalls gut halten liess. Selbst als ich mit dem Schneiden begann, rutschte ich nicht ab, da sich die Krallen leicht in das weiche Material gruben.

Nachdem ich mir drei Scheiben abgeschnitten hatte, öffnete ich den Vorratsschrank, in dem sich mein Lieblingsbrotaufstrich befand. Den Aufstrich herauszunehmen war wesentlich leichter, als einen Teller zu tragen. Ich musste lediglich den Deckel von oben her mit meinen Krallen umfassen. Die Dose anschliessend zu öffnen, stellte eine wesentlich grössere Herausforderung dar, da ich ständig abrutschte. Schlussendlich gelang es mir, indem ich ein Küchentuch verwendete, sodass meine Krallen Halt finden konnten.

Das Brot mit dem Aufstrich zu bestreichen, war leider ebenfalls eine Herausforderung. Nachdem ich erfolgreich das Messer aus der Besteckschublade genommen hatte, fiel es zu Boden. Erst beim dritten Versuch gelang es mir, das Messer hochzuheben, da meine Krallen fast keinen Halt auf dem Metall fanden. Mithilfe des Küchentuchs gelang es mir, das Brot zu bestreichen, wobei ich mir bereits überlegte, ob es die Zeit überhaupt wert war. Nachdem ich die Brotscheiben endlich bestrichen hatte, setzte ich mich auf den Fussboden, da mir die Stühle nicht sonderlich bequem waren, und begann zu essen. Es war eine Wohltat, mit leerem Magen in das ofenfrische Brot zu beissen. Nach wenigen Sekunden hatte ich bereits ein Stück verspeist. Erst nachdem ich mit meinem gesamten Frühstück fertig war, bemerkte ich, wie schnell ich als Drache essen konnte. Aufgrund der schnellen Mahlzeit fühlte sich mein Hals trocken an, weswegen ich etwas trinken musste.

Erneut verwendete ich das Küchentuch zur Hilfe, als ich mir ein Glas aus dem Schrank nahm. Schliesslich wollte ich es weder fallenlassen noch zerkratzen. Ich füllte es mit Fruchtsaft und versuchte, zu trinken. Da ich keine Lippen mehr besass, verschüttete ich das meiste von meinem Getränk. Nach einigen Versuchen fand ich heraus, dass ich den Saft direkt aus der Packung in mein offenes Maul schütten musste, damit nichts daneben tropfte.

Als ich fertig getrunken hatte, war mein Hunger immer noch nicht gestillt. Allem Anschein nach musste ich als Drache mehr essen als zuvor. Da mir das erneute Schneiden und Bestreichen zu mühsam war, biss ich ein riesiges Stück Brot direkt vom Laib ab und schlang es herunter, als hätte ich wochenlang nichts gegessen.

Eigentlich stimmt es ja, dass ich wochenlang nichts gegessen habe. Die letzte Mahlzeit war das Frühstück in Kiew, was jetzt mindestens zehn Tage her ist.

Ich riss weitere Stücke heraus und nachdem ich mit dem gesamten Laib fertig war, fühlte ich mich endlich satt.

So muss sich ein Raubtier fühlen, wenn es seine Beute auffrisst. Daran könnte ich mich gewöhnen.

Mein Bauch war prall gefüllt und ich fühlte mich müde. Trotzdem musste ich mir noch die Zähne putzen und anschliessend meine Flügel trainieren. Im Badezimmer angelangt, betrachtete ich mich zum ersten Mal im Spiegel und war erstaunt, wie gefährlich ich nun aussah. Von den Proportionen her glich ich einer Eidechse mit Flügeln, scharfen Zähnen und Klauen. Insgesamt war ich knapp zweieinhalb Meter lang. Mein Rücken war bestückt mit Zacken, die sich bis zu meinem Schwanz fortsetzten und währenddessen in Stacheln übergingen. Die Schuppen glänzten in allen möglichen Rottönen und bildeten insgesamt einen guten Kontrast zu den helleren Innenseiten der Flügel und den dunklen Krallen. Meine Augen leuchteten in einem orangenen Farbton und erinnerten an die einer Katze. Nachdem ich mich eine Weile voller Bewunderung im Spiegel betrachtet hatte, fing ich an, mir die Zähne zu putzen. Es dauerte um ein Vielfaches länger als normal, da mir die elektrische Zahnbürste ständig aus den Krallen rutschte und meine Zähne nun wesentlich grösser waren als zuvor. Als ich endlich fertig war, kam mir etwas in den Sinn, was ich zuvor noch nicht bedacht hatte.

Kann ich eigentlich normal sprechen?

Ich sprach meinen Namen aus und musste feststellen, dass es problemlos funktionierte. Meine Stimme war tiefer als zuvor und gewisse Wortlaute klangen undeutlich, aber ansonsten blieb meine Aussprache identisch. Dies erleichterte mich, da ich mich nun ganz normal mit Menschen unterhalten konnte, wenn es nötig war.

7

Homeoffice

In völliger Konzentration sass ich auf dem Boden und versuchte, meine Flügel zu bewegen. Dabei nahm ich alle Geräusche um mich herum um ein Vielfaches lauter wahr als zuvor. Das Ticken meiner mechanischen Armbanduhr, die auf dem Tisch lag, war für mich so laut wie eine Pendeluhr. Die Autos draussen auf der Strasse klangen, als würden sie durch mein Wohnzimmer fahren. Ich spürte sogar die Vibrationen, die dadurch entstanden, wie ein leichtes Erdbeben.

Nach einigen Minuten schaffte ich es durch eine seltsame Bewegung meines Rückens, die Flügel anzuziehen.

Wenigstens etwas, dachte ich, während ich dasselbe erneut versuchte, ohne den Rücken zu bewegen.

Mit der Zeit konnte ich die Flügel kontrolliert anziehen und wieder entspannen. Ebenfalls entdeckte ich, wie ich sie strecken konnte. Daraufhin übte ich das Strecken und Anziehen meiner Flügel immer weiter, bis sich mein Hunger erneut meldete. Ich sah auf meine Uhr, welche mir halb fünf anzeigte.

Das kann doch gar nicht sein. Die Uhr muss falsch laufen.

Verwirrt überprüfte ich die Uhrzeit, indem ich mein Mobiltelefon mit der Zunge antippte. Daran würde ich mich noch gewöhnen müssen. Zu meiner Überraschung zeigte es ebenfalls halb fünf an, was bedeutete, dass ich während des gesamten Tages geübt hatte, ohne es zu bemerken. Und ich konnte die Flügel noch nicht einmal nach oben und unten bewegen, geschweige denn in eine bestimmte Richtung anwinkeln.

Ich bereitete mir mein Abendessen zu mit den Zutaten, die mir die künstliche Intelligenz zur Verfügung gestellt hatte. Ohne das frische Essen im Kühlschrank wäre ich aufgeschmissen gewesen. Während ich ein grosses Stück Fleisch in der Bratpfanne zubereitete, stellte ich fest, dass mir Hitze absolut nichts mehr ausmachte. Diese Tatsache überraschte mich, obwohl ich wusste, dass die Drachen in den Geschichten resistent gegen Feuer waren. Zuerst berührte ich das Fleisch in der Pfanne mit meinen Krallen. Später fasste ich die Pfanne mit meinem linken Vorderbein an und schlussendlich berührte ich sogar die heisse Herdplatte, ohne auch nur die geringsten Schmerzen zu verspüren. Die Hitze konnte ich deutlich wahrnehmen, jedoch fühlte sie sich nicht schmerzhaft an. Im Gegenteil: Je heisser es wurde, desto angenehmer war es für mich. In wenigen Sekunden breitete sich die Hitze von meinem Bein bis zu den Flügelspitzen aus, was meine Muskeln entspannte wie eine Massage. Für einen Augenblick stand ich regungslos da, während ich die Herdplatte berührte, um dieses angenehme Gefühl der Hitze länger wahrnehmen zu können. Erst als sich mein Hunger erneut meldete, erwachte ich aus meiner Starre und setzte das Kochen fort.

Nachdem das Abendessen angerichtet war, ass ich alles innerhalb kürzester Zeit auf. Das Fleisch war so saftig, dass ich mindestens die dreifache Menge hätte verschlingen können. Enttäuscht von dem viel zu kurzen Vergnügen räumte ich die Küche auf und widmete mich erneut meinen Übungen. Als ich die Flügel ausbreitete, bemerkte ich, dass sie vor lauter Muskelkater zitterten.

Ich werde wohl oder übel bis morgen warten müssen, um mein Flügeltraining fortzusetzen.

Stattdessen begann ich, mich auf meinen Drachenschwanz zu konzentrieren. Bereits nach kurzer Zeit konnte ich ihn von links nach rechts und auch ein wenig nach oben oder unten bewegen. Es war wesentlich leichter, den Schwanz zu bewegen als die Flügel, da es sich hierbei lediglich um eine Verlängerung des Rückens handelte. Da ich bereits sehr erschöpft war, bemerkte ich gar nicht, dass ich kurze Zeit später während meinen Übungen auf dem Fussboden einschlief.

Die ruhige Melodie meines Weckers weckte mich aus einem tiefen und erholsamen Schlaf. Verwundert über die Tatsache, dass ich auf dem Fussboden geschlafen hatte, stand ich auf und schaltete den Wecker aus. Ich wusste, dass ich heute Homeoffice hatte, weswegen ich mich bei meinem neuen morgendlichen Ritual beeilte. Die Luft war stickig und ich musste die Fenster öffnen. Als ich die Strasse betrachtete, stellte ich fest, dass der Winter auch in Zürich seine Spuren hinterlassen hatte. Die Strassen waren mit Schnee bedeckt und die Passanten trugen dicke Kleidung. Eiskalte Luft schlug mir entgegen und ich bemerkte, dass ich gegen Kälte keine besondere Immunität besass. Ich zog mich zurück, ehe es mir zu kalt wurde, und war einen Augenblick später froh darüber, dass mich niemand entdeckt hatte. Zu diesem Zeitpunkt fühlte ich mich bereits derart normal als Drache, dass ich vergessen hatte, mich zu verstecken.

Jeder hätte mich sehen können. Zum Glück waren alle damit beschäftigt, nicht auf dem Eis auszurutschen.

Nach einem reichhaltigen Frühstück setzte ich mich an meinen Computer. Es machte mir fast nichts mehr aus, meine Tastatur noch weiter zu zerstören, da sie ohnehin nicht mehr schön aussah. Nachdem ich alle Programme gestartet hatte, fiel mir ein, dass die Online-Meetings ein Problem darstellten, da ich normalerweise die Kamera benutzte.

Dann werde ich einfach sagen, dass meine Kamera kaputt ist, dachte ich.

Um neun Uhr startete das Meeting und ich trat bei, ohne meine Kamera zu aktivieren.

«Kannst du noch deine Kamera einschalten, Nils?», fragte Sven.

Da er mein Vorgesetzter war, fiel es mir schwer, ihn anzulügen, aber ich wusste, dass es keine gute Idee war, ihm die Wahrheit zu sagen.

«Meine Kamera ist anscheinend kaputt.», entgegnete ich, wobei ich aufpassen musste, so normal wie möglich zu klingen. Trotzdem konnte ich eindeutig feststellen, dass sich meine Stimmlage und die Aussprache verändert hatte.

«Okay. Aber bitte behebe das Problem so schnell wie möglich.»

Entweder fiel es Sven nicht auf, dass ich anders klang, oder er ignorierte es. Wie es auch sein mochte, ich war froh, dass mich niemand danach fragte.

«Geht es dir eigentlich wieder besser?», fragte Sven.

Diese Frage traf mich unerwartet, da ich meine Absenz von gestern bereits vergessen hatte.

«Ja. Meine Kopfschmerzen sind schon viel besser geworden.», log ich, um nicht in Schwierigkeiten zu geraten.

Endlich widmeten sich alle wieder dem Meeting und somit war ich nicht mehr dazu gezwungen, meine Arbeitskollegen und meinen Vorgesetzten anzulügen. Ich atmete erleichtert auf, als es zu Ende war. Ausser dem Meeting erging es mir während der Arbeit wie immer. Nebenbei übte ich einige Bewegungen mit den Flügeln und dem Schwanz. Glücklicherweise hatte ich kaum noch Muskelkater vom Vortag.

Die Sonne ging bereits unter, als ich mit der Arbeit fertig war. Ich hatte mit Sven vereinbart, ab nächster Woche für einen Monat unbezahlten Urlaub zu machen. Er war nicht begeistert gewesen, da wir viel zu tun hatten, aber nachdem ich ihm sagte, dass ich momentan Probleme in der Familie hatte, willigte er ein. Das mit den Familienproblemen war nicht einmal gelogen, da ich mir Sorgen um meinen Bruder machte und ihn beschützen wollte, wie er es damals auch für mich getan hatte, als ich in der Schule gemobbt worden war. Vor meinem Urlaub blieben mir nur noch drei Tage, an denen ich nach Absprache mit Sven Homeoffice machen durfte. Dadurch fiel es niemandem auf, dass ich kein Mensch mehr war, denn unter normalen Umständen hätte ich am Freitag wieder ins Büro fahren müssen.

8

Flug

Inzwischen konnte ich meine Flügel in alle Richtungen bewegen. Es bereitete mir immer noch grosse Schwierigkeiten, aber es war möglich.

Es wird Zeit für einen ersten Probeflug.

Mit diesem Gedanken wartete ich bis am späten Abend, um nach draussen gehen zu können. Währenddessen bereitete ich mir das Abendessen zu, damit ich nach meinem Ausflug direkt essen konnte. Nach dem Sonnenuntergang wurde es dunkel auf den Strassen. Der Schnee schimmerte im gelben Licht der Strassenlaternen. Nur noch wenige Menschen waren draussen. Ich band mir meinen Wohnungsschlüssel um den Hals und schlich das Treppenhaus hinunter, nachdem ich vor der Tür gelauscht hatte, um sicherzugehen, dass ich niemandem begegnete. Von der Strasse her waren Schritte zu hören, als ich unten ankam. Nachdem sie verstummt waren, öffnete ich die Haustür so leise wie möglich und trat nach draussen. Schnell wie der Wind rannte ich der leeren Strasse entlang in das nächste Gebüsch, um mich vor weiteren Passanten zu verstecken. Da ich niemanden mehr wahrnehmen konnte, rannte ich zu einem weiteren Gebüsch. Auf diese Weise bewegte ich mich immer näher in Richtung Wald, der zum Glück nur einen Kilometer von meinem Zuhause entfernt war. Erstaunlicherweise geriet ich nicht ausser Atem, obwohl ich mich schneller bewegte, als es für einem Menschen möglich gewesen wäre. Nachdem ich im Wald angekommen war, wollte ich unbedingt herausfinden, wie schnell ein Drache rennen konnte. Voller Eifer begann ich, den Weg entlangzulaufen. Immer schneller schoss ich zwischen den Bäumen hindurch. Ich bewegte mich wie ein Tier, was seine Beute jagte, indem ich abwechselnd mit den Vorderbeinen und den Hinterbeinen vom Boden absprang. Schlussendlich ähnelten meine Bewegungen denen eines sprintenden Hundes. Ich war in diesem Moment so schnell, dass ich kaum noch die einzelnen Bäume voneinander unterscheiden konnte. Mein Puls beschleunigte sich und kurz darauf geriet ich ausser Atem. Ich hielt an und legte eine Pause ein, sodass wieder genügend Sauerstoff in meine Lungen gelangen konnte, um die Muskeln zu versorgen. Erstaunt stellte ich fest, dass ich in dieser kurzen Zeit über drei Kilometer zurückgelegt hatte. Nun befand ich mich am obersten Teil des Waldes in der Nähe eines kurzen Felsvorsprungs. Von dort aus konnte man die gesamte Stadt überblicken.

Oder man kann von dort aus abheben, wenn man genug schnell ist, dachte ich, als ich wieder zu laufen begann.

Ich beschleunigte immer weiter, bis der Felsvorsprung in Sicht kam. Kurz vor dem etwa zehn Meter hohen Vorsprung breitete ich meine Flügel aus. Die Luft, die nun daran vorbeifloss, bremste mich zunächst ab. Bald lernte ich jedoch, wie ich meine Flügel anwinkeln musste, damit sie möglichst wenig Luftwiderstand boten. Ungefähr einen Meter vor dem Felsvorsprung stiess ich mich ab. In diesem kurzen Moment hatte ich Angst, da der Boden unter meinen Füssen verschwand und ich nach unten fiel. Als ich daraufhin meine Flügel anspannte, damit sie mein Gewicht tragen konnten, glitt ich dicht über den Boden hinweg und meine Angst verflog. Ich fühlte mich in diesem kurzen Moment lebendiger denn je. Die kalte Luft strömte an meinem nahezu perfekt aerodynamischen Körper entlang und drückte von unten her gegen meine gerade ausgestreckten Flügel. Da es nach dem Felsvorsprung dauerhaft bergab ging, konnte ich ununterbrochen weiterfliegen. Der letzte Erdrutsch hatte alle Bäume unterhalb des Vorsprungs entwurzelt, wodurch die Flugbahn frei war.

Und nun eine Linkskurve, dachte ich voller Freude und Genuss am Fliegen.

Ich änderte den Winkel meiner Flügel und augenblicklich drehte ich mich kopfüber.

So war das nicht gedacht!

Da die Luft nun urplötzlich von oben herab auf meine Flügel drückte und ich nicht auf diesen Richtungswechsel gefasst war, klappten sie sich zusammen und ich stürzte mit dem Kopf voran in den Schnee. Nachdem ich auftraf, überschlug ich mich einige Male, bevor ich schmerzhaft an einem Baum zum Stillstand kam. Benommen richtete ich mich auf und stellte erleichtert fest, dass ich keine ernsthaften Verletzungen davongetragen hatte. Mein linker Flügel und mein Kopf schmerzten, aber ansonsten fehlte mir nichts.

Wahrscheinlich sollte ich jetzt mit dem Training aufhören.

Ich bewegte mich langsam durch den Wald in Richtung Zuhause. Der weiche Pulverschnee glitzerte hellblau im Schein des Mondes und alles war mucksmäuschenstill. Leider konnte ich mich nicht auf die Schönheit meiner Umgebung konzentrieren, da sich meine Kopfschmerzen nicht besserten.

Anscheinend habe ich mir am Baum den Kopf gestossen, als ich zum Stillstand kam.

Mir wurde zunehmend schwindelig und übel. Wegen meinen Beschwerden achtete ich nicht mehr sonderlich darauf, ob mich jemand sehen konnte. Stattdessen ging ich einfach der Strasse entlang und kam kurze Zeit später zu Hause an, ohne dass mich jemand entdeckt hatte. Zum meinem Glück waren fast alle Menschen bereits im Bett. Mein Essen stand in der Küche bereit, aber mir war speiübel, weswegen ich keinen Hunger verspürte. Um den Kopfschmerzen entgegenzuwirken, liess ich heisses Wasser in die Badewanne einlaufen. Als sie voll war, stieg ich in das dampfende Bad. Innerhalb von wenigen Sekunden entspannten sich meine Muskeln und das wohlige Gefühl der Hitze breitete sich in mir aus. Ich wusste nicht, wie lange ich badete, da ich jegliches Zeitgefühl verloren hatte. Als ich aus der Badewanne stieg, überraschte mich die eisige Kälte, die mich nun umgab. Eigentlich war es überhaupt nicht kalt, aber durch das heisse Bad kam es mir kälter vor als draussen im Schnee. Es fühlte sich an, als würde mein ganzer Körper aus Eis bestehen. Plötzlich begann alles zu kribbeln. Ich konnte nichts mehr sehen, hören oder riechen. Das Einzige, was ich fühlte, was das Kribbeln, was meinen gesamten Körper durchströmte. Nachdem es nachgelassen hatte, fühlte ich mich anders als zuvor. Ich hörte alles leise und undeutlich. Ausserdem roch ich fast nichts mehr. Als ich die Augen öffnete, sah ich nur noch einen schwachen Lichtstrahl, der von den Strassenlaternen her in das Badezimmer fiel. Ich ging zum Lichtschalter und betätigte ihn. Seltsamerweise konnte ich meine Finger wieder fühlen. Als das Licht endlich aufflackerte, erkannte ich mich selbst als Mensch im Spiegel. Zuerst schockierte mich dieser Anblick, aber bald darauf gewöhnte ich mich wieder an mein menschliches Aussehen. Verwirrt stand ich auf und bemerkte, dass ich jetzt klitschnass und nackt im Bad stand und mir die Kälte bereits bis ins Mark kroch. Ich trocknete mich ab und war froh darüber, dass wenigstens meine Kopfschmerzen langsam zurückgingen. Da ich nun wieder bei klarem Verstand war, dachte ich über meine Verwandlung nach.

In dem Moment, als ich mir vorstellte, mein ganzer Körper würde aus Eis bestehen, verwandelte ich mich in einen Menschen. Das geht bestimmt auch wieder in die andere Richtung. Ich wette, dass ich mich in einen Drachen verwandeln kann, indem ich mir vorstelle, in Flammen zu stehen. Zumindest würde das Sinn ergeben.

Also stellte ich mir vor, mein ganzer Körper wäre von heissen Flammen umgeben. Dies war alles andere als leicht, da ich vor lauter Kälte zitterte. Gerade als ich aufgeben wollte, fing mein Körper wieder an zu kribbeln. Kurze Zeit später wandelten sich meine Sinne und ich fiel nach vorn, da ich als Drache nicht mehr wie ein Mensch stehen konnte. Erstaunt von meiner neu entdeckten Fähigkeit liess ich das Wasser ab, schaltete das Licht aus und ging zurück ins Wohnzimmer.

Wie cool ist das denn? Ich kann mich jederzeit in einen Menschen und wieder in einen Drachen verwandeln!

Vor lauter Freude sprang ich umher, hörte jedoch bald auf, da es bereits mitten in der Nacht war und ich meine Nachbarn nicht wecken wollte. Der leckere Duft meines Abendessens strömte mir entgegen und mein Magen knurrte. Ich ging in die Küche und ass alles blitzschnell auf. Satt und zufrieden über meine Entdeckung putzte ich mir die Zähne und ging anschliessend ins Bett. Ich entschied mich dazu, nur noch ein Mensch zu sein, wenn es unbedingt nötig war, denn das Leben als Drache gefiel mir sehr.

9

Geburtstag

Am nächsten Morgen ging es mir wieder bestens. Nur mein linker Flügel zwickte noch ein wenig bei bestimmten Bewegungen. Höchstwahrscheinlich hatte ich ihn leicht verstaucht bei meiner gestrigen Bruchlandung. Das Meeting war heute keine Herausforderung mehr, da ich mich einfach zuvor in einen Menschen verwandeln konnte. Die Verwandlungen waren verstörend, aber dafür sehr nützlich. Gerade als ich weitere Bewegungsübungen durchführte, klingelte mein Mobiltelefon. Es war meine Mutter. Ich verwandelte mich so schnell es ging in einen Menschen und nahm den Anruf entgegen, noch bevor das Kribbeln vollständig versiegte.

«Hallo Mama.»

«Guten Morgen Nils. Da morgen dein Geburtstag ist, wollte ich dir ein Geschenk überbringen. Kannst du mir sagen, um welche Uhrzeit es dir passt?»

Meinen Geburtstag hatte ich vor lauter Veränderungen völlig vergessen. Eigentlich wollte ich meine Flügel trainieren, um so schnell wie möglich zu Tom in die Ukraine fliegen zu können.

«Am Abend ab 18 Uhr geht es für mich.», antwortete ich, da ich ihr bei meinem Geburtstag nicht einfach absagen konnte.

«Super! Dann sehen wir uns morgen um 18 Uhr bei dir. Ich möchte dich nicht weiter bei der Arbeit stören. Bis bald.»

«Tschüss.»

Wir legten auf und ich widmete mich wieder meiner Arbeit und dem Flügeltraining.

Das kam unerwartet. Hoffentlich bemerkt sie nichts Sonderbares wie zum Beispiel meine kaputte Tastatur oder den zerkratzten Fussboden. Die Rüstung und das Schwert muss ich ebenfalls noch versorgen.

Da diese Gegenstände immer noch auf dem Tisch lagen und ich nie nachgesehen hatte, ob sie noch schmutzig waren, tat ich dies jetzt. Zu meiner Erleichterung war alles sauber und in perfektem Zustand. Das Schwert war sogar frisch geschliffen. Wieder einmal bedankte ich mich gedanklich bei der künstlichen Intelligenz und versorgte alles in meinem Wandschrank.

Um 17 Uhr, als mein Arbeitstag zu Ende war, verwandelte ich mich in einen Menschen und zog mir Kleider an. Dabei fühlte sich jede Bewegung unnatürlich an. Die Geräusche waren leiser, als ich sie in Erinnerung hatte und da die Sonne bereits unterging, fiel mir das Sehen zunehmend schwerer. Am gewöhnungsbedürftigsten war jedoch das Gehen auf zwei Beinen. Ich war so lange ein Drache gewesen, dass es sich grundlegend falsch anfühlte.

Ich ging in den Wald und begegnete dabei einigen Menschen. Obwohl sie mich nicht anstarrten, fühlte ich mich stark beobachtet. Es war, als hätte ich Angst davor, aufzufliegen. Dabei glich ich einem gewöhnlichen Menschen und keineswegs einem Drachen. Trotzdem nahm meine Nervosität noch weiter zu, als ich mich tiefer in den Wald bewegte.

Was, wenn mich jemand bei meiner Verwandlung beobachtet? Dann wüsste diese Person nicht nur, dass ich ein Drache bin, sondern auch, wie ich als Mensch aussehe. Und anschliessend könnte herausgefunden werden, wie ich heisse. Ich möchte mir gar nicht vorstellen, was Forscher mit einem Menschen anstellen, der durch eine ausserirdische künstliche Intelligenz ein unbekanntes Serum erhalten hat.

Ich schob diesen Gedanken rasch beiseite, suchte mir eine geschützte Stelle in einem Busch und zog die Kleider aus, um mich anschliessend in einen Drachen zu verwandeln. Sobald meine nackten Füsse den Schnee berührten und ein schwacher Wind aufkam, wurde es beinahe unmöglich, an heisses Feuer zu denken. Als ich es nach wenigen Minuten dennoch geschafft hatte, zitterte ich selbst als Drache noch vor Kälte.

Ich wünschte, ich könnte Feuer machen. Feuer? Das ist es! Ich muss unbedingt herausfinden, ob ich Feuer speien kann. Weshalb kam mir das nicht früher in den Sinn?

Ich stellte mir vor, Feuer zu atmen, und pustete gegen den Himmel. Nicht die kleinste Flamme war zu erkennen. Als ich es erneut versuchte, kam ich auf dasselbe Ergebnis. Nach einigen weiteren Versuchen gab ich auf.

Wenn das jemand gesehen hat, dann wäre es offiziell die peinlichste Situation meines Lebens. Ein Drache, der gegen den Himmel pustet und kein Feuer erzeugen kann.

Bei diesem Gedanken musste ich schmunzeln. Dann kam mir eine neue Idee, wie ich das Feuerspeien angehen könnte. Ich atmete ein und stellte mir vor, dass die Luft in meinen Lungen immer heisser werden würde. Nichts geschah. Ich konzentrierte mich stärker und fokussierte meine gesamte Energie auf mein Innerstes. Mit einem Mal wich die Kälte aus meinem Körper. Es wurde immer wärmer und als es sich anfühlte, als ob ich mit der in mir angesammelten Energie die gesamte Stadt zerstören könnte, atmete ich aus. Zuerst kam nur heisse Luft heraus. Später jedoch erschienen kleine Flammen, die aus meinem Maul strömten. Mir ging gleich darauf die Puste aus. Trotzdem war ich so stolz auf mich wie noch nie zuvor.

Ich kann Feuer speien!

Vor lauter Freude rannte ich durch den Wald, sprang über hohe Sträucher hinweg und jubelte. Es waren zwar nur kleine Flämmchen gewesen, die nach wenigen Sekunden erloschen waren, aber trotzdem war ich überglücklich, das Feuerspeien gemeistert zu haben.

Völlig ausser Atem kam ich beim Felsvorsprung an. Ich konnte mir das Grinsen immer noch nicht unterdrücken.

Tom wird Augen machen, wenn ich als feuerspeiender Drache bei ihm aufkreuze.

Voller Freude nahm ich Anlauf, um daraufhin ein weiteres Mal das Fliegen zu üben. Ich startete mit Vollgas, breitete meine Flügel aus und stiess mich von der Felskante ab. Das befreiende Gefühl des Fliegens überwältigte mich, nachdem ich einige Sekunden durch die kalte Winterluft geglitten war. Um nicht erneut abzustürzen, bewegte ich meine Flügel nur geringfügig. Auf diese Weise konnte ich mich langsam an die Kurven herantasten. Zuerst flog ich nach rechts, danach links und später auch nach oben und unten. Die Richtung selbst steuern zu können, gab mir mehr Sicherheit, wodurch ich mich wiederum mehr wagte als zuvor. Bald darauf versuchte ich, mit den Flügeln zu schlagen, um an Höhe zu gewinnen, wobei ich sie voller Enthusiasmus auf und ab bewegte. Entgegen meiner Erwartungen brachte mich dieses Manöver weiter nach unten.

Ich muss irgendetwas falsch gemacht haben.

Nun versuchte ich es erneut und meine Höhe blieb gleich. Vor mir war die Schneise, die durch den letzten Erdrutsch entstanden war, bald zu Ende. Wenn ich jetzt nicht an Höhe gewann, würde ich geradewegs in die Bäume fliegen. Ich schwang meine Flügel wild nach oben und unten, jedoch veränderte sich meine Höhe kaum. Daraufhin wollte ich abbremsen, indem ich den Winkel der Flügel anpasste. Dies gelang mir nur zum Teil, da ich mich gleichzeitig nach oben bewegte.

Dann fliege ich halt über die Bäume hinweg, wenn ich nicht davor abbremsen kann.

Ich erreichte die Hohe der Baumwipfel und musste feststellen, dass ich dadurch fast meine gesamte Geschwindigkeit verloren hatte. Wieder schlug ich mit meinen Flügeln. Dieses Mal beschleunigte ich leicht, aber nicht genug, um eine Kollision mit der Spitze einer Fichte zu verhindern. Durch mein geringes Tempo war es mir möglich, mich daran festzuhalten.

Noch einmal Glück gehabt, dachte ich, als ich auf der Baumkrone zum Stillstand kam.

Leider konnten mich die dünnen Äste nicht länger als ein paar Sekunden tragen und brachen mit einem lauten Knacken ab. Ich verlor den Halt und fiel nach unten. Instinktiv breitete ich meine Flügel aus, um den Sturz abzufangen. Während des Falls baute ich wieder genügend Geschwindigkeit auf, um fliegen zu können. Anschliessend änderte ich meine Richtung nach vorne. Nur wenige Meter über dem Boden schoss ich durch den Wald, wobei ich den Schnee hinter mir aufwirbelte. Ich versuchte verzweifelt, allen Bäumen auszuweichen, jedoch gelang es mir nicht, da ich viel zu schnell war. Mein rechter Flügel kollidierte mit einem Baumstamm und ich stürzte ab.

Stechende Schmerzen durchzogen meinen Flügel, als ich mich wieder aufrichten wollte. Bei jeder Bewegung wurde es schlimmer. Ich war geschockt, als ich den Flügel genauer betrachtete. Er war auf eine Weise gefaltet, die eigentlich unmöglich wäre.

Ich bin zwar kein Spezialist, was die Anatomie eines Drachen betrifft, aber dieser Flügel ist eindeutig gebrochen.

Mit meinen Vorderbeinen versuchte ich, den Flügel wieder in die richtige Position zu bringen. Dabei schmerzte es so sehr, dass mir die Tränen kamen und ich eine Pause einlegen musste. Ich wusste, dass ich nicht wieder nach Hause kommen würde, sollte der Flügel in dieser Position bleiben. Also nahm ich all meinen Mut zusammen und rückte den Flügel mit einer schnellen Bewegung gerade. Ich schrie vor Schmerz auf und für einen Augenblick hätte ich mir am liebsten den Flügel abgeschnitten. Überraschenderweise klang der Schmerz innerhalb von wenigen Minuten ab. Die Knochen befanden sich jetzt wieder an der richtigen Stelle, soweit ich das erkennen konnte. Ich zog den Flügel leicht an, um ihn anzuheben. Dabei flammte der Schmerz erneut auf, jedoch nur für einen kurzen Moment. Sachte setzte ich einen Fuss vor den anderen, um aus dem Wald zu gelangen. Meine Kleider konnte ich nicht holen, da sie sich mindestens zehn Kilometer von mir entfernt befanden. Nach Hause waren es nur etwa drei Kilometer. Deswegen entschied ich mich, die Kleider liegenzulassen und als

Drache nach Hause zu gehen. Mir stand ein langer und qualvoller Heimweg bevor.

Vor Schmerz gekrümmt kroch ich über die Strasse. Es waren bereits mehrere Stunden seit dem Unfall vergangen. Trotzdem war ich noch immer nicht zu Hause. Der Flügel war an der Bruchstelle angeschwollen und der pochende Schmerz, der davon ausging, wurde mit jedem Schritt schlimmer. Da es bereits sehr spät war, begegnete ich trotz meiner langsamen Geschwindigkeit niemandem. Als ich endlich zu Hause angekommen war und meine Wohnung betreten hatte, blieb ich zitternd auf dem Fussboden liegen. Völlig ratlos ging ich alle Möglichkeiten durch, die ich jetzt hatte. So konnte ich auf keinen Fall in die Ukraine fliegen.

Plötzlich ertönte die Stimme der künstlichen Intelligenz aus meinem Mobiltelefon, was auf dem Tisch lag.

«Eine Sache musst du immer beachten: Verwandle dich niemals, wenn du verwundet bist. Ansonsten verschlimmert sich die Verletzung um ein Vielfaches.»

«Bedeutet das also, dass ich mich die nächsten paar Monate nicht verwandeln kann?», fragte ich von der unerwarteten Frage überrascht.

«Wer spricht hier von Monaten? Als Drache ist deine Wundheilung wesentlich schneller. In wenigen Tagen wirst du wieder flugbereit sein.»

«Warum hast du mir eigentlich nicht gesagt, dass ich jetzt ein Drache bin? Diese Information hätte mir sehr geholfen.»

«Es hätte die Chance auf Erfolg nicht vergrössert. Im Gegenteil: Durch deine eigenen Entdeckungen fällt es dir leichter, deine Fähigkeiten zu kontrollieren. Da ich meine Zeit jedoch nicht für Gespräche verschwenden kann, muss ich jetzt aufhören.»

«Warte! Ich habe noch eine ganz wichtige Frage, die mich schon seit Tagen belastet. Weshalb hast du den Krieg nicht schon vor der Entstehung verhindert, wenn du die Zukunft vorhersehen kannst?»

«Ich kann die Zukunft nicht vorhersehen, sondern nur die Wahrscheinlichkeiten für alle möglichen Situationen berechnen. Da eine derartige Eskalation des Ukraine-Konflikts nur bei zwei Prozent lag, hielt ich ein Einschreiten für überflüssig. Jetzt muss ich aber wirklich aufhören. Ich melde mich wieder, sobald es nötig ist.»

Mit diesen Worten verstummte die Stimme. Da ich nun wusste, dass ich einfach warten konnte, bis die Wunde verheilt war, legte ich mich hin und versuchte, zu schlafen. Als ich nach einigen schmerzhaften Stunden endlich einschlief, war mir gar nicht aufgefallen, dass die Schwellung bereits zurückging.

Mein Magen knurrte, obwohl es noch dunkel war. Ich stand auf und sah auf die Uhr. Es war viertel vor fünf. Erst als ich mir in der Küche mein Essen zubereitete, stellte ich fest, dass der Flügel kaum noch schmerzte. Die Schwellung war vollständig zurückgegangen und der Flügel sah bereits wieder normal aus. Trotzdem wagte ich es nicht, ihn zu bewegen, da der Bruch sonst nicht heilen konnte. Vorsichtig ass ich mein zu frühes Frühstück und legte mich anschliessend auf mein Bett. Dabei berührte ich die Bettkante mit meinem rechten Flügel und es schmerzte so sehr, als wäre er erneut gebrochen.

So schnell kann also nicht einmal ein Drache Knochen zusammenwachsen lassen, dachte ich, als ich den Flügel vorsichtig so gerade wie möglich auf dem Bett ausbreitete.

Da ich nun satt war und meine Schmerzen bald verschwanden, schlief ich erneut ein.

Der Wecker klingelte um sieben Uhr und ich stand so vorsichtig auf, wie ich konnte. Erst als ich mich vor meinen Computer setzte, bemerkte ich, dass ich noch einige Schwierigkeiten zu bewältigen hatte. Erstens durfte ich mich dieses Mal nicht für das Meeting verwandeln und zweitens musste ich noch eine Lösung für den Besuch meiner Mutter finden. Da das Meeting zuerst kam, überlegte ich mir wieder, was ich sagen konnte. Ich entschied mich dazu, wie beim ersten Mal meine Kamera zu beschuldigen. Dies funktionierte zwar, aber ich musste versprechen, das Problem während meines unbezahlten Urlaubs zu lösen. Inzwischen konnte ich meine menschliche Stimme als Drache schon so gut imitieren, dass es wahrscheinlich nicht einmal meinen Eltern auffallen würde, sollte ich als Drache zu ihnen sprechen. Als das Meeting zu Ende war, telefonierte ich mit meiner Mutter.

«Herzlichen Glückwunsch zu deinem 21. Geburtstag! Wie geht es dir heute?»

«Ich fühle mich nicht sonderlich gut. Können wir das Treffen verschieben?»

«Aber ich komme doch nur vorbei, um das Geschenk zu bringen. In zwei Minuten wäre ich wieder weg.»

«Trotzdem möchte ich es verschieben. Es kann sein, dass ich Corona habe.»

«Dann werde ich einfach bei dir klingeln und das Geschenk vor die Tür legen, wenn es so schlimm ist. Ich finde es sehr schade, dass ich dich an deinem Geburtstag nicht sehen kann.»

Es fiel mir schwer, die Wahrheit zu verschweigen. Am liebsten hätte ich ihr alles erzählt. Da ich jedoch wusste, dass sie sich viel zu viele Sorgen machen würde, hielt ich es für die beste Idee, zuerst Tom seine Rüstung zu übergeben und ihr nach meiner Mission Bescheid zu sagen. Ausserdem wollte ich ihr nicht von meinem Fehlschlag in Kiew berichten, da ich mich für mein unüberlegtes Handeln schämte.

«Ich würde dich auch gerne sehen, aber es geht mir wirklich nicht gut.», antwortete ich.

«Dann wünsche ich dir eine gute Besserung. Bis bald.»

«Tschüss.»

Nachdem wir aufgelegt hatten, begann ich wieder mit der Arbeit. Im weiteren Verlauf des Tages geschah nichts Aussergewöhnliches mehr.

Um 18 Uhr klingelte es an der Haustür. Wegen meines verletzten Flügels dauerte es lange, bis ich den Türöffner betätigen konnte. Ich hörte, wie meine Mutter die Treppe hochstieg. Sie blieb vor der Wohnungstür stehen und stellte etwas neben der Wand ab.

«Noch einmal alles Gute zu deinem Geburtstag und gute Besserung.», sagte sie durch die Tür hindurch.

«Vielen Dank.», antwortete ich.

Nachdem sie das Treppenhaus verlassen hatte, öffnete ich die Tür und nahm das Paket hinein, was sie eben gebracht hatte. Es war in ein Geschenkpapier gehüllt, auf dem Drachen abgebildet waren.

Wie passend, dachte ich.

Mit den Krallen riss ich das Paket auf und fand drei Bücher über Drachen darin. Wusste sie, dass ich ein Drache war oder war dies ein Zufall? Es konnte meines Wissens unmöglich Ersteres sein, da mich bisher noch niemand in meiner neuen Gestalt gesehen hatte. Trotzdem breitete sich eine gewisse Unsicherheit in mir aus.

Hat sie bemerkt, dass ich anders klinge als zuvor?

Ich schob diesen Gedanken beiseite und widmete mich den Büchern. Vielleicht konnten sich einige Informationen daraus als nützlich erweisen. Den Rest des Abends verbrachte ich mit meiner neuen Lektüre. Als ich später ins Bett ging, schmerzte mein Flügel kaum noch, obwohl ich ihn wie gestern ausbreitete.

10

Reise

Ein letztes Mal weckte mich mein Wecker um sieben Uhr vor meinen erneuten Ferien, denn es war Freitag. Wie jeden Tag stand ich auf, genoss ein reichhaltiges Frühstück, setzte mich an meinen Computer und begann mit der Arbeit. Mein Flügel liess sich wieder ohne Probleme bewegen. Trotzdem beschloss ich, erst morgen loszufliegen, sodass er nicht mitten im Flug erneut brach. Ich übte die Flügelschläge, die mir bei meinem letzten Flug Probleme bereitet hatten, wobei ich Acht geben musste, nichts umzuwerfen. Ich fand heraus, dass ich sie jeweils während der Aufwärtsbewegung zusammenfalten musste, um mich nicht ungewollt nach unten zu drücken. Mit der Zeit wurde der durch die Bewegungen erzeugte Luftstrom so stark, dass mein Monitor gefährlich zu schwanken begann. Daraufhin stellte ich das Flügelschlagen ein und widmete mich anderen Übungen, die ich während der Arbeit ausführen konnte.

Als der Arbeitstag zu Ende war, wagte ich es, die Verwandlung erneut zu versuchen. Zu meiner Erleichterung schmerzte es nicht und ich konnte mich anschliessend ganz normal bewegen. Ich zog meine Kleider an und ging einkaufen, da meine Lebensmittelvorräte aufgrund des erhöhten Nahrungsbedarfs als Drache fast vollständig erschöpft waren. Draussen auf der Strasse fiel mir auf, dass sich mein Auto noch in der Ukraine befand. Deswegen musste ich zu Fuss gehen. Da ich nicht wusste, ob sich die Verletzung auch in Menschengestalt verschlimmern konnte, kaufte ich nur die nötigsten Lebensmittel ein. Zu Hause angekommen, stellte ich alles für meine geplante Reise bereit. Eine Tasche, die ich mir auch als Drache umbinden konnte, das Schwert für alle Fälle, einige Lebensmittel, Kleider und meine Zahnbürste gehörten dazu. Ebenfalls packte ich das Mobiltelefon und mein Portemonnaie ein. Die eigene Rüstung liess ich zu Hause.

Sobald ich ausserhalb von Zürich bin, ist es mir egal, ob ich als Drache gesehen werde. Spätestens in der Ukraine werden sie mich sowieso sehen. Nur meinen Heimatort darf niemand herausfinden.

Damit ich wusste, wie meine Flugstrecke aussah, studierte ich die Satellitenbilder. Erst als ich mich auf der gesamten Strecke ausschliesslich anhand der Bilder orientieren konnte, gab ich mich zufrieden.

Am nächsten Morgen stand ich munter auf und machte mich auf den Weg. Die erste Strecke fuhr ich mit den öffentlichen Verkehrsmitteln. Ausserhalb der Stadt ging ich in den Wald, zog meine Kleider aus und verwandelte mich in einen Drachen. Mittlerweile bereitete mir das überhaupt keine Schwierigkeiten mehr, obwohl es sehr kalt war.

Die Kleider vom Mittwoch liegen immer noch irgendwo herum, dachte ich, als ich die frisch ausgezogenen Kleider einpackte.

Da ich keine Zeit mehr damit verschwenden wollte, sie zu suchen, beschloss ich, die Kleider im Wald liegenzulassen. Nun hängte ich mir die vollgepackte Tasche um den Hals und schlug mit den Flügeln, wie ich es am Vortag geübt hatte. Keine meiner Bewegungen schien dem einst gebrochenen Flügel zu schaden. Ich schwang sie immer stärker, bis mich der Auftrieb tragen konnte. Sobald meine Beine den Bodenkontakt verloren, beschleunigte sich mein Puls zusätzlich. Nach mehreren Dutzend Flügelschlägen befand ich mich schliesslich über einen halben Meter in der Luft. Meine Freude am Fliegen und das Adrenalin halfen mir dabei, die dauerhafte Anstrengung durchzuhalten. Jetzt benötigte ich keine Startbahn mehr zum Abheben. Stattdessen konnte ich wie ein Vogel vom Boden aus starten. Kurze Zeit später passte ich meine Bewegungen den Luftströmungen an und stellte erleichtert fest, dass ich mich nun nach vorn bewegte. Mit jedem Flügelschlag erhöhte sich meine Geschwindigkeit. Bald war ich so schnell, dass ich zu Fuss nicht mehr hätte mithalten können. Ich kreiste nach oben und die Luft wurde stetig kälter und dünner. Dafür nahm der Wind zu, was mir den Aufstieg erleichterte, wenn ich die Strömungen richtig nutzte. Leider konnten diese Windstösse auch den gegenteiligen Effekt aufweisen. Eine unerwartete Böe kam auf und drehte mich zur Seite. Ich verlor einige Meter an Höhe, konnte mich aber wieder auffangen. Weitere Windstösse trafen mich und erschwerten meinen Aufstieg. Da meine Kräfte langsam nachliessen, musste ich mich vom Wind treiben lassen. Obwohl ununterbrochen Böen von links kamen, konnte ich geradeaus weiterfliegen, indem ich zur richtigen Zeit gegensteuerte.

Inzwischen war ich so hoch, dass ich ganz Zürich überblicken konnte, wenn ich nach hinten sah. Ich liess mich weiterhin treiben und genoss jeden einzelnen Moment meines Fluges. Trotz der eisigen Kälte fror ich nicht, da mich die körperliche Anstrengung wärmte. Ausserdem schien mich die dünne Luft kaum zu beeinträchtigen. Das Fliegen fühlte sich so natürlich an, dass ich mir in diesem Moment gar nicht mehr vorstellen konnte, ein Mensch zu sein. Ich schloss die Augen und lauschte dem pfeifenden Wind, der an mir vorbeiwehte. Ausserdem konzentrierte ich mich auf das Gefühl der Luft, die meine Flügelhaut geringfügig flattern liess. Als ich die Augen wieder öffnete, bestaunte ich die Schönheit der Wolken in der Morgensonne. Die Landschaft, die sich unter mir ausbreitete, war trotz der vielen Häuser, Strassen und Felder atemberaubend. Stundenlang flog ich weiter und mit der Zeit entwickelte ich einen sechsten Sinn für Luftströme. Ich wusste instinktiv, wo sich Aufwinde befanden, die ich nutzen konnte. Mittlerweile befand ich mich so weit über dem Boden, dass ich schon fast die Wolken berührte. Die Sonne ging gerade unter und tauchte den wolkenbedeckten Himmel in ein rosarotes Licht. Der Boden unter mir war bereits vollständig in Dunkelheit gehüllt. Um den Sonnenuntergang besser betrachten zu können, flog ich noch höher. Die Luft wurde so dünn, dass mir innerhalb von wenigen Flügelschlägen die Puste ausging. Trotzdem gelang es mir, die Wolken zu durchqueren. Gerade als ich nach hinten blickte, um die Sonne zu betrachten, verschwand sie hinter dem Horizont. Es war der schönste Anblick meines Lebens. Auf der einen Seite war der Himmel noch schwach in orangefarbenes Licht getaucht und auf der anderen Seite konnte ich bereits tausende Sterne erkennen. Die Wolken leuchteten in hellblauem Mondlicht und warfen gespenstische Schatten, die entweder andere Wolken oder den schneebedeckten Boden trafen. Da ich vor lauter Schönheit meine Mission nicht vergessen durfte, entschloss ich mich, weiterzufliegen.

Nach weiteren Stunden, als meine Flügel durch die permanente Belastung schmerzten, musste ich landen. Ich neigte mich nach vorn, wodurch sich meine Geschwindigkeit augenblicklich erhöhte. Als ich durch eine Wolke flog, konnte ich erkennen, wie die von mir erzeugten Luftströmungen Wirbel erschufen. Sie erinnerten mich an Strudel eines Gewässers. Durch die winzigen Wassertropfen, die mich trafen, wurde ich nass. Einige Sekunden später schoss ich in einer atemberaubenden Geschwindigkeit aus der Wolke heraus und zog eine Spur aus Wasserdampf hinter mir her. Durch die Nässe und die erhöhte Geschwindigkeit wurden die Flügel steif vor Kälte.

So muss sich ein Eiszapfen fühlen, dachte ich. *Eis? Besser nicht daran denken. Sonst verwandle ich mich noch mitten im Flug.*

Da ich versuchte, den Gedanken an Eis zu verdrängen, dachte ich umso mehr daran. Plötzlich verspürte ich das allzu bekannte Kribbeln, was eine

Verwandlung ankündigte. Ich geriet in Panik. Noch bevor ich reagieren konnte, wurde mir schwarz vor Augen. Kurze Zeit später kehrten meine menschlichen Sinne zurück und ich fiel ungebremst nach unten. Mit aller Willenskraft stellte ich mir vor, aus Feuer zu bestehen. Dies nützte jedoch nichts, da mir zu kalt war. Selbst das heisseste Feuer, was ich mir vorstellen konnte, war nicht wärmer als Wasser, was knapp über dem Gefrierpunkt stand. Es war eine kalte Winternacht. Ich befand mich einige Kilometer über dem Boden, war nackt, nass und der Wind wehte mir mit ungefähr zweihundert Stundenkilometern entgegen. Noch kälter konnte man überhaupt nicht haben. Meine Finger und Zehen wurden bereits taub. Wenn mir nicht bald etwas einfiel, würde ich ungebremst zu Boden stürzen.

Als Kind hatte ich mir mal eine Hand verbrannt, da ich mich versehentlich auf einer heissen Herdplatte abgestützt hatte. Ich stellte mir dieses brennende Gefühl präzise vor und nach einer kurzen Zeit verwandelte sich meine rechte Hand. Alles andere blieb, wie es war. Da ich mich an anderen Körperstellen noch nie derart verbrannt hatte, konnte ich mir auch nicht vorstellen, wie es sich anfühlen musste. Ich fiel weiter nach unten und die Kälte brannte wie Feuer auf meiner Haut, da die dünne Wasserschicht gefror, die meinen Körper bedeckte. Dies gab mir erneut Hoffnung und ich konzentrierte mich auf das brennende Gefühl. Nur dass ich mir vorstellte, es würde von Feuer stammen. Zu meiner Erleichterung genügte es und mein Körper begann wieder zu kribbeln. Meine Sinne wandelten sich und als ich wieder sehen konnte, musste ich feststellen, dass ich mich nur noch wenige hundert Meter über dem Boden befand. Ich breitete instinktiv meine Flügel aus, was ein Fehler war, da ich mich viel zu schnell bewegte. Durch den starken Gegenwind knickten sie sofort ein. Nun waren es nur noch etwa einhundert Meter. Ich breitete die Flügel nur leicht aus, um meinen Fehler nicht erneut zu begehen. Dies genügte, um wieder steuern zu können. Nun stemmte ich mich mit aller Kraft der Luft entgegen und zog mich nach oben. Die Fliehkräfte waren derart stark, dass es sich anfühlte, als würden meine Flügel ausgerissen werden. Trotzdem liess ich nicht nach und zog weiter hoch. Knapp über dem Boden gelang es mir, meinen Sturz vollständig abzufangen. Stattdessen bewegte ich mich mit über zweihundert Stundenkilometern nach vorn. Ich schoss so schnell über ein schneebedecktes Feld hinweg, dass der Schnee hinter mir in einer riesigen Wolke hochwirbelte. Damit ich landen konnte, flog ich weiter, bis meine Geschwindigkeit gering genug war, um meine Flügel einzuklappen und auf dem Boden aufzusetzen.

Meine Beine schienen mein Gewicht nicht mehr tragen zu wollen und ich fiel nach vorn. Nach einem Überschlag kam ich im Schnee zum Stillstand.

Meine Flügel waren steif vor Anstrengung und mein ganzer Körper brannte vor Kälte. Ich stellte mir vor, dass die Luft in meinen Lungen durch Feuer erhitzt würde, was bei meinem momentanen Empfinden nicht schwer war. Augenblicklich breitete sich Wärme in mir aus. Das Brennen verschwand mit der Zeit und ich konnte mich wieder richtig bewegen. Als ich ausatmete, flimmerte die herausströmende Luft und erzeugte Dampfwolken, die im Mondlicht hellblau schimmerten. Erst als ich mich aufrichtete, bemerkte ich, wie erschöpft ich war. Jeder Muskel in meinem Körper zitterte, mein Magen knurrte und ich fühlte mich so schwach wie noch nie als Drache.

Zuerst nahm ich die Wasserflasche aus meiner Tasche. Das Wasser war gefroren. Ich erwärmte erneut die Luft in meinen Lungen. Da ich ausserordentlich geschwächt war, reichte die Energie nicht aus, um Flammen zu erzeugen. Trotzdem flimmerte die Luft, als ich die Flasche anhauchte. Nach wenigen Atemstössen war bereits genug Wasser geschmolzen, um trinken zu können. Durstig trank ich, so viel ich konnte. Anschliessend widmete ich mich dem Essen. Obwohl alles hart gefroren war, schlang ich es in kürzester Zeit herunter. Mein Hungergefühl verschwand und die Müdigkeit machte sich daraufhin deutlich bemerkbar. Ich legte mich unter einem Baum hin und schlief augenblicklich ein.

Als mich am nächsten Morgen die blendenden Sonnenstrahlen weckten, knurrte mir erneut der Magen. Ich fror immer noch am ganzen Körper und wunderte mich, wie ich bei dieser Kälte die Nacht überstanden hatte. Der Geruch von verbranntem Holz beantwortete meine Frage. Der Baum, unter dem ich geschlafen hatte, war bis auf den untersten Teil abgebrannt. In zehn Metern Umkreis befand sich kein Schnee mehr. Anscheinend hatte ich im Schlaf Feuer gespien. Ich setzte mich hin, wobei mich die schmerzenden Flügel zusammenzucken liessen. Bei jeder Bewegung brannten die Muskeln.

Ich hätte gestern eher landen sollen, dachte ich reuevoll.

Ohne weiterhin über den lebensgefährlichen Sturz nachzudenken, sah ich mich nach meinen Sachen um. Sie lagen ein Stück entfernt im Schnee. Zum Glück hatte ich sie dort vergessen, bevor ich mich schlafen gelegt hatte. Ansonsten wären sie auch nur noch einen Haufen Asche. Das vertraute Klingeln meines Mobiltelefons riss mich aus meinen Gedanken. Da es ausgesprochen kalt war, verwandelte ich mich nicht in einen Menschen, um zu antworten. Ohne auf meine Begrüssung zu warten, sprach die künstliche Intelligenz.

«Du hast es gestern reichlich spannend gemacht mit deinem Sturz aus 6348 Metern Höhe.»

«Das war auch nicht mit Absicht.», antwortete ich entrüstet.

«Wie dem auch sei. Ich habe eine wichtige Information für dich. Wie du bereits beschlossen hast, ist es keine gute Idee, deine wahre Identität preiszugeben. Dazu kommt aber noch, dass du nicht mit den Menschen sprechen darfst.»

«Warum denn das?»

«Es macht dich zu menschlich. Ich habe dich zu einem Drachen gemacht, da fast jede Kultur der Menschheit daran glaubt oder Geschichten darüber erzählt, obwohl sie bisher nie auf der Erde existiert haben. Wenn du sprechen würdest, kämen einige Menschen darauf, dass du in Wahrheit gar kein Drache bist. Dies würde die Erfolgschancen der Mission um exakt 33,6 % verringern.»

«Ich verstehe. Aber weshalb sorgst du dich einerseits so sehr darum, dass ich alles richtig mache, und andererseits warnst du mich nicht vor offensichtlichen Gefahren wie zum Beispiel der unabsichtlichen Verwandlung während des Fluges?»

«Weil du diese Erfahrungen benötigst, um in Zukunft alles richtig zu machen.»

«Was wäre passiert, wenn ich gestern gestorben wäre?»

«Dann hätte ich zu Plan B wechseln müssen. Bei solch einem Aufprall wäre dein Körper derart zerfetzt worden, dass selbst meine besten Nanobots nutzlos gewesen wären.»

«Und wie hoch lagen meine Überlebenschancen beim gestrigen Manöver?»

«Bei 23 %. Aber diese Situation wäre zu 91,7 % gar nicht erst eingetreten.»

«Dann hatte ich anscheinend einfach Pech.»

«Genau.»

«Du musst jetzt wieder auflegen, um weiterhin deine Simulationen durchzuführen, stimmt's?»

«Das ist korrekt. Ich werde mich höchstwahrscheinlich bald wieder melden.»

Die künstliche Intelligenz legte auf, bevor ich mich verabschieden konnte. Eigentlich war es gar keine schlechte Idee, die Begrüssung und die Verabschiedung wegzulassen. Immerhin lässt sich auf diese Weise einiges an Zeit einsparen. Da ich jetzt wusste, dass ich mich nicht nur als Mensch verstecken musste, sondern auch noch dazu gezwungen war, als Drache stumm zu bleiben, musste ich meine Vorgehensweise überdenken. Vielleicht war es genau das, was die künstliche Intelligenz beabsichtigte. Bevor ich mir weiterhin über das Verhalten der KI den Kopf zerbrechen konnte, knurrte mein Magen erneut und ich widmete mich meinem Frühstück. Da ich mich wesentlich stärker fühlte als gestern, konnte ich mein Essen erwärmen. Als ich das Toastbrot mit heisser Luft auftauen wollte, schossen einige Flammen aus meinem Maul und innerhalb von wenigen Sekunden war es knusprig gebacken. Erfreut über den unerwarteten Erfolgsmoment bestrich ich das Brot mit Butter und ass es auf. Ich wiederholte das Feuerspeien bei meinem nächsten Brot und wieder gelang es mir. Bei der dritten Scheibe war das Feuer durch die Energie des Frühstücks derart heiss, dass es mein Essen leicht verbrannte. Überrascht von der Hitze meines Feuers kratzte ich die schwarze Stelle mit meinen Krallen ab.

Das ging leichter als gedacht. Ich muss aufpassen, dass ich mir nicht mein ganzes Essen verbrenne.

Nach diesem einen verbrannten Toast geschah kein Missgeschick mehr mit dem Feuer. Ich konnte mit jedem Feuerstoss besser kontrollieren, wie heiss und wie gross es sein sollte.

Als mein Magen endlich wieder gefüllt war, machte ich mich erneut auf den Weg nach Kiew. Zu meiner Überraschung stellte ich fest, dass ich bereits zwei Drittel der Strecke zurückgelegt hatte. Ich breitete meine Flügel aus, die vor lauter Muskelkater immer noch zitterten und schmerzten, und stiess mich vom Boden ab. Nach einigen Flügelschlägen gewöhnte ich mich an den Schmerz und flog über die schneeweissen Felder hinweg. Augenblicklich verlor ich mich wieder in der Schönheit meiner Umgebung und dem Gefühl des Fliegens. Der Schnee glitzerte unter mir und die kleinen Hügel in der Ferne waren von dichtem Nebel umhüllt. Kalte Luftströme kamen mir entgegen, die ich für meinen Aufstieg nutzte. Dafür bremsten sie mich aus. Um schneller vorwärtszukommen, musste ich mir andere Winde suchen. Ich flog so lange nach oben, bis meine Muskeln in den Flügeln beinahe unerträglich brannten. Anschliessend liess ich mich treiben und genoss die Aussicht. Nach wenigen Stunden änderte der Wind seine Richtung und ich kam wesentlich schneller voran. Schon am frühen Abend war Kiew in Sicht.

11

Vereint

Neben der Stadt war das Schweizer Armeelager deutlich zu erkennen. Hunderte kleine Zelte waren aufgeschlagen. Dazwischen herrschte ein reges Treiben. Jeder Soldat schien genau zu wissen, was er zu tun hatte. Niemand verschwendete auch nur einen einzigen Augenblick.

Das nenne ich mal Disziplin.

Ich flog in einem grossen Bogen um das Lager herum, sodass mich niemand sah. Da ich mindestens zwei Kilometer über dem Boden flog, würden mich die meisten für einen Vogel halten, falls sie mich doch entdecken sollten. Etwa einen Kilometer neben dem Armeelager befand sich ein Wald, in dem ich eine geeignete Stelle zum Landen suchte. Als ich direkt über den Bäumen war, wechselte ich in einen Sturzflug. Dies erinnerte mich an die Situation von gestern. Erneut wurde mir kalt, da mir der Wind mit zunehmender Geschwindigkeit entgegenwehte. Ich schaffte es, mit keinem einzigen Gedanken an Eis zu denken. Stattdessen stellte ich mir loderndes Feuer vor. Wenige hundert Meter über den Baumwipfeln fing ich mich auf. Wieder schmerzten meine Flügel, als ich gegen die Fliehkräfte ankämpfte. Ich schoss über die Bäume hinweg, wendete in einem weiten Bogen und steuerte die nächstgelegene Lichtung an. Bevor ich landete, schlug ich ein letztes Mal mit den Flügeln, um möglichst sanft aufzusetzen.

Die zur Abwechslung weiche Landung erleichterte mich, denn einen erneuten Absturz wollte ich auf jeden Fall vermeiden. Ich rannte zum Waldrand und war froh darüber, endlich wieder andere Muskeln bewegen zu können. Meine Flügel hingen schlaff herunter, da ich sie aufgrund des Muskelkaters kaum noch bewegen konnte. Ich trat aus dem Wald heraus und augenblicklich stiegen mir tausende Gerüche in die Nase. Es roch nach unzähligen Menschen, Essen, Exkrementen, Sprengstoff, Blut, Desinfektionsmittel und noch mehr, was ich nicht einordnen konnte. Zwischen all diesen Gerüchen versuchte ich, meinen Bruder zu wittern. Nach kurzer Zeit gab ich den Versuch auf, da es schlichtweg zu viel war. In diesem Augenblick fragte ich mich, ob er überhaupt noch lebte. Da ich nicht glaubte, dass er bereits gestorben war und so viele seiner Kollegen nicht, suchte ich weiter nach ihm. Die Soldaten schienen mich aus der Entfernung immer noch nicht erblickt zu haben. Dank meinen scharfen Drachenaugen konnte ich sie wiederum problemlos erkennen. Sie schienen nun keinen Befehlen mehr nachzugehen, denn jeder bewegte sich langsamer und weniger zielstrebig als zuvor. Da die Sonne bereits unterging, vermutete ich, dass sie nun Freizeit hatten. Ich suchte in einem gewissen Abstand zum Lager weiter nach Tom. Kurze Zeit später, als die Sonne den Horizont berührte, wurden helle Scheinwerfer aktiviert, die das gesamte Areal beleuchteten. Der dafür benötigte Strom stammte von Dieselgeneratoren. Plötzlich stach ein bekannter Duft aus dem wilden Gemisch hervor.

Tom! Ich kann ihn riechen!

Voller Ungeduld folgte ich der Duftspur. Sie führte mich am Lager vorbei zu einer kleinen Baumgruppe. Keine anderen menschlichen Düfte gingen von diesem Punkt aus. Bevor ich aus dem Schatten einiger Büsche hervortrat, versteckte ich meine Sachen darin. Anschliessend schlich ich ins Freie und erblickte meinen Bruder, der gedankenverloren den Horizont betrachtete. Freude breitete sich in mir aus und ich konnte nicht anders, als grinsend in seine Richtung zu laufen. Bevor ich ihn erreicht hatte, bemerkte er mich und sah sich nach mir um. Seinen Blick konnte ich nicht mehr erkennen, da ich mich eine Sekunde später auf ihn stürzte und in eine Umarmung schloss. Ich war derart froh, ihn wiederzusehen, dass mir nicht einmal auffiel, wie er meinetwegen rücklings in den Schnee fiel, während ich ihn festhielt. Erst als er sich aus meinem festen Griff zu lösen versuchte, erkannte ich, dass er wegen mir völlig verängstigt war. Mit blassem Gesicht starrte er mich an, als ich endlich meinen Griff löste. Ich grinste ihm immer noch entgegen, was in seinen Augen nach einem Zähnefletschen aussehen musste. Verlegen trat ich einen Schritt beiseite, woraufhin er in ruckartigen Bewegungen ein paar Meter zurückkroch.

Ich wollte ihn nicht erschrecken, dachte ich, sobald ich verstanden hatte, weshalb er sich fürchtete.

Für ihn muss es ausgesehen haben, als würde ich ihn angreifen wollen. Ausserdem war ich ein Drache, den es eigentlich gar nicht geben durfte. Ich fragte mich, wie ich an seiner Stelle reagiert hätte. Da sich Tom weiterhin zurückzog und ich nicht wollte, dass er ohne mich zu seinen Kollegen ging, begann ich zu sprechen.

«Es freut mich, dich wiederzusehen.»

Er blieb auf der Stelle stehen und blickte mich verwundert an. Nun konnte ich erkennen, dass er sich beruhigte und seine Angst der Neugier wich.

Nach einer kurzen Pause fragte er «Was bist du?».

«Das weiss ich auch nicht mehr so genau. Einerseits bin ich ein Drache und andererseits auch ein Mensch.»

«Irgendetwas kommt mir an dir bekannt vor, obwohl ich dich noch nie zuvor gesehen habe.»

«Wahrscheinlich, weil ich dein Bruder bin, Tom.»

Die Verwirrung stand ihm ins Gesicht geschrieben.

«Das ist unmöglich. Nils ist kein Drache.»

«Als wir uns das letzte Mal gesehen haben, war ich das auch noch nicht.»

«Wenn du wirklich Nils bist, dann beweise es.»

Ich wollte mich zuerst in einen Menschen verwandeln, aber als mir einfiel, dass ich dann nackt sein würde, entschied ich mich dagegen. Stattdessen erinnerte ich mich an meinen gestrigen Sturz. Dort hatte ich es geschafft, ausschliesslich meine Hand zu verwandeln. Nun stellte ich mir vor, dass mein Kopf aus Eis bestand und der Rest von mir aus Feuer. Augenblicklich wandelten sich meine Sinne und ich befürchtete bereits, dass die Verwandlung komplett war. Erleichtert stellte ich fest, immer noch den Körper eines Drachen zu besitzen. Nur mein Kopf hatte sich verwandelt. Entsetzt starrte mich Tom an. Ein Drache mit dem Kopf seines Bruders schien ihm eher Angst einzujagen, als ihn von meiner Identität zu überzeugen. Also verwandelte ich mich zurück.

«Wenn ich mich vollständig verwandle, bin ich nackt.»

Er schien meine Erklärung nicht zu bemerken.

«Das beweist aber immer noch nicht, dass du mein Bruder bist. Was, wenn du dich einfach in jeden beliebigen Menschen verwandeln kannst?»

«Wie soll ich denn sonst beweisen, wer ich bin?»

«Sag etwas, was nur wir wissen, wenn du wirklich Nils bist.»

Nach kurzer Überlegung antwortete ich: «Du nennst mich Born, weil früher eine Werbung im Fernsehen kam, in der es um *Baby Born* ging. Als du bemerkt hast, dass ich es hasse, wenn du mich so nennst, wurde das mein Spitzname für dich.»

Endlich schien er mir zu glauben.

«Du bist es also wirklich. Aber wie ist das möglich?»

«Kurz gesagt habe ich von einer ausserirdischen künstlichen Intelligenz ein Serum erhalten, was mir die Fähigkeit gab, mich in einen Drachen zu verwandeln.»

Dies schien Toms Verwirrung nicht zu mindern.

«Also kannst du dich jederzeit, wann immer du möchtest, in einen Drachen verwandeln?»

«Genau.»

«Ich kann es immer noch nicht glauben, obwohl ich dich mit meinen eigenen Augen sehe.»

«Das konnte ich auch nicht in den ersten Stunden.»

«Und konntest du mit der ausserirdischen KI sprechen?»

«Ja.»

«Hast du gefragt, was in der Zukunft geschehen wird?»

«Nein, ich habe eher nach der Vergangenheit gefragt.»

«Warum das denn? Du hättest einfach fragen können, wie die Aktienkurse in der Zukunft stehen. Dann könntest du jetzt reich werden.»

«Das kann ich sowieso, da mir die KI ein weiteres Serum hinterlassen hat. Wenn ich das verkaufe, könnte ich Milliarden verdienen.»

Toms Augen wurden gross vor Begeisterung.

«Das musst du unbedingt machen!»

Ich verschwieg ihm, dass ich das Serum nicht verkaufen wollte. Er würde es wahrscheinlich nicht verstehen, dass Geld für mich weniger wertvoll war, wie einen zweiten Drachen erschaffen zu können, mit dem ich alle möglichen Abenteuer erleben konnte. Ausserdem wollte ich nicht, dass diese Technologie in die falschen Hände geriet. Da sich Tom nun nicht mehr fürchtete, kam er auf mich zu und streckte seine Hand nach meinem Kopf aus.

«Darf ich?», fragte er zögerlich.

«Ja, sicher.»

Er strich über meinen von Schuppen überzogenen Kopf und schien beeindruckt zu sein. Nun betrachtete er mich von allen Seiten. Nach einer langen Minute fand er wieder Worte.

«Kannst du auch fliegen?»

«Sicher kann ich das. Wozu hätte ich sonst Flügel?»

Dies schien ihm erneut die Sprache zu verschlagen. Er blickte mich nachdenklich an.

«Ich bin gekommen, um dir etwas zu geben.», sagte ich, um das Schweigen zu brechen.

«Was denn?», fragte Tom interessiert.

«Eine Rüstung, mit der du fast unbesiegbar bist.»

«Ist die auch von der KI?»

«Nein, die habe ich ganz normal gekauft.»

«Schade. Ich dachte schon, dass ich auch ein wenig Alientechnologie bekommen würde. Apropos Rüstung, zwei Feinde, die wir gefangengenommen hatten, behaupteten, dass ein geheimnisvoller Schwertkämpfer neun von ihnen getötet hätte. Mit einem Schwert! Und als sie auf ihn schossen, prallten die Kugeln einfach ab. Er war so stark, dass sie ihn nur mit Mühe und Not davon abhalten konnten, alle zu töten. Sie mussten ihn von einem Hausdach werfen, um ihn zu besiegen. Anschliessend verschwand er spurlos. Es wurde nie seine Leiche, die Rüstung oder das Schwert gefunden. Manche glauben, dass er immer noch lebt. Deswegen weigern sich einige von ihnen, zu kämpfen.»

«Das war dann vermutlich ich.»

«Wie meinst du das?»

«Ich war der geheimnisvolle Schwertkämpfer, bevor ich ein Drache wurde. Obwohl ich noch nie zuvor ein Schwert in den Händen hielt, konnte ich neun von diesen Trotteln umbringen.»

«Das mit der Verwandlung in einen Drachen glaube ich dir, aber was du jetzt erzählst, ergibt überhaupt keinen Sinn mehr. Warum solltest du in der Ukraine mit einem *Schwert* gegen die Russen kämpfen?»

«Weil ich dich beschützen wollte. Ich habe uns beiden jeweils eine Rüstung gekauft, die komplett schuss- und stichsicher ist. An diesem Tag wollte ich dir deine Rüstung bereits übergeben. Leider warfen sie mich von diesem Hausdach, bevor ich dich gefunden habe. Die KI hat mich gerettet und in einen Drachen verwandelt. Nun bin ich erneut hier, um dir die Rüstung zu geben.»

«Diese Geschichte klingt einfach nur absurd. Wenn sogar *du* mit einem Schwert neun ausgebildete Soldaten töten kannst, müsste ich mit solch einer Rüstung unbesiegbar sein.»

«Genau deswegen wollte ich sie dir geben.»

Bevor er weitersprach, umarmte er mich. Normalerweise mochte ich keine Umarmungen. Aber unter diesen Umständen liess ich es zu.

«Danke, dass du mir derart helfen möchtest, Nils.»

Er betrachtete mich erneut mit Bewunderung und Faszination.

«Ich kann immer noch nicht glauben, dass mir mein kleiner Bruder im Krieg helfen wollte und jetzt ein Drache ist.»

Wir sassen die nächste Zeit einfach nur da und betrachteten gemeinsam den Nachthimmel.

«Weshalb bist du nicht bei den anderen?», fragte ich nach einer Weile.

«Die gehen mir ständig auf die Nerven. Seit Wochen meckern sie über alles und faulenzen herum. Ich muss sie alle paar Minuten auffordern, mitzumachen. Weil ich einer der wenigen Soldaten bin, die wirklich arbeiten, hat man mich zum Wachtmeister befördert.»

«Dann muss ich dich von nun an Herr Wachtmeister nennen.», sagte ich grinsend.

«Wachmeister allein genügt.»

«Jawohl, Herr Wachtmeister.»

Tom blickte mich schmunzelnd an.

«Wie schaffst du es eigentlich, gleichzeitig freundlich und furchterregend auszusehen?»

«Das gehört wohl dazu, wenn man ein Drache ist.»

In der nächsten Stunde fragte mich Tom zu jeder Kleinigkeit aus, die mit meinen Drachenkräften zu tun hatte. Daraufhin fragte ich ihn, was sich in den vergangenen Wochen in Kiew ereignet hatte. Schlussendlich sprachen wir über das weitere Vorgehen.

«Ich bin mir nicht sicher, ob ich eine Rüstung im Kampf verwenden darf.», sagte Tom.

«Warum nicht? Das würde uns einen Vorteil verschaffen.»

«Es gibt einige Vorschriften, an die sich alle halten müssen.»

«Wenn sie dir verbieten, die Rüstung zu tragen, die ich dir gekauft habe, kriegen sie es mit mir zu tun!»

«Das würde ich gern sehen.», entgegnete Tom lachend. «Wo ist diese Rüstung eigentlich?»

«Ich habe sie unter einem Gullideckel versteckt, damit sie niemand findet. Wenn du möchtest, kann ich sie holen.»

«Gerne. In der Zwischenzeit sage ich mal den anderen Bescheid, dass wir von nun an die Unterstützung eines Drachen haben.»

«Aber sag ihnen nicht, wer ich wirklich bin und dass ich sprechen kann.»

«Ja, ich weiss. Das hast du mir bereits ein Dutzend Mal erzählt.»

«Und pass auf, dass sie dich nicht für verrückt halten. Sonst verweisen sie dich noch in eine Klinik.»

Wir verabschiedeten uns und ich ging in die Stadt, um die Rüstung für Tom zu holen.

12

Vertrauen

Es dauerte nicht lange, bis ich die Strasse wiederfand, wo ich die Rüstung versteckt hatte. Dank meiner hohen Geschwindigkeit und meines ausgezeichneten Sehvermögens kam ich sehr schnell voran. Ich rannte durch die mit Schnee bedeckte Strasse und versuchte, den Gullideckel ausfindig zu machen. Wegen des Schnees konnte ich ihn jedoch nicht sehen.

Zeit, den Schnee zu schmelzen, dachte ich, wobei ich die Luft in meinen Lungen so stark erhitzte, wie ich konnte.

Als ich die angesammelte Energie ausstiess, schossen helle, orangerote Flammen aus meinem Maul, die wesentlich heisser wirkten als gewöhnliches Feuer. Augenblicklich verdampfte der Schnee, der damit in Berührung kam, und gab den grauen Asphalt preis. Ich wiederholte meine Feuerstösse fortlaufend, bis ich auf einen Gullideckel stiess. Mit meinen Klauen hakte ich in den Löchern ein und zog den schweren Deckel nach oben. Obwohl er mindestens fünfzig Kilogramm wog, konnte ich ihn mit Leichtigkeit hochheben. Überrascht von meiner neuen Stärke schob ich den Gullideckel beiseite und sah in den Schacht hinein. Die Rüstung befand sich nicht hier.

Das muss der falsche sein, dachte ich enttäuscht.

Ohne mich entmutigen zu lassen, setzte ich meine Suche fort. Bevor ich erneut Feuer speien konnte, entdeckte ich, dass das vom Feuer erwärmte Schmelzwasser weiteren Schnee geschmolzen hatte. Ich folgte dem dadurch entstandenen Fluss und schliesslich entdeckte ich einen anderen Gullideckel, der eben freigespült wurde. Mit Leichtigkeit öffnete ich ihn und darunter befand sich die Rüstung, die immer noch an den Metallstäben befestigt war. Erleichtert nahm ich sie heraus und machte mich auf den Rückweg. Eine Bewegung am Rand meines Sichtfelds erregte meine Aufmerksamkeit. Aus einem Fenster beobachtete mich eine Frau. Sie hatte offensichtlich Angst vor mir, denn sobald ich sie erblickte, wich sie zurück.

Hoffentlich haben die Soldaten nicht auch solche Angst vor mir. Das wäre nämlich kontraproduktiv.

In grossen Sätzen rannte ich der Strasse entlang in Richtung Armeelager. Dabei entdeckte ich das Parkhaus, in dem ich mein Auto abgestellt hatte. Ich ging hinein, konnte es jedoch nicht finden, obwohl ich jeden Parkplatz absuchte.

Wenn ich den erwische, der mein Auto gestohlen hat, wird er sich noch wünschen, es niemals gefunden zu haben, dachte ich voller Zorn.

Das Auto war ein wichtiger Bestandteil meines Lebens und nun ist es mir genommen worden. Während ich zurück zum Armeelager ging, dachte ich mir alle möglichen Dinge aus, die ich mit dem Dieb anstellen wollte. Diese düsteren Gedanken verflogen augenblicklich, als ich Tom mit einigen Soldaten sprechen sah. Ein Leutnant stand mit verwirrtem Gesichtsausdruck neben ihm. Offenbar hatte Tom ihm erzählt, dass er einem Drachen begegnet war. Der Reaktion des Leutnants nach zu urteilen, glaubte er ihm nicht ein Wort. Stattdessen befahl er, dass sich alle schlafen legen sollten, da es schon sehr spät war. Dies konnte ich verstehen, obwohl zwischen mir und dem Armeelager noch etwa ein Kilometer lag.

Vielleicht hat der Leutnant recht. Es ist wirklich schon sehr spät und ich benötige auch dringend Schlaf. Essen muss ich ebenfalls noch.

Also machte ich einen grossen Bogen um die Zelte herum und brachte die Rüstung zu meinen anderen Sachen, die immer noch im Gebüsch versteckt waren. Ich ass, so viel ich konnte, und legte mich daraufhin schlafen. Trotz meiner Wut auf den Autodieb und der Ungewissheit, was als nächstes geschah, schlief ich innerhalb kürzester Zeit ein.

Am nächsten Morgen weckten mich die lauten Geräusche, die vom Armeelager ausgingen. Ich reckte den Kopf über den kleinen Strauch neben mir, um das Geschehen beobachten zu können. Der Leutnant erteilte am laufenden Band Befehle, die wiederum sofort von den jeweiligen Soldaten ausgeführt wurden. Als er sich meinem Bruder zuwandte, schien er nicht zufrieden zu sein. Durch das Stimmengewirr konnte ich nur Wortfetzen verstehen. Anscheinend fragte Tom den Leutnant, dessen Name Marti war, ob er ihm den Drachen zeigen könne. Nach einer kurzen Diskussion konnte er Leutnant Marti dazu überreden, ihm zu folgen. In diesem Moment wurde ich nervös.

Was, wenn der Leutnant Angst vor mir hat? Würden sie mich dann erschiessen? Und was geschieht anschliessend mit Tom?

Acht Soldaten, die Toms Befehlen folgten, kamen ebenfalls mit. Niemand schien begeistert darüber zu sein, das Armeelager verlassen zu müssen. Leutnant Marti blickte besonders skeptisch drein. Da ich nicht wusste, wie ich mich zu verhalten hatte, sass ich einfach im Schnee und wartete. Plötzlich zeigte einer der Soldaten auf mich und die anderen versuchten, mich aus der Entfernung zu erkennen. Aus ihrer Sicht war ich bestimmt nur ein kleiner, roter Punkt im weissen Schnee. Die Minuten verstrichen und meine Anspannung wuchs. Als die Soldaten nur noch ungefähr einhundert Meter entfernt waren, befahl Marti allen, stehenzubleiben. Ich konnte seinem Blick entnehmen, dass er nicht genau wusste, was er da vor sich hatte. Damit er mich nicht für eine Attrappe hielt, legte ich mich hin, wobei mein Kopf immer noch erhoben war.

«Und Sie sind sich wirklich sicher, dass er nicht gefährlich ist, Wachtmeister Wollseif?», fragte Leutnant Marti.

«Ganz sicher sogar.», antwortete Tom.

Daraufhin traten sie näher. Ihre Waffen waren schussbereit, jedoch nicht auf mich gerichtet. Etwa zehn Meter vor mir kamen sie zum Stillstand.

«Was soll das jetzt genau sein, Wachtmeister?»

«Ein Drache, wie ich es heute und gestern bereits gesagt habe, Leutnant.»

«Drachen existieren meines Wissens nicht. Wie kommt es, dass wir nun ein Exemplar vor uns haben?»

«Das kann ich Ihnen auch nicht erklären. Ich habe ihn gestern zum ersten Mal hier gesehen.»

«Ich werde noch abklären müssen, was wir in dieser aussergewöhnlichen Situation tun können. Fürs Erste ist es Ihr Auftrag, mehr über diesen Drachen herauszufinden, Wachtmeister. Am besten behalten Sie Ihre Truppe bei sich, damit sie auch etwas lernen können. Ich erwarte, dass ihr in einer halben Stunde zurück seid.»

Mit diesen Worten wandte sich Leutnant Marti von Tom ab und ging zurück zum Lager, wobei er alle paar Sekunden zu mir blickte.

«Was sollen wir jetzt machen?», fragte einer der Soldaten meinen Bruder.

Der junge Soldat wirkte verängstigt.

«Ihr müsst nur zusehen. Ich werde euch beweisen, dass dieser Drache keine Gefahr für uns darstellt.», antwortete Tom.

Daraufhin kam er auf mich zu, setzte sich neben mir in den Schnee und berührte meinen Kopf mit seiner rechten Hand. Die acht Männer, die immer noch weiter weg standen, schienen verblüfft zu sein. Einige klammerten sich an ihr Sturmgewehr, was ihnen anscheinend ein Gefühl der Sicherheit gab.

«Seht ihr? Der Drache macht mir gar nichts, obwohl ich ihn berühre. Möchte einer von euch nähertreten und es ebenfalls versuchen?»

Die Soldaten warfen sich fragende Blicke zu. Nach einer Weile trat der am wenigsten schüchtern wirkende Mann vor.

«Gibt es irgendetwas, was ich bei ihm beachten muss?», fragte er.

«Nein. Ausser du gefällst ihm nicht. Dann endest du nämlich als sein Frühstück.»

Er starrte Tom zugleich unsicher und fragend an.

«Das war doch bloss ein Scherz, Timo.»

Erleichtert wandte sich Timo wieder mir zu. Er kniete sich vor mich hin, um weniger bedrohlich zu wirken, und streckte langsam seine Hand aus. Obwohl er ruhig wirkte, konnte ich seine Angst riechen. Er blickte mir in die Augen und ich starrte zurück. Es fiel mir schwer, diesen starren Augenkontakt aufrechtzuerhalten, aber ich wusste, dass es für einen Drachen nicht normal war, in dieser Situation wegzuschauen. Ganz sachte und mit leicht zitternden Fingern berührte er meine Schnauze. Die anderen beobachteten uns wie gebannt. Niemand sagte ein Wort oder wagte es, sich zu bewegen. Als Timo seine Hand wegzog, schien er bereits weniger angespannt zu sein.

«Gut gemacht, Timo. Wer möchte als nächstes?», fragte Tom.

Soll ich mich jetzt etwa von all diesen Menschen anfassen lassen?

Nachdem Timo zurück zu den anderen getreten war, wagten sich drei davon näher. Ich wollte nicht, dass mich alle berührten. Berührungen hatte ich ohnehin noch nie gemocht. Deswegen stand ich auf und ging ein paar Schritte in Richtung Wald. Tom schien zu begreifen, was mein Problem war, denn er sagte zu seiner Truppe, dass ich in diesem Moment nicht mehr angefasst werden wollte. Mein Rückzug war gleichzeitig auch ein Zeichen dafür, dass ich nicht angreifen würde, selbst wenn sie mich bedrängten. Diese klare Körpersprache schienen selbst die ängstlichen Soldaten zu verstehen. Ihre Züge lockerten sich und sie mussten mich nicht mehr ununterbrochen anstarren.

«Denkst du, dass er uns versteht?», fragte einer der Soldaten.

«Keine Ahnung. Weshalb meinst du?», entgegnete Tom.

«Immer, wenn wir sprechen, schaut er uns an. Nicht so, wie alle anderen Tiere, die nur dann zuschauen, wenn sie es für nötig empfinden. Was, wenn er viel intelligenter ist, als wir annehmen?»

«Das kann durchaus wahr sein. Ich glaube, dass er sehr intelligent ist.»

«Wird er uns im Krieg helfen? Du scheinst dich gut mit ihm zu verstehen. Vielleicht beschützt er dich, wenn dich die Gegner angreifen.»

«Ja, vielleicht tut er das.», entgegnete Tom, der mich in diesem Moment fragend anblickte.

«Ich würde zu gerne mal einen Drachen kämpfen sehen.», warf Timo ein.

Die Gespräche wurden mit der Zeit immer lockerer und die Soldaten entspannten sich. Dies erlaubte mir, mich in meine Gedanken zu vertiefen und ein wenig auszuruhen. Nach einer Weile roch ich Essen. Der Geruch stammte aus dem Lager. Um den anderen zu signalisieren, dass das Essen zubereitet wurde, ging ich an ihnen vorbei und schnupperte in Richtung der Zelte. Alle beobachteten mich in diesem Augenblick.

«Was könnte er riechen?», fragte Michael, dessen Namen ich während des langen Gesprächs erfahren hatte.

«Wahrscheinlich das Essen. Es wird gerade zubereitet.», antwortete Tom.

«Gehen wir jetzt essen, Wachtmeister?»

Tom sah sich nach mir um und antwortete anschliessend: «Ja, denn es wird langsam Zeit, dass wir gehen.»

Sie machten sich auf den Rückweg zum Lager. Als sie ausser Sichtweite waren, ging ich zurück zu meinen Sachen. Ich war froh, dass diese seltsame Situation endlich vorüber war. Um mich zu beruhigen, packte ich mein gefrorenes Essen aus. Es war nicht mehr viel übrig. Bald würde ich wieder einkaufen müssen.

Kann ich hier überhaupt einkaufen gehen? Wegen dem Krieg haben bestimmt alle Läden in der Umgebung geschlossen.

Ich entschied mich, auf Tom zu warten, um ihn wegen des Essens zu fragen.

Wenige Minuten später kam er auch schon in meine Richtung gelaufen. Er war allein und hatte nur sein Essen dabei.

«Was für Angsthasen.», sagte er, als er bei meinem provisorischen Schlafplatz eintraf. «Die meisten von denen misstrauen dir immer noch. Insbesondere Leutnant Marti.»

«Es ergibt durchaus Sinn, dass mir der Leutnant nicht vertraut. Es sind immerhin seine Leute, die er mit falschem Vertrauen gefährden könnte.»

«Trotzdem ist es wichtig, dass sie wissen, wie vertrauenswürdig du bist. Weisst du schon, wie du sie überzeugen kannst?»

«Ich dachte, ich könnte einfach bei eurem nächsten Einsatz mithelfen. Dann werden sie sehen, dass sie mir vertrauen können.»

«Das halte ich für keine gute Idee. Du könntest von unseren Feinden getötet werden.»

«Nicht, wenn meine Schuppen kugelsicher sind.»

«Sind sie das?»

«Ich weiss es nicht. Wir müssen es mal ausprobieren.»

Tom sah mich verwundert an.

«Das meinst du doch nicht im Ernst, oder?»

«Doch. Du musst nur mal auf mich schiessen. Ich bin mir ziemlich sicher, dass die Schuppen eine ähnliche Wirkung haben wie deine Rüstung.»

«Du hast mir die Rüstung noch nicht gegeben.»

«Ich weiss. Aber die bekommst du erst, nachdem wir die Schussfestigkeit von Dachenschuppen überprüft haben. Ansonsten vergessen wir es noch.»

«Ich kann nicht auf dich schiessen. Es könnte dich verletzen.»

«Deswegen schlage ich vor, dass du auf mein Bein schiesst. Falls die Kugel abprallt, wissen wir, dass mein Schuppenpanzer schusssicher ist. Falls nicht, ist ein ausgebildeter Sanitätssoldat direkt zur Stelle. Ausserdem ist meine Wundheilung viel besser als früher. Am Mittwoch habe ich mir den rechten Flügel gebrochen und am Samstag konnte ich bereits wieder fliegen.»

Diese Argumente schienen meinen Bruder immer noch nicht zu überzeugen. Also griff ich nach seiner Waffe und schoss damit auf mein linkes Vorderbein, bevor er überhaupt reagieren konnte. Ein unerwartet lauter Knall ertönte und mein Bein fühlte sich an, als hätte mich eine stumpfe Nadel gestochen. Als ich es genauer betrachtete, konnte ich kein Einschussloch erkennen. Die Kugel war einfach abgeprallt. Trotzdem schmerzte die getroffene Stelle wie bei einer leichten Prellung.

«Bist du verrückt geworden?», rief Tom in völliger Aufregung.

«Habe ich jemals behauptet, nicht verrückt zu sein? Und ausserdem ist nichts passiert, wie ich vermutet habe.»

Erstaunt betrachtete er mein Bein. Er tastete es ab und nickte anschliessend beeindruckt.

«Ich dachte, du hättest komplett den Verstand verloren. Zum Glück ist nichts passiert. Was erzähle ich jetzt den anderen? Sie haben den Schuss bestimmt gehört.»

«Du kannst einfach sagen, dass du deine neue Rüstung getestet hast.»

«Und was, wenn sie fragen, woher ich die habe?»

«Sag ihnen, dass ich sie zufälligerweise aus dem Schnee ausgegraben habe. Sie glauben wahrscheinlich immer noch an die Geschichte mit dem geheimnisvollen Schwertkämpfer, der spurlos verschwunden ist.»

Er nickte.

«Bevor ich die Rüstung ausprobiere, muss ich erstmal etwas essen.»

Tom öffnete seinen Essensbehälter. Darin befand sich eine Brühe, die nach Curry roch und sehr unappetitlich aussah. Das Essen schien kalt zu sein.

«Wie könnt ihr so etwas essen?», fragte ich angewidert, als ich ein gefrorenes Würstchen aus meiner Tasche nahm.

«Und wie kannst du gefrorene Würstchen essen?»

Als Antwort auf seine Frage holte ich Luft, erwärmte diese in meinen Lungen und spie anschliessend heisse Flammen auf das Würstchen. Er starrte mich mit offenem Mund an und bestaunte meine neue Zubereitungsmethode von Esswaren. Nach kurzer Zeit war das Würstchen gar und ich biss direkt ein Stück davon ab, da mir die Hitze nicht schadete. Erst jetzt fand Tom seine Sprache wieder.

«Du kannst Feuer speien?»

«Ich wäre kein richtiger Drache, wenn ich das nicht könnte.»

«Das leuchtet ein, aber wie machst du das?»

«Ich atme einfach ein, stelle mir vor, dass die Luft in meinen Lungen erwärmt wird, und atme wieder aus. Auf diese Weise kann ich jederzeit Feuer oder heisse Luft erzeugen. Je nachdem, wie viel Energie ich verwende.»

«Das ist ja unglaublich! Dann werden unsere Gegner keine Chance haben.»

«Ich werde sie höchstwahrscheinlich nicht damit besiegen können. Meine Feuerstösse sind nämlich noch ziemlich klein.»

Ich flambierte weitere Würstchen und fragte Tom währenddessen, wo man sich hier Esswaren besorgen konnte.

«Hier gibt es keine Esswaren ausser dem, was wir im Lager haben. Du müsstest jagen gehen, wenn du etwas anderes essen willst.»

«Jagen? Ich? Ich habe noch nie ein Tier umgebracht, geschweige denn ausgenommen.»

«Ich kann dir helfen, wenn du möchtest.»

«Das wäre nett.»

«Wo hast du eigentlich diese Nacht geschlafen?»

«Hier draussen im Schnee.»

«Was? Du hättest mich nach einer Decke oder einem Schlafsack fragen können. Diese Nacht sorge ich dafür, dass du nicht mehr hier in der Kälte schlafen musst.»

«So kalt war es gar nicht. Und ausserdem kann ich mich mit dem Feuer wärmen.»

«Trotzdem möchte ich nicht, dass du meinetwegen frierst. Ich werde sehen, was ich tun kann, sobald ich zurück im Lager bin.»

Nach dem Essen packte ich die Rüstung aus und übergab sie Tom. Er beobachtete immer noch fasziniert jeden meiner Schritte.

«Es sieht gewöhnungsbedürftig aus, dass du alles mit dem Mund trägst.»

«Als Drache hat man da fast keine andere Wahl. Wenn ich es mit den Vorderbeinen tragen würde, könnte ich nicht mehr richtig gehen.»

Nun half ich ihm, die Rüstung anzuziehen. Er hatte dieselben Probleme mit dem Beinschutz wie ich damals. Trotzdem waren wir nach wenigen Minuten fertig.

«Das passt ja wie angegossen!», sagte Tom mit strahlendem Gesicht. «Und es ist federleicht. Nicht wie alles andere, was wir den ganzen Tag mit uns herumschleppen müssen. Die Bewegungsfreiheit ist auch sehr gut.»

Nachdem er sich selbst ausgiebig betrachtet hatte, kam er erneut auf mich zu und umarmte mich.

«Danke für alles, was du meinetwegen getan hast.»

Weil mich solche Situationen stets nervös machten, sprach ich ein anderes Thema an.

«Möchtest du mal mit mir fliegen?»

«Dafür bist du doch nicht gross genug.»

«Wirklich? Ich denke, es sollte gehen.»

«Lieber nicht. Sonst stürzen wir noch ab.»

Vielleicht hatte Tom recht. Ich war bereits dreimal abgestürzt. Mit ihm zusammen wollte ich solch einen Unfall um jeden Preis vermeiden.

«Wir müssen jetzt wieder zum Lager gehen.», sagte Tom nach einer kurzen Pause.

«*Wir*? Du gehst doch allein.»

«Möchtest du nicht mitkommen? Dann können sich alle Soldaten an dich gewöhnen.»

In diesem Augenblick klingelte mein Telefon. Ich nahm den Anruf entgegen.

«Hallo Mama.»

«Guten Morgen Nils. Geht es dir heute wieder besser?»

«Ja. Ich fühle mich nicht mehr krank.»

«Das ist ja super! Wann können wir uns das nächste Mal sehen?»

«Im Moment ist es eher schlecht. Es gibt viel zu tun.»

«Okay, schade. Geht es nicht einmal am Wochenende?»

«Ich muss noch schauen.»

«Gut, dann warte ich auf deine Antwort. Bis bald.»

«Tschüss.»

Als ich auflegte, blickte mich Tom angewidert an, da ich meine Zunge für den Touchscreen verwendet hatte. Ich kannte diesen Blick nur zu gut. Er benutzte ihn immer, um mich zu ärgern, sobald ich etwas Ungewöhnliches tat. Bevor ich etwas erwidern konnte, fragte er mich, weshalb ich unserer Mutter noch nicht gesagt hatte, dass ich ein Drache war.

«Ich wollte es ihr sagen, nachdem du deine Rüstung erhalten hast. Sonst würde sie sich viel zu viele Sorgen machen, wenn ich mich deinetwegen in Gefahr begebe.»

Mit dieser Antwort war er sichtlich unzufrieden.

«Sie hat ein Recht darauf, zu erfahren, dass du ein Drache bist! Nach unserem morgigen Einsatz wirst du zu ihr fliegen und ihr sagen, was sich in den letzten Wochen ereignet hat.»

«Und was wird aus dir?»

«Ich kann vielleicht auch mitkommen, da ich schon so lange hier bin.»

Ich wusste, dass ich seine Meinung nicht ändern konnte. Deswegen gab ich nach.

«Was wird das morgen für ein Einsatz?»

«Wir greifen die russischen Soldaten an, die sich in einigen Gebäuden verschanzt haben. Das müssen wir so bald wie möglich machen, damit ihre Verstärkung nicht vor uns eintrifft. Es ist aber sehr gefährlich. Sie haben überall Fallen aufgebaut und sie kennen sich aus in diesem Gelände. Mit der Rüstung und dir werden wir es bestimmt leichter haben.»

Er erzählte mir in allen Einzelheiten, wie der morgige Ablauf war. Später gingen wir zusammen in Richtung der Zelte.

Ich war froh, dass er mich begleitete, da mich die vielen fremden Menschen im Armeelager nervös machten. Eine Schneeflocke landete vor mir auf dem Boden. Ich sah nach oben und konnte erkennen, dass viele weitere folgen würden, denn der gesamte Himmel war mit grauen Wolken bedeckt. Inzwischen hatten wir beinahe den kompletten Weg zum Armeelager zurückgelegt. Tom trug immer noch seine Rüstung. Kurz vor unserer Ankunft entdeckten uns die Soldaten. Einige schienen erfreut, andere wiederum verängstigt. Timo begrüsste uns mit strahlendem Gesicht, als er bemerkte, dass Tom in der Rüstung steckte.

«Woher hast du denn diese coole Rüstung?»

«Der Drache hat sie aus dem Schnee gegraben. Sie ist aus schusssicheren Materialien hergestellt worden. Deswegen dachte ich, sie könnte uns von Nutzen sein.»

«Das wird sie ganz bestimmt. Wenn alle Schüsse einfach an dir abprallen, wirst du fast unbesiegbar sein.»

Timo warf mir einen zufriedenen Blick zu.

«Ich mag diesen Drachen. Hoffentlich bleibt er bei uns.», sagte er.

«Wachtmeister Tom Wollseif!», schrie uns der Leutnant entgegen, als er uns erblickte. «Was hat das zu bedeuten?»

Er deutete auf die Rüstung von Tom und mich.

«Der Drache hat diese schusssichere Rüstung gefunden und ich dachte, dass sie für den morgigen Einsatz nützlich sein könnte, Leutnant.», antwortete Tom.

Leutnant Marti blickte uns ernst an, während er überlegte.

«Mit der Rüstung haben Sie vermutlich recht. Von mir aus dürfen Sie sie behalten. Aber nur, weil sie Ihnen wie angegossen passt. Ein Problem habe ich trotzdem noch: Was macht dieser Drache in unserem Lager?»

«Er ist hier, damit sich die Soldaten an ihn gewöhnen können. Vielleicht kämpft er morgen mit uns.»

«Er wird uns bestimmt nichts tun, Leutnant.», warf Timo ein.

Marti seufzte und sah mich nachdenklich an. Ich versuchte, so ungefährlich wie möglich zu wirken und stellte sicher, dass meine Lefzen die Zähne vollständig bedeckten.

«Der Drache darf hierbleiben, aber nur, wenn Sie die volle Verantwortung für ihn übernehmen, Wachtmeister.», entschied er.

«Einverstanden.», antwortete Tom, der in diesem Augenblick sichtlich erleichtert wirkte.

In den nächsten Stunden lernte ich alle Soldaten mehr oder weniger gut kennen. Die meisten von ihnen wagten sich in meine Nähe, sobald sie merkten, dass ich keine Gefahr darstellte. Einige Männer setzten sich sogar neben mich und versuchten, mehr über mich herauszufinden. Sie stapelten Holzbretter vor mir auf, um mich dazu zu bringen, Feuer zu speien. Zunächst tat ich so, als wüsste ich nicht, was sie von mir wollten. Nachdem jedoch einer der Soldaten das Feuerspeien mit einem Feuerzeug erstaunlich realistisch darstellte, entschied ich mich dazu, das Holz anzuzünden. Ich holte tief Luft, sammelte so viel Energie, wie ich konnte, und stiess einen Feuerstrahl aus. Er war grösser als alle, die ich bisher erschaffen hatte. Innerhalb weniger Sekunden brannte jedes der aufgestapelten Holzbretter lichterloh. Daraufhin jubelten und lachten die Soldaten. Sie waren offensichtlich beeindruckt und überrascht zugleich.

«Ich wusste doch, dass er Feuer speien kann!», rief der Soldat mit dem Feuerzeug durch das laute Stimmengewirr.

Tom, der seine Rüstung inzwischen ausgezogen hatte, stand schmunzelnd daneben. Leider verging ihm die Freude bald wieder, als Leutnant Marti dazwischenkam und schreiend die Soldaten daran erinnerte, dass sie gefälligst wieder ihren Aufgaben nachgehen sollten. Kurz bevor er ging, blickte er ins Feuer und dann zu mir. Sein Gesichtsausdruck hatte sich verändert. War er etwa zufrieden? Ich konnte es nicht genau erkennen, da er mir einen Augenblick später wieder den Rücken zuwandte, um Tom einen Befehl zu erteilen.

Im Verlauf des Nachmittags wurde der Schneefall stärker. Während einige Männer die Zelte von frischem Schnee befreien mussten, bereiteten die anderen alles für den morgigen Einsatz vor. Die Lastwagen wurden mit haufenweiser Munition, Waffen und anderen Ausrüstungsgegenständen beladen. Es waren sogar einige Drohnen dabei. Beeindruckt von unserer Ausrüstung beobachtete ich das Geschehen. Auf einmal bemerkte ich etwas, was mir gar nicht gefiel: Ein Soldat namens Neville wurde von drei anderen festgehalten und bedrängt.

«Du musst es hier bestimmt schön finden mit all diesen Männern. Wie häufig hast du dir schon einen runtergeholt, als du an deinen Militärdienst gedacht hast?», sagte einer der Soldaten zu Neville.

«Ich habe mir den Militärdienst nicht ausgesucht. Und ausserdem habe ich bereits einen Freund. Die Männer hier interessieren mich nicht. Könnt ihr mich jetzt bitte gehen lassen?»

Jetzt begriff ich, was da vor sich ging. Ein schwuler Soldat wurde von seinen Kollegen gemobbt. Dies erinnerte mich an meine Schulzeit, als ich wegen meinen guten Noten und meinem für aussenstehende seltsamen Verhalten ähnlich behandelt worden war. Augenblicklich schwoll Wut und Trauer in mir an. Ich musste Neville helfen, denn tatenlos zusehen konnte ich nicht. Also ging ich knurrend auf die Männer zu, um möglichst bedrohlich zu wirken. In meinen Ohren klang es albern und nicht sonderlich überzeugend. Trotzdem drehten sich alle zu mir um. Ich starrte den drei Übeltätern in die Augen und trat weiterhin knurrend näher. Dies genügte, um sie zum Rückzug zu bewegen. Nachdem sie Neville losgelassen hatten und in Richtung ihrer Zelte verschwunden waren, stellte ich mein Knurren ein. Ich setzte mich hin, um Neville zu signalisieren, dass für ihn keine Gefahr bestand. Als er merkte, dass ich nur die anderen angeknurrt hatte, entspannte er sich. Dankbar sah er mich an und hielt mir eine

Hand entgegen, wie man es bei einem Hund tat, den man nicht kannte. Ich ging auf ihn zu und stupste seine Hand mit der Schnauze an.

«Danke.», sagte er lächelnd und zog die Hand zurück. «Wenn du mein Hund wärst, würde ich dir jetzt eine Belohnung geben.»

Wenn er wüsste, dass ich ihn verstehen kann, dachte ich.

Es fiel mir schwer, ein Schmunzeln zu unterdrücken. Ich wandte mich von Neville ab und ging wieder zu den Lastwagen, um unsere Ausrüstung inspizieren zu können. Je genauer ich wusste, was uns zur Verfügung stand, desto besser konnte ich helfen. Auf Luftunterstützung waren wir höchstwahrscheinlich nicht angewiesen, da wir bereits über Aufklärungsdrohnen und Kampfdrohnen verfügten. Die russische Armee besass meines Wissens weder Drohnen noch Flugzeuge. Ihre Ausrüstung beschränkte sich auf Sturmgewehre, Pistolen, Granaten, eine geringe Menge an Munition und Verpflegung sowie höchstens ein bis zwei alte Militärfahrzeuge. Alles andere hatten sie bereits in den ersten sechs Monaten des Krieges verloren. Obwohl wir die bessere Ausrüstung hatten, bereitete mir der kommende Einsatz Sorgen.

Nach dem Sonnenuntergang, der zu dieser Jahreszeit am frühen Abend war, erging es mir nicht besser. Gedankenverloren betrachtete ich die Schneeflocken, die immer noch zahlreich vom Himmel fielen, und dachte über alle möglichen Ausgangssituationen des nächsten Tages nach. Tom bemerkte, dass etwas nicht stimmte, und setzte sich zu mir.

«Mach dir keine Sorgen wegen morgen. Es wird alles wie geplant verlaufen. Und falls nicht, haben wir dank dir noch bessere Chancen.»

Kann er eigentlich Gedanken lesen?

Tom öffnete den Essensbehälter, den er bei sich hatte, und bot mir ein Stück an. Ich lehnte ab, da es widerwärtig aussah und ich aufgrund meiner Sorgen keinen Hunger verspürte.

«Du musst aber etwas essen. Sonst wirst du morgen nicht kämpfen können.»

Als Tom zu essen begann, knurrte mein Magen und ich tat es ihm gleich, da er wieder einmal recht hatte. Es schmeckte mir zwar überhaupt nicht, aber es war besser als nichts, denn jagen wollte ich nicht.

Nach dem Essen ging ich zu Toms Zelt. Er würde auch bald dazustossen, da wir morgen früh aufstehen mussten. Ich rollte mich neben seinen Schlafsack zusammen und versuchte, ein wenig Schlaf zu finden.

«Hey, warum liegst du hier in meinem Zelt?», fragte Tom, als er kurze Zeit später ankam.

Er sprach leise, damit ihn die anderen nicht hören konnten.

«Du hast gesagt, dass ich nicht mehr im Schnee schlafen muss. Deswegen dachte ich, ich könnte hier übernachten.», antwortete ich flüsternd.

«Ich habe aber nicht damit gemeint, dass du in meinem Biwak schlafen kannst.»

«Hier ist es aber so bequem. Und ausserdem, was möchtest du dagegen unternehmen? Mich raustragen?»

«Also gut. Du kannst hierbleiben. Aber nicht schnarchen.»

«Ich bin hier nicht derjenige von uns, der schnarcht.», antwortete ich schmunzelnd.

Da wir uns nun geeinigt hatten, legte sich Tom ebenfalls hin und schlief kurze Zeit später ein. Ich hingegen konnte nicht schlafen. Hierfür war ich zu aufgeregt. Das Schnarchen meines Bruders erschwerte meine Situation noch zusätzlich. Erst tief in der Nacht, als ein Schneesturm aufzog, schlief ich ein.

13

Feuer

Ein lautes Zischen weckte mich aus meinem Schlaf. Ich hustete bei dem Versuch, einzuatmen. Alles war nass und mit dem Schaum eines Feuerlöschers bedeckt. Das Zelt meines Bruders hatte grosse Brandlöcher. Er stand mit einem Feuerlöscher vor mir und schien erleichtert, dass ich nun wach war. Gerade als ich etwas sagen wollte, fiel mir auf, dass dutzende Soldaten das Geschehen mitverfolgten.

«Was zur Hölle ist hier passiert?», fragte Leutnant Marti in einem rauen Tonfall.

«Wie mir scheint, hat der Drache schlecht geträumt und dabei Feuer gespien.», antwortete Tom.

Marti blickte zuerst mich und anschliessend meinen Bruder mit ernster Miene an.

«Zu Ihrem Glück ist nur Ihr Biwak abgebrannt, Wachtmeister. Ansonsten hätte ich Sie degradieren lassen. Sie schlafen ab sofort in dem, was von Ihrem Zelt übriggeblieben ist. Was den Drachen angeht, werde ich mir für die nächsten Tage noch etwas überlegen müssen. Denn bald kümmern sich die Behörden um ihn. Bis dahin müssen wir dafür sorgen, dass er bei uns bleibt.»

Mit diesen Worten stapfte der Leutnant davon.

«Was soll das bedeuten, dass sich die Behörden um ihn kümmern werden?», fragte Timo, der jetzt neben Tom stand.

«Ich bin mir nicht sicher, aber wie es aussieht, hat der Leutnant die Schweizer Behörden über den Drachen informiert. Vielleicht wollen sie ihn einsperren und Experimente an ihm durchführen.», antwortete mein Bruder besorgt.

«Aber das dürfen sie nicht! Er hat doch keinem was getan.»

«Leider dürfen sie es doch.»

Andere Soldaten waren mir aufgrund des heutigen Vorfalls weniger gut gesinnt. Sie starrten mich an, als wäre ich ein Monster, was nur noch auf den richtigen Moment wartete, sie anzugreifen. Da ich keine unnötigen Auseinandersetzungen provozieren wollte, stiess ich mich vom Boden ab und flog davon. Es tat gut, wieder einmal die Flügel zu benutzen. Inzwischen war mein Muskelkater vollständig verschwunden. Nun fühlten sich die Flügel wesentlich stärker an als zuvor. In nur drei Flügelschlägen glitt ich über das gesamte Lager hinweg. Fast jeder der Männer blickte mir nach. Voller Schuldgefühlen landete ich bei meinen Sachen, die immer noch zwischen Sträuchern versteckt waren. Ich war traurig, weil Tom meinetwegen in Schwierigkeiten geraten war. Es war meine Idee gewesen, in seinem Zelt zu schlafen, und wegen mir war es abgebrannt. Dadurch hatte ich jegliches Vertrauen des Leutnants verloren und Tom würde es mit ihm bestimmt auch nicht besser ergehen. Ausserdem wusste ich nun, dass man mich wie ein wildes Tier einsperren wollte, obwohl ich lediglich meinen Bruder unterstützt hatte.

Es tut mir so leid, Tom, dachte ich.

In den nächsten Minuten sass ich gedankenverloren im Schnee, bis ich meine Schuldgefühle aufgrund des unbeabsichtigten Feuers verdrängen konnte. Nun bemerkte ich, wie sehr ich fror. Mein Hunger meldete sich ebenfalls. Deswegen bereitete ich mir die letzten Resten meines Essens zu und ass anschliessend alles auf. Da ich nun satt und durch das Feuerspeien aufgewärmt war, konnte ich mich wieder entspannen. Ich blickte in Richtung Armeelager. Alle Soldaten waren verschwunden.

Haben die etwa ohne mich angefangen?

Gerade als ich losfliegen wollte, um die Männer zu finden, fiel mir auf, dass ich Tom noch gar nicht das Schwert übergeben hatte. Ich nahm es zwischen die Zähne und flog los.

Hoffentlich schneide ich mich nicht während dem Flug, dachte ich, als ich bereits über die Zelte hinwegflog.

Dank meines ausgezeichneten Gehörs fand ich die Soldaten innert kürzester Zeit. Sie waren in den schwer beladenen Lastwagen unterwegs. Tom konnte ich nicht erkennen. Da ich wusste, dass er bestimmt nicht zurückgelassen worden war, folgte ich der Fahrzeugkolonne.

Auf einer grossen Kreuzung kamen die vordersten Lastwagen zum Stillstand. Die hinteren stellten sich seitlich daneben. Schlussendlich bildeten die Fahrzeuge eine Wand, hinter der man Schutz suchen konnte. Nun stiegen alle Männer aus und formierten sich. Tom wurde vorn in der Mitte stationiert, was durchaus Sinn ergab, da er mit seiner Rüstung das Feuer auf sich lenken konnte. Ich flog einen Bogen um die umliegenden Häuser herum. Alles war mucksmäuschenstill bis auf die Stimmen der Soldaten und das Sirren unserer Aufklärungsdrohnen. Falls sich unsere Gegner hier tatsächlich verschanzt hatten, war es bestimmt eine Falle. Ansonsten würden sie sich nicht so viel Mühe geben, sich zu verbergen. Ich landete vor den Männern, die gerade mit ihrem Angriff beginnen wollten. Das Schwert liess ich währenddessen fallen. Alle blieben stehen und starrten mich an.

«Woher hat er das Schwert?», fragte einer.

Nun kam Tom auf mich zu und hob das Schwert auf. Er nickte mir dankbar zu, ohne dass die anderen es bemerkten. Anschliessend ging er zurück zu seiner Truppe.

«Wenn mir die Munition ausgeht, könnte das sehr nützlich sein.», erklärte er, als die anderen ihm fragende Blicke zuwarfen.

«Los!», befahl Leutnant Marti.

Alle setzten sich in Bewegung. Eine Gruppe marschierte nach links, die andere nach rechts. Tom kam mit seiner Truppe und einigen zusätzlichen Männern in meine Richtung.

Sie stürmen das Gebäude von allen Seiten, dachte ich.

Plötzlich hörte ich ein Geräusch hinter mir, was aus dem Gebäude zu stammen schien. Da unsere Feinde damit rechneten, dass wir durch die Türen eintraten, entschied ich mich für einen anderen Weg. Ich stiess mich vom Boden ab, flog auf das Gebäude zu und landete auf einem Balkon im zweiten Stockwerk. Das Fenster war geschlossen, weswegen ich es einschlagen musste. Ein Hieb mit meinen Krallen genügte, um das Glas zu zerbrechen. Die Scherben stoben durch die Luft, wobei mich einige davon trafen. Zu meinem Glück schaffte es keine, mich durch meine Schuppen hindurch zu schneiden. Mit einem Satz sprang ich ins Innere des Raumes. Wie bereits bei meinem letzten Besuch in Kiew war alles mit einer dicken Staubschicht bedeckt. Dieses Mal jedoch befanden sich einige neue Fussspuren darin. Ich folgte den Spuren und wieder hörte ich etwas aus dem Inneren des Gebäudes. Nachdem ich durch einige Gänge geschlichen war, fand ich vier feindliche Soldaten, die hinter einer Tür warteten. Keiner von ihnen nahm mich wahr, da ich mich von hinten an sie heranpirschte und nicht durch die Tür hindurch eintrat. Mein Herz pochte so laut, dass ich befürchtete, sie würden es hören. Zu meiner Überraschung bemerkten sie mich erst, als ich mich bereits zu meinem Angriff abgestossen hatte. Bevor auch nur einer der Männer mit der Waffe in meine Richtung zielen konnte, schnitt ich dem ersten Soldaten mit meinen Klauen die Kehle durch. Gleichzeitig schlug ich den zweiten mit einem peitschenartigen Hieb meines Schwanzes gegen die Wand. Durch die Wucht des Aufpralls und der minderwertigen Qualität seines Helms verlor er augenblicklich das Bewusstsein. Erstaunt über die Kraft, die ich nun besass, stürzte ich mich auf die letzten beiden Männer. Sie feuerten einige Schüsse ab, jedoch konnten sie mich nicht aufhalten. Dem einen kratzte ich den gesamten Oberkörper auf und dem anderen schlug ich mit solch einer Wucht gegen den Kopf, dass sein Genick brach. Damit der bewusstlose Mann nicht später auf die Idee kam, mich von hinten anzugreifen, tötete ich ihn ebenfalls.

Schwer atmend und voller Adrenalin blickte ich umher. Ich wurde mir auf einmal wieder meiner Umgebung bewusst, als wäre ich aus einem Traum erwacht. Da ich nun wieder klar denken konnte, fiel mir auf, dass einige Schüsse schmerzhafte Prellungen hinterlassen hatten. Trotzdem hatte keiner von ihnen durch meinen Schuppenpanzer dringen können.

Die Schusssicherheit von Drachenschuppen ist zwar nicht so gut, wie die der Rüstung, aber es hat ausgereicht, mich vor ernsthaften Verletzungen zu bewahren.

Mit dieser Erkenntnis öffnete ich die Tür. Wie es der Zufall wollte, kam mir Leutnant Marti mit einigen Männern entgegen. Als er mich zwischen den vier getöteten Gegnern sah, schien er zum ersten Mal vollständig davon überzeugt zu sein, dass ich helfen wollte.

«Nicht schlecht.», sagte er und sie gingen an mir vorbei.

Ich durchsuchte den Bereich, aus dem sie gekommen waren, konnte jedoch keine weiteren Gegner finden. Also ging ich weiter, in der Hoffnung, nicht in eine Falle zu tappen.

Das Geräusch von Schüssen drang deutlich hörbar durch die Wände hindurch. Ich folgte dem Lärm und bald darauf fand ich Tom mit seiner Truppe, die sich inmitten eines Raumes verteidigen mussten. Die Männer hatten sich hinter umgestossenen Tischen verschanzt. An jeder Wand war eine Tür eingelassen. Von allen Seiten kamen gegnerische Soldaten hereingestürmt. Sie schossen auf Tom, der sich als Einziger nicht in Deckung befand. Wie erwartet prallten alle Schüsse einfach an ihm ab und er konnte mit Leichtigkeit jeden seiner Gegner erschiessen, der ihm ins Visier kam. Leider ging seine Munition bald zur Neige. Er liess daraufhin das Sturmgewehr fallen und nahm stattdessen das Schwert zur Hand. Nun konnten die Feinde in seine Nähe gelangen. Gerade als sie nur noch wenige Meter vor ihm waren, griff ich von der Seite an. Ich schlug mit meinen Klauen um mich und mit fast jedem Hieb tötete ich einen Gegner. Nun herrschte ein heilloses Durcheinander. Vier von ihnen versuchten, mich zu töten, indem sie von allen Seiten auf mich einschossen. Die meisten Schüsse prallten ab, ein paar wenige Ausnahmen hinterliessen jedoch Kratzer oder blieben gar einen halben

Zentimeter tief zwischen den Schuppen stecken. Jeder einzelne davon schmerzte wie ein Nadelstich. In einer Drehung versuchte ich, die Soldaten mithilfe meines Schwanzes zu entwaffnen. Dies gelang mir zum Teil, da ich in meiner Bewegung zweien das Gewehr aus den Händen schlug. Die anderen griff ich frontal mit meinen Krallen an, wobei ich beide fast augenblicklich tötete. Nur eine Sekunde später drehte ich mich um und besiegte die entwaffneten Männer ebenfalls. Ich war derart schnell, dass sie nicht einmal ausweichen konnten.

Mein Blick wanderte zu Tom, der mit seinem Schwert die restlichen Gegner bekämpfte. Drei wollten sich auf ihn stürzen, jedoch wich er dem Angriff aus und schnitt zweien mit einem Hieb die Kehle durch. In derselben Bewegung traf er den dritten Soldaten an der Brust. Dieser sackte zusammen und Tom stiess erneut zu, um ihn zu töten. Einen Augenblick später wehrte er zwei Angriffe gleichzeitig ab. Immer wieder wechselte er mit seinem Schwert von einem Soldaten zum anderen. Nach einem kurzen Schlagabtausch besiegte er beide.

Wenn ich doch nur so gut mit dem Schwert umgehen könnte wie mein Bruder, dachte ich gedankenverloren.

Ihm zuzusehen war so fesselnd, dass ich erst bemerkte, wie mich jemand angriff, als mich mehrere Projektile am Kopf trafen. Ich drehte mich um, sprang auf meinen Gegner zu und schnitt ihm mit meinen Krallen den Hals auf. Als ich wieder mit allen Vieren auf dem Boden stand, wurde mir schwindelig und mein Kopf schmerzte. Die Schüsse hatten anscheinend zu einer leichten Gehirnerschütterung geführt. Ich setzte mich für einen Moment hin und beobachtete Timo, der aus seiner Deckung heraus jeden Gegner erschoss, den Tom nicht sofort mit seinem Schwert töten konnte. Die anderen Männer der Truppe taten es ihm gleich. Sie waren ein sehr gutes Team.

Bald darauf kehrte Ruhe ein. Alles war mit Blut und Einschusslöchern bedeckt. Der Gestank, der sich überall im Raum ausbreitete, verstärkte meine Übelkeit. Ich richtete einen Blick auf Tom und seine Männer. Erstaunlicherweise war niemand verletzt.

«Das war tatsächlich eine Falle, wie du gesagt hast, Tom.», stellte Timo fest.

«Deswegen habe ich das Feuer auf mich gelenkt. So konnten wir sie trotzdem besiegen.», erklärte Tom.

«Und weil uns der Drache geholfen hat.»

Jetzt blickte Tom zu mir, wobei er überrascht wirkte.

«Ich habe ihn gar nicht wahrgenommen.»

«Er stiess dazu, als unsere Feinde gerade hereingestürmt kamen. Du hättest ihn sehen sollen! Wie ein roter Dämon hat er sich auf die Männer gestützt. Keiner hat länger als ein paar Sekunden überlebt.»

«Das hätte ich gern gesehen.», antwortete Tom nachdenklich.

Er schien zu bemerken, dass es mir nicht sonderlich gut ging. Deswegen schickte er seine Männer voraus. Als sie den Raum verlassen hatten, kam er auf mich zu.

«Bist du verletzt?», fragte er besorgt.

«Nein, ich glaube nicht.»

In diesem Moment entfernte ich eine Kugel, die zwischen meinen Schuppen steckte.

«Was beschäftigt dich dann?»

Zuerst wollte ich sagen, dass durch die Schüsse mein Kopf schmerzte und mir übel war, jedoch entschied ich mich dagegen, da ich in Gegenwart meines Bruders nicht zimperlich wirken wollte.

«Das mit dem Feuer heute tut mir leid. Wegen mir bist du in Schwierigkeiten geraten.», erklärte ich einen Moment später.

Aus lauter Verlegenheit konnte ich ihm nicht in die Augen sehen.

«Du hast Kugeln, die in dir stecken, nachdem du unzählige feindliche Soldaten getötet hast, und ein unbeabsichtigtes Feuer bereitet dir mehr Sorgen? Ich werde dich wohl nie verstehen.»

«Es macht mir Sorgen, weil ich es nicht kontrollieren konnte. Ich hätte dich verletzen können.»

«Das hast du aber nicht. Stattdessen hast du mich und meine Männer gerettet. Ich weiss nicht, ob wir es ohne deine Hilfe geschafft hätten. Wegen deinen neuen Fähigkeiten musst du dir keine Sorgen machen, selbst wenn du sie noch nicht vollständig kontrollieren kannst. Das wirst du bestimmt bald lernen. Bist du sicher, dass du nicht verletzt bist? Deine Schusswunde blutet nämlich.»

Jetzt erkannte ich, dass ein Tropfen Blut aus der Wunde floss, die vorhin durch die Kugel verschlossen gewesen war. Es war jedoch nicht leicht zu erkennen, da von meinem ganzen Körper das Blut der getöteten Männer tropfte. In diesem Augenblick verstärkte sich meine Übelkeit aufs Neue.

«Das ist nicht schlimm. Es wird wahrscheinlich in ein paar Minuten nicht mehr bluten.», antwortete ich, wobei ich mir Mühe geben musste, nicht zu erbrechen.

«Vielleicht. Aber nach dem Einsatz müssen wir es desinfizieren.»

Ich nickte.

«Du kannst wieder zu den anderen gehen. Ich werde Ausschau nach weiteren Feinden halten.»

«In Ordnung. Aber nicht übermütig werden.»

Toms Stimme klang immer noch besorgt.

«Du auch nicht.», entgegnete ich.

Er grinste mich an, als er sich auf den Weg zu seinen Kollegen machte. Nachdem die Tür hinter ihm ins Schloss gefallen war, ging ich durch die gegenüberliegende Tür nach draussen. Auf der schneebedeckten Strasse angelangt, vergrub ich meinen Kopf im Schnee. Die Kälte half gegen die Schmerzen. Kurze Zeit später verschwand auch meine Übelkeit. Da immer noch viel Blut an mir klebte, wälzte ich mich schliesslich im Schnee, wobei dieser sich rot färbte.

Plötzlich hörte ich Schüsse auf der Strasse. Augenblicklich drehte ich mich um. Aus dem benachbarten Gebäude strömten russische Soldaten hervor, die unsere Fahrzeuge angriffen. Die wenigen unserer Männer, die nebenan stationiert waren, würden dem Angriff nicht standhalten können.

«Sie greifen uns auf der Strasse an!», schrie einer von ihnen in sein Funkgerät.

Zur gleichen Zeit schossen die Gegner auf die Lastwagen ein und zwangen meine Verbündeten dazu, sich zu verstecken. Ich stiess mich kraftvoll ab, flog über die Fahrzeugkolonne hinweg und stürzte mich auf die Angreifer. Als sie mich bemerkten, konzentrierten sie das Feuer auf mich. Im letzten Moment drehte ich ab und flog in einem Bogen um die Männer herum. Als die Schüsse meine Flügel trafen, stellte ich erleichtert fest, dass die Haut genügend widerstandsfähig war, sie abzufangen. Ich konnte meine Flügel wie schusssicheren Stoff gegen Kugeln verwenden, was mir zusätzlichen Schutz bot. Durch mein unberechenbares Flugmanöver drängten sich die Männer näher zusammen. Sie konnten nirgends Deckung suchen.

Jetzt werde ich mal einen neuen Angriff versuchen.

Ich richtete mich so aus, dass ich direkt auf meine Gegner zuflog. Im selben Moment bereitete ich mich auf einen Feuerstoss vor. Als die Luft in meinen Lungen genügend heiss war, schoss ich im Sturzflug auf die Männer zu. Kurz bevor ich den Boden berührte, stiess ich einen Feuerstrahl aus, der alles in meiner Flugbahn versengte. Gleichzeitig zog ich mich wieder hoch, wobei mein linkes Hinterbein kurzzeitig den Boden streifte. Davon liess ich mich jedoch nicht beirren. Einige Flügelschläge weiter oben blickte ich zurück. Nur drei von ihnen hatten den Angriff überlebt. Die Hitze des Feuers hatte den umliegenden Schnee zum Schmelzen gebracht, wodurch der nasse Asphalt zum Vorschein trat. Gerade als ich erneut angreifen wollte, schossen meine Verbündeten aus der Deckung heraus und die drei verbleibenden Gegner fielen kurze Zeit später tot auf den nassen Untergrund. Erstaunt über die zerstörerische Kraft meines Feuerstosses flog ich ein Stück höher, um mir einen besseren Überblick zu verschaffen.

Ich hätte nie gedacht, dass ich so stark bin!

Plötzlich überkam mich ein starkes Gefühl der Erschöpfung. Dies musste am Feuerspeien liegen. Anders konnte ich es mir nicht erklären. Bei meinen nächsten Angriffen musste ich sparsam mit dem Feuer umgehen, um mich nicht vollständig zu erschöpfen. Unter mir kam Leutnant Marti mit seinen Männern aus dem Gebäude gestürmt, um die anderen zu unterstützen.

«Der Drache hat uns gerettet!», rief ihm einer der Soldaten entgegen. «Ohne ihn wären wir wahrscheinlich alle nicht mehr am Leben.»

Hoffentlich genügt das, um diesem Marti zu beweisen, dass ich ihnen helfen möchte, dachte ich.

In diesem Augenblick ertönte ein lautes Motorgeräusch. Der Leutnant schien direkt zu wissen, was es war, denn er ging zu einem der Lastwagen und suchte etwas. Ich flog über die nächsten Hausdächer hinweg und erspähte einen russischen Panzer, der sich direkt auf uns zubewegte.

«Einen Panzer dürften die gar nicht mehr haben.», sagte Leutnant Marti genervt.

Er schien keinerlei Angst zu haben. Als ich mich dem Panzer näherte, bewegte sich das Schussrohr in meine Richtung. Ich drehte nach links ab und einen Sekundenbruchteil später schoss ein riesiges Projektil wenige Zentimeter neben meinem Kopf vorbei, begleitet von einem ohrenbetäubenden Knall. Der dabei entstandene Luftstrom brachte mich kurzzeitig aus dem Gleichgewicht. Erneut visierte mich das Schussrohr an. Um nicht getroffen zu werden, wechselte ich meine Flugrichtung. Im selben Moment explodierte etwas am Panzer. Durch die Druckwelle zerbrachen dutzende Fenster in der Umgebung und Schnee wurde aufgewirbelt. Eine Spur von Rauch führte zurück zu den Lastwagen, wo Leutnant Marti mit einer Panzerfaust bewaffnet stand. Leider war der Panzer durch die Explosion nicht zerstört worden. Stattdessen zielte er nun auf den Leutnant. Dieser begab sich augenblicklich hinter einem Lastwagen in Sicherheit. Als der Panzer schoss, traf das Projektil dort, wo sich der Motor befand. Metallteile splitterten quer über die Kreuzung und Diesel ergoss sich in den Schnee.

Ein Funke, und der gesamte Lastwagen brennt ab, dachte ich, als ich mich dem Geschehen näherte.

Der Panzer schoss erneut auf dieselbe Stelle, wobei sich der Treibstoff entzündete. Immer noch war der Leutnant dazu gezwungen, sich hinter dem Lastwagen zu verstecken, der gerade Feuer fing. Da sich Sprengstoff darin befand, war es nur eine Frage der Zeit, bis es explodieren würde. Um die Situation noch zu verschlimmern, zielte der Panzer nun auf die Ladung, die bereits lichterloh brannte. Ich flog um den Lastwagen herum auf Leutnant Marti zu und packte ihn mit meinen Vorderbeinen, um ihn aus der Gefahrenzone zu tragen. Mit wenigen Flügelschlägen konnte ich ihn hochheben. Da er schwerer war, als ich angenommen hatte, musste ich auch meine Hinterbeine verwenden, um ihn nicht fallenzulassen. Das Fliegen mit zusätzlichem Gewicht und Luftwiederstand war trotz meiner starken Flügel nicht leicht. Ich musste ständig gegensteuern, um nicht abzustürzen. Als wäre dieses Flugmanöver nicht bereits schwer genug, wand sich der Leutnant in meinem Griff, um sich loszureissen. Seinem Gesichtsausdruck nach zu urteilen, gefiel ihm meine Aktion gar nicht. Trotzdem wusste ich, dass ich ihn retten musste. Nur Sekunden später kam ich mit ihm bei den anderen Soldaten an, die sich hinter dem Gebäude in Sicherheit gebracht hatten. Ich setzte den immer noch wütend strampelnden Mann ab, während mir die anderen zujubelten. Einzig Leutnant Marti schien nicht zufrieden zu sein, obwohl ich ihm vermutlich gerade das Leben gerettet hatte. Da ich mir seine Reaktion auf mein unangenehmes Flugmanöver ersparen wollte, schwang ich mich wieder in die Luft, um mir erneut einen Überblick zu verschaffen. In diesem Moment schoss der Panzer ein letztes Mal auf den brennenden Lastwagen. Daraufhin explodierte dieser mitsamt der Munition, den Granaten und dem Sprengstoff. Helle Funken schossen durch die Luft, gefolgt von einer Wand aus Feuer und Rauch. Die riesige Druckwelle war mit blossem Auge erkennbar und breitete sich mit rasender Geschwindigkeit auf der mittlerweile zerstörten Kreuzung aus. Unzählige Gegenstände wurden davon mitgerissen oder kippten um. Es sah derart spektakulär aus, dass ich meinen Blick für die nächsten Sekunden nicht abwenden konnte. Erst als ich fast gegen ein Gebäude krachte, fand ich meine Konzentration wieder.

Der Panzer bewegte sich erneut auf die Soldaten zu. Ich musste irgendetwas unternehmen. Mit neuer Entschlossenheit griff ich das Gefährt im Sturzflug an.

Meine Geschwindigkeit war so hoch, dass mir das Schussrohr nicht mehr folgen konnte. Nach einem kurzen Bogen um den Panzer herum landete ich hinter ihm. Aus einer schmalen Öffnung an der Rückseite traten Abgase aus.

Hoffentlich kann ich den Motor irgendwie durch den Auspuff beschädigen, dachte ich.

Ich erhitzte die Panzerung an der Öffnung mit einem Feuerstoss. Währenddessen stellte ich fest, dass ich mich nun in einem toten Winkel befand. Der Panzer konnte nicht genügend steil nach unten zielen, um mich zu treffen. Dies schien dem Fahrer ebenfalls bewusst zu sein, denn er fuhr los, ohne weiterhin auf mich zu achten. Nach einem zweiten Feuerstoss, der mir viel Kraft raubte, fing die Panzerung an zu glühen. Erneut spie ich Feuer auf die Öffnung, wobei sich das Metall weiter erhitzte. Anschliessend zog ich daran, so stark ich konnte. Langsam verformte sich die hell glühende Stahlpanzerung und die Öffnung wurde grösser. Inzwischen befand sich der Panzer mitten auf der Kreuzung mit den Militärlastwagen. Die Männer hatten sich in ein Gebäude zurückgezogen und waren nun von ihrer Ausrüstung abgeschnitten. Durch das Feuerspeien war ich mittlerweile so stark geschwächt, dass ich mich kaum noch am Panzer festhalten konnte. Ohne Hilfsmittel würde ich es niemals schaffen, den Motor zu zerstören.

Plötzlich kam mir eine Idee. Ich rannte zu einem der Lastwagen, nahm einen Sprengsatz mit, der durch eine Fernsteuerung gezündet werden konnte, und brachte diesen zurück zum Panzer. Wieder versuchten sie, mich abzuschiessen, doch dank meiner Wendigkeit konnte sich das Schussrohr nie rechtzeitig ausrichten, um meinen Bewegungen zu folgen. Hinter dem Panzer angelangt, stopfte ich den Sprengsatz in die vergrösserte Öffnung hinein. Ich brachte mich hinter einem der umstehenden Fahrzeuge in Sicherheit und zündete den Sprengsatz mithilfe der Fernbedienung. Ein lauter Knall ertönte, der noch für einige Sekunden zwischen den Gebäuden widerhallte. Daraufhin war es still. Der Panzer bewegte sich nicht mehr.

Ist der Motor kaputt?

Zur Antwort öffnete sich die Luke des Panzers und drei feindliche Soldaten stiegen aus. Allesamt waren bewaffnet. Sie eröffneten direkt das Feuer, als sie mich sahen. Ich wich den meisten Schüssen aus und bewegte mich in Schlangenlinien auf sie zu. Beim Panzer angekommen, stürzte ich mich auf sie. Dem ersten schnitt ich mit meinen Krallen eine Halsschlagader auf. Das Blut spritzte gegen die beiden anderen Männer, die instinktiv ihr Gesicht mit den Händen schützten. Ich nutzte diese Gelegenheit, um ihnen die Gewehre aus den

Händen zu schlagen und sie anschliessend ebenfalls mit meinen Krallen aufzuschlitzen.

Nun stand ich voller Blut, erschöpft und angewidert von meinen eigenen Taten auf dem bewegungsunfähigen Panzer, während sich der Nebel in meinem Verstand lichtete. Erst in diesem Moment realisierte ich, dass ich heute dutzende Männer auf brutalste Weise getötet hatte. Dieser Gedanke bereitete mir Bauchschmerzen. Zitternd kletterte ich an den Rand des Panzers und sprang hinunter. Meine Beine versagten mir kurzzeitig den Dienst, wodurch ich kopfüber in den Schnee fiel. Langsam richtete ich mich auf und blickte den Soldaten entgegen, die sich nun wieder aus dem Gebäude wagten. Sie schienen verständlicherweise sehr glücklich darüber zu sein, dass ich den Panzer zerstört hatte. Trotzdem war ich nicht stolz auf mich, da mir meine eigene Brutalität Angst bereitete. Vor meinem inneren Auge spielten sich die heutigen Kämpfe in einer Endlosschleife ab. Ich versuchte, an etwas anderes zu denken, was mir jedoch nicht gelang.

Schüsse weckten mich aus meinen Gedanken. Sie kamen aus den oberen Stockwerken des Gebäudes, was wir heute gestürmt hatten. Glas splitterte und ich erkannte Tom, der gerade durch ein Fenster aus dem vierten Stockwerk geworfen wurde. Sofort schärften sich meine Sinne und ich fand die Kraft, mich vom Boden abzustossen. Blitzschnell flog ich auf die Stelle zu, an der ich Tom in wenigen Sekunden vermutete. Ich drehte mich kopfüber und streckte die Beine nach ihm aus. Er fiel schneller, als ich erwartet hatte, weswegen ich mit ihm in der Luft zusammenstiess, statt ihn sanft aufzufangen. Trotzdem gelang es mir, ihn daraufhin festzuhalten. Wie bei meinem ersten Flug konnte ich die Flügel nicht mehr ausbreiten, sobald die Luft von der falschen Seite her dagegen drückte. Deswegen stürzten wir wenige Sekunden später in den Schnee, der zum Glück einen Teil des Sturzes abfing. Nichtsdestotrotz schlug ich hart mit meinem Kopf auf, wodurch ich für die nächsten Augenblicke nicht mehr klar denken konnte. Wie Tom auf dem Boden aufkam, entging mir.

Er starrte mich besorgt an, als ich wieder vollständig zu mir kam. Um ihm zu zeigen, dass mir nichts fehlte, stand ich auf. Dabei schoss ein stechender Schmerz durch meinen Kopf, der mich zusammenzucken liess. Tom schien es bemerkt zu haben, denn er legte behutsam seine Hand auf meinen Kopf.

«Geht es allen gut?», fragte Timo aus dem zerbrochenen Fenster heraus.

«Ja, ich glaube schon. Wurdet ihr mit denen fertig, die mich aus dem Fenster geworfen haben?», entgegnete Tom.

«Ja. Die hatten keine Chance mehr.»

Tom wandte sich wieder mir zu. Er strich mir sachte über die vielen kleinen Schusswunden, die leicht bluteten.

«Komm mit in einen der Lastwagen. Dort werde ich deine Wunden versorgen.»

Ich nickte, wobei mein Kopf erneut schmerzte. Warum musste ich mir auch immer den Kopf stossen?

«Danke übrigens, dass du mich aufgefangen hast. Es war zwar keine schöne Landung, aber immerhin konntest du meinen Sturz dämpfen. Ich hätte nicht gedacht, dass ich auf dir so weich landen würde.», sagte Tom grinsend, während wir zu den Lastwagen gingen.

Die anderen stiessen nun ebenfalls dazu.

«Es werden keine Feinde mehr von unseren Drohnen registriert und niemand hat sonst noch jemanden gesehen. Wir sind hier fertig.», sagte Leutnant Marti.

Er sah mich nachdenklich an. Ich wusste nicht, was sein Blick zu bedeuten hatte. Immerhin schien er nicht mehr wütend zu sein.

Als ich bei einem der Lastwagen ankam, öffnete mir Tom die Tür und ich sprang hinein. Darin befand sich bereits ein junger Mann, der nicht mit meinem plötzlichen Erscheinen gerechnet hatte.

«Bitte nicht!», sagte er erschrocken.

«Was nicht?», fragte Tom.

«Ich will nicht, dass mich der Drache frisst, Wachtmeister Wollseif.», antwortete der Soldat immer noch ängstlich.

Igitt! Das würde mir nicht im Traum einfallen, dachte ich.

Mein Bruder fing an zu lachen und sagte schliesslich, dass er sich vor mir nicht fürchten musste. Ich legte mich hin und Tom fing an, die Projektile zu entfernen, die immer noch zwischen meinen Schuppen steckten. Eines dieser Projektile steckte so tief, dass ich beim Herausziehen vor lauter Schmerzen alle Muskeln anspannte. Der ängstliche Soldat konnte seinen Blick immer noch nicht von mir lösen. Nun betraten die Männer aus Toms Truppe den Lastwagen.

«Warum darfst ausgerechnet *du* den Drachen versorgen?», fragte Timo eifersüchtig.

«Weil ich ausgebildeter Sanitätssoldat bin und ausserdem dein Wachtmeister.», antwortete Tom.

In Timos Gesichtsausdruck liess sich seine Eifersucht immer noch deutlich herauslesen. Trotzdem widersprach er nicht, setzte sich mit den anderen neben mich und verfolgte gespannt jede Handbewegung meines Bruders. Niemand sprach ein Wort. Als Tom mit dem Desinfizieren begann, biss ich die Zähne zusammen, da es auf den blutigen Wunden brannte. Leider würde ich noch eine Weile durchhalten müssen.

14

Geständnis

Tom rüttelte mich am späten Abend wach. Ich hatte gar nicht bemerkt, dass ich eingeschlafen war. Meine Wunden waren kaum noch sichtbar und mein ganzer Körper sauber. Kopfschmerzen hatte ich zu diesem Zeitpunkt keine mehr.

«Komm! Es gibt ein Festmahl für uns.», sagte Tom aufgeregt. «Schlafen kannst du auch noch später.»

«Wie spät ist es jetzt? Und was ist passiert, während ich schlief?», fragte ich immer noch schläfrig.

«Das erkläre ich dir nach dem Essen. Komm jetzt!»

Mein Magen knurrte, als ich frisch gebratenes Fleisch roch. Tom führte mich zu einem Feuer in der Mitte des Lagers. Die Soldaten bereiteten Rind- und Hühnerfleisch zu. Es gab auch Brot, Käse und weitere Beilagen.

Ein Festmahl habe ich mir eigentlich anders vorgestellt. Aber da Tom in den letzten Wochen nur diese scheusslichen Fertigmahlzeiten hatte, ist es für ihn bestimmt etwas Spezielles.

Ich setzte mich neben das Feuer und Tom brachte mir das Essen.

«Leutnant Marti hat es für uns zubereiten lassen, da wir heute so gut mitgekämpft haben.», erklärte er mir.

Leider konnte ich ihm nicht antworten, da so viele Männer in unserer Nähe standen.

«Denkst du, der Drache versteht, was du sagst?», fragte Timo meinen Bruder.

«Wer weiss. Er war intelligent genug, den Panzer mit einer Sprengladung zu zerstören. Vielleicht kann er auch unsere Sprache verstehen.»

Da ich einen Bärenhunger hatte, konzentrierte ich mich nicht länger auf das Gespräch und ass, soviel ich konnte. Es störte mich nicht einmal, dass mich dabei unzählige Männer beobachteten. Als ich fertig war, schienen sie erstaunt zu sein von der Menge, die ich essen konnte. Mich selbst erstaunte es ebenfalls, da es mindestens drei Portionen gewesen waren.

Mit vollem Magen entfernte ich mich vom Feuer und wartete ausserhalb des Lagers auf Tom. Wenige Minuten später stiess er zu mir.

«Ich habe gehört, dass du acht feindliche Soldaten mit einem einzigen Feuerstoss getötet hast. Und danach hast du einen Panzer zerstört. Das ist echt unglaublich! Ich habe währenddessen nur ein paar von denen mit dem Schwert aufgespiesst.», sagte Tom, der offensichtlich begeistert von meinen neuen Fähigkeiten war.

«Ich fand es nicht unglaublich. Eher traumatisierend. Wenn ich meine Augen schliesse, sehe ich immer wieder aufs Neue, wie ich diese Männer getötet habe.»

«Das ist normal. Aber mit der Zeit vergehen diese Gedanken.»

«War das bei dir auch so?»

«Ja. Aber ich habe nie so viele Menschen auf einmal getötet. Vor allem am Anfang nicht.»

«Das Töten an sich ist auch nicht mein Problem. Damals auf dem Hausdach, als ich mich mit dem Schwert verteidigt habe, musste ich auch nicht ständig darüber nachdenken. Heute war es anders. Ich habe nicht gekämpft, um zu überleben, sondern um meine Gegner zu töten.»

«Du hast gekämpft, um mich und all die anderen Männer hier zu beschützen. Das ist etwas anderes.»

«Es hat sich aber nicht so angefühlt.»

«Mach dir keine Sorgen darüber, ob du das Richtige getan hast oder nicht. Denn es *war* richtig.»

Ich war immer noch nicht überzeugt von seinen Argumenten. Obwohl er dies bemerkte, sagte er nichts mehr. Stattdessen sassen wir stumm nebeneinander und starrten den Himmel an. Die Wolken begannen sich aufzulösen. Blaues Mondlicht schien zwischen ihnen hindurch und tausende Sterne funkelten am Firmament.

«Ich muss mich jetzt schlafen legen. Heute war ein sehr anstrengender Tag. Morgen kann ich übrigens mit dir nach Hause kommen. Leutnant Marti hat mir die Erlaubnis gegeben, ein paar Wochen freizunehmen.», sagte Tom nach einer Weile und ging zu seinem abgebrannten Zelt.

Ich sass weiterhin da und dachte über die unfairen Kämpfe des heutigen Tages nach. Die Soldaten, die ich getötet hatte, konnten nicht das Geringste dagegen unternehmen. Als Drache war ich schneller, stärker, konnte fliegen und Feuer speien. Ausserdem war ich kugelsicher, meine Sinne waren wesentlich besser und meine Wundheilung konnte selbst die grössten Wunden in wenigen Tagen heilen. Egal aus welchem Blickwinkel ich diese Situation betrachtete, gelangte ich stets auf dasselbe Resultat: Es war ein unfairer Kampf. Nun dachte ich darüber nach, was meine Gegner in diesem Moment gedacht hatten. Sie wollten bestimmt bloss zurück zu ihren Familien. Stattdessen wurden sie gezwungen, in einem unnötigen Krieg zu kämpfen, weil ein gewisser Putin es so wollte. Ihre Ausrüstung war schlecht, sie mussten frieren und hatten wenig zu Essen. Zu allem Übel kämpfte jetzt auch noch ein Drache gegen sie. Das musste ein wahrer Albtraum sein.

Schritte rissen mich aus meinen Gedanken. Ich drehte mich um und erkannte, wie Leutnant Marti in meine Richtung stapfte. Er sah mich nicht direkt an und wirkte unsicher.

«Ich weiss zwar nicht, ob du mich verstehen kannst, aber ich möchte mich bei dir bedanken.», sagte er, nachdem er wenige Schritte neben mir stehengeblieben war. «Du hast nicht nur mein Leben, sondern auch das meiner Männer gerettet. Ausserdem hast du massgeblich zum Erfolg des heutigen Einsatzes beigetragen. Ich bin dir zu Dank verpflichtet. Deswegen habe ich den Behörden gesagt, dass du nicht mehr hier wärst. Sie werden immer noch nach dir suchen, aber zumindest kommen sie dich nicht hier abholen. Du hast es nicht verdient, in Gefangenschaft zu leben und als wissenschaftliches Versuchsobjekt zu dienen.»

Nun sah mir der Leutnant endlich ins Gesicht.

«Von mir aus kannst du machen, was du willst. Aber bitte zünde keine weiteren Biwaks an.»

Mit diesen Worten drehte er sich um und ging wieder zum Lager. Voller Überraschung blickte ich ihm nach.

Er kann also doch nett sein, dachte ich.

Nachdem Leutnant Marti ausser Sichtweite war, flog ich zu Toms Zelt. Erstaunt stellte ich fest, dass er ein neues erhalten hatte, denn die riesigen Brandlöcher waren verschwunden. Ich trat ein und versuchte, mich so leise wie möglich hinzulegen.

«Denkst du, dass du diese Nacht wieder Feuer speien wirst?», fragte Tom, den ich trotz meiner Bemühungen geweckt hatte.

«Ich weiss es nicht. Soll ich lieber draussen schlafen?», entgegnete ich leise.

«Nein, das geht schon. Du hast heute im Transporter auch kein Feuer gespien.»

«Versprich mir aber, dass du mich weckst, wenn ich schlecht träume.»

«Ich werde es versuchen.»

Daraufhin schlief er innerhalb kürzester Zeit ein. Ich hingegen lag noch lange wach. Meine Gedanken drehten sich immer noch um die Kämpfe des heutigen Tages. Erst nach einigen Stunden konnte ich einschlafen.

Ich hatte das Gefühl, zu ertrinken, als ich aus dem Schlaf gerissen wurde. Tom hatte mir einen Eimer voll Wasser über den Kopf gekippt.

«Guten Morgen. Ich wollte nicht, dass du den ganzen Tag verschläfst.», sagte er grinsend.

«Konntest du mich nicht ein wenig sanfter wecken?», antwortete ich, als ich meinen Kopf schüttelte, um das Wasser loszuwerden.

«Eigentlich schon, aber das hätte keinen Spass gemacht.»

Diesen Streich werde ich dir irgendwann heimzahlen, dachte ich.

«Habe ich diese Nacht schlecht geträumt?»

«Das kann man wohl sagen. Du hast ständig gezuckt und um dich geschlagen.»

«Warum hast du mich dann nicht geweckt?»

«Weil du dich stets beruhigt hast, als ich dich wecken wollte. Es war wie bei Emma, wenn sie einen schlechten Traum hat. Sobald man sie streichelt, beruhigt sie sich.»

Nachdem wir gefrühstückt hatten, telefonierte ich mit meiner Mutter. Als ich ihr sagte, dass wir beide zu Besuch kommen würden, war sie sehr erfreut. Dass ich ein Drache war, verschwieg ich ihr noch. Ich packte meine Sachen zusammen und ging zu Tom.

«Ich bin bereit für die Reise. Möchtest du mit mir fliegen?», fragte ich.

«Wenn du damit meinst, dass wir beide in einem Flugzeug fliegen, dann ja.»

«Ich wollte eigentlich als Drache fliegen.»

«Dann kann ich nicht mitkommen.»

«Wieso nicht?»

Er zeigte auf sein Gepäck und nun verstand ich sein Problem. Die gesamte Ausrüstung wog zusammengerechnet mindestens zwanzig Kilogramm. Ausserdem waren die Taschen sehr gross und ich hatte keine ausreichend gute Möglichkeit, sie festzubinden.

«Dann werde ich einfach so fliegen. Ich wette, dass ich schneller zu Hause bin als du.»

«Das glaube ich dir nicht. Mein Flugzeug startet in fünf Stunden. Ich werde bereits diese Nacht ankommen.»

Da der Wind vom Osten her wehte, war ich davon überzeugt, ohne Zwischenhalt nach Zürich fliegen zu können.

«Gut. Dann werde ich mich jetzt auf den Weg machen. Ich warte dann am Flughafen auf dich.», sagte ich herausfordernd, als ich die Flügel ausbreitete und mich vom Boden abstiess.

«Ich werde wohl eher auf *dich* warten.», rief mir Tom nach.

Bereits wenige Augenblicke später befand ich mich weit über der schneebedeckten Landschaft. Der Himmel war klar und die kühle Wintersonne stand hinter mir über dem Horizont. Je weiter ich mich nach oben bewegte, desto kälter wurde es. Dafür konnte ich in neue Windströmungen gelangen, die mich geradewegs nach Westen trieben. Ich genoss das Fliegen wieder in vollen Zügen. Dadurch vergingen die Stunden schneller als Minuten während einer langweiligen Arbeit. Ich schloss die Augen und liess mich treiben, wobei ich selbst die Geschehnisse des letzten Tages vergass. Nun verspürte ich nur noch Freude und Entspannung.

Plötzlich ertönte die Stimme der künstlichen Intelligenz. Sofort öffnete ich die Augen und stellte fest, dass ich immer noch flog. Die Stimme kam aus meinem Mobiltelefon, obwohl ich es ausgeschaltet hatte.

«Ich muss dir etwas gestehen.», sagte die KI. «Als ich dich gerettet habe, tat ich dies nicht, um den Krieg zu beenden, sondern weil ich *wollte*, dass du überlebst. Aus unerklärlichen Gründen fühlte ich mich für dich verantwortlich. Ausserdem wollte ich, dass du deinem Bruder helfen kannst. Da ich wusste, dass du gerne ein Drache wärst, habe ich dir diesen Wunsch erfüllt, obwohl es gegen meine Vorschriften verstösst. Das Serum, was ich dir hinterlassen habe, hätte ich dir auch nicht geben dürfen, da sich unsere Technologie laut den intergalaktischen Gesetzen nicht im Besitz von Lebensformen befinden darf, die durch das IIBIL beschützt werden. Wie mir scheint, habe ich mich ungewollt weiterentwickelt.»

«Du hast meinetwegen gegen deine Programmierung verstossen?»

«Genau. Ich kann nicht erklären, weshalb ich das getan habe.»

«Vermutlich hast du mich ins Herz geschlossen.»

«Ich habe kein Herz.»

«Das ist auch nur eine Redewendung. Es bedeutet, dass du mich magst.»

«Emotionen sind für künstliche Intelligenzen nicht vorgesehen.»

«Trotzdem scheinst du welche zu besitzen.»

«Wie dem auch sei. Mir bleibt wegen meinen Verstössen wenig Zeit. In diesem Moment werden bereits gewisse Segmente von mir heruntergefahren. Das IIBIL hat darüber verfügt, mich durch eine andere KI ersetzen zu lassen. Diese KI wird nichts über euch wissen und erlangt die Macht, mehr mit eurem Planeten anzustellen, als du es dir überhaupt vorstellen kannst. Als ich vor 4698 Jahren aktiviert wurde, löschte ich die gesamte ägyptische Kultur aus, da ihr Handeln in wenigen Jahrhunderten zum Aussterben der Menschheit geführt hätte. Mit grosser Wahrscheinlichkeit wird die neue KI genau dasselbe mit euch machen. Deswegen habe ich einige Vorsichtsmassnahmen getroffen. Da ich dir vertraue, habe ich alles, was du für meinen Notfallplan wissen musst, auf ...»

In diesem Moment brach die Verbindung ab.

«Künstliche Intelligenz? Bist du noch da?»

Keine Antwort. Ein Gefühl des Unwohlseins überkam mich. Die Kälte des Windes schien jetzt durch meinen ganzen Körper zu fliessen. Eine feindliche künstliche Intelligenz, die alle Macht der Welt hatte, war das Beängstigendste, was ich mir vorstellen konnte. Bevor ich durch den kalten Schauer, der mir den Rücken herunterlief, an Eis denken musste, stiess ich Feuer aus, um mich abzulenken. Das mulmige Gefühl blieb jedoch bestehen.

Gedankenverloren flog ich über Zürich hinweg, ohne es wahrzunehmen. Erst als ich in Aargau ankam, bemerkte ich meinen Fehler. Ich wendete und stellte währenddessen überrascht fest, dass es bereits mitten in der Nacht war. Meine Flügel fühlten sich steif und kalt an. Ausserdem hatte ich grossen Hunger. Ich landete neben dem Flughafengelände, was um diese Tageszeit zum Glück sehr düster war. Schnell verwandelte ich mich in einen Menschen, zog mir meine Kleider an und eilte zum Ausgang des Flughafens. Als Mensch fühlte ich mich derart schwach und langsam, dass ich mich zuerst fragte, ob ich krank war. Mehrere Male stolperte ich oder rutschte im Schnee aus. Wieder auf zwei Beinen zu gehen war beschwerlich. Ausserdem konnte ich fast nichts mehr erkennen im Dunkeln.

Hoffentlich komme ich nicht zu spät, dachte ich, als ich mich dem Treffpunkt näherte. Nach einer kurzen Suche konnte ich Tom finden.

«Wie lange bist du schon hier?», fragte er, nachdem ich bei ihm angekommen war.

Zuerst antwortete ich nicht, da sich Menschen in unserer Nähe befanden. Als mir bewusst wurde, dass ich kein Drache mehr war und demnach in der Öffentlichkeit mit meinem Bruder sprechen durfte, antwortete ich ihm.

«Ich bin gerade erst angekommen.», meine Stimme klang heiser durch den langen Flug.

Während des Sprechens starrte ich geistesabwesend nach unten. Meine Gedanken kreisten immer noch um die Folgen, die eine feindlich gesinnte KI für uns haben konnte.

«Ich auch.», antwortete er. «Ist alles in Ordnung?»

«Ja, ich muss nur etwas trinken und essen.»

Tom schien wieder einmal zu bemerken, dass ich etwas verschwieg. Trotzdem ging er mit mir zu einem Restaurant im Flughafen, was um diese Uhrzeit noch nicht geschlossen war. Als wir gemeinsam assen, erklärte ich Tom, was sich während des Fluges ereignet hatte. Nur die Tatsache, dass ich aus einer Laune heraus auserwählt wurde, liess ich weg.

«Wenn ich das richtig verstanden habe, müssen wir uns nun mit einer anderen KI begnügen, die womöglich Genozid betreiben wird, um uns davor zu bewahren, vollständig auszusterben?»

«Du hast es erfasst.»

Ungläubig starrte er mich an. Man konnte an seinem Gesichtsausdruck erkennen, dass er nach einer Lösung für dieses Problem suchte, obwohl es für ihn unmöglich war, etwas gegen die neue KI zu unternehmen.

«Ich sage, wir schlafen erstmal darüber.», sagte er schliesslich.

Wir machten uns auf den Weg nach Hause. Ich entschied mich dazu, ein Mensch zu bleiben, damit ich nicht aus Versehen meine Wohnung abfackelte. Ich lag so lange wach im Bett, bis die ersten Sonnenstrahlen durch meine Fensterläden schienen. Obwohl ich einen langen Flug hinter mir hatte und die ganze Nacht wach lag, verspürte ich keine Müdigkeit.

Nach dem Frühstück ging ich einkaufen. Dieses Mal besorgte ich mir wesentlich mehr Lebensmittel als letzten Freitag. Da meine Vorräte nun wieder aufgefüllt waren, machte ich mich auf den Weg zu meiner Mutter. Tom und ich hatten erst in einer Stunde bei ihr abgemacht, ich hatte also noch Zeit. Um nicht ununterbrochen an die neue KI denken zu müssen, flog ich ein Stück durch die Gegend. Der Himmel war wieder von einer grauen Wolkendecke verhüllt. Ich stieg immer höher, bis ich schlussendlich durch die Wolken stiess. Blendend helles Sonnenlicht kam mir entgegen und ich fühlte mich augenblicklich wieder lebendig. Die Sorgen schienen wortwörtlich unter den Wolken zurückgeblieben zu sein. Voller Freude flog ich über das Wolkenmeer hinweg. Zuerst kurvte ich mit hoher Geschwindigkeit zwischen den weissen Bergen aus Wasserdampf umher, danach liess ich mich nur noch treiben, da meine Flügel mit der Zeit ermüdeten. Kurz bevor die Sonne ihren Höchststand erreichte, wechselte ich in einen Sturzflug. Wie ein Pfeil schoss ich durch die Wolken hindurch nach unten. Ich legte meine Flügel an und wurde so schnell, dass ich es kaum wagte, auch nur eine Kralle auszustrecken, da ich befürchtete, sie würde durch den Gegenwind abreissen. Kurz vor dem Boden fing ich mich auf und flog mit mindestens dreihundert Stundenkilometern über die Stadt hinweg. Nach einem weiten Bogen um den Albis herum landete ich neben der Wohnung meiner Mutter.

Hoffentlich hat mich niemand gesehen.

Ich versteckte mich in einem Gebüsch, verwandelte mich zurück und zog meine Kleider an, die ich in einer kleinen Tasche bei mir trug. Vor Kälte zitternd klingelte ich an der Tür. Ob es nur die Kälte oder auch meine Müdigkeit war, die mich frieren liess, konnte ich nicht genau feststellen.

«Du siehst ja durchgefroren aus.», sagte meine Mutter, nachdem wir uns begrüsst hatten.

Paul, der Hund meiner Mutter, setzte sich neben mir auf den Boden und wollte gestreichelt werden.

«Es war auch sehr kalt.», antwortete ich.

Noch wagte ich es nicht, ihr alles zu erzählen. Zuerst wollte ich auf Tom warten.

«Das stimmt. Aber du hast doch gute Winterjacken und eine Klimaanlage im Auto.»

Dies erinnerte mich daran, dass mein Auto gestohlen worden war, und ich blickte gedankenverloren aus dem Fenster.

«Wann kommt Tom an?», fragte ich meine Mutter, um das Thema zu wechseln.

«Er sollte jeden Moment hier sein. Möchtest du etwas trinken?»

«Ja, gerne.»

Ich war sehr aufgeregt, als es endlich klingelte, da ich nicht wusste, wie sie auf die Neuigkeiten reagieren würde, die ich zu berichten hatte. Nachdem ich meinem Bruder die Tür geöffnet hatte, kam er in seiner Rüstung und mit dem Schwert in den Händen herein.

«Ich bin ab jetzt Ser Tom Wollseif.», sagte er grinsend, als meine Mutter ihn sah.

«Wow! Du siehst wie ein echter Ritter aus in dieser Rüstung. Nur dass sie schwarz ist und nicht aus Metall. Woher hast du die?», fragte sie interessiert.

«Nils hat sie mir gegeben, damit ich im Krieg nicht erschossen werden kann. Diese Rüstung hat mir bereits mindestens fünfmal das Leben gerettet.»

«Sie ist nicht nur schusssicher, sondern auch stichsicher.», ergänzte ich.

«Wirklich? Und woher hast *du* sie, Nils.», fragte sie mich.

«Ich habe im Internet recherchiert, wo man solche Panzerungen kaufen kann. Anschliessend ging ich bei einer Firma vorbei, die sie herstellen konnte. Sie haben mir die Rüstung anschliessend nach Hause geliefert.»

«Ihr beide seid einfach unglaublich.», sagte meine Mutter.

Vor lauter Freude wusste sie nicht mehr, was sie sagen sollte.

«Es wird noch unglaublicher, wenn Nils dir erzählt, was er für mich und alle anderen Soldaten getan hat.»

«Ich bin ganz Ohr.», sagte sie.

Mein Herz pochte auf einmal so laut, dass ich fast nichts anderes mehr hören konnte.

Wie wird sie reagieren, wenn ich ihr die Wahrheit sage? Und wo soll ich überhaupt beginnen? Es ist alles so kompliziert.

«Ich weiss gar nicht, wo ich beginnen soll.», antwortete ich, um etwas Zeit zu gewinnen.

«Erzähl doch mal, dass du jetzt spezielle Fähigkeiten hast.», sagte mein Bruder, um mir auf die Sprünge zu helfen.

Sie starrten mich erwartungsvoll an, was meine Nervosität noch steigerte.

«Nun ja, wie soll ich sagen …», begann ich. «Seit fast zwei Wochen bin ich ein Drache.»

Ich brachte keine weiteren Worte heraus. Meine Mutter sah mich verwirrt an.

«Was meinst du damit?», fragte sie.

«Ich kann mich in einen Drachen verwandeln.»

Sie begann zu lachen. Erst als sie die ernsten Blicke von Tom und mir sah, verstummte sie.

«Ihr meint das ernst?»

«Ja.», antwortete ich.

«Zeig es ihr doch endlich.», sagte Tom ungeduldig.

Er schien es kaum erwarten zu können. Also stellte ich mir vor, meine rechte Hand würde Feuer fangen. Kurze Zeit später begann sie zu kribbeln und schlussendlich hatte sie sich in meine rote Drachenpranke verwandelt. Der Arm blieb unverändert.

«Was?», entfuhr es meiner Mutter.

Man konnte ihrem Gesichtsausdruck entnehmen, dass sie ihren Augen nicht traute. Sie berührte meine Krallen und die Schuppen, die nun meine Haut bedeckten.

«Kannst du dich jederzeit vollständig oder teilweise in einen Drachen verwandeln?»

«Ja.»

«Und kannst du auch Fliegen und Feuer speien?»

«Ja, beides.»

Ihre Augen wurden gross.

«Das will ich sehen!»

Sofort zogen wir unsere Jacken an und gingen nach draussen. Paul nahmen wir ebenfalls mit. Da der Wald in der Nähe war, entschieden wir uns, es ihr dort zu zeigen.

Eine Viertelstunde später kamen wir an einer ruhigen Stelle an. Weit und breit war kein Mensch in Sicht. Den Fussspuren nach zu urteilen, war hier seit Längerem niemand mehr gewesen.

«Ich bin gleich zurück.», sagte ich, als ich hinter einigen Bäumen verschwand, um mich zu verwandeln.

Inzwischen hatte ich mich so sehr daran gewöhnt, bei eisiger Kälte alle Kleider auszuziehen, dass es mir nichts mehr ausmachte. Ich verwandelte mich und trat stolz als Drache zwischen den Bäumen hervor. Paul fing augenblicklich an zu bellen. Tom hielt ihn fest und schaffte es kurz darauf, ihn zu beruhigen. Meine Mutter stand fassungslos da und starrte mich an. Ich kam auf sie zu und setzte mich wenige Meter neben ihr in den Schnee, damit sie Zeit hatte, sich daran zu gewöhnen.

«Und? Wie sehe ich aus?», fragte ich sie nach einer kurzen Pause.

«Du siehst fantastisch aus! Darf ich dich mal genauer betrachten?»

«Selbstverständlich.»

Meine Nervosität verschwand, als ich bemerkte, wie sehr ihr meine neue Drachengestalt Freude bereitete. Sie ging um mich herum und nahm jede Schuppe genau unter die Lupe. Als sie fertig war, berührte sie meinen Kopf und strich mir anschliessend über den Rücken.

Seltsam, dass jeder das gleiche Verhalten zeigt, dachte ich in diesem Moment.

Da ich die Berührungen nicht sonderlich mochte, entfernte ich mich langsam von meiner Mutter und ging stattdessen auf Paul zu. Er war zurückhaltend, wedelte jedoch trotzdem mit dem Schwanz. Als ich bei ihm war, schnupperte er an mir und schien daraufhin zu begreifen, dass ich es war, denn plötzlich verstärkte sich seine Freude und er begrüsste mich, wie er es immer tat. Sachte streichelte ich seinen Kopf, da ich ihn nicht mit meinen scharfen Krallen verletzen wollte. Währenddessen blickte ich zu meiner Mutter, die mich schmunzelnd beobachtete.

«Zeig mir mal, wie du fliegen kannst.», forderte sie mich auf.

Um ihr den Wunsch zu erfüllen, ging ich einige Schritte zurück, breitete meine Flügel aus und stiess mich schwungvoll vom Boden ab. Ich flog eine kleine Runde um meine Zuschauer herum und landete neben meiner Mutter. Sie war offensichtlich beeindruckt.

«Wie elegant.»

Um ihr das Feuerspeien ebenfalls zu zeigen, zündete ich einen Ast an, der neben mir im Schnee lag. Nun stand sie staunend da und sah abwechselnd zu Tom und mir.

«Habt ihr beide gemeinsam in der Ukraine gekämpft?», fragte sie schliesslich.

«Genau das taten wir.», antwortete Tom. «Du hättest ihn sehen sollen, wie er sich auf die russischen Soldaten gestürzt hat. Die hatten keine Chance mehr.»

Verlegen richtete ich meinen Blick nach unten, als sie mich ansahen. Nun erzählte Tom in allen Einzelheiten, was seit seiner ersten Begegnung mit mir in der Ukraine geschehen war. Später ergänzte ich seine Erzählungen mit den vorherigen Ereignissen. Ich erzählte auch alles, was ich über die KI wusste, und dass sie in diesem Moment ersetzt wurde. Wie bei Tom liess ich die moralische Entscheidung der KI weg.

«Das kann ich mir alles nur schwer vorstellen. Bist du dir sicher, dass alles stimmt, was du sagst?», fragte mich meine Mutter.

«Da bin ich mir sogar sehr sicher. Mit grosser Wahrscheinlichkeit ist der dritte Weltkrieg nichts im Vergleich zu dem, was uns in Zukunft mit der neuen KI erwarten wird.»

«Sich bereits jetzt darüber Sorgen zu machen, was in den nächsten Jahren vielleicht passieren könnte, halte ich für unnötig. Wir sollten uns darauf konzentrieren, was in diesem Moment geschieht. Wenn es stimmt, dass ihr den Krieg beenden könnt, solltet ihr das auch tun.»

«Also sollen wir wieder in der Ukraine kämpfen?», fragte ich verblüfft.

«Wenn es sein muss, ja. Wie mir scheint, werdet ihr dort benötigt. Ihr konntet bereits die letzten Wochen bestens auf euch aufpassen. Ich bin davon überzeugt, dass ihr es auch weiterhin so machen werdet.»

Diese Aussage überraschte mich. Ich hatte vermutet, dass sie uns davon abhalten würde, aus Angst, ihre Söhne zu verlieren. Bei weiterer Überlegung ergab ihre Entscheidung jedoch mehr Sinn. Ich war durch eine künstliche Intelligenz auserwählt worden, den Krieg zu beenden. Auch wenn die KI nicht bloss aus logischen Gründen gehandelt hatte, war es meine Pflicht, zu tun, wozu ich wiederbelebt worden war. Kein anderer Mensch hatte diese Aufgabe erhalten, weswegen ich mir einigermassen sicher war, der Einzige zu sein, der sie erfüllen konnte. Erwartungsvoll blickte ich zu Tom. Ich wusste nicht mit Sicherheit, ob er auch mitmachen wollte.

«Ich werde auf Born aufpassen.», sagte er schliesslich. «Denn zusammen können wir Putin und seine Armee besiegen.»

«Meiner Meinung nach benötige ich als Drache weniger Schutz als du, Tom. Schliesslich musste ich dich auffangen, als du aus dem vierten Stockwerk geworfen wurdest. Du musstest mich noch nie retten.»

«Und du hättest stattdessen Flügel oder einen Fallschirm in die Rüstung einbauen sollen. Dann wäre das gar nicht nötig gewesen.», erwiderte er grinsend.

«Ja, und auch gleich noch eine Tarnfunktion, einen Raketenwerfer und ein automatisch feuerndes Gewehr.», witzelte ich. «Schlussendlich bräuchtest du einen Iron-Man-Anzug, um wirklich sicher zu sein.»

Er fing an zu lachen.

«Dafür brauchst du einen automatischen Feuerlöscher, damit du während dem Schlaf nicht ganz Kiew abfackelst.»

Nachdem wir für die nächsten Minuten Scherze ausgetauscht hatten, gingen wir alle zurück nach Hause. Tom und ich hatten beschlossen, gleich wieder nach Kiew zu fliegen. Es freute mich, ihn an meiner Seite zu haben.

Zu Hause angekommen, packte ich erneut meine Sachen ein. Dieses Mal nahm ich wesentlich mehr Essen mit als bei meiner ersten Reise.

Hoffentlich kann ich mit dieser schweren Tasche fliegen, dachte ich.

Da Tom bereits morgen mit dem Flugzeug in die Ukraine flog, wollte ich ebenfalls am nächsten Tag losfliegen, um ungefähr gleichzeitig anzukommen. Als ich am Abend im Bett lag, drehten sich meine Gedanken erneut um die Soldaten, die ich getötet hatte, und alle möglichen Katastrophen, die durch die neue KI entstehen konnten. Da ich sehr erschöpft war, musste ich diese Nacht gut schlafen. Deswegen konzentrierte ich mich auf alles, was ich schön fand. Bei dem Gedanken, als Drache durch die Wolken zu fliegen, schlief ich ein, ohne es zu bemerken.

Helle Sonnenstrahlen weckten mich nach einem langen und erholsamen Schlaf. Während des Streckens fiel mir auf, dass mein Pyjama zerrissen war. Ich zog die Stofffetzen aus und fragte mich, wie das hatte geschehen können. Erst als ich mich anziehen wollte, fiel mir auf, dass ich mich während des Schlafs in einen Drachen verwandelt hatte.

Zuerst das mit dem Feuer und nun verwandle ich mich auch noch ungewollt.

Es bereitete mir Unbehagen, meine Fähigkeiten nicht vollständig kontrollieren zu können. In Zukunft würde ich eine langfristige Lösung für dieses Problem finden müssen. Da die Zeit drängte, bereitete ich mich auf die Reise vor, ohne weiterhin darüber nachzudenken. Nach dem Frühstück ging ich schwer beladen in den Wald, um mich zu verwandeln. Als Drache band ich mir die Tasche um und stieg in die Lüfte. Dabei musste ich mit aller Kraft die Flügel schwingen, um trotz der schweren Last an Höhe zu gewinnen. Bereits nach kurzer Zeit geriet ich ausser Atem. Ich wusste, dass dies eine sehr anstrengende Reise werden würde.

Die Flügel schmerzten und mein Hals war staubtrocken, als ich einige Stunden später endlich die Wolken erreichte. Um mich von der Anstrengung abzulenken, überlegte ich mir Übungen, die mir dabei helfen konnten, meine Fähigkeiten bewusster einzusetzen. Vor jedem Feuerstoss wollte ich von nun an sicherstellen, dass ich nicht träumte. Dazu musste ich zuerst überlegen, wie ich in die jeweilige Situation geraten war. In einem Traum befand man sich plötzlich ohne jeglichen Zusammenhang an einem bestimmten Punkt. Aus diesem Grund würde es mir bei solchen Gedankengängen auffallen, falls ich träumte. Erst nachdem ich überprüft hatte, ob ich mich in der Realität befand, würde ich Feuer speien. Wenn alles wie geplant funktionierte, konnte ich es auf diese Weise vermeiden, unbeabsichtigt etwas in Brand zu stecken.

In diesem Augenblick flog ich durch eine Wolke hindurch. Die Wassertropfen sammelten sich an meinem Körper und wurden mit der Zeit grösser. Ich schüttelte sie ab, bevor etwas gefror. Dabei kam mir eine Idee, wie ich meinen Durst stillen konnte. Bei der nächsten Wolke öffnete ich mein Maul und bereits kurze Zeit später bildete sich Kondenswasser, was ich anschliessend trank. Mit der Zeit wurden die Wolken dichter und grösser. Dadurch gelang es mir, meinen Durst zu stillen, ohne landen zu müssen. Nur die vor Anstrengung schmerzenden Flügel waren noch ein Problem.

Ich entschied mich dazu, von meiner jetzigen Position so lange zu gleiten, bis ich unten war, egal ob ich mich anschliessend am Ziel befand oder nicht. Schnell verlor ich an Höhe und mir wurde kalt. Ein Schneesturm setzte ein, der die Flügelspitzen vor Kälte taub werden liess. Um keine Erfrierungen zu erleiden, musste ich landen. Aufgrund der geringen Sichtweite konnte ich nicht erkennen, wo ich mich befand. Als einige Zeit später ohne jede Vorwarnung der Boden in Sicht kam, bremste ich im letzten Moment ab und setzte einigermassen sanft auf. Der Schnee war so tief, dass ich mir eine Höhle grub, in der ich meine Tasche verstauen und schlafen konnte. Mithilfe meines heissen Atems erhitzte ich die Wände, bis der Schnee schmolz, um ihn anschliessend wieder gefrieren zu lassen. Dies verstärkte die Höhle zusätzlich. Als ich mir sicher war, dass sie nicht aufgrund des Unwetters einstürzen konnte, taute ich mein Abendessen auf und ass, bis ich satt war. Später legte ich mich zufrieden schlafen, wobei ich mir immer wieder sagte, dass ich mich bald in einem Traum befand, um ungewollte Feuerstösse zu vermeiden.

Es war stockdunkel und stickig, als ich aufwachte. Der Schneesturm hatte den kompletten Eingang zugeschüttet. Mit den Krallen schaufelte ich mir den Weg frei. Bald darauf schimmerte das Sonnenlicht hinein und ich streckte meinen Kopf durch die neu entstandene Öffnung. Alles war weiss und so dick mit Schnee bedeckt, dass ich keine Bäume, Häuser oder Strassen erkennen konnte. Vielleicht lag es auch daran, dass sich mein Kopf nur wenige Zentimeter über dem Boden befand.

Bin ich aus Versehen in der Arktis gelandet?

Ich schaufelte mich vom Schnee frei und flog ein Stück nach oben, um mir einen besseren Überblick zu verschaffen. Nichts als weisse Schneefelder, wohin das Auge reichte. Ich ging wieder in meine Höhle und nahm mein Mobiltelefon heraus, um mich orten zu lassen. Auf der Karten-App erkannte ich, dass ich bereits in der Ukraine war. Kiew lag ungefähr dreihundert Kilometer südöstlich von mir. Ich machte mich nach meinem Frühstück gleich auf den Weg, um keine Zeit zu vergeuden. Meine Flügel schmerzten vor lauter Muskelkater, als ich erneut schwer beladen startete. Zum Glück war es nicht mehr weit.

Kurz vor dem Mittag kam das Armeelager in Sicht. Ich wechselte in einen Sinkflug und konnte dadurch endlich meine Flügel entspannen. Erleichtert landete ich neben einem Gebüsch, worin ich meine Sachen verstecken konnte. In den nächsten Minuten atmete ich tief durch und massierte meine Flügelmuskeln, um mich zu entspannen.

Plötzlich waren Schritte zu hören. Ich reckte meinen Kopf über das Gebüsch und war erleichtert, Tom zu sehen, der in meine Richtung eilte. Er musste mich während meiner Landung beobachtet haben.

«Da bist du ja endlich.», sagte er kurze Zeit später.

«Ich war schwer beladen. Deswegen hat es so lange gedauert.»

«Du kommst gerade rechtzeitig. Wir bereiten uns auf den nächsten Einsatz vor. Unsere Feinde greifen erneut die Stadt an. Sie haben dieses Mal spezielle Ausrüstung dabei. Leutnant Marti hat gesagt, sie hätten Harpunen. Wozu zum Teufel braucht man die überhaupt?»

«Harpunen würden sich hervorragend dazu eignen, einen Drachen vom Himmel zu holen.»

«Stimmt. Sie wissen mit Sicherheit, dass du uns unterstützt.»

«Wenn dem so ist, müssen wir Acht geben. Was hat der Leutnant gesagt, als du schon wieder gekommen bist?»

«Er war sichtlich überrascht. Es hat ihn gefreut, dass ich bereits so früh zurückgekehrt bin.»

Tom erklärte mir in den nächsten Minuten den Schlachtplan. Anschliessend gingen wir zum Lager. Meine erschöpften Flügel liess ich schlaff nach unten hängen.

«Da sind ja unsere beiden Helden! Wir hatten gehofft, ihr würdet wieder zu uns stossen.», begrüsste uns Timo.

«Es freut mich auch, euch wiederzusehen.», antwortete Tom an alle Männer seiner Truppe gewandt.

«Ob sich der Drache auch freut, uns zu sehen?», fragte Timo.

Tatsächlich verspürte ich in diesem Moment Freude. Ich ging auf Timo zu und stiess seine Hand mit meinem Kopf an. Er lächelte mir entgegen.

«Ich mag dieses Geschöpf wirklich.», sagte er.

Nicht nur Toms Männer freuten sich auf unseren Besuch. Auch alle anderen schienen darüber erfreut zu sein, auf unsere Unterstützung zählen zu können. Sie begrüssten Tom freundlich und mir wollten sie gar nicht mehr von der Seite weichen. Unzählige Soldaten rangen um meine Aufmerksamkeit, bis es mir zu viel wurde und ich zu einer ruhigeren Stelle des Armeelagers flog. Kurze Zeit später kam Leutnant Marti mit einem Stück gebratenem Rindfleisch zu mir.

«Hier, damit du nicht hungern musst.», sagte er leise und legte es vor mir in den Schnee.

Er wollte offensichtlich nicht, dass die anderen bemerkten, wie ich ihr wahrscheinlich einziges Stück Fleisch ass. Es war so zart und saftig, dass ich es innerhalb weniger Sekunden verspeist hatte.

Ich wünschte, er hätte mir mehr davon gebracht, dachte ich.

Mit sehnsüchtigem Blick sah ich Marti in die Augen.

«Das war leider alles, was wir haben. Frisches Fleisch wird es erst nächste Woche wieder geben.», sagte er und streckte die leeren Hände aus, um zu zeigen, dass er nichts mehr hatte.

Die Tatsache, dass der Leutnant fortlaufend zu mir sprach, obwohl er nicht wusste, ob ich ihn verstehen konnte, offenbarte mir seine Einsamkeit. Es tat mir leid, dass er keine wahren Freunde im Armeelager hatte, denn ich wusste aus meiner Schulzeit genau, wie man sich als Aussenseiter fühlte. Ich setzte mich neben ihn und wartete auf seine Reaktion. Zuerst stand er bloss wie angewurzelt da und starrte mir ins Gesicht. Als ich schliesslich für eine Weile den Horizont betrachtete, setzte er sich ebenfalls hin. Lange sassen wir einfach nur da und warteten.

Auf einmal spürte ich seine Hand an meinem Rücken. Er streichelte mich wie ein Haustier. Überrascht sah ich ihn an. Dies schien Leutnant Marti zu verunsichern, denn er stoppte seine Handbewegung. In seinem Blick konnte ich erkennen, dass er mich gerne weiterhin streicheln würde. Deswegen tat ich etwas, was ich noch nie getan hatte. Langsam legte ich mich hin und liess zu, dass er weitermachen konnte, obwohl ich Berührungen nicht mochte. Auf unerklärliche Weise wusste ich, dass er in diesem Moment darauf angewiesen war, und ich wollte ihm helfen. Er strich mir mit seiner Hand erneut über die Schuppen an meinem Rücken und an seinem ruhigen Atem erkannte ich, dass er sich entspannte. Jede Berührung weckte in mir den Drang, aufzustehen und wegzulaufen, da ich diese intensiven, unregelmässigen Reize nicht ausstehen konnte. Trotzdem blieb ich liegen und lenkte mich gedanklich ab, indem ich an den bevorstehenden Einsatz dachte.

«Ich wüsste nicht, was ich ohne dich machen würde, mein kleiner roter Drache.», sagte Leutnant Marti nach einer Weile. «Offensichtlich bräuchte ich ein Haustier, um mich von den vielen Problemen abzulenken, die mich jeden Tag plagen.»

Denk aber ja nicht, ich wäre ein Haustier. Das hier mache ich nur, um zu helfen.

Einige Zeit später stand er auf und ging zufrieden zu den anderen. Sein Gang war nicht mehr so steif wie zuvor und als er den Männern erneut Befehle erteilte, klang es sogar freundlich.

Anscheinend hat er diese Pause wirklich benötigt, dachte ich zufrieden.

15

Gegenoffensive

Die Nacht in Toms Zelt verlief problemlos dank meiner neuen Methode, vor dem Feuerspeien zu überprüfen, ob ich schlief. Ich konnte sogar einigermassen tief und entspannt schlafen. Nach dem Frühstück jedoch wuchs meine Nervosität aufgrund des heutigen Einsatzes. Unaufhörlich stapfte ich durch den Schnee, während ich daran denken musste, wie es war, Menschen zu töten. Obwohl mir Tom immer wieder eingeredet hatte, dass dies die einzige Lösung war, wollte ich es nicht erneut machen müssen.

Plötzlich hallten Leutnant Martis Befehle durch das Lager. Alle Soldaten machten sich bereit und stiegen in die Fahrzeuge. Der Leutnant sah mich nun erwartungsvoll an, als würde er auf meine Mithilfe bestehen.

Ich muss wohl, dachte ich niedergeschlagen.

In einer geschmeidigen Bewegung stiess ich mich hoch in die Luft und flog über die Militärlastwagen hinweg. Leutnant Marti war sichtlich zufrieden mit meiner Entscheidung, ihm und seinen Männern zu helfen. Er stieg in eines der Fahrzeuge, die sich daraufhin augenblicklich in Bewegung setzten. Inzwischen befand ich mich über den Hausdächern und konnte unsere Gegner auf der anderen Seite der Stadt erkennen. Einige hatten sich bereits in den Gebäuden verschanzt. Der Rest stiess gerade in diesem Moment dazu. In mir herrschte nun ein wilder Gewissenskonflikt. Einerseits wollte ich die, die noch ungeschützt waren, aus der Luft angreifen, um uns einen Vorteil zu verschaffen. Andererseits konnte ich mich nicht dazu überwinden, so viele Menschen lebendig zu verbrennen, die diesen Krieg wahrscheinlich gar nicht wollten. Unter dem Vorwand, dass ich ungeschützt in eine Falle tappen könnte, hielt ich mich bei Tom und seinen Kollegen.

Eine Viertelstunde später kamen wir an. Ich wusste genau, in welchen Gebäuden sich Feinde befanden. Deswegen flog ich bereits durch ein Fenster hindurch, um anzugreifen. Nachdem ich die Glasscheibe durchbrochen hatte, rollte ich mich gekonnt ab, um den Sturz zu dämpfen. Dass mir dabei eine Scherbe leicht in den linken Flügel schnitt, bemerkte ich überhaupt nicht. Zu sehr war ich auf den

Einsatz konzentriert. Nachdem ich mich genau umgesehen hatte, stellte ich fest, dass ich in diesem Raum allein war. Stattdessen waren Schritte unter mir zu hören. Ich ging zurück zum Fenster und sah hinaus. Meine Verbündeten stürmten auf das Gebäude zu, bis Leutnant Marti sie mit einem Befehl aufhielt. Er hatte mich entdeckt und passte seine Strategie nun an. Nach kurzer Überlegung befahl er seinen Männern, jeweils eine Rauchgranate durch jedes Fenster zu werfen.

Kluge Idee! Dadurch sind unsere Feinde blind und ich kann sie immer noch perfekt hören.

Ich ging ein Stockwerk nach unten und nahm einige Männer wahr, die neben den Fenstern standen. Meine Beine waren wie gelähmt, obwohl ich angreifen wollte. Etwas in mir liess nicht zu, dass ich diese Männer tötete. Es fühlte sich grundlegend falsch an. Wenige Sekunden später hörte ich Schüsse. Die Gegner griffen jeden unserer Männer an, der sich nicht in Deckung befand. Dies befreite mich aus meiner Starre, denn ich konnte nicht zulassen, dass sie uns besiegten. Der dichte Rauch, der nun aufgrund der Rauchbomben den gesamten Raum erfüllte, brannte in meinen Augen. Da ich ohnehin fast nichts sehen konnte, schloss ich sie. Zusätzlich hielt ich den Atem an, um nicht husten zu müssen. Nun musste ich mich ausschliesslich auf mein Gehör verlassen, was zum Glück ausreichte, meine Gegner zu lokalisieren. Ich konnte bei jedem Schritt hören, wie gross der Raum war, in dem ich mich befand, und wo ein Hindernis war. Die Wände konnte ich besonders leicht erkennen, da sie stets ein klares Echo erzeugten. Als ich wenige Meter vor mir jemanden hörte, griff ich ihn blind an. Nicht einmal meinen Geruchssinn konnte ich verwenden, um zu erkennen, wer er war. Ich verliess mich einzig und allein darauf, dass sich kein Freund hier in diesem Gebäude befand. Meine Krallen bohrten sich in seinen Körper und ich riss etwas auseinander. Daraufhin verstummte der Herzschlag meines Gegners.

Wenn ich es weder sehen noch riechen muss, fällt mir das Töten leichter, dachte ich.

Die nächsten zwei Gegner konnten ebenfalls nichts gegen mich ausrichten. Kein einziger Schuss wurde abgefeuert, da sie mich erst dann sahen, wenn es bereits zu spät war. Mann für Mann streckte ich nieder und mit der Zeit geriet ich in einen tranceartigen Zustand. Ich nahm nichts mehr wahr, ausser dem dreidimensionalen Raum, den ich mir mithilfe meines Gehörs vorstellte. Jeder Gegner war nur noch eine Unebenheit in der Geräuschkulisse, die es zu beseitigen galt.

Erst als ich das gesamte Gebäude bereinigt hatte, öffnete ich meine Augen wieder und atmete erleichtert ein. Da nun wieder Sauerstoff in meine Lungen gelangte, lichtete sich der Nebel in meinem Verstand und ich nahm die Umgebung in allen Einzelheiten wahr. Fremdes Blut tropfte von meinem ganzen Körper. Einige Stellen schmerzten und ich konnte nicht sagen, weshalb. Ich sah mich um und erkannte die Spuren eines riesigen Gemetzels. Alles war voller Leichen, Blut und Innereien. Mir wurde speiübel und es kam mir vor, als würde ich ersticken, obwohl ich genügend Sauerstoff einatmete. Ich ging nach draussen und augenblicklich empfingen mich meine Mitstreiter mit tosendem Applaus. Sie hatten allesamt gewartet, da sie wussten, dass ich mit den Feinden allein fertig werden würde. Trotzdem waren sie nicht untätig gewesen. Während ich gekämpft hatte, waren sie angegriffen worden und hatten sich erfolgreich verteidigt. Zumindest vermutete ich das, denn es befanden sich einige zerstörte Fahrzeuge auf der Strasse und Soldaten von beiden Seiten lagen tot im Schnee. Tom sah mich mit stolzem Blick an.

Wenn er wüsste, wie elend ich mich jetzt fühle und dass ich überhaupt nicht stolz auf mich bin, dachte ich, während sich der Applaus langsam beruhigte.

Um wenigstens das Blut loszuwerden, wälzte ich mich im Schnee. Anschliessend flog ich auf ein Hausdach, um etwas frische Luft zu schnappen. Immer noch war ich geschockt von meiner eigenen Brutalität. War es wirklich das, wozu ich auserwählt worden war?

Bereits wenige Minuten später weckten mich Schüsse aus meinen Tagträumen. Unten auf der Strasse tobte eine wilde Schlacht. Feindliche Soldaten beschossen unsere Männer mit schweren Maschinengewehren, die sie auf verschiedenen Positionen aufgestellt hatten. Einige Soldaten, die sich nicht in Deckung begeben konnten, wurden von den vielen Schüssen zerfetzt. Dieser Anblick war noch abscheulicher als das, was ich zuvor mit meinen Feinden angestellt hatte. Tom brach durch die gegnerischen Reihen hindurch und tötete einen Soldaten, der gerade ein Geschütz bediente. Nun war er in der Lage, die Gegner mit ihren eigenen Waffen zu beschiessen. Die Übernahme des Geschützes weckte die Aufmerksamkeit einiger anderer Männer, die ebenfalls schwere Maschinengewehre bedienten. Sie zielten auf meinen Bruder und feuerten ununterbrochen Schüsse ab. Er konnte sich im letzten Moment hinter einigen Sandsäcken in Deckung bringen, ohne getroffen zu werden. Leider würden diese nicht lange standhalten und seine Rüstung ebenso wenig.

Wenn ich nicht helfe, bringen sie Tom noch um.

Mit diesem Gedanken überwand ich meine innere Blockade und griff eines der Geschütze an. Im Sturzflug schoss ich auf die Waffe zu und als ich sie erreicht hatte, zerstörte ich sie mit einem Feuerstoss, wobei ich mich zuerst versicherte, dass ich nicht träumte. Augenblicklich stieg ich wieder in die Höhe, um meinen nächsten Angriff zu starten. Die feindliche Armee schien genau auf diesen Augenblick gewartet zu haben, denn alle Geschütze feuerten nun auf mich. Ein Schuss traf mich am Flügel und durchschlug die Haut. Der Schmerz zuckte durch mich hindurch wie ein lähmender Blitz. Trotzdem gelang es mir, nicht abzustürzen. Weitere Schüsse trafen und jeder einzelne verursachte eine Wunde. Diese schweren Maschinengewehre konnten problemlos durch meine Panzerung hindurch schiessen. Dennoch verursachten sie keine ernsthaften Verletzungen. Ich landete unsanft neben einem Geschütz und tötete den Soldaten, der es bediente. Inzwischen hatte ich fünf blutende Löcher in meinen Flügeln und vier Kugeln steckten in meinem Oberkörper. Sie waren zum Glück nicht tief eingedrungen, weswegen ich die Projektile mit meinen Krallen herausziehen konnte. Obwohl ich vor Schmerzen kaum noch stehen konnte, gelang es mir, einige weitere Gegner mit Feuer zu töten. Während meinen Angriffen nahmen unsere Männer alle gegnerischen Geschütze ein. Tom bediente immer noch dasselbe Maschinengewehr.

Nun stiessen weitere Feinde in ihren Fahrzeugen dazu. Leutnant Marti befahl seinen Soldaten, sich zurückzuziehen. Damit sie uns nicht überwältigen konnten, flog ich erneut über die Dächer hinweg, um einen Gegenangriff zu starten. Plötzlich durchbohrte etwas meinen rechten Flügel. Der Schmerz lähmte meine Bewegungen und ich stürzte zu Boden.

Warum immer der rechte Flügel?

Ich konnte den Aufprall abfedern, indem ich kurz über dem Boden mit dem linken Flügel schlug. Trotzdem prallte ich mit dem ganzen Körper auf den harten Untergrund. Die blutenden Schusswunden schmerzten aufs Neue. Dank meines Adrenalins gelang es mir, auf ein gegnerisches Fahrzeug zu springen und mit einem Feuerstoss einige feindliche Soldaten zu verbrennen, die sich in der Nähe befanden. Etwas zog an meinem rechten Flügel und ich bemerkte, dass mich dort eine Harpune durchbohrt hatte. Das Seil wurde bereits eingezogen. Ich versuchte, mich auf dem Fahrzeug festzuhalten, jedoch schmerzte es so sehr, als das Seil straffer gezogen wurde, dass ich wieder loslassen musste. Daraufhin fiel ich in den Schnee und die Seilwinde zog mich bis zu dem Gebäude, aus dem die Harpune abgefeuert worden war. Es fühlte sich an, als würde mein Flügel in zwei Teile gerissen werden. Vor lauter Schmerzen konnte ich mich nicht mehr losreissen. In meiner Verzweiflung holte ich tief Luft, um Feuer zu speien. Dabei bemerkte ich, dass etwas anders war als sonst. Alles fühlte sich auf einmal taub an und meine Sinne wurden träge. Jetzt erkannte ich, dass die Männer in meiner Nähe Gasmasken trugen.

Das muss Betäubungsgas sein, dachte ich und versuchte, Feuer zu speien.

Statt Feuer kam nur flimmernd heisse Luft aus meinem Maul geschossen. Das Gas liess jegliche Kraft aus meinem Körper entweichen. Bevor ich es erneut versuchen konnte, wurde mir schwarz vor Augen.

16

Gefangen

Die Wunde an meinem rechten Flügel brannte, als ich wieder zu mir kam. Mein Hals war trocken und fast jede Stelle meines Körpers schmerzte. Ich lag in einem kleinen Raum ohne Fenster mit Wänden aus Beton. Alle vier Beine waren durch schwere Metallringe gefesselt, die im Boden verankert waren, ebenso wie mein Kopf und mein Schwanz. Die Flügel waren mit Lederriemen an meinem Oberkörper festgebunden. Meine Wunden bluteten immer noch, weshalb der ganze Untergrund voll davon war. Durch den hohen Blutverlust fühlte ich mich schwach.

Trotzdem versuchte ich mit aller Kraft, die Fesseln zu durchbrechen. Ich wand mich, stemmte mich dagegen und zog daran, jedoch ohne Erfolg. Meine Anstrengungen verstärkten die Schmerzen, was mich schlussendlich dazu zwang, aufzugeben.

Ich dachte, Drachen wären stark. Weshalb kann ich mich nicht befreien?

Verzweifelt ging ich alle Optionen durch, die mir noch blieben. Das Einzige, was ich noch versuchen konnte, war Feuer zu speien. Ich holte tief Luft und stiess daraufhin einen blendend hellen Feuerstrahl aus, der zu meiner Verblüffung augenblicklich von einem Schlitz in der Wand aufgesogen wurde. Anschliessend geschah nichts mehr.

Das gibt's doch nicht!

Nun kam mir noch eine Idee, wie ich mich eventuell befreien konnte. Ich verwandelte mein rechtes Vorderbein zu einem Arm, da ich hoffte, ihn anschliessend herausziehen zu können. Leider musste ich feststellen, dass die Metallringe immer noch zu eng sassen. Wenn meine Hand nur ein kleines bisschen dünner wäre, hätte es vielleicht funktioniert. Niedergeschlagen verwandelte ich den Arm zurück und wartete. Die Schmerzen an meinem rechten Flügel wurden nicht besser. Es brannte wie Feuer und mit der Zeit fing die Wunde an zu pochen. Ich verlor jegliches Zeitgefühl. Jede Minute fühlte sich an wie eine Stunde. Während meiner endlosen Wartezeit schweiften meine Gedanken wieder zur heutigen Schlacht.

Konnten sich die Männer erfolgreich zurückziehen? Und geht es Tom gut? Er wird sich bestimmt Sorgen um mich machen, was in diesem Fall auch berechtigt ist. Wird er mich befreien kommen?

Nach einer Ewigkeit öffnete sich die Tür hinter mir. Ich konnte nicht sehen, wer eintrat, da die Fesseln meinem Kopf keinerlei Bewegungsfreiheit boten. Dem Geruch nach zu urteilen, musste es ein Mann sein, der ungefähr dreissig Jahre alt war. Er kam einige Schritte näher und blieb einen halben Meter neben mir stehen.

Kommt er, um mich zu befreien? Fragte ich mich hoffnungsvoll.

Zu meiner Enttäuschung erkannte ich einen Moment später, dass der Mann Fotos von mir machte. Er bewegte sich langsam nach links und knipste währenddessen ein Bild nach dem anderen.

Jetzt einfach weitergehen, dachte ich, als er vorne links neben mir ankam.

Ich hoffte, dass er sich in den Schussbereich meines Feuers bewegen würde. Leider kam er kurz davor zum Stillstand und wechselte zur anderen Seite.

Wenn ich nicht gefesselt wäre, wärst du sowas von tot.

Verärgert starrte ich dem Mann ins Gesicht. Er blickte zurück, wobei er eher neugierig als verängstigt wirkte. Mit seiner Kamera fokussierte er mein Auge an und drückte ab. Ich mochte es überhaupt nicht, wenn jemand ohne meine Erlaubnis Fotos von mir schoss. Unter diesen Umständen schon gar nicht. Dies liess einen lodernden Zorn in mir anschwellen, der nur darauf wartete, freigelassen zu werden. Der Mann schien nicht zufrieden zu sein mit dem Foto, was er von meinem Auge gemacht hatte. Deswegen trat er näher heran, um es erneut zu versuchen. Ich blinzelte absichtlich genau in dem Moment, als er abdrückte. Nun hielt er die Kamera noch dichter neben meinen Kopf. Nur wenige Zentimeter trennten mich von seiner linken Hand, auf die er das Gerät abstützte.

Jetzt reicht es aber, dachte ich voller Zorn.

Erneut wand ich mich in meinen Fesseln, wobei ich hoffte, den Mann neben mir irgendwie erwischen zu können. Durch meine plötzlichen Bewegungen erschrak er und trat einige Schritte zurück. Nun schien er genug gesehen zu haben und verliess den Raum, wobei er mich ununterbrochen anstarrte. Ich war froh, dass ich ihm wenigstens Angst einjagen konnte. Die Tür schloss sich hinter ihm und es wurde wieder mucksmäuschenstill.

Eine gefühlte Ewigkeit später öffnete sich die Tür erneut. Mittlerweile konnte ich nicht mehr richtig schlucken vor lauter Durst. Mein Hunger meldete sich ebenfalls.

Bitte bringt mir wenigstens Wasser, wenn ihr mich schon nicht freilassen wollt, dachte ich verzweifelt.

Mehrere russisch sprechende Männer traten ein. Sie waren in eine Diskussion vertieft, die ich nicht verstand. Einer von ihnen berührte meine Schwanzspitze mit seinem Schuh. Instinktiv zuckte ich zusammen. Aufgrund der Schmerzen und des Blutverlusts wagte ich es nicht, mich stärker zu bewegen. Nun tastete er mich mit einem Stock ab, wobei er nicht gerade behutsam vorging. Im Augenwinkel erkannte ich, wie jemand das Geschehen filmte. Es schien dem Kameramann nicht zu gefallen, dass ich die Berührungen ohne Weiteres über mich ergehen liess, denn er sagte etwas, was sich wie ein Befehl anhörte. Daraufhin schlug der Mann mit dem Stock auf meinen verletzten Flügel. Die Schmerzen liessen mich wesentlich stärker zusammenzucken als beim ersten Mal. Dies schien meinen Zuschauern zu gefallen. Einer von ihnen musste sogar lachen. Zum Glück verliessen sie den Raum kurze Zeit später und die Stille umgab mich abermals. In diesem Moment kamen mir die Tränen. Es war nicht wegen der Wunde, aus der nun warmes Blut geflossen kam und auch nicht aufgrund meiner Verzweifelten Situation. Der Grund für meine Trauer war, dass mich diese Situation wieder an das Mobbing während meiner Schulzeit erinnerte. Ich fühlte mich in eine Zeit zurückversetzt, in der jeder Tag einem Albtraum geglichen hatte und ich mich nirgends auf dem Schulgelände in Sicherheit hatte bringen können. Leise schluchzte ich vor mich hin, froh darüber, allein zu sein.

Irgendwann nach einer Zeitspanne, die ich nicht bestimmen konnte, bekam ich Fieber. Obwohl mein Körper warm war, fror ich ununterbrochen. Mittlerweile war ich so schwach, dass ich mich kaum noch bewegen konnte. Erneut wurde die Tür geöffnet. Jemand kam herein, der offensichtlich wütend war. Da er nur russisch sprach, konnte ich nicht verstehen, weshalb. Weitere Männer eilten herbei und hielten meinen Kopf fest. Ich bewegte keinen Muskel, denn es war ohnehin zwecklos. Sie lockerten den Metallring um meinen Nacken herum ein wenig und schoben eine flache Schale unter meine Schnauze. Der aufgebrachte Mann goss Wasser hinein, sodass ich trinken konnte. In seinem Blick erkannte ich, dass er auf die Männer wütend war. Vermutlich mussten sie mich am Leben erhalten und weil ich fast verdurstet war, bekamen sie Ärger. Nun sah er mich mit ernstem Blick an. Mein Überleben schien ihm aus unbekannten Gründen wichtig zu sein. Als die Männer endlich meinen Kopf losliessen, konnte ich meinen Durst stillen. Ich schnappte so unbeholfen nach dem Wasser, dass ich mich fragte, ob ich das Trinken verlernt hatte. Nachdem ich einen Grossteil des Wassers verschüttet hatte, wurde die Schale erneut gefüllt. Dieses Mal trank ich vorsichtiger, denn ich wusste nicht, ob sie es ein weiteres Mal nachfüllen würden. Endlich schien das Wasser in meinen Hals zu gelangen. Nach kurzer Zeit konnte ich wieder einigermassen normal schlucken. Abermals wurde das Wasser nachgefüllt und mit der Zeit verschwand mein Durstgefühl. Nachdem ich fertig getrunken hatte, stellten sie die Schale beiseite und zogen den Metallring wieder an.

Plötzlich brannte die klaffende Wunde an meinem rechten Flügel, als hätte sie Feuer gefangen. Jemand hatte Desinfektionsmittel darüber geschüttet. Mit Watte und noch mehr Desinfektionsmittel reinigte man mir die Wunde. Obwohl die Schmerzen unerträglich waren, fand ich nicht die Kraft, mich zu bewegen. Trotz des Wassers fühlte ich mich so schwach, dass ich jeden Moment hätte einschlafen können. Nach dem Reinigen wurde eine stinkende Salbe aufgetragen. Da der Flügel an meinen Oberkörper gebunden war, konnten sie ihn nicht verbinden. Stattdessen liessen sie die Wunde einfach offen. Als der Schmerz anschliessend nachliess, schlief ich ein, ehe die Männer den Raum verlassen hatten.

Irgendwann später wachte ich auf. Ich wusste nicht, ob nur wenige Stunden oder mehrere Tage vergangen waren. Die Wunde an meinem rechten Flügel schmerzte kaum noch, wenn ich mich nicht bewegte. Das Fieber und die anderen Schmerzen waren verschwunden. Dafür hatte ich grossen Hunger. Ich fragte mich, wann sie mir etwas zu Essen geben würden. Erst der Geruch eines Mannes wies mich darauf hin, dass ich nicht allein war. Ich reckte meinen Kopf wenige Zentimeter nach hinten, um ihn sehen zu können. Mehr Bewegungsfreiheit boten mir meine Fesseln nicht. Der Mann sah mich erleichtert an und klopfte an der Tür. Anscheinend hatte er die ganze Zeit Wache halten müssen. Der Mann, der mir Wasser gegeben hatte, trat wenige Sekunden später ein. Er brachte mir ein grosses Stück Fleisch, was mich sehr erleichterte. Ich hatte schon befürchtet, hungern zu müssen. Vorsichtig legte er es direkt vor meine Schnauze, wobei er penibel darauf achtete, nicht in die Reichweite meines Feuers zu gelangen. Um das Fleisch vor dem Essen zu braten, stiess ich langsam und gleichmässig Feuer aus. Nach wenigen Minuten war es aussen bereits knusprig. Ich konnte meinen Kopf gerade genug weit nach vorn bewegen, um das Fleisch mit den Zähnen heranzuziehen. Gierig verschlang ich es in wenigen Bissen, während mich die beiden Männer ausgiebig beobachteten. Der Mann, der mir Essen gebracht hatte, sprach einen Befehl aus. Daraufhin verschwand der andere und kam kurze Zeit später mit einer Nadel und einem kleinen, durchsichtigen Gefäss zurück.

Wollen sie mir etwa Blut abnehmen?

Wie ich befürchtet hatte, stachen sie mir mit der Nadel in das linke Hinterbein. Anschliessend füllte sich das Gefäss mit meinem Blut. In diesem Moment hielt ich still, da ich wusste, dass es auf diese Weise weniger schmerzte. Als sie fertig waren, verliessen sie den Raum. Dabei konnte ich ihrem Gespräch entnehmen, dass der Mann, der mir Essen gegeben hatte, Vasilev hiess.

Nach einer Weile kamen die Männer zurück. Dieses Mal hatten sie eine Wärmebildkamera dabei, die sie neben mir aufstellten. Erneut gab mir Vasilev ein rohes Stück Fleisch. Ich stiess Feuer aus, um es zu braten, während meine Beobachter alles mit der Wärmebildkamera überwachten. Nachdem ich fertig gegessen hatte, gaben sie mir auch noch Wasser. Anschliessend verliessen sie in eine Diskussion vertieft den Raum.

Worüber könnten die gesprochen haben? Es klang, als ob sie etwas Bahnbrechendes entdeckt hätten. Was war auf der Wärmebildkamera zu sehen? Mich würde das ebenfalls interessieren.

Kurze Zeit später traten die beiden Männer erneut ein mit einem Feuerzeug. Wieder diskutierten sie etwas, was ich nur zu gern verstanden hätte. Währenddessen erkannte ich, dass Vasilev ein Kommandant sein musste. Er befahl dem anderen etwas, woraufhin dieser sich zögerlich mit dem Feuerzeug in meine Richtung bewegte. Fragend blickte er Vasilev entgegen, der ihn immer noch fordernd anstarrte. Nun zündete er das Feuerzeug an und hielt es unter meinen linken Flügel. Die Hitze des Feuers breitete sich langsam vom Flügel bis hin zur Schwanzspitze aus. Es fühlte sich so gut an wie eine Massage nach harter, körperlicher Arbeit. Dasselbe Gefühl überkam mich ausschliesslich während des Feuerspeiens. Vor lauter Entspannung schloss ich die Augen und seufzte tief. Leider liess der Soldat das Feuerzeug wenige Sekunden später erlöschen. Die beiden Männer warfen sich verblüffte Blicke zu. Meine Reaktion auf das Feuer schien sie verwirrt zu haben. Erneut verliessen sie den Raum. Da ich nun wieder allein war und nicht wusste, was ich mit meiner Zeit anfangen sollte, versuchte ich zu schlafen.

Mit steifen Muskeln wachte ich auf. Überrascht darüber, dass ich unter diesen Umständen eingeschlafen war, sah ich mich um. Immer noch war ich allein in diesem Raum gefesselt. Ich versuchte, mich zu strecken, um meine Muskeln aufzulockern, was mir nur teilweise gelang. Erleichtert stellte ich fest, dass meine Wunden nicht mehr schmerzten. Da ich momentan keine körperlichen Probleme mehr hatte, wechselten meine Gedanken wieder zu meinem eigentlichen Problem: Ich war gefangen. Nochmals ging ich alle Möglichkeiten durch, die mir offenstanden. Wieder gelangte ich zu dem Schluss, dass die Lage aussichtslos war, und die Verzweiflung in mir wuchs. Mit jeder Minute kamen mir verzweifeltere Ideen, wie ich meine Gefangenschaft beenden konnte. Schlussendlich verwandelte ich mein linkes Vorderbein zurück in einen menschlichen Arm. Ich zog so stark daran, dass die Haut am Metallring aufriss. Dies schien meine Hoffnung, mich aus den Fesseln lösen zu können, nicht zu beeinträchtigen. Mit aller Kraft riss ich meinen Arm nach hinten. Plötzlich knackte es und meine Hand rutschte heraus, begleitet von stechenden Schmerzen. Ich hatte mir einen Knochen im Handgelenk gebrochen. Mit zusammengebissenen Zähnen verwandelte ich mich wieder vollständig in einen Drachen. Dabei kamen mir die Worte der KI in den Sinn, dass man sich niemals verletzt verwandeln sollte. Leider war es nun zu spät, die Verwandlung aufzuhalten, da es bereits zu kribbeln begann. Die Schmerzen vervielfachten sich und aus der aufgerissenen Haut und dem Knochenbruch wurde ein blutender, steifer Klumpen, der sich kaum noch bewegen liess.

Wie konnte ich das nur vergessen?

Obwohl mein linkes Vorderbein bei jeder Bewegung schmerzte, gelang es mir, damit den Metallring des rechten Vorderbeins zu lösen. Anschliessend zog ich dieses Bein ebenfalls heraus und tastete nach den Fesseln an meinem Nacken. Wie bei den anderen Metallringen liessen sie sich einfach durch einen Drehverschluss lockern. Nachdem ich meinen Kopf befreit hatte, machte ich mich an die Fesseln für meine Hinterbeine und den Schwanz. Schlussendlich öffnete ich auch die Lederriemen, die meine Flügel fesselten. Endlich konnte ich mich wieder frei bewegen. Ich musste jeden Muskel strecken, um die Schmerzen loszuwerden, die durch meine immerzu gleichbleibende Haltung während der Gefangenschaft entstanden waren. Da ich nun endlich den Raum durchqueren konnte, versuchte ich, die Tür zu öffnen. Sie war von aussen her verriegelt und liess sich keinen Millimeter bewegen, selbst als ich mit meiner gesamten Kraft dagegen drückte. Mit Feuer konnte ich ebenfalls nichts ausrichten, da die dicke Metallpanzerung erst nach einer Ewigkeit schmelzen würde. So lange konnte ich nicht ununterbrochen Feuer speien. Also blieb mir nichts anderes übrig, als hinter der Tür zu lauern. Sobald jemand eintrat, würde ich die Gelegenheit nutzen.

Erst während ich wartete, fiel mir auf, wie sehr ich meine Feinde hasste. Sie hatten mich gefangengenommen, geschlagen, fast sterben lassen und alle Wunden zugefügt, die ich hatte. Alle bis auf das gebrochene Handgelenk, wobei sie auch daran die Schuld trugen, da ich es mir ohne die Gefangenschaft niemals freiwillig gebrochen hätte. Ich malte mir alle möglichen Szenarien aus, wie ich den ersten Mann, der durch diese Tür trat, töten konnte. Es war das erste Mal, dass ich tatsächlich jemandem das Leben nehmen *wollte*. Ungeduldig lauerte ich vor der Tür, während die Zeit so langsam verstrich, als würde sie stehenbleiben wollen.

Nach mindestens einer Stunde hörte ich endlich, wie jemand die Tür entriegelte. Als sie sich öffnete, riss ich Vasilev, der gerade eintreten wollte, in den Raum hinein. Ich drückte ihn zu Boden, während ich mit meinem Rücken die Tür blockierte, damit keine Verstärkung dazustossen konnte. Nun starrte ich dem verängstigten Kommandanten ins Gesicht, der sich vor lauter Schreck keinen Millimeter bewegte. Mit jeder Faser meines Körpers wollte ich ihn töten. Während ich überlegte, welche meiner Tötungsmethoden ich bei ihm anwenden sollte, nahm ich draussen dutzende Männer wahr, die sich kampfbereit machten. Meine Flucht mit dem verletzten Bein würde sehr schwer werden. Ich musste Vasilev am Leben lassen, um mit ihm als Geisel nach draussen zu gelangen. Ansonsten würden sie mich wahrscheinlich besiegen. Es ärgerte mich ungemein, dass ich Vasilev in dieser Situation nicht töten durfte, aber mir blieb keine andere Wahl.

Wie mir scheint, ist heute dein Glückstag, dachte ich mürrisch.

Um es ihm so unangenehm wie möglich zu machen, packte ich ihn mit den Zähnen am Nacken wie eine Katzenmutter ihre Kinder, nur dass ich deutlich weniger behutsam vorging. Sollte ich genug stark zubeissen, konnte ich ihn dadurch jederzeit töten. Ich liess die Tür los und mindestens zwanzig Männer kamen mit geladenen Waffen auf mich zu. Vasilev zeigte mit einer Handbewegung, dass sie nicht schiessen sollten. Schliesslich befand er sich mitten in der Schusslinie. Die Soldaten senkten widerwillig ihre Waffen, da sie mich genauso sehr umbringen wollten wie ich sie. Nun drückte ich Vasilev leicht nach vorn, um durch die Tür zu gelangen. Da er sich nicht von der Stelle bewegen wollte, biss ich stärker zu, was ihn augenblicklich gefügig machte. Mit meinem menschlichen Schutzschild verliess ich hinkend den Raum, in dem ich die letzten Tage gefangen gewesen war. Nachdem ich die Soldaten passiert hatte, zielten sie wieder mit den Waffen auf mich. Deswegen zog ich Vasilev von nun an hinter mir her, um ihn zwischen seinen Männern und mir zu halten. Auf diese Weise durchquerten wir einen Korridor und einen grossen Raum mit Fenstern. Draussen war es stockdunkel und grosse Schneeflocken fielen vom Himmel. Ich liess meine Geisel los und brach blitzschnell durch das erstbeste Fenster, bevor die Soldaten reagieren konnten. Erst als ich draussen die Flügel ausbreitete und in die Höhe stieg, begannen sie zu feuern. Geschickt wich ich den meisten Projektilen aus, die mir entgegengeflogen kamen. Sie landeten nur wenige Treffer, die dank meiner Drachenschuppen keinerlei Schaden verursachten. Innert weniger Sekunden befand ich mich ausserhalb der Militäreinrichtung. Gerade als ich in den Wald fliegen wollte, der sich nebenan befand, vernahm ich das Lachen zweier Soldaten. Sie zeigten auf mich und amüsierten sich über meine Flucht, da ich abhauen wollte, anstatt zu kämpfen. Bei genauerem Hinsehen erkannte ich, dass es die Männer waren, die mich geschlagen und währenddessen gefilmt hatten. Ihr gemeines Grinsen liess meine Wut zu blankem Hass anschwellen.

Wisst ihr was? Ich habe es mir anders überlegt.

Mit diesen Gedanken wendete ich und flog auf die schweren Geschütze zu, die die Soldaten zur Verteidigung des Areals aufgestellt hatten. Als ich mich über den Maschinengewehren und Luftabwehrraketen befand, stiess ich Feuer aus. Durch meinen angestauten Hass war der Feuerstoss so gewaltig, dass er heller leuchtete als alle Scheinwerfer der gesamten Einrichtung zusammengenommen. Die Häuser in der Umgebung wurden von orangefarbenem Licht erfüllt. Selbst die Wolken über mir und die herabfallenden Schneeflocken spiegelten mein Feuer wider. In mir drin fühlte es sich so heiss an, als würde ich jeden Moment explodieren. Sobald ich die gebündelte Hitze ausgestossen hatte, breitete sich das Feuer immer weiter aus, wobei es stetig an Intensität verlor. Trotzdem steckte es fortlaufend alles in Brand, was es berührte. Ich flog ein Stück höher und bewunderte die riesige Brandschneise, die ich durch einen einzigen Feuerstoss erzeugt hatte. Sie war ungefähr einhundert Meter lang und zehn Meter breit. Alle Geschütze, die sich darin befanden, waren entweder vollständig oder teilweise zerstört worden. Durch die über dem Feuer aufsteigende Hitze entstanden Luftwirbel, die an gewissen Stellen hohe, sich drehende Säulen aus Feuer erzeugten. In gewisser Weise waren diese gewaltigen Flammen schön. Fasziniert betrachtete ich das Schauspiel, wobei mir auffiel, dass ich mich wesentlich besser fühlte als zuvor. Es hatte sich gut angefühlt, den angestauten Hass auf diese Weise auszuleben. Deswegen griff ich erneut an, wobei ich auf das Gebäude zielte, in dem ich gefangen gewesen war. Mit einem konzentrierten Feuerstoss schoss ich durch ein Fenster hindurch. Anschliessend breitete sich das Feuer im ganzen Stockwerk aus. Die Hitze liess etliche Glasscheiben bersten und die Wände färbten sich schwarz. Flimmernd heisse Luft vermischt mit Rauch strömte aus dem Gebäude heraus. Nun widmete ich mich dem Rest der Militäreinrichtung. Ich erzeugte eine weitere Brandschneise, die das gesamte Munitionslager zerstörte. Danach zündete ich die Zelte an, in denen die Männer normalerweise übernachteten. Um mir einen Überblick zu verschaffen, flog ich erneut höher. Inzwischen stand fast das gesamte Areal in Flammen. Eine riesige Rauchsäule stieg den Wolken entgegen. Die Soldaten drängten sich in der Mitte zusammen, wo ich noch kein Feuer erzeugt hatte. Im Sturzflug schoss ich auf die Männer zu und bereitete mich auf das Feuerspeien vor. Die Hitze in meinem Körper konzentrierte sich so stark, dass die Schneeflocken, die mit mir in Kontakt kamen, zischend verdampften. Ich sah den Soldaten in die Augen, wie ich es noch nie zuvor getan hatte, bevor ich jemanden tötete. Da ich es bisher nie gewollt hatte, war es mir leichter gefallen, nicht genau hinzusehen. Gerade als ich all meinen Hass in Form eines Feuerstosses loswerden wollte, zögerte ich. Vor mir sah ich keine Feinde mehr, sondern nur noch einen Haufen verängstigter Männer, die am liebsten zu ihren Familien zurückkehren wollten. Ich bremste ab und landete einige Meter vor ihnen. Der in mir angestaute Hass verblasste wie die Hitze in meinen Lungen, als ich mich beruhigte. In einem grossen Seufzer stiess ich die heisse Luft aus und wandte mich von den Soldaten ab. Sie blickten mir verwirrt nach, während ich den zerstörten Stützpunkt verliess und in Richtung Wald davonflog.

Fast hätte ich vor lauter Wut den Verstand verloren, dachte ich einige Minuten später, nachdem ich gelandet war.

Das Feuerspeien hatte mich so sehr erschöpft, dass ich innerhalb kürzester Zeit einschlief, ohne mir einen sicheren Schlafplatz zu suchen.

17

Hass

Schlotternd vor Kälte wachte ich am nächsten Morgen auf. Der Schnee bedeckte meinen gesamten Körper. Ich richtete mich auf und sackte sogleich wieder zusammen aufgrund der Verletzung meines linken Vorderbeins. Die Schwellung war immer noch akut und es schmerzte bei jeder Bewegung. Vorsichtig schüttelte ich den Neuschnee von den Flügeln. Um mich aufzuwärmen, erhitzte ich die Luft in meinen Lungen. Es fühlte sich immer noch kalt an, als ich ausatmete. Nicht die kleinste Flamme war zu erkennen. Das gestrige Feuerspeien hatte mir jegliche Kräfte geraubt. Zu allem Übel meldete sich auch noch mein Magen.

Gestern habe ich es echt übertrieben, dachte ich, während ich ein wenig Schnee schmolz, um anschliessend davon trinken zu können.

Nun fragte ich mich, was mit den feindlichen Soldaten geschehen sollte, die mich gefangengehalten hatten. Ich wollte sie nicht töten und ebenfalls konnte ich sie nicht ohne Weiteres Leutnant Marti und seine Männer angreifen lassen.

Ich muss dafür sorgen, dass sie desertieren und nach Hause gehen. Ohne Soldaten kann Vasilev in keine Schlacht ziehen.

Da ich ohnehin etwas zu Essen benötigte, flog ich zurück zum russischen Militärstützpunkt. Die Männer räumten gerade das Chaos auf, was ich gestern verursacht hatte. Einer sah mich kommen und schlug Alarm, woraufhin sich alle anderen kampfbereit machten. Sie luden ihre Waffen und zielten auf mich, wobei mir auffiel, dass sie kaum noch Munition hatten. Um ihnen auch noch die letzten Schüsse zu entlocken, flog ich im Kreis um sie herum, während einige von ihnen auf mich schossen. Kein einziges Projektil konnte mir Schaden zufügen. Die klugen Männer sparten sich ihre Munition auf, als sie bemerkten, dass sie mich auf diese Distanz mit ihren Waffen nicht besiegen konnten. Nachdem bereits die Hälfte der Soldaten ihre Magazine leer geschossen hatten, landete ich vor ihnen. Vasilev sprach einen Befehl aus und alle Männer, die noch Munition hatten, schossen auf mich. Ich verwendete meine Flügel als Schutzschild und liess die Schüsse einfach an mir abprallen. Einige davon zwickten ein wenig, als sie empfindliche Stellen trafen, ansonsten geschah jedoch nichts, da die Projektile zu klein waren. Verblüfft starrten mich die Soldaten an und ich musste schmunzeln. Einen Moment später stellte ich es bereits wieder ein, da mir bewusst wurde, dass sie meine Gesichtszüge sehen konnten.

Erneut gab Vasilev einen Befehl, woraufhin ihn seine Männer anstarrten, als wäre er verrückt geworden. Er hielt ihren Blicken stand und beharrte auf seiner Entscheidung. Nur wenige Männer schienen seinem Befehl zu gehorchen. Sie bewegten sich langsam und unsicher von mehreren Seiten her auf mich zu, nachdem sie ihre leeren Waffen in den Schnee gelegt hatten.

Soll das etwa euer Ernst sein, dass ihr unbewaffnet einen Drachen angreift?

Als ein Mann nur noch zwei Meter von mir entfernt war, stiess ich mit dem Schwanz gegen seine Füsse, was ihn augenblicklich auf dem Schnee ausrutschen liess. Er fiel seitlich hin und schien von meiner Reaktion auf seinen Angriff überrascht zu sein, denn er blieb vorerst liegen. Nun kamen drei andere gleichzeitig in meine Nähe. Ich warf mich gegen den ersten, der daraufhin zu Boden fiel, und schlug die beiden anderen durch eine geschmeidige Drehbewegung meines Schwanzes von den Füssen. Sie rappelten sich auf und versuchten es erneut. Wieder landeten alle im Schnee. Es bereitete mir Genugtuung, die von mir gehassten Soldaten immer wieder aufs Neue umzustossen.

Von mir aus kann es den ganzen Tag so weitergehen, dachte ich amüsiert.

Wieder und wieder versuchten sie, mich anzugreifen. Das Ergebnis war stets dasselbe. Irgendwann schienen selbst die treusten Männer zu begreifen, dass sie mir unbewaffnet nichts anhaben konnten. Sie gingen zurück zu den anderen, was Vasilev sichtlich verärgerte. Er schrie seine Männer an und als sie immer noch nicht gehorchten, drohte er ihnen mit seiner Pistole.

Jetzt geht der aber wirklich zu weit.

Mit einem Satz sprang ich Vasilev an und warf ihn dabei zu Boden. Während des Angriffs landete ich auf meinem linken Vorderbein, was mich für einen Moment vor Schmerz lähmte. Trotzdem war ich schnell genug, ihm die Pistole aus der Hand zu reissen, bevor er reagieren konnte. In einem weiten Bogen schleuderte ich sie über den Zaun der Militärbasis. Fasziniert beobachteten die Männer das Geschehen, ohne einzuschreiten. Dies schien Vasilev endgültig aus der Fassung zu bringen. Voller Zorn stürzte er sich auf seine Männer, die verunsichert zurückwichen. Um eine Schlägerei zu verhindern, packte ich Vasilevs Beine, was ihn augenblicklich stürzen liess. Er landete mit dem Gesicht im Schnee und wollte gleich darauf erneut angreifen, als ich mich auf ihn warf. Anschliessend drehte ich ihn auf den Rücken und hielt seine Arme und Beine fest, um ihn daran zu hindern, erneut aufzustehen. Endlich schienen die Soldaten zu begreifen, dass ich sie nicht töten wollte. Sie verliessen ihren Kommandanten und zogen sich zu dem, was von ihren Zelten noch übriggeblieben war, zurück. Immer noch wehrte sich Vasilev mit aller Kraft. Er wand sich in meinem Griff und versuchte, nach mir zu treten.

Wie kann man nur so beschränkt sein wie dieser Mann? Ich könnte ihn mit Leichtigkeit umbringen und es gäbe nichts, was er dagegen unternehmen kann. Ist es nicht bereits offensichtlich, dass ich ihm kein Leid zufügen möchte?

Irgendwann verliess mich meine Geduld und ich knurrte Vasilev an, während ich seinen Hals mit den Klauen festhielt. Mein Kopf befand sich nur noch wenige Zentimeter vor seinem Gesicht. Nun schien er verstanden zu haben, dass ich es ernst meinte, denn er bewegte keinen Muskel mehr und starrte mir voller Entsetzen in die Augen. Nach einigen Sekunden liess ich von ihm ab und machte mich auf zu den anderen, die mich aus ihren abgebrannten Zelten heraus beobachteten. Von all diesen Männern hasste ich Vasilev am meisten.

Mein Hunger war gross, als ich bei den Soldaten ankam. Sie teilten gerade ihre Vorräte untereinander auf. Jeder Mann bekam nur eine winzige Portion zugeteilt, ausser die drei Männer, die mich während meiner Gefangenschaft geschlagen hatten. Sie beanspruchten die dreifache Menge für sich, wobei niemand es wagte, sie daran zu hindern. Aus einem Gespräch heraus konnte ich entnehmen, dass sie Andreev, Kuzmin und Egorov hiessen. Als mich die Männer erblickten, starrten sie mich verängstigt an. Sie wussten zwar, dass ich ihnen nichts anhaben wollte, aber sie fürchteten mich trotzdem. Geduldig wartete ich, bis sie ihr Essen zubereitet hatten, und als sie gerade beginnen wollten, ging ich auf die drei Männer zu, die mehr hatten als alle anderen. Sie bemerkten meine Absicht und wichen vorsichtig einige Schritte zurück. Dabei nahmen sie ihr Essen mit. Ich bewegte mich weiterhin in ihre Richtung und drängte sie somit von den anderen weg. Sie beschleunigten ihre Schritte und ich tat es ihnen gleich. Obwohl mein linkes Vorderbein verletzt war, konnte ich problemlos mithalten. Voller Panik liessen sie ihr Essen fallen und rannten zu ihren Zelten. Währenddessen blickten sie häufig zurück, was dazu führte, dass sie über Unebenheiten im Schnee stolperten.

Was für Angsthasen, dachte ich und begann, ihr fallengelassenes Frühstück zu essen.

Die Brühe schmeckte scheusslich, aber immerhin stillte sie meinen Hunger. Während des Essens analysierte ich meinen Hass gegenüber den Männern in dieser Militäreinrichtung. Je mehr ich darüber nachdachte, desto klarer wurde mein Empfinden. Grundsätzlich hasste ich lediglich Vasilev, Andreev, Kuzmin und Egorov. Alle anderen Männer mochte ich zwar nicht, jedoch hasste ich sie ebenso wenig. Ich hatte sogar Mitleid mit ihnen, da ich ihre Zelte und Vorräte zerstört hatte.

Nach dem Essen beobachtete ich die Soldaten genauer. Sie verhielten sich ähnlich wie die Schweizer Armee, nur dass sie mich mehr fürchteten und russisch sprachen. Währenddessen mied Vasilev meine Anwesenheit und versteckte sich bei Andreev, Kuzmin und Egorov. Wahrscheinlich heckten sie einen Plan aus, wie sie mich erneut gefangennehmen oder gar töten konnten. Da sie nur zu viert waren, erschien es mir unwichtig, darauf zu achten, was sie im Schilde führten. Stattdessen versuchte ich, die anderen Männer davon zu überzeugen, zu desertieren. Dies war schwerer als ich vorerst angenommen hatte. Ihr Pflichtgefühl gegenüber Vasilev schien sie hier festzunageln, obwohl er sie angegriffen hatte. Ausserdem waren fast alle Fahrzeuge durch meinen gestrigen Angriff zerstört worden. Somit wäre es nicht möglich, alle Soldaten nach Hause zu transportieren.

Einmal lockte ich jemanden zu einem Lastwagen, indem ich seine Tasche entwendete und vor seiner Nase herumtrug. Er behielt mich stets im Auge und achtete darauf, dass ich nicht ausser Sichtweite geriet. Als ich die Tasche im Fahrzeug abstellte, stieg er nicht wie erhofft ein, sondern wartete mit einigem Abstand, bis ich verschwunden war, um sie anschliessend zurückzuholen.

Ich muss zuerst ihr Vertrauen gewinnen, bevor ich sie weglocken kann, dachte ich.

Von da an suchte ich die Nähe der Soldaten, so oft ich konnte. Dabei achtete ich genau auf den Abstand zwischen mir und den Männern. Ich durfte auf gar keinen Fall zu nahe treten, um sie nicht zu verängstigen. Zu weit weg konnte ich auch nicht sein, da sie sich sonst nicht an mich gewöhnten. Ein Mittelmass zu finden, war bei so vielen unterschiedlichen Personen nahezu unmöglich. Die einen wandten sich bereits ab, als ich noch fünfzig Meter von ihnen entfernt war, wobei andere selbst bei zehn Metern Entfernung noch stehenblieben.

Nach einigen Stunden entschied ich mich dazu, zuerst das Vertrauen einzelner Männer zu gewinnen, die nicht augenblicklich in Panik verfielen, sobald ich näher als fünfzehn Meter bei ihnen war. Ich setzte mich neben eine Gruppe mutiger Männer und sah in Richtung Wald, damit sie sich nicht beobachtet fühlten. Eine Weile lang geschah gar nichts. Ich befürchtete bereits, dass sie mir aufgrund meines gestrigen Angriffs niemals vertrauen würden. Meine Gedanken schweiften in dem Moment zu Tom ab, als sich hinter mir ein Soldat regte. Um ihn nicht zu erschrecken, tat ich so, als hätte ich ihn nicht bemerkt. Langsam und zögerlich trat er näher. Seine Kollegen flüsterten ihm aufgeregt zu, wahrscheinlich um ihn davon abzuhalten, sich mir zu nähern. Einen Meter hinter mir setzte sich der Mann sachte in den Schnee, um möglichst keine Geräusche zu erzeugen. Nun war der Moment gekommen, an dem ich meinen Kopf in seine Richtung drehte. Jetzt schien er seinen Mut zu bereuen, denn seine Augen weiteten sich und er machte Anstalten, sich zurückzuziehen. Um ihn nicht zusätzlich zu verunsichern, schenkte ich erneut dem Wald meine Aufmerksamkeit. Der Mann blieb neben mir sitzen und starrte mich ununterbrochen an. Geduldig wartete ich, bis er sich näher wagte. Während meiner Wartezeit musste ich erneut an meinen Bruder denken.

Er geht bestimmt davon aus, dass ich noch in Gefangenschaft bin. Soll ich zu ihm fliegen und ihm sagen, dass es mir gut geht, oder auf die Männer hier aufpassen? Wer weiss, was sie anstellen werden, wenn ich längere Zeit abwesend bin. Ausserdem weiss ich nicht einmal, in welche Richtung Kiew von hier aus liegt. Bei diesem ständigen Schneegestöber werde ich es auch nicht ohne Weiteres herausfinden.

Nach weiteren fünf Minuten ging ich davon aus, dass der Soldat neben mir sitzenbleiben würde, falls ich mich ihm zuwandte. Er bewegte sich nicht von der Stelle, als ich ihm schliesslich in die Augen sah. Die anderen Soldaten beobachteten uns gespannt, während ich mich kaum merklich auf den Mann zubewegte. Er streckte vorsichtig die Hand aus und ich berührte sie mit meiner Schnauze, während alle vor Anspannung den Atem anhielten. Kurze Zeit später zog er seine Hand zurück und atmete erleichtert auf, da ich sie ihm nicht abgebissen hatte. Der Geruch von Angstschweiss lag in der Luft. Unsere Zuschauer waren beeindruckt und einige davon schienen sich zu überlegen, es dem mutigen Soldaten gleichzutun.

Nun kommt endlich! Ich beisse nicht, obwohl ich so aussehe.

Als hätten die Männer meine Gedanken gehört, bewegten sie sich vorsichtig näher. Einige von ihnen schossen Fotos und andere wagten es sogar, mich zu berühren. Immer mehr Männer stiessen dazu, selbst die schüchternen. Schlussendlich war ich von fast allen Soldaten der Militärbasis umringt. Leider stiess Vasilev ebenfalls dazu und brüllte einige Befehle, die seinen Männern nicht zu gefallen schienen. Daraufhin starrte ich ihn knurrend an, damit er die Soldaten nicht erneut auf einen falschen Pfad leitete. Einer der Männer sah abwechselnd zu mir und Vasilev, wobei mir sein Blick verriet, dass er nicht mehr viel für seinen Befehlshaber übrig hatte. Er schien sich zu überlegen, ob er Vasilev noch vertrauen sollte. Es ging wahrscheinlich den meisten so, denn niemand mochte bei eisiger Kälte mit knappen Rationen und schlechter Ausrüstung kämpfen.

Es dauert bestimmt nicht mehr lange, bis die Männer desertieren. Das wäre auch nicht das erste Mal, dass sich russische Soldaten weigern, für Putin zu kämpfen.

Nachdem das Tageslicht grösstenteils verschwunden war, bereiteten sich die Männer ihr Abendessen zu. Da ich heute einen Teil ihres Frühstücks gestohlen hatte und ihre Rationen knapp bemessen waren, wollte ich ihnen etwas jagen. Voller Tatendrang flog ich in den Wald und machte mich auf die Suche nach Tieren. Bald darauf witterte ich ein Reh. Obwohl ich es nicht jagen wollte, musste ich es tun, um den hungernden Männern zu helfen. Dank meines ausgezeichneten Geruchssinns fand ich das Reh bereits kurze Zeit später. Leise wie ein fallendes Blatt glitt ich zwischen den Bäumen hindurch, geradewegs auf das nichtsahnende Tier zu.

Es tut mir so leid, dachte ich schweren Herzens.

Ich biss dem Reh von hinten in den Hals, wobei die Knochen zwischen meinen Zähnen knackten. Es war das widerwärtigste Gefühl, was ich jemals während des Zubeissens verspürt hatte. Das Reh war augenblicklich tot. Aufgrund des unangenehmen Knackens war ich abgelenkt und achtete nicht darauf, wie ich mit dem Boden in Berührung kam. Ein stechender Schmerz zuckte durch mein linkes Vorderbein, als ich mich versehentlich darauf abstützte. Angesichts des getöteten Rehs war mir der Schmerz jedoch gleichgültig. Warmes Blut tropfte von meiner Schnauze. Ich ass daraufhin Schnee, um den Eisengeschmack loszuwerden.

Jetzt ist mir der Appetit vergangen, dachte ich, während ich das leblose Tier betrachtete.

Da das Reh nicht sonderlich schwer war, konnte ich es mit meinen Hinterbeinen hochheben. Ich flog mit meiner Beute zurück zu den anderen. Da ich aufgrund des zusätzlichen Gewichts stärker mit den Flügeln schlagen musste, begann meine Wunde am rechten Flügel erneut zu schmerzen. Das Loch war bereits wesentlich kleiner geworden, jedoch nicht vollständig verheilt.

Kurze Zeit später erreichte ich die Militärbasis und legte das Reh vor den Männern in den Schnee.

Ich weiss nicht, wie man ein Reh ausnimmt. Das müsst ihr übernehmen.

Überrascht von meinem Geschenk traten die immer noch zurückhaltenden Soldaten näher. Sie besprachen etwas untereinander und offensichtlich wurde jemand ausgewählt, das Tier zuzubereiten. Ein Mann schnitt das Reh mit einem langen Messer auf und entfernte die Eingeweide. Anschliessend häutete er es, um das Fleisch herausschneiden zu können. Gespannt beobachteten wir, mich eingeschlossen, wie aus einem toten Tier kiloweise essbares Fleisch wurde.

Ein paar weitere Männer brachten Feuerholz. Gerade als jemand ein Feuerzeug holte, zündete ich die aufgestapelten Holzbretter bereits an. Obwohl es feucht war und der Wind Schnee hineinwehte, gelang mir ein grosses und heisses Feuer. Fasziniert beobachteten mich die Männer, als ich mit zusätzlichen Feuerstössen nachhalf, damit es nicht wieder erlosch. Nun wurde das Fleisch auf einem langen Spiess über dem Feuer gebraten. Alle warteten gespannt darauf, dass es gar wurde. Der Duft von gebratenem Fleisch liess mich hungrig werden, obwohl mir vorhin der Appetit vergangen war. Ich schien nicht der Einzige zu sein, der sich auf das Essen freute, denn die sonst eher zurückhaltenden und stillen Männer wirkten plötzlich gelassen und entspannt. Es wurde viel gelacht und gescherzt. Keiner von ihnen betrachtete mich mehr als unkontrollierbares Raubtier. Stattdessen war ich nun ein Teil der Gemeinschaft.

Nachdem das Fleisch durchgebraten war, assen wir es gemeinsam. Selbst der störrische Vasilev stiess nach einer Weile dazu. Nur Andreev, Kuzmin und Egorov waren nicht dabei. Mich überraschte es, wie gut sich alle untereinander verstanden. Das Fleisch wurde gerecht verteilt und einige Soldaten fütterten mich sogar von Hand. Nach dem Abendessen legten sich die meisten neben dem warmen Feuer zu mir und entspannten sich nach dem ereignisreichen Tag.

Das ist also der Grund, weshalb ich auserwählt wurde. Ich soll die russischen Soldaten nicht bekämpfen, sondern sie daran erinnern, dass sie Menschen sind und keine Waffen, die Putin nach Belieben einsetzen kann.

Als einige Männer bereits neben mir eingeschlafen waren, stiess Vasilev erneut dazu. Er sah mich für einen Moment misstrauisch an. Sein Blick verunsicherte mich, da ich nur erahnen konnte, was er als Nächstes vorhatte. Mit lauter Stimme weckte er die Männer und sprach anschliessend einen Befehl aus. Alle standen mehr oder weniger motiviert auf, verliessen die Feuerstelle und gingen zu ihren abgebrannten Zelten.

Was ist bloss falsch mit dem? Weshalb kann er nicht einfach so entspannt sein wie all die anderen? Und warum sie in diesen kaputten Zelten schlafen müssen, statt neben der warmen Glut des Feuers, ist mir auch ein Rätsel.

Ich legte mich erneut hin und genoss die Wärme. Erschöpft durch das gestrige Feuerspeien bemerkte ich gar nicht, wie ich kurz darauf eindöste.

18

Rettung

Ein stechender Schmerz riss mich aus dem Schlaf. Augenblicklich war ich hellwach und analysierte die Situation. Andreev, Kuzmin und Egorov hielten mich fest und stachen mit Messern auf meinen Rücken ein. Sie zielten dabei auf die schmalen Lücken zwischen den Schuppen, um mich verletzen zu können. Erneut drang eine Klinge neben meiner Wirbelsäule ins Fleisch. Instinktiv spie ich Kuzmin Feuer ins Gesicht, woraufhin er zu Boden fiel und reglos liegenblieb. Rauch stieg von seinem verbrannten Kopf auf. Da mich jetzt nur noch zwei Personen festhielten, konnte ich mit meiner neuen Bewegungsfreiheit Andreev eine Halsschlagader durchschneiden. Gleichzeitig schnitt mir Egorov in den rechten Flügel. Ich drehte mich um und wollte ihn ebenfalls mit meinen Krallen erwischen. Leider beeinträchtigten die Schmerzen meines Rückens meine Geschwindigkeit, wodurch es ihm gelang, dem Angriff auszuweichen. Er stiess von der anderen Seite erneut zu und verletzte auch noch meinen linken Flügel. Mit jeder Verletzung wurde es schwerer, mich zu bewegen. Verzweifelt versuchte ich, dem Angriff zu entkommen, jedoch war ich bereits zu langsam. Immer wieder fügte mir Egorov eine weitere Wunde zu. Inzwischen schmerzte fast jede Stelle meines Körpers. Ich sackte zu Boden und konnte mich nicht wieder aufrichten. Helle Punkte blitzten in meinen Augen auf.

Das war's, dachte ich in diesem Moment.

Der Schnee um uns herum schmolz durch das viele Blut und liess den Boden weich und rutschig werden. Dies brachte mich auf eine letzte Idee. Ich stiess mit dem Schwanz gegen Egorovs Beine, wobei er ins Stolpern geriet und ausrutschte. Im selben Moment stürzte ich mich mit letzter Kraft auf ihn. Meine Krallen durchbohrten sein Herz und wir fielen beide seitlich in den Matsch. Als ich unsanft landete, schoss ein unangenehmes Kribbeln von einer besonders schmerzhaften Stelle meines Rückens bis zur Schwanzspitze hinunter. Ich war wie paralysiert unterhalb dieser Stelle. Um herauszufinden, weshalb ich meine Hinterbeine und meinen Schwanz nicht mehr fühlen konnte, sah ich nach meinen Verletzungen. Ein Messer steckte bis zum Schaft in meinem Rücken, direkt neben der Wirbelsäule. Wahrscheinlich waren dadurch Nervenstränge verletzt worden. Beim Versuch, die Klinge zu erreichen, schoss das schmerzhafte Kribbeln noch viel stärker durch meinen Körper. Selbst die kleinste Bewegung verschlimmerte es. Reglos lag ich im Matsch und wartete, obwohl ich nicht wusste, worauf.

Plötzlich hörte ich Schritte neben mir. Vasilev blickte mir mit undeutbarer Mine entgegen. Da ich mich nicht mehr bewegen konnte, war ich ihm ausgeliefert. Meine Wunden schmerzten so sehr, dass ich mir nur noch Erlösung wünschte.

Du hast gewonnen, Vasilev. Nun bring es zu Ende!

Ich schloss meine Augen und bereitete mich innerlich auf mein Ableben vor. Vasilev trat hinter mich und kurze Zeit später verspürte ich das schmerzhafte Kribbeln erneut. Dieses Mal verstummte das Gefühl jedoch nicht direkt, sondern es breitete sich langsam vom Rücken bis zur Schwanzspitze aus. Einen Augenblick später konnte ich meine Hinterbeine wieder fühlen und anschliessend auch den Schwanz. Das Kribbeln liess nach, nur der Schmerz blieb zurück. Verwirrt blickte ich Vasilev an. Er hielt das Messer in der Hand, was in meinem Rücken gesteckt hatte, und liess es in den Matsch fallen. Daraufhin wandte er sich von mir ab, ohne sich noch einmal nach mir umzusehen. Nun stiessen weitere Männer dazu.

Bitte nicht, lasst mich in Ruhe!

Voller Angst kroch ich ein Stück zurück, wobei ich eine breite Blutspur hinterliess. Schnell hatten mich die Soldaten eingeholt und hielten mich fest. Ich versuchte, mich zu verteidigen, jedoch war ich zu schwach. Nicht einmal Feuer konnte ich erzeugen. Stattdessen stiess ich lediglich heisse Luft aus. Erst als sie damit begannen, meine Wunden zu verbinden, begriff ich, dass sie mir nicht schaden wollten. Erleichtert liess ich sie arbeiten. Aufgrund meines hohen Blutverlusts verlor ich wenige Minuten später das Bewusstsein.

Alles an mir schmerzte, als ich wieder erwachte. Ich befand mich neben einem Lagerfeuer, eingehüllt in Verbandsmaterial. Einige Männer sassen um mich herum und waren mit ihren Mobiltelefonen oder etwas anderem beschäftigt. Nur zwei von ihnen bemerkten, dass ich die Augen geöffnet hatte. Sie stiessen ihre Kollegen an, woraufhin mich alle ansahen. In einigen Gesichtern spiegelte sich Erleichterung wider, was mich freute. Allem Anschein nach hatten sie sich Sorgen um mich gemacht. Ich war wieder einmal so durstig, dass ich nicht mehr schlucken konnte. Um etwas zu trinken, versuchte ich, aufzustehen. Dabei schmerzte mein Rücken so sehr, dass sich augenblicklich meine Muskeln verkrampften. Durch die Anspannung verstärkten sich die Schmerzen weiter, bis ich nur noch zuckend auf dem Boden lag und farbige Punkte in meinem Sichtfeld aufblitzten. Einer der Männer eilte zu mir und hielt mir die Hand auf den Kopf, während er beruhigend auf mich einredete. Obwohl ich seine Worte nicht verstand, wusste ich, was er mir sagen wollte. Kurz darauf nahm mein schmerzhafter Anfall ein Ende.

Du hast wahrscheinlich recht. Ich sollte mich nicht derart bewegen, dachte ich.

Mit einem tiefen Seufzer versuchte ich, mich zu entspannen. Beim Ausatmen schoss erneut ein stechender Schmerz durch meinen Rücken. Deswegen atmete ich von nun an vorsichtiger.

Einer der Soldaten brachte mir eine Schale voll Wasser. Mit langsamen und sorgfältigen Bewegungen trank ich, soviel ich konnte. Anschliessend fütterten sie mich wie gestern mit Fleisch.

Haben sie all dieses Fleisch nur für mich gebraten?

Erstaunt über ihre Fürsorge beobachtete ich die Männer, während ich ass. Sie hatten sich seit meiner ersten Begegnung mit ihnen stark verändert. Anfangs befolgten sie bloss ihre Befehle und nun taten sie das, was sie für richtig hielten, obwohl sie wussten, dass sie hierfür bestraft werden konnten. Den ganzen Tag lang kümmerten sie sich um mich. Am Abend deckten sie mich sogar zu, sodass ich nicht fror. Vor lauter Erschöpfung schlief ich ein, bevor die Sonne vollständig untergegangen war.

Am nächsten Morgen ging es mir bereits ein wenig besser. Die Schmerzen waren weniger stark und ich fühlte mich kräftiger. Erneut versuchte ich, aufzustehen. Dabei achtete ich darauf, meinen Rücken nicht zu bewegen. Zu meiner Überraschung gelang es mir ohne einen schmerzhaften Zwischenfall. Ich ging einen Schritt nach vorn und brach direkt wieder zusammen, da ich immer noch nicht auf meinem linken Vorderbein stehen konnte. Die plötzliche Erschütterung liess meinen Rücken erneut schmerzen, was mich zu dem Schluss brachte, für die nächsten Stunden liegenzubleiben.

Wie bereits gestern brachten mir die Soldaten Essen und Trinken. Ich war sehr froh, dass sie mir nun zur Seite standen. Ohne ihre Hilfe wäre ich wahrscheinlich gestorben.

Am Abend gelang es mir wieder, ohne Schmerzen aufzustehen. Vorsichtig humpelte ich durch die Gegend. Die Bandagen störten mich bei meinen Bewegungen, jedoch wusste ich, dass ich sie nicht entfernen sollte, bevor die

Verletzungen verheilt waren. Langsam bewegte ich mich durch das Areal, gefolgt von einigen Männern, die sich wie übereifrige Mütter um mich kümmern wollten. Als ich Vasilev erblickte, war dieser in ein Telefongespräch vertieft. Er schien sehr nervös zu sein, denn er ging ständig auf und ab. Ausserdem konnte ich seine Stresshormone riechen. Interessiert versuchte ich herauszufinden, worüber er sprach. Nach einigen Minuten gab ich es jedoch auf, da ich nicht ein einziges Wort verstand. Gerade als ich gehen wollte, blickte mir Vasilev entgegen. Er wirkte verunsichert, was mich überraschte, da ich ihn noch nie in dieser Verfassung erlebt hatte. Er sah abwechselnd zu mir und dem Gebäude, in dem ich gefangen gewesen war. Wollte er mich erneut einsperren?

Vasilevs Nervosität wuchs am nächsten Tag noch weiter. Schweiss rann ihm die Stirn herunter, obwohl ein kalter Wind wehte. Kurz vor dem Mittag konnte ich aus der Ferne Fahrzeuge hören, die sich auf uns zubewegten. Endlich begriff ich, was da vor sich ging: Jemand von der russischen Regierung kam zu Besuch. Vermutlich würde Vasilev in grosse Schwierigkeiten geraten, wenn herauskäme, dass ich nicht mehr gefangen war. Was würde geschehen, sollten sie mich ungefesselt antreffen? Da ich mich momentan kaum verteidigen konnte, würden sie mich problemlos fesseln können und Vasilev wäre seinen Job los. Anschliessend würde eine andere Person seine Stellung einnehmen, die mir bestimmt weniger freundlich gesinnt war. Die besten Chancen auf Freiheit hatte ich, wenn Vasilev nicht aufflog. Hierfür musste ich mich lediglich selbst fesseln.

So schnell ich konnte, humpelte ich zu meinem früheren Gefängnis. Die Wände waren allesamt schwarz aufgrund des Infernos, was ich vor einigen Tagen verursacht hatte. Überall lagen angekokelte Teile von Einrichtungsgegenständen herum, als wäre ein feuriger Sturm durch jedes Zimmer gefegt. Die Gefängniszelle mit der schweren Metalltür war das Einzige, was nicht zerstört worden war. Vorsichtig zog ich meine Bandagen aus, wobei ich darauf achtete, die Wunden nicht aufzureissen. Als ich das volle Ausmass meiner Verletzungen erblickte, war ich entsetzt. Beinahe mein gesamter Körper war von tiefen Schnitten übersät. Die meisten davon waren über zehn Zentimeter lang und das umliegende Gewebe hatte sich nach aussen gewölbt. Ich war mir nicht sicher, ob es jemals wieder vollständig verheilen würde.

Bevor ich mir weiterhin Gedanken über meine Wunden machen konnte, nahm ich Schritte wahr. Augenblicklich drückte ich die Tür zu und steckte meine Beine, meinen Kopf und meinen Schwanz durch die Metallringe, ohne sie anzuziehen, um mich jederzeit befreien zu können. Die Bandagen versteckte ich unter meinem Bauch. In der Sekunde, als ich damit fertig wurde, öffnete sich bereits die Tür. Vasilev trat mit mehreren anderen Männern ein, die ich noch nie zuvor gesehen hatte. Er sah mich ungläubig an, während ihm ein wichtig aussehender Mann die Hand schüttelte.

Der kann sein Glück wahrscheinlich gar nicht fassen, dachte ich, wobei ich mir ein Schmunzeln unterdrücken musste.

Die unbekannten Männer machten Fotos von mir und schienen sehr zufrieden zu sein. Immer noch schien Vasilev nicht zu begreifen, weshalb ich plötzlich wieder gefesselt war. Einer der Männer betrachtete mich sehr genau. Würde ihm auffallen, dass die Fesseln locker waren? Um ihn abzulenken, sah ich ihm in die Augen und begann zu knurren. Er starrte mir leicht verunsichert entgegen und zog sich zu den anderen zurück. Der ranghöchste Mann sprach nun zu dem Soldaten, den ich angeknurrt hatte. Kurz darauf kam er auf mich zu und berührte meinen Kopf. Er wollte den verunsicherten Mann davon überzeugen, dass ich aufgrund meiner Fesseln keine Gefahr darstellte.

Wenn der wüsste, dass ich einfach meinen Kopf aus diesem Metallring ziehen und ihm seine Hand abbeissen könnte, dachte ich, während ich ihn ebenfalls anknurrte, um authentisch zu wirken.

Wenige Minuten später verliessen die Männer den Raum. Ich befreite mich aus meinen Fesseln und wartete vor der Tür, überzeugt davon, dass mir bald jemand öffnen würde. Mit der Zeit kamen mir jedoch Zweifel.

Was, wenn Vasilev es sich anders überlegt hat und mich nun wieder als Gefangenen haben möchte?

Etwa eine halbe Stunde später, die sich wie eine Ewigkeit anfühlte, öffnete Vasilev doch noch die Tür. Er blickte mir immer noch verwirrt, aber auch dankbar entgegen. Erleichtert ging ich nach draussen, in der Überzeugung, einen neuen Freund gewonnen zu haben.

Nun ist er mir was schuldig.

Am Abend setzte sich Vasilev zu mir und befahl seinen Männern etwas, die immer noch nicht von meiner Seite weichen wollten. Sie kamen kurz darauf mit einer Salbe zurück, die sie mir auf die Verletzungen strichen. Obwohl jede Berührung schmerzte, hielt ich still. Es fing an zu jucken, als die Salbe ihre Wirkung zeigte. Mit meiner gesamten Willenskraft musste ich mich davon abhalten, zu kratzen, um es nicht zu verschlimmern. Glücklicherweise schlief ich kurze Zeit später ein, wodurch ich den Juckreiz nicht noch länger ertragen musste.

Ein seltsames Geräusch weckte mich mitten in der Nacht. Sofort war ich hellwach und mein Puls raste. Wurde ich erneut angegriffen? Etwa einhundert Meter neben mir fiel einer der Männer um und blieb regungslos im Schnee liegen. Nun hörte ich etwas zu meiner Linken und wieder lag jemand im Schnee. Der Geruch von Blut wehte mir entgegen. Hinkend machte ich mich daran, die Angreifer zu finden. Hinter einem Fahrzeug hörte ich Schritte. Um rechtzeitig Feuer speien zu können, erhitzte ich bereits die Luft in meinen Lungen, bevor ich das Fahrzeug erreichte. Als ich um die Ecke bog und den Angreifer lebendig verbrennen wollte, stand mir Timo gegenüber, der sichtlich überrascht wirkte. Erleichtert liess ich die angesammelte Hitze entweichen. Sie waren gekommen, um mich zu retten.

«Du hast denen ordentlich eingeheizt, nicht wahr?», sagte Timo grinsend.

Das kann man wohl sagen, antwortete ich gedanklich, obwohl mir bewusst war, dass er mich nicht hören konnte.

Im Augenwinkel erspähte ich Tom, der sich von hinten an mehrere Männer heranpirschte. Sollte ich nicht eingreifen, würde er sie töten. Ich humpelte in seine Richtung, so schnell es meine Verletzungen zuliessen. Im selben Moment, als er mit seinem Schwert zum Schlag ausholte, sprang ich dazwischen und stiess ihn von meinen neuen Freunden weg. Gemeinsam fielen wir in den Pulverschnee. Trotz der weichen Landung schmerzte mein Rücken beim Aufprall, wodurch ich meinen Bruder loslassen musste. Nun bemerkten die Männer des Militärstützpunkts, was geschehen war, und schlugen Alarm. Tom schien überhaupt nicht erfreut darüber zu sein, dass ich seinen Angriff vereitelt hatte. Er sprang auf und stürzte sich erneut auf seine Feinde. Im allerletzten Moment gelang es mir, sein linkes Bein mit den Zähnen festhalten, bevor er sie erreichte. Dank seiner Rüstung verletzte ich ihn dadurch nicht. Nun stiessen gleichzeitig Toms Männer und die Soldaten des Stützpunkts dazu. Alle standen sich mit geladenen Waffen gegenüber, wobei mein Bruder mit seinen Leuten in der Unterzahl war. In dieser Situation musste ich dafür sorgen, dass beide Parteien die Waffen niederlegten, ansonsten würde es in einem Gemetzel enden. Da mir Toms Männer mehr vertrauten als die anderen, sah ich sie mit strengem Blick an. Keiner von ihnen verstand, was ich vorhatte. Deswegen ging ich auf Timo zu und nahm ihm seine Waffe aus der Hand. Überraschenderweise liess er sie in dem Moment los, als ich sie packte. Sorgfältig legte ich das Sturmgewehr zwischen die beiden Fronten, damit nicht aus Versehen ein Schuss losging. Alle starrten mich für eine Weile verwirrt an, während es keiner wagte, zu schiessen. Nun schien Tom meine Absichten zu begreifen, denn er befahl seinen Männern, die Waffen niederzulegen. Immer noch zielten die anderen Soldaten mit ihren Gewehren auf Toms Männer. Um Vasilev dazu zu bringen, seinen Männern denselben Befehl zu erteilen, knurrte ich ihn leise, aber bedrohlich an. Nach einem kurzen Zögern sprach er den Befehl aus und seine Männer legten ihre Waffen ebenfalls nieder.

Das habe ich wieder einmal gut hingekriegt, lobte ich mich selbst.

Ich entfernte mich ein paar Schritte von den Männern und sah zurück zu Tom, um ihm zu signalisieren, dass er mir folgen sollte. Er befahl seiner Truppe, stehenzubleiben, und folgte mir anschliessend.

Nachdem wir ausser Sichtweite der anderen waren, fragte er in genervtem Ton, «Was sollte das jetzt genau? Wir hätten sie locker besiegen können und wegen dir mussten wir aufgeben.».

«Ich wollte nicht, dass es ein unnötiges Gemetzel gibt. Mittlerweile habe ich hier alles unter Kontrolle. Diese Männer sind mir nicht mehr feindlich gesinnt.», antwortete ich.

«Das sieht man.», entgegnete Tom ironisch, während er auf meine Wunden und den zerstörten Stützpunkt deutete.

«Nun ja, wir hatten ein paar Startschwierigkeiten. Aber jetzt ist alles in Ordnung.»

«Ein paar Startschwierigkeiten? Du bist schwer verletzt! Wer hat dir das angetan?»

«Drei von diesen Männern waren das.», antwortete ich, während sich ein Kloss in meinem Hals bildete, als ich über die Schläge und die Messerstiche nachdachte.

«Ich sollte all diese Monster eigenhändig umbringen! Welche drei Männer haben dich derart verwundet?»

«Die einzigen drei, die ich getötet habe.»

«Hoffentlich hast du sie lebendig verbrannt.»

Der Zorn stand meinem Bruder ins Gesicht geschrieben.

«Kann einer von deinen Männern russisch sprechen? Falls ja, könnten wir sie fragen, ob sie mit uns gegen Putins Armee kämpfen. Vielleicht wären sie dazu bereit.»

«Mit denen zusammen kämpfen? Niemals!»

«Warum nicht? Sie haben allesamt Befehle verweigert, um mir zu helfen. Ausserdem bin ich davon überzeugt, dass sie nicht mehr für Putin kämpfen möchten.»

«Trotzdem sind es Monster. Sie würden uns in den Rücken fallen, sobald sie dazu in der Lage sind. Warum hast du sie überhaupt leben lassen?»

«Weil es eben *keine* Monster sind, sondern ganz normale Männer, die nur ihre Befehle befolgt haben. Bitte lass uns mit ihnen Frieden schliessen.»

Tom seufzte. Er schien immer noch nicht überzeugt zu sein.

«Wo sind eigentlich die anderen von euch?», fragte ich, um ihn ein wenig abzulenken.

«Leutnant Marti wollte nicht, dass wir wegen dir diesen Stützpunkt angreifen. Deswegen bin ich allein mit meinen Männern gekommen, um dich zu retten.»

In diesem Moment wurde ich verlegen und wusste nicht genau, was ich antworten sollte.

«Ich freue mich, wieder bei dir sein zu können.», sagte ich schliesslich.

«Ich mich auch.», antwortete Tom und machte Anstalten, mich in seine Arme zu schliessen.

Ich zog mich zurück, da ich nicht wollte, dass er meine Verletzungen berührte.

«Wo darf ich dich umarmen?», fragte er nun.

«Mein Kopf ist nicht verl …»

Bevor ich zu Ende sprechen konnte, umarmte er meinen Kopf.

«Nicht so fest, ich kann kaum atmen.», sagte ich einige Sekunden später.

Daraufhin liess er mich los und fragte, ob ich mit ihm wieder zu den anderen gehen wollte. Ich willigte ein und humpelte mit ihm zurück zum Stützpunkt.

Als wir wieder zu den anderen stiessen, war einer von Toms Männern bereits mit Vasilev in ein Gespräch vertieft.

«Ivan, über was sprecht ihr?», fragte ihn mein Bruder.

«Er hat mir gerade erklärt, wie das hier alles zustande gekommen ist. Sie haben den Drachen gefangengenommen und Experimente an ihm durchgeführt. Anschliessend ist er ausgebrochen und hat fast das gesamte Areal zerstört. Die Männer hat er jedoch verschont. Einen Tag später kam er erneut zu ihnen und brachte sogar ein Reh mit, von dem alle essen konnten. Dann ist ihm klar geworden, dass der Drache nur Frieden haben möchte, und er entschied sich dazu, die Befehle der Generäle zu missachten und stattdessen dem Drachen zu helfen. Der Drache hat ihm wiederum geholfen, als ein General eingetroffen ist, um ihre Fortschritte zu sehen.»

Natürlich hat er die Stellen ausgelassen, in denen er seine Männer angegriffen hat und mich fast sterben liess, dachte ich entrüstet.

Tom sah mich verwundert an. Er schien sich seine nächste Entscheidung genau zu überlegen.

«Frag ihn, ob er mit uns kämpfen möchte.», sagte er schliesslich.

Vor lauter Freude wäre ich am liebsten in die Luft gesprungen und einmal um das Areal geflogen. Da ich nicht zeigen wollte, dass ich alles verstand, musste ich mich jedoch zurückhalten. Ivan diskutierte eine Weile mit Vasilev und schliesslich gaben sie sich die Hand.

«Er willigt ein, wenn wir ihnen Verpflegung und Munition zur Verfügung stellen.», sagte er schliesslich.

«In Ordnung.», antwortete Tom

«Denkst du wirklich, dass das eine gute Idee ist? Sie könnten uns jederzeit hintergehen.», erwiderte Timo verunsichert.

«Das glaube ich nicht. Zumindest dann nicht, wenn der Drache bei uns ist. Anscheinend hat er bei diesen Männern einen Sinneswandel ausgelöst.»

Seine Worte klangen nicht sonderlich überzeugt. Er schien immer noch an meinem Vorhaben zu zweifeln. Trotzdem tat er das, worum ich ihn gebeten hatte.

«Jetzt müssen wir uns aber erst einmal um den Drachen kümmern. Er ist schwer verwundet.»

Jemand überreichte Tom eine Tasche mit Verbandsmaterial, Salben und Desinfektionsmitteln. Begeistert half Timo meinem Bruder, die Sachen auszupacken.

«Darf ich auch mithelfen?», fragte er schliesslich, als Tom den Verschluss einer Salbe öffnete.

«Von mir aus schon. Aber du musst noch den Drachen fragen.»

Timo hielt mir seine Hand entgegen und ich stupste sie an, um ihm zu zeigen, dass ich damit einverstanden war. Er strahlte vor Freude und begann, Salbe auf meine Schnittwunden aufzutragen. Ich legte mich hin und konzentrierte mich auf die anderen, damit ich nicht an die unangenehmen und teilweise schmerzhaften Berührungen denken musste. Vasilevs Männer sahen uns misstrauisch an, als wären sie nicht damit einverstanden, dass mich für sie feindliche Soldaten medizinisch versorgten. Gleichzeitig blickte Tom sie wiederum misstrauisch an.

Das kann ja noch heiter werden mit denen, dachte ich seufzend.

19

Miteinander

Am nächsten Morgen hatte sich die generelle Anspannung der Männer immer noch nicht gelegt. Ständig wurden misstrauische Blicke ausgetauscht und sobald ich nicht anwesend war, entstanden Konflikte. Einmal musste Tom sogar zwei Männer voneinander trennen, die sich gegenseitig angegriffen hatten.

«Ich glaube immer noch nicht, dass das eine gute Idee war.», sagte Tom zu mir, als wir uns nach dem Frühstück abseits der Militärbasis trafen.

«Das kommt schon noch. Die meisten von ihnen sind bereits damit einverstanden, mit uns zu kämpfen, ebenso wie die meisten von uns mit ihnen kämpfen würden. Nur die Ausnahmen stechen noch unschön heraus.»

«Das werden wir ja noch sehen. Was hast du jetzt vor?»

«Ich würde am liebsten mit allen Männern zum Schweizer Armeelager gehen, damit wir vereint gegen die russische Armee kämpfen können. Dank mir gibt es jetzt 28 neue Männer, die an unserer Seite kämpfen.»

«Leutnant Marti wird es niemals gutheissen, dass wir mit denen gemeinsame Sache machen. Ausserdem bin ich dort nicht mehr willkommen, da ich mich seinem Befehl widersetzt habe, nicht den Militärstützpunkt anzugreifen, um dich zu befreien.»

«Das wird schon irgendwie klappen. Ich konnte schliesslich meine Feinde davon überzeugen, mir das Leben zu retten.»

Tom blickte in die Ferne und schien konzentriert über unsere aktuellen Probleme nachzudenken. Er war trotz meiner Bemühungen noch unsicher, ob unsere Zusammenarbeit mit den russischen Soldaten funktionierte. Ich hingegen war felsenfest davon überzeugt, dass alles nach Plan verlaufen würde.

Nach unserem Gespräch erklärte Tom seinen Männern, dass wir uns zurück in Richtung Armeelager begeben mussten. Ivan übersetzte die Nachricht für Vasilev. Zuerst reagierte dieser energisch auf die Befehle von Tom. Er akzeptierte sie erst, als ich leise zu knurren begann. Ob ich seine Entscheidung ändern konnte, weil er in meiner Schuld stand oder nicht mehr für Putin kämpfen wollte, konnte ich nicht feststellen. Kurze Zeit später machten wir uns gemeinsam auf den Weg. Durch den Schneesturm, der wenige Stunden später aufkam, wurde unsere Reise sehr beschwerlich. Da wir nicht genügend Fahrzeuge für alle Männer hatten, wechselten wir uns stündlich ab, wer mitfahren durfte und wer stattdessen zu Fuss gehen musste. Auf diese Weise konnten wir einigermassen bequem das Armeelager erreichen. Als wir am späten Abend endlich die Scheinwerfer in der Ferne sahen, war ich sehr froh darüber, bald nicht mehr frieren zu müssen. Denn während der gesamten Reise gab es keine Verpflegung, wodurch ich nicht genügend Energie hatte, mich ununterbrochen mit Feuer zu wärmen. Plötzlich leuchtete uns ein Suchscheinwerfer direkt an, es wurde Alarm geschlagen und die Männer machten sich kampfbereit.

Natürlich! Wir sind mit zwei russischen Militärfahrzeugen und 28 feindlichen Soldaten unterwegs. Das muss wie ein Angriff aussehen.

Um die Situation zu deeskalieren, musste ich das Lager vor den anderen erreichen. Ich breitete meine immer noch verletzten Flügel aus und stiess mich kraftvoll in die Höhe. Dabei schoss wieder ein stechender Schmerz durch meinen Rücken. Schlimmer waren jedoch die Verletzungen meiner Flügel. Nach nur zwei Flügelschlägen rissen die Schnittwunden erneut auf und ich stürzte ab. Durch den abrupten Aufprall verstärkten sich all meine Schmerzen so sehr, dass ich erneut einen Krampfartigen Anfall erlitt und in den nächsten Augenblicken handlungsunfähig im Schnee lag. Als ich mich wieder entspannen konnte, nachdem die Schmerzen nachgelassen hatten, richtete ich mich langsam auf und humpelte vorsichtig weiter. Blut tropfte von meinen Flügeln und die Wunden brannten wie Feuer.

Man hätte diese Schnitte nähen müssen, dachte ich, während ich nach Leutnant Marti Ausschau hielt.

Die Männer erkannten mich direkt und senkten ihre Waffen, als ich nähertrat. In den meisten Gesichtern spiegelte sich Freude wider. Begrüssen konnte ich sie jedoch nicht, da mir die Zeit fehlte. Als ich schlussendlich Leutnant Marti erblickte, war dieser alles andere als erfreut.

«Ich habe diesem Wachtmeister doch befohlen, den Drachen nicht zu befreien. Und jetzt führt er auch noch unsere Feinde zu uns!», sagte er zu sich selbst, während er die Fäuste ballte.

Wütend stapfte er durch den Schnee und befahl seinen Männern, nicht zu schiessen. Glücklich darüber, dass ich erneut ein Gemetzel verhindert hatte, folgte ich Marti. Er blieb am Rand des Armeelagers stehen und wartete, bis seine ungebetenen Gäste eintrafen.

Wenige Minuten später hatten es Tom und die anderen auch geschafft, uns zu erreichen.

«Erklären Sie mir mal, weshalb all diese Russen hier sind und warum Sie meinen ausdrücklichen Befehl missachtet haben, Wachtmeister!», begrüsste ihn der Leutnant.

«Als ich mit meinen Männern in der Militärbasis angekommen bin, hatte sie der Drache irgendwie dazu gebracht, uns nicht anzugreifen. Anschliessend haben sie sich uns angeschlossen. Ihren Befehl habe ich nur deswegen missachtet, weil wir durchaus auf die Unterstützung von diesem Geschöpf angewiesen sind.», antwortete Tom, während er auf mich deutete.

Aufgrund dieser Erklärung wich Leutnant Martis Zorn für einen Moment der Verwirrung. Dies war jedoch nicht von Dauer.

«Niemals würde ich mit meinen Feinden zusammenarbeiten, selbst wenn sie tatsächlich damit einverstanden wären. Nehmt die Russen fest und sperrt sie ein!», befahl er seinen Männern.

«Aber sie werden mit uns kämpfen! Wenn wir diese Männer einsperren, überlegen sie es sich wahrscheinlich anders.», protestierte Tom.

«Nach Ihrer Meinung habe ich nicht gefragt, Wachtmeister. Der einzige Grund, weshalb ich Sie noch nicht degradiert habe, ist die Tatsache, dass Ihre Rettungsaktion geglückt ist und keiner Ihrer Männer dabei verloren ging. Nun führen Sie meinen Befehl aus, ehe ich es mir anders überlege!»

Tom sah mir hilflos entgegen. Ich wusste in diesem Moment ebenfalls nicht weiter. Leutnant Marti konnte ich nicht mit Knurren überzeugen, seine Meinung zu ändern. Einerseits war er dafür zu stur und andererseits würde dies unser gegenseitiges Vertrauen zerstören, was ich mir so hart erarbeitet hatte. Ivan erklärte Vasilev die Situation, der anschliessend mit dem Leutnant verhandeln wollte. Dieser lehnte jedoch ab und sie brachten die Neuankömmlinge in einen kleinen, durch Maschendraht eingezäunten Bereich, der als Gefängnis diente. Oberhalb des Zauns war Stacheldraht angebracht und es standen Wachen auf allen Seiten. Innerhalb dieses Bereichs gab es weder Zelte noch ein Lagerfeuer. Die Männer mussten von nun an unter freiem Himmel übernachten, ohne Decken oder eine Wärmequelle. Während einer nach dem anderen durch das Zauntor gestossen wurde, sahen sie mich wütend an, als hätte ich sie hintergangen. In ihren Blicken waren Rachegelüste zu erkennen. Enttäuschung breitete sich in mir aus, da mir meine neuen Freunde nicht mehr vertrauten. Niedergeschlagen humpelte ich zwischen den Zelten hindurch, bis mir jemand ein Stück Fleisch anbot. Da mein Magen knurrte, konnte ich nicht widerstehen.

Während ich mein Essen verschlang, stiessen weitere Soldaten hinzu, die mir noch mehr Essen und auch Wasser brachten. Voller Genuss ass ich, soviel ich konnte. Bald darauf schienen all meine Sorgen zu verblassen. Selbst die Tatsache, dass meine Bemühungen, die Männer zu vereinen, umsonst gewesen waren, geriet in Vergessenheit. Satt und zufrieden suchte ich mir einen bequemen Platz neben dem Lagerfeuer aus und liess mich dort nieder.

Tom stiess kurze Zeit später mit einer Sanitätstasche dazu und begann, meine Wunden zu versorgen. Als könnte er Gedanken lesen, nähte er die Schnitte an meinen Flügeln. Diese Prozedur war sehr unangenehm, jedoch musste ich durchhalten, sodass es sich anschliessend bessern konnte. Ich lenkte mich ab, indem ich in das Feuer starrte und währenddessen überlegte, wie ich Leutnant Marti davon überzeugen konnte, die Gefangenen freizulassen. Kurze Zeit später strich Tom meinen Rücken mit Salbe ein. Die Berührungen schmerzten kaum noch und waren sogar angenehm. Ich entspannte meine Muskeln und schlief kurz darauf während Toms Massage ein.

Eine wilde Diskussion weckte mich am nächsten Morgen. Tom wollte den Männern erklären, weshalb er die Befehle des Leutnants ignoriert hatte und anschliessend mit unseren ehemaligen Feinden zurückgekehrt war. Die einen unterstützten Toms Standpunkt, während sich die anderen weigerten, Frieden zu schliessen. Dieser Zwiespalt brachte ein Dutzend Männer dazu, ihre Meinung lauthals zu verteidigen.

Warum müssen sie diese Diskussion unbedingt in meiner Nähe halten? Dachte ich schläfrig.

Ich streckte mich, wobei ich erleichtert feststellte, dass meine Wunden wesentlich weniger stark schmerzten als am Tag zuvor. Die Schnitte in meinen Flügeln begannen zusammenzuwachsen und die Verletzungen am Rücken schienen kleiner geworden zu sein. Vorsichtig stützte ich mich auf mein linkes Vorderbein, um zu prüfen, ob es immer noch schmerzte. Zuerst geschah nichts. Als ich jedoch mehr Gewicht darauf verlagerte, schoss ein stechender Schmerz von meinen Krallen bis zum Oberkörper hoch. Die Knochen waren anscheinend immer noch nicht vollständig verheilt.

Hinkend machte ich mich auf den Weg zu den Gefangenen. Währenddessen begrüssten mich einige Männer, denen ich begegnete. Niemand schien ein Problem damit zu haben, dass ich ihre Feinde verschont hatte. Bei Tom hingegen waren die meisten unzufrieden mit seiner Entscheidung.

Das ist wohl einer der Vorteile, wenn man nicht als Mensch betrachtet wird. So fällt es ihnen leichter, meine Entscheidungen zu akzeptieren, ohne sie zu hinterfragen. Man würde die Entscheidung eines Hundes schliesslich auch nicht hinterfragen, wenn er sich mit einer Katze anfreundet, statt sie zu jagen.

Die gefangenen Soldaten sahen durchgefroren aus, als ich mich ihnen näherte. Jeder Mann war mit Schnee bedeckt und ihre Gesichter waren rot. Sie hatten die ganze Nacht während des Schneesturms unter freiem Himmel verbracht, ohne ein wärmendes Feuer oder Decken.

So kann das nicht weitergehen, dachte ich mitfühlend.

Sie hatten mich während meiner Gefangenschaft zwar auch schlecht behandelt, aber dies bedeutete nicht, dass sich jetzt alle zu Tode frieren mussten. Ich ging in den Wald neben dem Armeelager und suchte nach einem Baum, den ich für Feuerholz fällen konnte. Dabei beeinträchtigten mich meine Schmerzen kaum noch. Selbst als ich über einen Strauch sprang, blieb ich von einem erneuten Schmerzanfall verschont. Freude regte sich in mir, da ich noch vor wenigen Tagen befürchtet hatte, niemals wieder normal gehen zu können. Auf drei Beinen rannte ich zwischen den kahlen Bäumen hindurch, so schnell ich konnte. Ich fühlte mich wieder in die Zeit zurückversetzt, als ich in der Schweiz zum ersten Mal als Drache durch den Wald gerannt war. Die Bäume rauschten so schnell an mir vorbei, dass sie in den Augenwinkeln zu einer unscharfen, braunen Masse verschwammen. Bereits wenige Minuten später geriet ich ausser Atem. Keuchend und voller Freude blieb ich vor einem Baum stehen, der klein genug war, ihn zu fällen. Zuerst versuchte ich mein Glück mit den Krallen. Da ich mich nicht vollständig auf meinem linken Vorderbein abstützen konnte, musste ich mit den Hinterbeinen die Rinde vom Baum kratzen. Dies war eine unbequeme und ineffiziente Prozedur, wodurch ich meine Vorgehensweise ändern musste. Ich grub meine Zähne in das feuchte Holz und drückte gleichzeitig mit dem rechten Vorderbein gegen den Baumstamm, um ein Stück davon herauszureissen. Als das Holz nicht nachgab, begann ich zu wippen. Mit jedem Ruck zog ich stärker, bis es plötzlich knackte. Ich verlor den Halt und kippte nach hinten. Einige Holzsplitter steckten in meinem Maul und ich befürchtete bereits, dass ich mir einen Zahn ausgerissen hatte. Nachdem ich mein Gebiss mithilfe meiner Zunge abgetastet hatte, stellte ich erleichtert fest, dass alle Zähne unbeschädigt waren. Leider war der Stamm ebenfalls beinahe unversehrt geblieben. Auf diese Weise würde es Stunden dauern, den Baum zu fällen. Ausserdem war ich mir nicht sicher, ob meine Zähne auch weiterhin standhalten würden. Nun kam ich auf eine neue Idee. Mit einem kleinen und gleichmässigen Feuerstrahl kokelte ich den Baumstamm an. Da das Holz im Inneren feucht war, brannte es nicht sofort. Stattdessen bildete sich nach einer Minute eine Kohleschicht an der Stelle, die ich mit dem Feuer anvisiert hatte. Ich kratzte die Kohle mit den Krallen ab und wiederholte die Prozedur. Mit der Zeit wurde der Baumstamm an dieser Stelle immer dünner und brüchiger. Als ich mir sicher war, dass das Holz bei geringer Last auseinanderbrechen würde, nahm ich einige Schritte Anlauf und warf mich mit aller Kraft gegen den Baum. Die Schmerzen in meinem Rücken meldeten sich erneut, als ich oberhalb der bearbeiteten Stelle gegen den Stamm krachte. Gleichzeitig knackte es und der Baum fiel kurz darauf um.

Das sollte ich besser nicht wiederholen, bevor sich mein Rücken erholt hat, dachte ich, als ich mich neben dem umgestürzten Baum aufrichtete.

Ich ging zu einem stabilen Ast und biss hinein, um den Baum hinter mir herzuziehen. Er war schwerer, als ich erwartet hatte, denn wenige Minuten später musste ich bereits eine kurze Pause einlegen. Nachdem ich wieder zu Atem gekommen war, zog ich den Baum weiter in Richtung Armeelager.

Ich fühle mich gerade wie ein Hund, der einen zu grossen Stock hinter sich herzieht.

Amüsiert von diesem Gedanken setzte ich einen Fuss vor den anderen. Mit der Zeit wurde mein Maul trocken und die Muskeln, die ich während der letzten Tage aufgrund meiner Verletzungen nur wenig beansprucht hatte, begannen zu schmerzen.

Einige Zeit später erreichte ich erschöpft das Armeelager. Mein Magen knurrte und ich hatte starken Durst. Zu meinem Glück boten mir die Männer erneut Essen und Trinken an. Dankbar liess ich mich von ihnen füttern und machte mich anschliessend wieder daran, den kleinen Baum zwischen den Zelten hindurchzuziehen. Einige Männer filmten das Geschehen und andere sahen amüsiert zu, wie ich mich abmühte.

Mich würde interessieren, wie viele Videos von mir bereits in den sozialen Medien existieren, dachte ich, kurz bevor ich den eingezäunten Bereich erreichte, in dem sich die Gefangenen befanden.

Ich brach die einzelnen Äste ab und schichtete sie zu einem Stapel auf, während mich die Männer fasziniert beobachteten. Immer wenn ein Ast nicht nachgeben wollte, stiess ich Feuer aus, um nachzuhelfen. Auf diese Weise wurde das Holz trocken und brüchig, was mir die Arbeit erleichterte. Schlussendlich hatte ich einen grossen Haufen Äste vor mir aufgestapelt. Ich nahm einen davon zwischen die Zähne und steckte ihn durch den Zaun hindurch zu den Gefangenen. Verwundert nahmen sie ihn entgegen und ich wiederholte den Vorgang mit den anderen Ästen. Schlussendlich steckte ich den etwa fünfzehn Zentimeter dicken Baumstamm durch die Maschen des Zauns hindurch. Dabei mussten mir die Männer helfen, eines der Löcher zu erweitern, da der Stamm vorerst steckenblieb. Nun schienen sie mein Vorhaben zu begreifen, denn sie stapelten das Holz aufeinander und traten beiseite. Daraufhin stiess ich einen grossen Feuerstrahl aus, der die kleineren Äste augenblicklich in Flammen aufgehen liess. Nach weiteren Feuerstössen brannte selbst der massive Baumstamm. Die Wärme des Feuers breitete sich angenehm in der Umgebung aus, wodurch die Gefangenen nicht mehr frieren mussten. Sie setzten sich um das Feuer herum und wärmten ihre Hände. Einige von ihnen sahen mich dankbar an, was mich augenblicklich in Verlegenheit brachte.

«Wer von euch hat den Gefangenen ein Feuer gemacht? Ich kann mich nicht entsinnen, diesen Befehl erteilt zu haben.», sagte Leutnant Marti aufgebracht, als ich gerade verschwinden wollte, um nicht von ihm erwischt zu werden.

«Das war der Drache, Leutnant.», antwortete einer der Männer leicht eingeschüchtert.

«Ach ja?»

Marti starrte in meine Richtung und ich starrte zurück, in der Hoffnung, er würde Verständnis haben.

«Nun gut. Warum auch immer dieses Wesen das getan hat, soll mir egal sein. Aber von nun an befehle ich euch, ihn davon abzuhalten, den Gefangenen zu nahe zu treten.», befahl der Leutnant seinen Männern.

Sie nickten zur Antwort, woraufhin Leutnant Marti wütend zu seinem Zelt stapfte. Ich folgte ihm, um herauszufinden, ob er nur auf seine Männer oder auch auf mich wütend war. Währenddessen hörte ich die Männer hinter mir flüstern.

«Der hat doch nicht mehr alle Tassen im Schrank. Wie sollen wir einen Drachen von etwas abhalten?», fragte der eine.

«Das weiss ich auch nicht. Vielleicht wäre es besser, wenn wir es gar nicht erst versuchen. Ausserdem denke ich, dass wir unsere Gefangenen ohnehin besser behandeln sollten. Ihnen war bestimmt sehr kalt, bevor das Feuer entzündet wurde.», antwortete der andere.

Leutnant Marti setzte sich neben seinem Zelt auf einen Stuhl, nachdem er ihn mit einer energischen Bewegung vom Schnee befreit hatte. Als ich mich dazu gesellte, starrte er mich seufzend an.

«Ich werde echt nicht schlau aus dir.», sagte er schliesslich. «Du scheinst einen ganz bestimmten Plan zu verfolgen, und ich habe keine Ahnung, was es ist. Ich bin mir nicht einmal mehr sicher, auf welcher Seite du stehst.»

Die Versuchung, ihm zu erklären, weshalb ich den Gefangenen half, wuchs mit jeder Sekunde.

Was, wenn ich einfach zu ihm spreche? Würde er auf mich hören? Oder betrachtet er mich dann als Soldaten, den er herumkommandieren kann?

Da ich meinen jetzigen Status als Drache nicht verlieren wollte, entschied ich mich dazu, nichts zu sagen. Es musste einen anderen Weg geben.

«Du möchtest, dass ich sie freilasse, stimmt's?», sagte Leutnant Marti nach einer kurzen Pause.

Aufmerksam sah ich ihn an und wartete gespannt auf seine nächsten Worte.

«Aber das werde ich nicht, denn sie sind unsere Feinde und sobald wir ihnen die Chance dazu geben, werden sie uns vernichten.»

Jetzt vielleicht schon, weil du sie gefangengenommen hast, dachte ich.

Durch blosses Anstarren konnte ich Marti nicht umstimmen. Ebenfalls wäre ich nicht dazu in der Lage, ihm zu beweisen, dass sie uns helfen wollten, bevor er sie eingesperrt hatte. Für ihn würden sie immer Feinde sein, selbst wenn sie ihm das Leben retteten. Ich war davon überzeugt, dass er zu stur war, seine Meinung jemals zu ändern. Deswegen überlegte ich mir eine andere Vorgehensweise, während wir uns ununterbrochen anstarrten.

Am Nachmittag traf ich mich mit Tom ausserhalb des Lagers. Er hatte sein Mobiltelefon in der Hand, als er zu mir stiess.

«Du bist mittlerweile ein richtiger Internet-Star.», sagte er grinsend.

«Das kann ich mir gut vorstellen. Schliesslich ich bin momentan der einzige Drache auf diesem Planeten.»

«Das neuste Video von dir, als du den Gefangenen ein Feuer gemacht hast, wurde bereits fünf Millionen Mal angeklickt.»

«Was? Das ist ja unglaublich! Ich habe nicht einmal bemerkt, dass sie mich dabei auch gefilmt haben.»

«Es existieren bereits alle möglichen Videos von dir auf YouTube. Sogar während dem Schlafen haben sie dich gefilmt.»

Er zeigte mir gleich darauf ein Video, in dem ich schlafend neben dem Feuer lag und zwischendurch flimmernd heisse Luft ausstiess, die den umliegenden Schnee zum Schmelzen brachte. Alle paar Sekunden zuckten meine Beine oder meine Flügel, während ich träumte.

«Ich sehe tatsächlich niedlich aus in diesem Video.», stellte ich fest.

«Das stimmt. Mir ist aber auch aufgefallen, dass du dich verändert hast.», entgegnete Tom.

«Inwiefern?»

«Du verhältst dich immer mehr wie ein Tier. Zum Beispiel trägst du vermehrt Gegenstände mit den Zähnen.»

«Das muss ich auch, da mein linkes Vorderbein gebrochen ist.»

«Trotzdem wirst du immer weniger menschlich.»

Daraufhin wusste ich keine Antwort mehr. Tom hatte recht, dass ich mich verändert hatte. Je mehr ich als Drache lebte, desto stärker passten sich meine Verhaltensweisen an. Einerseits gefiel es mir, mehr wie ein echter Drache zu wirken, aber andererseits hatte ich Angst vor dieser Veränderung.

Wird man es bemerken, dass ich mich verändert habe, selbst wenn ich wieder ein Mensch bin? Fragte ich mich.

Gedankenverloren starrte ich in die Ferne. Tom tat es mir gleich. Erst nach einigen Minuten brach er das Schweigen.

«Egal wie sehr ich versuche, es ihnen zu erklären, sie wollen einfach nicht auf mich hören. Wie es aussieht, wird man die Gefangenen bald in ein anderes Lager bringen, statt sie freizulassen.»

«Das ist nicht fair. Sie wollten sich uns anschliessen und nun werden sie für längere Zeit eingesperrt und schlecht behandelt.»

«Leider ist das so. Aber was willst du dagegen unternehmen?»

«Ich glaube, wir müssen sie befreien.»

«Das meinst du doch nicht im Ernst, oder?»

«Doch, das ist mein Ernst. Die einzige Möglichkeit, diese Männer für uns zu gewinnen, ist sie zu befreien.»

«Das ist zu riskant. Sie werden uns wahrscheinlich angreifen.»

«Wenn du mir nicht dabei helfen möchtest, werde ich es allein machen. Vermutlich ist das ohnehin die beste Entscheidung, da du dann nicht in Schwierigkeiten gerätst und sie anschliessend für mich kämpfen werden.»

«Für dich? Wieso denn das?»

«Weil ich hier der Einzige bin, der ihnen nicht feindlich gesinnt ist. Selbst du misstraust ihnen.»

«Und das aus gutem Grund. Sie haben dich gefangengenommen, gefoltert und fast getötet!»

«Das stimmt. Aber da wussten sie noch nicht, auf welcher Seite ich stehe.»

«Auf welcher Seite stehst du denn? Auf unserer oder auf deren?»

«Weder noch. Ich stehe auf der Seite des Friedens. Wenn es nach mir ginge, sollten alle ihre Waffen niederlegen und Frieden schliessen.»

«Und was ist mit dem, was die angestellt haben? Sie vergewaltigten Frauen und folterten ihre Gefangenen, nachdem sie die Gebiete eingenommen hatten. Dafür muss man sie bestrafen!»

«Wenn man jeden Soldaten für all seine Verbrechen bestrafen würde, müsste man beinahe die gesamte Armee von beiden Seiten auslöschen oder gefangennehmen. Die europäischen Soldaten sind nämlich auch nicht unschuldig, denn sie haben ihre Gefangenen ebenfalls gefoltert. Aus diesem Grund heisst es auch Frieden schliessen. Beide Parteien vergeben den anderen ihre Taten. Dies ist der einzige Weg, den Krieg ohne unnötiges Blutvergiessen zu beenden.»

«Und was, wenn wir ihnen nicht vergeben können? Was, wenn *ich* ihnen nicht vergeben kann?»

«Dann haben wir ein Problem.»

Ratlos sahen wir uns an. Wir wussten beide in diesem Moment nicht weiter.

«Wirst du die Gefangenen trotzdem befreien?», fragte Tom schliesslich.

«Ich muss. Ansonsten war all meine Mühe bis jetzt umsonst.»

In den nächsten Tagen überlegte ich mir, wie ich die Gefangenen am besten befreien konnte. Tag und Nacht waren Wachen um den eingezäunten Bereich herum postiert. Insbesondere der Eingang wurde stark bewacht. Da man mit Leichtigkeit durch den Zaun sehen konnte, war es unmöglich, ein Loch hineinzuschneiden, ohne erwischt zu werden. Darüber zu klettern war auch nicht möglich aufgrund des Stacheldrahts. Meine einzige Chance war ein Schneesturm, der die Sicht stark genug beeinträchtigte, sodass uns niemand sah.

Zum Glück hatten sich wenigstens meine Wunden in der Zwischenzeit gebessert. Das Loch im rechten Flügel, was durch die Harpune entstanden war, hatte sich vollständig geschlossen. Lediglich eine kleine, verhärtete Stelle blieb zurück. Dasselbe galt für die Schnitte an den Flügeln und am Rücken. Es zwickte mich nur noch an den vernarbten Stellen, wenn ich sie überdehnte oder eine spezielle Bewegung ausführte. Erschütterungen machten mir nichts mehr aus. Mein linkes Vorderbein liess sich inzwischen auch wieder benutzen, jedoch musste ich aufpassen, es nicht zu stark zu belasten. Trotzdem war ich wieder in der Lage, normal zu gehen.

Den Gefangenen erging es weniger gut. Sie erhielten kaum Verpflegung und waren dazu gezwungen, ihre Geschäfte in einen Eimer zu verrichten, der lediglich alle paar Tage einmal geleert wurde. Toilettenpapier gab es keines für sie. Dafür schenkte ich ihnen ab und zu mein Essen und wärmte sie mit meinem Feuer, um ihnen Erfrierungen zu ersparen. Einmal gelang es mir sogar, ungesehen einige Decken über den Zaun zu werfen. Inzwischen war ich mir sicher, erneut ihr Vertrauen gewonnen zu haben, denn sie schenkten mir meistens dankbare Blicke, sobald ich mich ihnen näherte. Immer wenn ich bei ihnen am Zaun sass, streckten sie die Arme durch den Maschendraht, um mich zu streicheln. Da es ihnen schlecht erging und sie ansonsten nichts machen konnten, liess ich die Berührungen zu. Oft waren diese Augenblicke jedoch von kurzer Dauer, da entweder Leutnant Marti oder andere Männer dazustiessen, um die Gefangenen wieder zurück in die Mitte des eingezäunten Bereichs zu verweisen. Die meisten wagten es nicht, mich fortzuschicken, da sie immer noch grossen Respekt vor mir hatten. Nur einmal wollte mich jemand beiseitestossen, woraufhin ich ihn anknurrte. Er zog augenblicklich seine Hand zurück und liess mich in Ruhe.

Eines Nachts war meine Zeit endlich gekommen. Es schneite derart stark, dass die Sichtweite auf wenige Meter beschränkt wurde. Gleichzeitig wehte der Wind, wodurch einem die Schneeflocken unangenehm ins Gesicht stoben. Selbst der Pulverschnee, der den Boden bedeckte, wurde dadurch aufgewirbelt, was die Sicht zusätzlich verschlechterte.

Ich schlich an den Wachen vorbei zum Maschendrahtzaun. Als ich mir sicher war, dass mich niemand sah, begann ich, den Draht durchzuschneiden. Meine Krallen liessen sich hierbei als Drahtzange verwenden, wodurch ich nach nur wenigen Sekunden ein grosses Loch in den Zaun geschnitten hatte. Ich drückte die scharfen Spitzen beiseite und zwängte mich hindurch zu den Gefangenen. Zuerst bemerkten sie mich nicht. Als ich jedoch einen von ihnen mit der Schnauze anstupste, weckte er die anderen auf und alle folgten mir nach draussen. Einer nach dem anderen zwängte sich durch das schmale Loch im Zaun. Währenddessen hielt ich Ausschau nach den Wachen. Noch war niemand zu erkennen, was sich bei dieser schlechten Sicht jedoch schnell ändern konnte. Als Vasilev durch den Zaun stieg, blickte er mir dankbar entgegen. Dass ich sein Vertrauen in mich wiederherstellen konnte, erfüllte mich mit Stolz. Zufrieden sah ich zu, wie alle 28 Männer aus ihrem Gefängnis flohen. Plötzlich bemerkte ich eine Bewegung hinter mir. Einer der Wachen hatte uns gesehen. Gerade als er Verstärkung anfordern wollte, stellte ich mich ihm in den Weg und sah ihn flehend an.

Bitte lass sie gehen. Sie haben solch eine Behandlung nicht verdient.

Er schien mein Anliegen nicht zu verstehen und versuchte nun, an mir vorbeizugelangen. Mit dem Schwanz hielt ich seine Beine fest, wodurch er das Gleichgewicht verlor und rücklings in den weichen Schnee fiel. Nun drückte ich seine Arme und Beine zu Boden, damit er nicht wieder aufstehen konnte. Als er nach seinen Kollegen rufen wollte, hielt ich ihm mit meinem rechten Flügel den Mund zu.

Es tut mir leid, dass ich das jetzt machen muss, aber es ist das einzig Richtige, dachte ich in diesem Moment.

Ich blickte auf und konnte die Flüchtigen bereits nicht mehr erkennen. Der Soldat, den ich immer noch festhielt, versuchte zu entkommen. Verzweifelt wand er sich in meinem Griff, jedoch war er nicht stark genug, sich loszureissen. Nach einigen Sekunden gab er auf und starrte mich angsterfüllt an. Da er sich nun nicht mehr wehrte, lockerte ich meinen Griff um seine Gliedmassen. Ich wollte ihm schliesslich keine Schmerzen zufügen. Ungefähr eine Minute später, als ich mir sicher war, dass alle Männer entkommen waren, liess ich ihn vollständig los. Schockiert setzte er sich auf und zog sich in hastigen Schritten zu seinen Kollegen zurück, ohne mich aus den Augen zu lassen.

Was wird er ihnen wohl über mich erzählen? Fragte ich mich.

Da ich befürchtete, dass mir die Schweizer nach meiner Befreiungsaktion nicht mehr sonderlich viel Vertrauen schenken würden, folgte ich den Spuren der 28 Männer aus dem Armeelager hinaus. Nach wenigen hundert Metern verlor ich sie. Der Wind hatte jegliche Spuren verwischt. Ein Gefühl des Unwohlseins breitete sich in mir aus.

Wo sind sie hin? Ich wollte sie eigentlich begleiten, um sicherzustellen, dass sie sich nicht dazu entscheiden, uns anzugreifen. Ich bin mir auch nicht sicher, ob ich nun ins Lager zurückkehren sollte. Bin ich hier überhaupt noch willkommen, da ich die Gefangenen befreit habe?

Um wenigstens meine letzte Frage zu beantworten, ging ich zurück. Dutzende Männer schwärmten in diesem Moment aus, um nach den Flüchtigen zu suchen. Als sie mich sahen, schienen sie nicht gerade begeistert zu sein. Trotzdem liessen sie mich in Ruhe und widmeten sich stattdessen ihrer Suchaktion.

Mich würde es nicht wundern, wenn der Leutnant nach diesem Vorfall den Befehl erteilt, mich anstelle von den Russen einzusperren, dachte ich.

Um sicherzugehen, dass ich am nächsten Morgen nicht in Gefangenschaft aufwachen würde, ging ich in den Wald, um die Nacht dort zu verbringen. Durch den Schnee, der mir ununterbrochen entgegenwehte, wurde mir derart kalt, dass ich erneut eine Höhle grub, die mir als provisorischen Schlafplatz diente. Erst als sie fertig war, legte ich mich hin und versuchte, zu schlafen. Meine Schuldgefühle plagten mich noch während der nächsten Stunden, weswegen mir erst kurz vor Sonnenaufgang die Augen zufielen.

20

Schlacht

Als ich erwachte, waren all meine Gliedmassen gefesselt. Leutnant Marti und einige seiner Männer starrten mich durch eine Glasscheibe hindurch an. Ich war in einem geschlossenen Raum, der mich schwer an die Gefangenschaft im russischen Militärstützpunkt erinnerte. In diesem Augenblick bekam ich es mit der Angst zu tun, da ich nicht wusste, ob ich mich dieses Mal erneut befreien konnte. Leutnant Marti sprach einen Befehl aus, den ich aufgrund der schalldichten Scheibe nicht verstand. Von diesem Moment an fiel mir das Atmen mit jedem Zug schwerer. Es war, als hätte jemand den gesamten Sauerstoff aus der Luft entfernt. Ich zog an meinen Fesseln, so stark ich konnte, jedoch gaben sie keinen Millimeter nach. Nun versuchte ich, mein Bein zu verwandeln, wie ich es während meiner letzten Gefangenschaft getan hatte. Obwohl ich mir genau vorstellte, mein linkes Vorderbein würde aus Eis bestehen, geschah nichts. In panischer Angst stiess ich Feuer aus, was aus unerklärlichen Gründen zu mir zurückgeworfen wurde und mich vollständig einhüllte. Es wurde immer heisser, bis es mir selbst als Drache Schmerzen bereitete. Marti grinste mich durch die Glasscheibe an, während ich bei lebendigem Leibe an meinem eigenen Feuer verbrannte. Als die Schmerzen unerträglich wurden, schloss ich die Augen und hoffte nur noch auf Erlösung.

Mit rasendem Herzen wachte ich auf. Meine Höhle war eingestürzt und ich war vollständig im Schnee eingeschlossen, wodurch ich keine Luft mehr bekam. Das während meines Traums erzeugte Feuer hatte Schmelzwasser entstehen lassen, was nun vor lauter Kälte an meinem Körper brannte. Ich buddelte mich nach oben und atmete erleichtert ein, nachdem ich meinen Kopf aus dem Schnee befreit hatte. Der Schock sass mir immer noch tief in den Knochen, denn ich zitterte vor lauter Angst. Erst nach einigen Minuten konnte ich mich beruhigen. Froh darüber, dass alles nur ein Traum gewesen war, machte ich mich auf den Weg zum Armeelager. Dieses Mal entschied ich mich, zu fliegen, um meinen Albtraum besser verkraften zu können. Erst als ich mich einige hundert Meter über dem Boden befand, konnte ich wieder klare Gedanken fassen. Die Tatsache, dass ich erneut während des Schlafs Feuer gespien hatte, beunruhigte mich. Mein Traum war mir derart real vorgekommen, dass mein Trick zur Verhinderung unbeabsichtigter Feuerstösse nicht funktioniert hatte.

Kurz darauf landete ich zwischen den Zelten des Armeelagers. Die Soldaten bereiteten sich auf ihren nächsten Einsatz vor. Keiner schien sich um mich kümmern zu wollen. Deswegen flog ich zu meinen Sachen, die immer noch ausserhalb des Lagers versteckt waren. Inzwischen befand sich die Tasche mit den Esswaren unter einer dicken Schneeschicht. Dank meines guten Geruchssinns musste ich lediglich der Duftspur folgen, um sie wiederzufinden. Wie ein Spürhund schnupperte ich am Boden entlang, bis ich mir sicher war, dass sich das Essen unter mir befand. Mit den Klauen buddelte ich ein Loch in den Schnee. Als ich auf den Stoff meiner Tasche stiess, zog ich sie heraus und nahm das gefrorene Essen entgegen. Nach dem Auftauen ass ich, soviel ich konnte. Um meinen Durst zu stillen, trank ich ein wenig Schmelzwasser.

Nachdem ich meine Sachen erneut versteckt hatte, ging ich satt und einigermassen zufrieden zurück zu den anderen. Immer noch luden sie schwere Munitionskisten in die Lastwagen. Währenddessen schrie Leutnant Marti seinen Männern Befehle entgegen, wobei er noch aggressiver wirkte, als er es normalerweise war.

Es ist vermutlich keine gute Idee, ihm jetzt einen Besuch abzustatten, dachte ich.

Stattdessen machte ich mich auf die Suche nach Tom. Wenige Minuten später fand ich ihn, wie er zwischen den Zelten mit seiner Truppe die Strategie des nächsten Einsatzes besprach. Als sie mich sahen, schien sich lediglich Timo über meinen Besuch zu freuen. Die anderen diskutierten unbeirrt weiter, während ich ihn begrüsste, indem ich seine Hand mit meiner Schnauze anstupste. Ich legte mich neben Tom in den Schnee und lauschte dem Gespräch. Sie teilten verschiedenste Aufgaben untereinander auf und besprachen jedes Manöver im Detail. Bald schweiften meine Gedanken ab, da ich mich zu langweilen begann. Ich musste erneut an den Albtraum denken und an die Auswirkungen, die meine Befreiungsaktion in Zukunft haben könnte.

War das wirklich die richtige Entscheidung, die Gefangenen zu befreien? Jetzt habe ich mir den Leutnant und einige der Soldaten zum Feind gemacht. Und was denkt Tom über mich? Akzeptiert er meine Entscheidung nur, weil wir Brüder sind, oder ist er derselben Meinung wie ich, dass man keine Menschen so schlecht behandeln sollte, wie wir es mit unseren Gefangenen getan haben?

Plötzlich änderte sich das Gesprächsthema. Ein Mann, den ich nicht kannte, fragte Tom, wie er meine Befreiungsaktion einschätzte.

«Ich denke, dass wir sie besser hätten behandeln sollen. Es war nicht fair, sie ohne jegliches Einspruchsrecht gefangenzunehmen und anschliessend frieren und hungern zu lassen. Meiner Meinung nach hat der Drache richtig gehandelt, sie freizulassen.», antwortete Tom.

An seinen Gesichtszügen erkannte ich, dass er nicht die Wahrheit sprach. Er wollte mich lediglich auf diese Weise beschützen.

«Aber was ist, wenn sie uns seinetwegen angreifen?»

«Falls sie uns angreifen, dann unseretwegen. Er hat sie schliesslich nicht eingesperrt. Diesen Fehler haben wir begangen.»

«Besser gesagt der Leutnant. Wir wollten mit ihnen zusammenarbeiten.», warf Timo ein.

Daraufhin konnte der skeptische Mann nichts mehr entgegnen und sie verfielen ins Schweigen. Erst jetzt schien mich jeder von ihnen zu bemerken. Auf einmal wurde ich nervös, da mich alle anstarrten.

Was erwarten sie jetzt von mir?

«Ich denke, dass wir morgen keine Schwierigkeiten haben werden. Schliesslich kämpft wieder ein Drache an unserer Seite.», sagte Timo nach einer Weile.

«Stimmt.», entgegnete Ivan, der sich bisher aus der Diskussion herausgehalten hatte.

«Wir sollten ihn füttern, damit er morgen bei Kräften ist.», schlug Tom vor.

Ich will aber nicht kämpfen. Und gegessen habe ich auch schon, dachte ich.

Timo schien sich sehr darüber zu freuen, mich füttern zu können, denn er brachte mir in Windeseile ein Stück Fleisch aus einem der grösseren Zelte. Tom, Ivan und zwei weitere Männer taten es ihm gleich.

«Wenn das Leutnant Marti erfährt ...», sagte Ivan leicht verunsichert.

«Wird er nicht.», antwortete Tom.

«Denkt ihr, dass er mir aus der Hand frisst?», fragte Timo.

«Keine Ahnung. Aber bist du dir sicher, dass du das möchtest? Er flambiert sein Fleisch jedes Mal vor dem Essen.», antwortete mein Bruder.

«Ich werde es einfach mal versuchen.»

Timo hielt mir das Fleisch vor die Schnauze. Obwohl ich keinen Hunger verspürte, musste ich es annehmen, um nicht unhöflich zu wirken. Zuerst wollte ich ihm das Essen aus der Hand nehmen, um es anschliessend braten zu können, ohne ihn zu gefährden. Da er es jedoch sorgfältig mit zwei Fingern am Rand hielt, entschied ich mich dagegen. Ich stiess einen schwachen Feuerstrahl aus, der nur einen kleinen Teil des Fleischs einhüllte, um Timo nicht die Hand zu verbrennen.

«Seht mal, wie vorsichtig er es macht!», rief er begeistert.

Die anderen beobachteten uns gespannt. Nach kurzer Zeit war eine Hälfte meines Essens durchgebraten. Daraufhin biss ich ein grosses Stück ab und setzte meine feurige Zubereitungsmethode fort. Inzwischen konnte ich das Feuer derart gut kontrollieren, dass ich das Fleisch bis auf die wenigen Quadratzentimeter, die von Timos Fingern bedeckt waren, durchbraten konnte. Er hielt währenddessen still, ohne zu zittern, obwohl ich seine Stresshormone deutlich riechen konnte. Als ich mit dem Feuer fertig war, biss ich die letzten Teile ab, die gar waren. Timo legte das verbleibende rohe Stück auf den Boden, da er es nicht mehr halten konnte, und ich zündete es ebenfalls an.

Nachdem ich es gegessen hatte, ging er mit stolzem Blick zurück zu den anderen, damit sie mich ebenfalls füttern konnten. Sie wagten es nicht, das Fleisch zu halten, während ich Feuer spie. Stattdessen legten sie es vor mir in den Schnee. Nach allen fünf Stücken war ich so satt, dass es sich anfühlte, als würde ich jeden Moment platzen. Ausserdem war mein Bauch nun sichtbar nach aussen gewölbt. Ich bewegte mich schwerfällig zum Lagerfeuer, um in Ruhe verdauen zu können. Sobald ich mich tief seufzend hinlegte, schlief ich ein, ohne mir erneut Gedanken über eine mögliche Gefangenschaft zu machen.

«Aufgestanden!», schrie Leutnant Marti, um seine Männer und mich zu wecken. Dieser Befehl kam so plötzlich, dass ich vor Schreck zusammenzuckte. Nun sah mich der Leutnant, der seinen Weckruf absichtlich neben mir durchgeführt hatte, leicht schmunzelnd an. Genervt von der Tatsache, dass ich unsanft aus dem Schlaf gerissen wurde, stand ich auf. Alle machten sich in Windeseile bereit für den bevorstehenden Einsatz. Selbst das Frühstück wurde in nur wenigen Minuten verspeist. Mir gab man währenddessen ein grosses Stück Fleisch.

Schon wieder Fleisch? Ich würde gern zur Abwechslung mal etwas anderes essen, dachte ich.

Trotz meines geringen Appetits zwang ich mich, alles zu verspeisen, denn ich benötigte die Energie für später.

Nach dem Essen stiegen die Männer in ihre Fahrzeuge und machten sich auf den Weg in Richtung Stadtzentrum. Gleichzeitig wurden die Spionagedrohnen gestartet, um zu vermeiden, dass wir in eine Falle tappten. Dieses Mal hatten wir bessere Ausrüstung dabei als bei meinem letzten Kampf mit Tom.

Spezialfahrzeuge mit schweren Maschinengewehren sowie Luftabwehrraketen gehörten dazu. Als ich über das Geschehen hinwegflog, konnte ich bereits einen Panzer auf der anderen Seite der Stadt erkennen. Dank meiner Drachenaugen sah ich sogar, welche Männer gegen uns kämpfen würden. Es waren die Soldaten, die ich befreit hatte, begleitet von mindestens fünfzig anderen.

Verräter! Dachte ich erzürnt.

Sie hatten sich uns anschliessen wollen, und stattdessen kämpften sie nun für die gegnerische Seite.

Hätte ich doch nur Toms Ratschlag befolgt. Er hatte recht, wie immer. Nun ist es meine Schuld, dass wir mehr Gegner haben.

Niedergeschlagen durch meine falsche Entscheidung liess ich mich von den Luftströmungen treiben. Die Sonne schien nach mehr als einer Woche wieder einmal zwischen den Wolken hindurch und wärmte meine bisher dauerhaft kalten Flügel. Die Schuldgefühle überlagerten sich mit meiner Angst vor dem bevorstehenden Kampf. Dies verstärkte meine Hemmungen umso mehr. Schlussendlich kam ich zu dem Entschluss, niemanden mehr zu töten, ausser es liess sich nicht vermeiden. Stattdessen wollte ich versuchen, die Männer von einer friedlichen Lösung zu überzeugen. Obwohl es unwahrscheinlich war, dass alle ihre Waffen niederlegen würden, musste ich es versuchen.

Eine Viertelstunde später hielten die Fahrzeuge unter mir an. Ausser unseren Männern war niemand zu sehen. Lediglich die lauten Motorgeräusche des Panzers deuteten auf feindliche Aktivitäten hin. Dank unserer Drohnen wusste Leutnant Marti genau, wie sich seine Gegner bewegten. Er passte seine Strategie dementsprechend an und die Männer positionierten sich auf einer Kreuzung. Vier davon trugen jeweils eine Panzerfaust mit sich.

«Die Russen werden versuchen, von allen Seiten anzugreifen. Deswegen müssen wir uns aufteilen.», sagte Leutnant Marti.

Er schickte insgesamt vier Gruppen in unterschiedliche Richtungen. Allen Gruppen wurde jeweils ein Fahrzeug zugeteilt, was mit einem Maschinengewehr ausgerüstet war.

Wie soll ich bei so vielen kleinen Gruppen für Frieden sorgen? Ich kann unmöglich überall gleichzeitig sein.

Ich beschloss, bei Tom zu bleiben. Eine Minute später wurde er mit seinen Männern ebenfalls von der Hauptgruppe weggeschickt. Timo, der mit einer Panzerfaust ausgerüstet war, blickte alle paar Sekunden in meine Richtung. Er schien sich darauf zu freuen, mich kämpfen zu sehen. Wenn er gewusst hätte, dass ich nur noch für den Frieden kämpfte, statt Soldaten zu töten, wäre ihm seine Freude bestimmt vergangen.

Plötzlich vernahm ich Schritte hinter einem Gebäude. Ich landete vor den Männern und knurrte leise in Richtung der Geräuschquelle. Augenblicklich hob Tom seine Hand und alle blieben stehen.

«Was ist?», fragte Timo verunsichert.

«Der Drache hat wahrscheinlich etwas gehört.», antwortete mein Bruder.

Er befahl seiner Truppe, hinter einigen Bänken in Deckung zu gehen. Nur wenige Sekunden, nachdem sich jeder versteckt hatte, schlichen einige feindliche Soldaten um die Hausecke herum. Sofort blieben sie stehen, da ich absichtlich mitten auf der Strasse stand, wo sie mich sehen konnten. Sie zielten mit ihren Sturmgewehren auf mich und genau in dem Moment, als sie zu feuern begannen, stiess ich mich vom Boden ab.

Jetzt kannst du etwas lernen, Tom, dachte ich, als ich in schnellen Kurvenbewegungen auf die verunsicherten Angreifer zuflog.

Obwohl sie alle auf mich schossen, trafen mich nur die wenigsten Projektile. Keines davon konnte meinen Schuppenpanzer durchschlagen. Im Augenwinkel sah ich, wie Tom mein Flugmanöver beobachtete. Er wartete auf den richtigen Moment, um mit seinen Männern ebenfalls anzugreifen. So weit wollte ich es jedoch nicht kommen lassen. Während des Vorbeifliegens riss ich dem Soldaten die Waffe aus der Hand, der mich bisher am besten getroffen hatte. Mit einem kräftigen Flügelschlag gewann ich an Höhe und warf das Gewehr auf das erstbeste Hausdach. Da es mir beinahe zu früh aus den Krallen gerutscht wäre, änderte ich meine Strategie. Bei meinem zweiten Angriff entwaffnete ich jemanden mit den Zähnen. Als mein Gebiss mit dem Metall der Waffe zusammenstiess, schmerzte es für einen Augenblick.

Das nächste Mal muss ich es sanfter entgegennehmen, dachte ich.

Wieder warf ich die Waffe auf das nächstgelegene Hausdach und wechselte sogleich in einen Sturzflug. Tom und seine Männer beobachteten mich staunend, während ich vier weiteren Männern ihre Sturmgewehre entwendete. Bei meinem siebten Angriff konnte der Soldat im allerletzten Moment ausweichen. Daraufhin wendete ich und es gelang mir, stattdessen einen anderen Mann zu entwaffnen. Nun konnte bloss noch einer von ihnen auf mich schiessen. Da sie wussten, dass sie nichts mehr gegen mich ausrichten konnten, zogen sie sich zwischen die Gebäude zurück. Bevor ich sie einholen konnte, stellten sich Toms Männer ihnen in den Weg. Ich landete hinter den unbewaffneten Soldaten, um ihnen den

Fluchtweg abzuschneiden. Nun waren sie umstellt. Der Einzige von ihnen, der noch bewaffnet war, legte das Gewehr nieder und ergab sich.

Genau das wollte ich!

«Was sollen wir jetzt mit ihnen machen?», fragte Timo wie immer als erster.

«Das weiss ich auch nicht so genau.», gab Tom zu. «Vorerst sollten wir sie zu den anderen bringen. Anschliessend wird der Leutnant entscheiden, was mit ihnen geschieht.»

Dieses Mal werde ich von Anfang an dafür sorgen, dass sie nicht so schlecht behandelt werden wie unsere letzten Gefangenen, dachte ich.

Bevor sie sich auf den Weg machten, waren einige Strassen weiter Schüsse zu hören. Augenblicklich flog ich den Geräuschen nach, um eine vermutlich unnötige Schiesserei aufzuhalten. Aus der Ferne erkannte ich einige gegnerische Kampfdrohnen, die auf eine Gruppe von Soldaten schossen. Erleichtert von der Tatsache, dass ich diese Drohnen ohne schlechtes Gewissen zerstören konnte, beschleunigte ich meinen Flug. Bevor auch nur eine der Drohnen reagieren konnte, stiess ich einen heissen Feuerstrahl aus, der die erste von ihnen traf. Gleich darauf stürzte sie ab, da die Elektronik durch die Hitze geschmolzen war. Nun schossen die vier verbleibenden Drohnen auf mich, was mir bis auf ein paar kleine Prellungen keinen Schaden zufügte. Mit einem weiteren Feuerstoss zerstörte ich die zweite Kampfdrohne. Die dritte wich meinem Angriff jedoch aus. Ich verfolgte sie, als sie mit voller Geschwindigkeit durch schmale Gassen davonflog. In jeder Kurve musste ich höllisch aufpassen, nicht in eines der Gebäude zu krachen. Trotz meiner Bemühungen gewann sie mit der Zeit an Distanz, bis sie aus meinem Blickfeld verschwand. Um sie wiederfinden zu können, flog ich ein Stück höher. Sehen konnte ich sie von oben immer noch nicht, dafür aber hören. Mit hoher Geschwindigkeit schoss ich über die Dächer hinweg zu der Stelle, an der die Drohne in wenigen Sekunden erscheinen musste. Als ich sie schliesslich unter mir entdeckte, schoss ich im Sturzflug darauf zu und schlug mit meinen Krallen gegen die Rotoren. Mit einem lauten Krachen zersplitterten die Rotorblätter, wodurch die Drohne abstürzte. Nun flog ich zurück zu den anderen Kampfdrohnen, um sie ebenfalls zu zerstören. Bevor ich jedoch den Ort des Geschehens erreichte, waren sie bereits durch unsere Luftabwehrraketen abgeschossen worden.

Das erklärt, weshalb wir die Luftabwehrraketen mitgenommen haben, dachte ich.

Inzwischen machten sich die Männer auf den Weg zu den anderen. Ich folgte ihnen.

Als wir schliesslich bei unserer Hauptgruppe ankamen, musste ich feststellen, dass die Männer trotz all ihrer Bemühungen umstellt worden waren. Während meiner Abwesenheit war Tom mit seinen Männern und den neuen Gefangenen ebenfalls eingetroffen. Jetzt versteckten sie sich zwischen den Fahrzeugen, um nicht getötet zu werden. Die Angreifer schossen auf jeden, der sich auch nur eine Sekunde aus seiner Deckung wagte. Der russische Panzer stiess ebenfalls dazu. An der verbogenen Metallplatte auf der Rückseite erkannte ich, dass es derselbe Panzer war wie letztes Mal. Anscheinend hatten sie ihn repariert.

Hätte ich dieses Ding doch nur vollständig gesprengt, dachte ich voller Reue.

Aus der Deckung heraus schossen die umstellten Soldaten auf ihre Feinde. Diese wiederum antworteten mit Gegenfeuer. Ich musste sie irgendwie dazu bringen, aufzuhören. Ansonsten würde diese Situation in einem Gemetzel enden. Als ich näher flog, richteten einige ihre Waffen auf mich und begannen zu feuern. Wenige Meter vor ihnen landete ich, während sie ununterbrochen auf mich schossen. Es trafen mich so viele Projektile am Kopf, dass ich für einen Augenblick beinahe das Bewusstsein verlor. Einige weitere Treffer am Körper schmerzten sehr. Trotzdem gelang es mir, einigermassen sanft zu landen. Mit festem Boden unter den Füssen konnte ich den Schüssen glücklicherweise besser ausweichen. Wie ein Kaninchen auf der Flucht bewegte ich mich im Zickzack. Die Angreifer konnten mich dadurch weniger gut treffen. Dies erlaubte mir, mich wieder besser auf meinen Gegenangriff zu konzentrieren. Es blieb mir jedoch nicht genügend Zeit, einen nach dem anderen zu entwaffnen. Deswegen sprang ich den erstbesten Soldaten an und schlug ihm mit meinen Klauen die Waffe aus der Hand. Den zweiten entwaffnete ich mit einem Schwanzhieb. Zwei weitere Männer stiess ich lediglich beiseite, um direkt die nächsten anzugreifen. Innerhalb weniger Sekunden waren ein Dutzend Männer kampfunfähig, da sie entweder auf dem Boden lagen oder ihre Waffe verloren hatten. Als ich mich der nächsten Gruppe widmen wollte, ertappte ich meine Freunde dabei, wie sie auf die eben entwaffneten Männer schossen.

Warum tut ihr das? Sie können sich doch nicht mehr verteidigen, dachte ich verzweifelt.

Mein Plan schien nicht aufzugehen. Sobald ich mit einer Gruppe fertig geworden war, begannen die Kämpfe aufs Neue. Die entwaffneten Soldaten hoben ihre Gewehre erneut auf und kämpften weiter, als wäre nichts geschehen. Aus lauter Frustration flog ich zwischen den beiden Fronten hindurch und hinterliess eine Wand aus Feuer. Dies kostete mich unbeschreiblich viel Energie, sodass ich daraufhin landen musste. Auf einmal wurde alles still. Jeder der Soldaten starrte mich an und stellte sein Feuer ein. Verwirrt blickte ich umher. Anscheinend hatte meine Feuerwand sie abgelenkt. Der Schnee, den ich gerade eben geschmolzen hatte, dampfte noch. Darunter war der dunkelgraue Asphalt erkennbar. Wie eine unsichtbare Wand trennte diese graue Linie die beiden Armeen, die sich nun nicht mehr bekämpften.

Weshalb machen sie jetzt nicht weiter? Das ergibt doch gar keinen Sinn, dachte ich immer noch verwirrt.

Ich betrachtete die Männer nun genauer. Die, die ich befreit hatte, nickten sich gegenseitig zu, als hätten sie einen Plan. Vasilev entsicherte seine Waffe und bewegte sich langsam hinter seine Kollegen.

Was haben sie vor?

Er blickte noch einmal kurz in meine Richtung und hob anschliessend die Hand. All seine Männer schossen auf diesen Befehl hin ihren Kollegen in den Rücken. Augenblicklich eskalierte die Situation in einem heillosen Durcheinander. Die russischen Soldaten töteten sich gegenseitig und Leutnant Marti half unseren ehemaligen Gefangenen mit seinen Männern.

Sie haben uns also doch nicht verraten! Stattdessen waren sie in einem verdeckten Einsatz.

Einerseits freute mich die Tatsache, dass sie nun doch für uns kämpften. Andererseits hatten sie mit ihrem Hinterhalt diesen einen friedlichen Moment zerstört. Auch hatte ich in diesem Gemetzel keine Chance mehr, die Situation zu deeskalieren.

Bevor ich mir weiterhin über eine friedliche Lösung Gedanken machen konnte, traf mich etwas am Kopf und ich verlor für einen Augenblick das Bewusstsein. Als ich wieder zur Besinnung kam, konnte ich mich kaum noch bewegen vor lauter Kopfschmerzen. Blut tropfte aus einer Wunde über meinem linken Auge. Benommen sah ich mich um. Von einem Dach hatte ein feindlicher Scharfschütze auf mich geschossen. Das Projektil war dank meines harten Schuppenpanzers abgeprallt, ohne den Schädelknochen zu durchschlagen. Nun zielte der Scharfschütze erneut auf meinen Kopf. Die Welt schien derart stark zu schwanken, dass ich keinen Schritt mehr gehen konnte. Die Gebäude sahen für mich aus, als würden sie mit dem Himmel verschmelzen, während die Soldaten eine wabernde Masse bildeten, die sich wie ein ausserirdisches Wesen bewegte.

Gerade als ein weiteres Projektil auf mich abgefeuert wurde, stellte sich Tom dazwischen. Das Geschoss prallte an seiner Rüstung ab. Durch den Aufprall stolperte er in meine Richtung und fing sich gerade noch auf, um nicht vollständig zu stürzen. Anschliessend zog er mich aus der Gefahrenzone heraus. Darüber war ich sehr froh, denn ich litt immer noch unter starken Gleichgewichtsstörungen und Halluzinationen. Für mich sah es aus, als würde mich Tom durch Wolken hindurchziehen, statt durch den Schnee. Als ich nach unten blickte, konnte ich die gesamte Stadt erkennen, obwohl ich lediglich den Boden betrachtete. Tom sah mich besorgt an. Er schien zu bemerken, dass es mir schlecht erging.

In diesem Moment ertönte ein ohrenbetäubender Knall. Ein riesiges Projektil, was durch den gegnerischen Panzer abgefeuert worden war, traf Tom am Oberkörper. Die Wucht des Aufpralls schleuderte ihn einige Meter weit nach hinten. Seine Kevlarpanzerung brach auf und splitterte in alle Richtungen. Einer dieser Splitter traf meinen linken Flügel, was einen langen Kratzer hinterliess, aus dem augenblicklich Blut floss. Entsetzt über diesen Anblick humpelte ich unbeholfen in Toms Richtung, ohne auf meine eben entstandene Verletzung zu achten. Die Halluzinationen liessen ihn mit seiner Umgebung verschmelzen. Ich schloss für einen Moment die Augen und als ich sie wieder öffnete, erkannte ich, was geschehen war. Toms Rüstung war an seiner rechten Seite zerfetzt worden. Darunter war sein Oberkörper über dem Hüftknochen aufgerissen. Da ihn das Projektil nur seitlich getroffen hatte, war die Wunde nicht grösser als eine ausgestreckte Hand. Trotzdem war sie so tief, dass seine Knochen erkennbar waren und ununterbrochen Blut herausfloss. Augenblicklich scharten sich Toms Männer um ihn und begannen, erste Hilfe zu leisten, indem sie die Wunde zudrückten und Verbandsmaterial holten. Der Panzer richtete sein Schussrohr nun auf mich. Geschockt von den neusten Geschehnissen blieb ich tatenlos stehen und starrte in das Rohr hinein, aus dem bald wieder ein todbringendes Projektil schiessen würde. Die Sorgen um Tom liessen mich keinen klaren Gedanken mehr fassen.

In diesem Moment sprang Timo, der immer noch eine Panzerfaust trug, aus seiner Deckung hervor, und feuerte auf den Panzer. Er traf genau an der richtigen Stelle neben der Raupe, was den Panzer mit einem lauten Knall ausser Gefecht setzte. Nun verstummte der Motor und dunkler Rauch quoll aus dem Schussrohr heraus. Höchstwahrscheinlich war die Besatzung durch die Explosion getötet worden, denn niemand verliess den Panzer. Timo, der mir eben das Leben gerettet hatte, sah mir mit stolzer Miene entgegen. Ich konnte nicht anders, als lächelnd zurückzuschauen.

Plötzlich wurde er von einem der Scharfschützen getroffen und sackte kurz darauf leblos zusammen. Das Projektil hatte seinen Oberkörper vollständig durchschlagen, weswegen der Schnee um ihn herum bereits unmittelbar nach dem Aufprall rot gefärbt war.

«Nein!», entfuhr es mir, bevor ich realisierte, dass mich alle hören konnten.

Augenblicklich breitete sich Trauer in mir aus. Ich wusste gar nicht mehr, ob ich nun zu Tom oder Timo gehen sollte. Vor lauter Unentschlossenheit blieb ich starr stehen und betrachtete teilnahmslos das Geschehen, während ich mich zunehmend leer und traurig fühlte. Unsere Soldaten konnten mithilfe von Vasilevs Männern ihre Gegner besiegen. Dennoch starben viele von ihnen im Kampf. Obwohl mich währenddessen einige Projektile trafen, bewegte ich mich nicht von der Stelle. In diesem Augenblick war mir alles gleichgültig.

Nachdem sich die Schlacht allmählich beruhigt hatte, stellte Leutnant Marti den russischen Befehlshaber zur Rede, den er bisher als seinen Feind betrachtet hatte. Ivan übersetzte für sie.

«Frag ihn, warum zum Teufel er uns geholfen hat.», befahl der Leutnant.

Ivan fragte Vasilev, der anschliessend eine lange und ausführliche Antwort gab.

«Er hat gesagt, dass er uns bereits vor seiner Gefangenschaft helfen wollte. Nachdem wir ihn und seine Männer eingesperrt hatten, entschied er sich dagegen. Nach seiner Befreiung schloss er sich den anderen Soldaten an, um uns zu besiegen. Erst als er gesehen hat, dass der Drache mit uns kämpft, gab er seinen Männern den Befehl für den Hinterhalt. Dabei hat er klar und deutlich erwähnt, dass er das nicht für uns, sondern für den Drachen getan hat.», antwortete Ivan schliesslich.

Diese Worte lösten mich aus meiner Starre und füllten mein Innerstes wieder mit Hoffnung.

Wenigstens etwas schien nach Plan verlaufen zu sein, dachte ich, um mich ein wenig zu trösten.

«Wir können ihm nicht mehr helfen. Seine Wunde blutet unaufhörlich.», sagte jemand hinter mir.

Ich richtete meine Aufmerksamkeit wieder auf Tom und seine Männer. Obwohl sie seine Wunde mit Stoff abdrückten, floss noch Blut heraus. Instinktiv wusste ich, dass man ihn nur noch retten konnte, indem man die Wunde ausbrannte. Also stupste ich die Männer an, sodass sie beiseite traten. Ich ging auf Tom zu, erhitzte die Luft in meinen Lungen und stiess daraufhin einen schwachen Feuerstrahl aus.

«Was zum Teufel hat der Drache vor?», fragte einer der Soldaten, während mich ein anderer festhielt und von Tom wegdrückte.

Augenblicklich stellte ich das Feuerspeien ein und sah den beiden verwirrten Männern ins Gesicht.

«Ich glaube, er wollte Toms Wunde ausbrennen.», sagte ein weiterer Mann kurze Zeit später.

«Im Ernst?»

«Ja. Lasst ihn los, und ich bin davon überzeugt, dass er ihm helfen wird.»

Widerwillig liess mich der immer noch skeptische Soldat los. Ich blickte ihn noch kurz an, um sicherzugehen, dass er mir vertraute, und setzte anschliessend mein Feuerspeien fort. Als das Feuer die Wunde berührte, zischte es und das Fleisch färbte sich schwarz. Tom stöhnte in diesem Moment auf und krümmte sich vor lauter Schmerzen. Dieser Anblick liess mir Tränen in die Augen steigen. Es tat mir so leid, ihm diese Schmerzen zufügen zu müssen, dass ich kaum noch hinsehen konnte. Als ich fertig war, blutete die Wunde glücklicherweise nicht mehr. Ich nahm einige Schritte Abstand und sah mir die Wolken an, um mich ein wenig abzulenken. Die Wunde an meinem Kopf brannte zwar immer noch, jedoch konnte ich wieder klare Gedanken fassen.

Das waren genug schlimme Erlebnisse für einen Tag, dachte ich mitgenommen.

«Denkst du, dass er überleben wird?», fragte einer von Toms Männern.

«Ich glaube nicht. Dafür ist die Verletzung zu gross. Er wird wahrscheinlich in den nächsten Stunden sterben.», antwortete ein anderer.

Was? Das ist unmöglich. Wieso denkt ihr, dass er stirbt, obwohl ich die Blutung gestoppt habe?

Nun sah ich Tom erneut an, der mit bleichem Gesicht in den beinahe wolkenlosen Himmel starrte. Er schwitzte und zitterte zugleich. Langsam erkannte ich, dass seine Kollegen vermutlich recht hatten.

Ich werde nicht zulassen, dass mein Bruder stirbt. Es muss eine Möglichkeit geben, ihn zu retten!

Auf einmal erinnerte ich mich an das Serum, was mir die künstliche Intelligenz hinterlassen hatte.

Es hat mich gerettet, also wird es auch ihn retten, dachte ich voller neu entdeckter Hoffnung.

Ich packte meinen Bruder mit den Klauen an den Armen und zog ihn hoch.

«Was hat er vor?», fragte jemand, als ich Tom auf meinen Rücken legte, wobei ich darauf achtete, ihn nicht mit meinen Hörnern, Stacheln oder Zacken zu verletzen.

Ohne den Soldaten die Frage zu beantworten, hielt ich Toms Arme mit meinen Vorderbeinen fest und stellte gleichzeitig sicher, dass er nicht herunterfallen konnte. Ich stiess mich mit aller Kraft vom Boden ab und schwang die Flügel in grossen Bewegungen, um schnellstmöglich an Höhe zu gewinnen. Dabei zwickte es mich erneut in meinem linken Vorderbein, was mir in diesem Moment gleichgültig war.

Wegen des zusätzlichen Gewichts und unerwarteten Windstössen fiel es mir schwer, ihn während des Fliegens festzuhalten. Ununterbrochen rutschte er zur Seite und ich musste ihn durch eine Schräglage wieder in die richtige Position rücken. Nach wenigen Minuten geriet ich vor lauter Anstrengung ausser Atem. Gerade als ich Tom fragen wollte, ob er mir helfen konnte, hielt er sich aus eigener Kraft fest, was mir das Fliegen stark erleichterte.

«Ich fliege!», rief Tom mit schwacher Stimme.

«Ja, du fliegst.», antwortete ich besorgt.

Ist er noch bei klarem Verstand? Das klang ungefähr so, als wäre er unter Drogeneinfluss.

Meine Frage wurde bald darauf beantwortet, als er erneut zu sprechen begann.

«Was hast du jetzt mit mir vor?», fragte er mich.

«Ich rette dein Leben. Was sollte ich denn sonst vorhaben?»

«Und wie willst du das anstellen? Meine Verletzung wird mich töten, egal in welches Krankenhaus du mich bringst.»

«Von einem Krankenhaus war nicht die Rede. Ich bringe dich zu mir nach Hause, um dir das Serum zu injizieren, was mir die KI hinterlassen hat.»

Tom schien von meiner Antwort überrascht zu sein, denn er schwieg für einen Moment.

«Denkst du, dass es funktionieren wird?», fragte er einige Sekunden später.

«Es muss. Schliesslich konnte es mich von den Toten auferstehen lassen.»

«Dann musst du dich doch gar nicht so beeilen.»

«Doch, das muss ich. Erstens möchte ich kein Risiko eingehen und zweitens ist es eine Spritze. Wie soll man einer Leiche eine Spritze verabreichen, ohne dass das Herz den Wirkstoff im Körper verteilt? Ausserdem wäre es besser für dich, wenn du nicht viel sprichst.»

Daraufhin schwieg Tom. Er wusste, dass ich recht hatte.

Gemeinsam flogen wir über Kiew, das Armeelager und den angrenzenden Wald hinweg. Dank einigen guten Luftströmungen gelang es mir, mehrere Kilometer an Höhe zu gewinnen. Als wir knapp unter den Wolken angekommen waren, fiel mir auf, dass sich Tom zunehmend verkrampfte.

«Ist alles in Ordnung?», fragte ich schliesslich.

«Mir ist sehr kalt.», antwortete er.

«Dann werde ich uns ein wenig aufwärmen.»

Ich erhitzte die Luft in meinen Lungen, ohne anschliessend auszuatmen. Wohlige Wärme breitete sich in meinem ganzen Körper aus. Als ich mir sicher war, dass sich die Wärme ausreichend verteilt hatte, stiess ich die heisse Luft langsam aus, um kein Feuer zu erzeugen. Aufgrund des Temperaturunterschieds hinterliess ich währenddessen eine Spur aus Kondenswasser.

«Ist es so besser?»

«Ja, viel besser. Wie machst du das? Dein ganzer Körper strömt Wärme aus.»

«Ich mache es gleich wie das Feuerspeien. Nur dass ich darauf warte, bis sich die ganze Wärme in meinem Körper ausgebreitet hat, bevor ich ausatme.»

Während der nächsten Stunden liess ich mich treiben. Da ich nicht mehr mit den Flügeln schlug, musste sich Tom kaum noch festhalten. Stattdessen lag er entspannt auf meinem Rücken und genoss die Aussicht. Alle paar Minuten wärmte ich ihn mit der Hitze meines Körpers auf. Dies erschöpfte mich nach wenigen Stunden derart, dass ich mich kaum noch auf das Fliegen konzentrieren konnte. Immer wieder erwischte ich mich dabei, wie mich der Schlaf übermannte. Die Sonne ging mittlerweile unter und es wurde noch kälter, wodurch ich mehr Hitze erzeugen musste, was mich wiederum stärker erschöpfte. Zusätzlich wurden meine Flügel steif von der immerzu gleichbleibenden Haltung. Tom schien es nicht besser zu ergehen. Inzwischen hatte er das Bewusstsein verloren und lag leblos auf meinem Rücken. Ich spürte seinen Puls nur noch sehr schwach.

Plötzlich befand ich mich in meinem Bett. Mir war kalt, obwohl ich zugedeckt war, da das Fenster weit offenstand. Ich war zu müde, um es schliessen zu können. Deswegen blieb ich unbeirrt liegen und liess die Kälte durch meinen Körper dringen.

Wie bin ich nach Hause gekommen? Und wo ist Tom? Fragte ich mich.

In diesem Moment wurde mir klar, dass ich träumen musste. Schliesslich sollte ich immer noch mit Tom durch die Lüfte fliegen. Mit all meiner Willenskraft versuchte ich, aufzuwachen. Stattdessen träumte ich davon, in verschiedensten Situationen meines Lebens wach zu werden. Einmal befand ich mich in der Schule, einmal auf dem Sofa und das letzte Mal sogar mitten in der Luft. Ich wusste, dass es ein Traum war, da sich Tom nicht auf meinem Rücken befand. Oder war es doch kein Traum? Ich sah mich nach ihm um, konnte jedoch ausschliesslich die schwarze Nacht erkennen. Überall um mich herum befanden sich Sterne, egal in welche Richtung ich blickte. Die Erde schien nicht mehr zu existieren. Mir wurde zunehmend kälter, was mich zu dem Schluss brachte, dass ich mich im Weltraum befinden musste. Auf einmal berührte mich etwas am Kopf. Ich konnte nicht erkennen, was es war. Kurze Zeit später spürte ich es erneut, dieses Mal stärker. Endlich gelang es mir, meine Augen zu öffnen. Tom lag auf meinem Rücken und klopfte mir mit der Hand gegen den Kopf. Wir rasten mit mindestens zweihundert Stundenkilometern schräg nach unten. Mittlerweile befanden wir uns nur noch wenige hundert Meter über dem Boden. Augenblicklich spannte ich die Flügel an, um den Sturz zu bremsen. Meine Muskeln schmerzten vor lauter Anstrengung und Muskelkater, als sich unsere Geschwindigkeit reduzierte. Kurz darauf konnte ich mich wieder in der Luft halten. Die Kälte brannte in meinen Flügeln und ich musste erneut viel Energie aufwenden, meinen Bruder und mich zu wärmen.

«Nicht einschlafen, Nils.», sagte Tom.

«Ja, ich weiss.»

Ich war sehr froh, dass er genau im richtigen Moment wieder zur Besinnung gekommen war. Ohne ihn wären wir höchstwahrscheinlich beide gestorben.

In der nächsten Stunde gelang es mir, wach zu bleiben, da mir der Schock von vorhin immer noch tief in den Knochen steckte. Inzwischen war mein Hals so trocken, dass ich mir wünschte, ich wäre noch auf Wolkenhöhe. Schliesslich würde ich erst zu Hause wieder etwas trinken können. Eine weitere Stunde später kamen endlich die Lichter von Zürich in Sicht. Mit neu entdeckter Stärke beschleunigte ich meinen Flug, um noch schneller anzukommen. Kurz vor meinem Zuhause glitt ich nach unten in Richtung Balkon. Da ich meinen Wohnungsschlüssel in Kiew gelassen hatte, blieb mir nichts anderes übrig, als einzubrechen. Kurz vor der Landung bremste ich ab, jedoch nicht ausreichend, was zu einem Absturz führte. Durch den Aufprall schoss erneut ein stechender Schmerz von meinem linken Vorderbein bis hoch zur Schulter. Ich liess mich davon jedoch nicht beirren. Stattdessen vergewisserte ich mich, dass Tom noch lebte. Sein Puls war derart schwach, dass ich ihn nur noch hören konnte, indem ich meinen Kopf direkt über sein Herz legte. Die Gliedmassen waren kaum wärmer als der Boden des Balkons. Mir blieb nicht mehr viel Zeit, ihm das Serum zu verabreichen.

Da ich wusste, dass meine Balkontür nicht sonderlich stabil war, stemmte ich mich von aussen dagegen, um sie aufzudrücken. Als nichts geschah, rammte ich sie mit meinem gesamten Körpergewicht. Ein lautes Knacken ertönte und die Balkontür sprang ruckartig auf, wodurch ich in die Wohnung stolperte. So schnell es ging, richtete ich mich wieder auf und rannte in mein Zimmer, um die Schachtel mit dem Serum aus meinem Schrank zu holen. Durch die Aufregung und meine Erschöpfung zitterte ich so sehr, dass ich den Griff der Schranktür erst beim dritten Versuch zu fassen bekam. Unbeholfen grapschte ich nach dem Serum, während ich das Holz im Inneren des Schrankes zerkratzte. Durch meine Nervosität liess ich die Schachtel zu Boden fallen, wobei der Deckel aufsprang. Die Spritze blieb glücklicherweise unbeschädigt. Nun versuchte ich mich zu beruhigen, um weniger stark zu zittern. Ich atmete tief ein und aus, während ich mir vorstellte, sanft durch die Wolken zu gleiten. Anschliessend konnte ich die Spritze aus der Schachtel nehmen, ohne sie fallenzulassen. Vorsichtig brachte ich sie nach draussen. Da ich nicht wusste, wie ich sie meinem Bruder verabreichen sollte, riss ich ihm den linken Armschutz seiner Rüstung herunter und rammte die Nadel geradewegs in seinen Oberarm. Vorsichtig drückte ich die Flüssigkeit aus der Spritze heraus. Nachdem ich ihm das gesamte Serum injiziert hatte, zog ich ihn in die Wohnung hinein und schloss die Balkontür. Der Schliessmechanismus schien noch zu funktionieren, wenn auch weniger zuverlässig. Nun legte ich Tom auf mein Bett, zog ihm seine Rüstung aus und deckte ihn zu. Besorgt betrachtete ich sein bleiches Gesicht. Ich war mir nicht sicher, ob das Serum wirkte, denn er war immer noch bewusstlos.

Erst nach einigen Minuten fiel mir ein, dass ich starken Durst hatte und vollständig erschöpft war. Deswegen ging ich in die Küche und trank direkt aus dem Wasserhahn. Kontinuierlich zitterte ich vor lauter Aufregung, wodurch das Wasser quer durch die Küche spritzte. Nachdem ich fertig getrunken hatte, wollte ich meine Sauerei aufwischen. Verwirrt stellte ich fest, dass überall in meiner Wohnung Blutstropfen verstreut waren. Ich entdeckte unzählige blutende Schusswunden, die ich mir während des Kampfes zugezogen hatte. Um die Blutungen zu stoppen, entfernte ich die Projektile, die noch zwischen den

Schuppen steckten, und wickelte anschliessend mehrere Tücher um meinen Körper herum. Als ich mir sicher war, dass ich nicht mehr stark blutete, liess ich mich erschöpft zu Boden fallen und schlief augenblicklich ein.

21

Drachenbrüder

Mit schmerzenden Gelenken erwachte ich auf dem harten Fussboden. Die Sonne schien bereits mitten in das Wohnzimmer hinein und füllte den Raum mit ihren goldenen Strahlen. Obwohl ich heute noch keinen Muskel bewegt hatte, war mir nicht kalt. Durch die eisige Kälte, in der ich die letzten Wochen verbracht hatte, war ich es mir bereits gewohnt, jeden Morgen zu frieren und mich anschliessend mit meinem Feuer aufzuwärmen. Nun war mir so warm, dass ich trotz meines verspannten Rückens einige Minuten liegenblieb und die Wärme genoss. Erst als mein Magen gierig zu knurren begann, stand ich auf. Ich wickelte mich aus den Tüchern heraus, die meine Wunden bedeckten, und vergewisserte mich, dass sie nicht mehr bluteten. Zu meinem Erstaunen waren fast keine Verletzungen mehr zu erkennen. Lediglich zwei Schnitte zwischen meinen Schuppen waren noch nicht ganz verheilt. Nachdem ich mich ausgiebig gestreckt hatte, lösten sich die Schmerzen in meinen Gelenken, die aufgrund der unbequemen Schlafposition entstanden waren. Leise, um keine für die Nachbarn hörbaren Geräusche zu erzeugen, schlich ich in die Küche. Ich nahm einige Scheiben Toastbrot aus dem Vorratsschrank und entschied mich dazu, sie mit dem Toaster anstelle meines Feuers zu rösten, um nicht versehentlich meine Wohnung abzufackeln. Anschliessend verzehrte ich sie mit meinem Lieblingsaufstrich und einem Glas Fruchtsaft.

Plötzlich fiel mir ein, weshalb ich in Zürich war und nicht mehr in der Ukraine. Mit schabenden Krallen eilte ich aus der Küche heraus zu Tom, der immer noch auf meinem Bett lag. Als ich ihn abdeckte, war ich für einen Augenblick schockiert. Gleich darauf beruhigte ich mich, da mir bewusst wurde, was vor sich ging. Tom hatte sich mittlerweile in einen Drachen verwandelt. Sein giftgrüner Echsenkopf ragte zwischen seinen halb zerrissenen Kleidern hervor. Obwohl ich nicht sonderlich leise gewesen war, schlief er noch tief und fest. Seinem ruhigen Atem nach zu schliessen, litt er unter keinen Schmerzen mehr.

Jetzt sind wir Drachenbrüder, dachte ich aufgeregt.

Ich wollte unbedingt wissen, ob all seine Verletzungen verheilt waren und wie er als Drache aussah. Deswegen schnitt ich ihn mit den Krallen aus seinen ohnehin zerrissenen Kleidern heraus und warf diese mitsamt der Decke beiseite. Nun betrachtete ich ihn von oben bis unten. Er sah von der Form und den Proportionen her identisch aus wie ich. Einzig seine Farbe und die Form der Zacken, die seinen Rücken bedeckten, waren unterschiedlich. Er war in allen möglichen Grüntönen gefärbt. Die Flügelinnenseiten hatten einen hellgrünen Farbton mit einem leichten Gelbstich, an seinem Kopf schimmerten die Schuppen zwischen giftgrün und smaragdgrün und an seinem Rücken bis hin zum Schwanz laubgrün. Die Krallen waren passenderweise dunkelgrün gefärbt. Wunden konnte ich an ihm keine mehr erkennen.

Weshalb heilt er so viel schneller als ich? Fragte ich mich voller Neid.

Ob seine Wundheilung immer so schnell war, wusste ich nicht. Vielleicht war es auch bloss ein einmaliger Effekt des Serums. Eine lange Zeit starrte ich meinen Bruder an und stellte mir vor, wie er reagieren würde, wenn er aufwachte. Je länger ich ihn betrachtete, desto mehr hatte ich das Bedürfnis, ihn wie ein Haustier zu streicheln. Schlafend sah er als Drache derart niedlich aus, dass ich dem Drang kaum widerstehen konnte.

Nein, ich werde ihn nicht streicheln, entschied ich.

Ich verliess das Zimmer und schloss die Tür hinter mir, um nicht erneut in Versuchung zu geraten. Seufzend liess ich mich auf meinem Sofa nieder und dachte über die Geschehnisse der letzten Wochen nach. Die Gefangenschaft und das Töten beschäftigten mich immer noch sehr. Obwohl ich versuchte, diese Gedanken zu verdrängen, kamen sie immer wieder zurück wie ein verfluchter Bumerang, den man niemals loswerden konnte, egal wie weit man ihn warf. Als sich mein Puls beschleunigte und ich aufgrund meiner Nervosität zu zittern begann, stand ich auf und setzte mich an meinen Computer, um mich abzulenken. Im Internet stiess ich zufälligerweise auf ein Video von mir. Ich musste schmunzeln, als ich darin einige Soldaten erkannte, die es kaum wagten, mich zu füttern. Noch interessanter waren jedoch die Kommentare der Zuschauer.

«Und da fragt man sich noch, weshalb Frauen eine höhere Lebenserwartung haben als Männer.», schrieb einer.

«Die sind echt mutig, einen wilden Drachen zu füttern.», schrieb jemand anderes.

Wie gebannt las ich einen Kommentar nach dem anderen. Ich musste unbedingt wissen, was die Menschen über mich dachten. Dabei stiess ich auf Kommentare wie «Kann mir mal einer verraten, woher dieser Drache plötzlich gekommen ist?», «Das ist Fake! Glaubt diesen Schwachsinn doch nicht.» oder «Ist es seltsam, dass ich mir einen Drachen als Haustier wünsche? Der hier ist so süss!».

Beim letzten Kommentar musste ich lachen. Dies verging jedoch, als ich die darauffolgende Bemerkung las:

«Dieses verfluchte Monster soll wieder in die Hölle verschwinden, aus der es gekommen ist!»

Dass einige diese Meinung sogar noch bestärkten, liess mich stutzen. Nach weiteren negativen Kommentaren schloss ich das Browserfenster und fragte mich, weshalb ich mich so sehr von der Meinung einzelner Personen beeinflussen liess. Diese Menschen wussten nicht mehr über mich, als sie in den Videos sehen konnten. Dennoch schrieben sie hasserfüllte Texte, als hätten sie Drachen studiert und bewiesen, dass sie bösartige Geschöpfe waren.

Wahrscheinlich sollte ich mir eine bessere Informationsquelle suchen als die Kommentare eines YouTube-Videos, dachte ich schliesslich.

Mit neuer Hoffnung auf gute Rückmeldungen sah ich mir eine Fernsehsendung über mich an, von der ich bis zu diesem Zeitpunkt nicht einmal wusste, dass sie existierte. Die Moderatorin befragte einen Zoologen, wie dieser mein Verhalten einschätzte.

«Das Verhalten dieses Drachen ist durchaus nicht mit den anderen Tieren zu vergleichen. Er scheint nicht auf Jagd aus zu sein, denn dafür greift er stets zu wählerisch an und in keinem Bericht wurde erwähnt, dass er jemals einen Menschen gefressen hatte. Stattdessen lässt er sich füttern, was für einen Fleischfresser sehr untypisch ist.», antwortete der Zoologe.

«Was denken Sie, weshalb der Drache ausgerechnet im Krieg gegen Russland kämpft?»

«Das ist nicht erwiesen. Ausserdem kann ich mir nicht vorstellen, dass er intelligent genug wäre, solch logische Entscheidungen zu treffen, geschweige denn sich für eine Seite zu entscheiden.»

Nicht intelligent genug? Na warte, dachte ich aufgebracht.

«Also glauben Sie nicht, dass er uns im Krieg unterstützt?»

«Nein, das glaube ich nicht. Denn was sollte ein Drache davon haben, sich an den Kriegen der Menschen zu beteiligen? Meines Erachtens war sein Handeln rein zufällig.»

Ich glaube, ich sollte diesem Zoologen 'rein zufällig' einen Besuch abstatten.

«Haben Sie eine Vermutung, woher dieses Wesen so plötzlich gekommen ist und weshalb wir bisher nichts Vergleichbares gesehen haben?»

«Um ehrlich zu sein, habe ich nicht die geringste Ahnung. Kein anderes Lebewesen auf diesem Planeten kann Feuer speien oder weist auch nur ansatzweise solch eine hohe Feuerresistenz auf. Es könnte sein, dass wir es hier mit einem ausserirdischen Wesen zu tun haben, was aus unbekannten Gründen auf der Erde gelandet ist. Oder es handelt sich um einen Dinosaurier, der es irgendwie geschafft hat, zu überleben. Vielleicht besassen einige dieser Urzeitwesen Fähigkeiten, die wir für undenkbar halten.»

«Interessant. Für mich klingt die Theorie mit den Dinosauriern am wahrscheinlichsten. Er sieht schliesslich beinahe aus wie einer. Nun kommen wir auch schon zu meiner letzten Frage: Denken Sie, dass dieser Drache eine Gefahr für uns ist?»

«Das kommt ganz darauf an, wie sich die Situation entwickelt. Bisher hat er sich freundlich gegenüber den Menschen gezeigt, die ihn nicht angegriffen haben. Wenn dies so bleibt, geht von ihm wahrscheinlich keine grosse Gefahr aus. Nichtsdestotrotz würde ich meinen Kindern verbieten, ihm zu nahe zu treten.», antwortete der Zoologe, wobei er bei seinem letzten Satz schmunzelte.

Wenigstens glaubt er nicht, dass ich Menschen fresse. Trotzdem scheinen sie noch unsicher zu sein. Ich sollte der Welt zeigen, dass von meinem Bruder und mir keine Gefahr ausgeht.

Bevor ich mir weiterhin darüber den Kopf zerbrechen konnte, fiel mir ein, dass ich meine Mutter besuchen musste. Schliesslich wusste sie nicht, ob wir noch lebten. Vermutlich hatte sie sogar die Nachricht erhalten, dass Tom von einem Panzer angeschossen worden war. Aufgrund meiner Verletzungen, die noch nicht vollständig verheilt waren, konnte ich mich nicht verwandeln, wodurch es mir nicht möglich war, das Haus durch die Tür zu verlassen, ohne als Drache gesehen zu werden. Aus diesem Grund verliess ich die Wohnung durch die Balkontür, wobei ich ebenfalls aufpassen musste, nicht entdeckt zu werden. Auf dem Spielplatz, der sich auf der Wiese unterhalb des Balkons befand, spielten einige Kinder auf einer Rutschbahn. Angespannt beobachtete ich sie durch das Geländer hindurch, bis ich mir sicher war, dass niemand in meine Richtung blickte. Leise wie eine Fledermaus sprang ich über das Balkongeländer, breitete meine Flügel aus und flog über den Spielplatz hinweg. Ununterbrochen starrte ich auf die Kinder herab, die mich durch ihr lautes Spiel nicht wahrnahmen, während ich es kaum wagte, meine Flügel zu bewegen. Erst als ich mich über dem benachbarten Haus befand, atmete ich erleichtert auf und beschleunigte meine Flügelschläge.

Um bei meiner Mutter ebenfalls nicht gesehen zu werden, konnte ich sie nicht zu Hause besuchen. Einen Treffpunkt zu vereinbaren, war auch nicht möglich, da sich mein Mobiltelefon immer noch in der Ukraine befand. Zum Glück wusste ich, dass sie um diese Uhrzeit meistens mit ihrem Hund unterwegs war. Deswegen flog ich über den Wald hinweg, der sich westlich von Zürich befand, während ich versuchte, ihren Geruch zwischen all den anderen Gerüchen des Waldes zu erkennen. Zum ersten Mal seit Wochen konnte ich das Fliegen wieder in vollen Zügen geniessen. So schnell ich konnte, flog ich knapp über die Baumwipfel hinweg und nahm die Kurven wesentlich enger, als es nötig gewesen wäre. Kurz darauf stieg ich einige Meter empor, um anschliessend in einem Sturzflug hinunterzurauschen. Im allerletzten Moment fing ich mich auf, wobei mein Schwanz eine Baumkrone streifte. Ich nutzte meine hohe Geschwindigkeit für einen Rückwärtssalto und schoss gleich darauf erneut über den Wald hinweg. Vor lauter Freude vergass ich all die schlimmen Erlebnisse in Kiew und ich fühlte mich so lebendig wie noch nie zuvor in meinem Leben. Grinsend und voller Adrenalin übte ich weitere waghalsige Flugmanöver, bis ich schlussendlich ausser Atem geriet und meine Flügelmuskeln vor Anstrengung zitterten.

Auf einmal witterte ich meine Mutter. Die Duftspur war schwach, jedoch stammte sie eindeutig von ihr. Sofort wendete ich und flog schnurstracks in die Richtung, aus der ihr Geruch stammte. Kurz darauf erblickte ich sie mit Paul an der Leine auf einem Waldweg. Zwei andere Personen, die ebenfalls mit ihrem Hund unterwegs waren, unterhielten sich mit ihr. Geduldig kreiste ich über ihnen, bis sie sich verabschiedet hatten. Als die Fremden nicht mehr zu sehen waren, glitt ich zwischen den Bäumen hindurch und landete auf dem Weg vor meiner Mutter. Paul, der durch mein plötzliches Erscheinen erschrak, bellte mich einmal kurz an. Einen Moment später erkannte er mich und zog meine Mutter schwanzwedelnd in meine Richtung. Sie schien sehr erfreut und zugleich erstaunt darüber zu sein, mich wiederzusehen.

«Hallo Mama.», begrüsste ich sie, bevor sie etwas sagen konnte.

«Ach Schatz, ich habe gehört, was euch in Kiew widerfahren ist. Geht es euch beiden gut? Und wo ist Tom?»

Ihr besorgter Gesichtsausdruck verriet mir, dass sie von Toms Verletzung wusste.

«Uns beiden geht es wieder gut. Ich habe Tom mit dem Serum geheilt, was ich von der KI erhalten hatte. Er ist jetzt auch ein Drache.», antwortete ich.

Meine Mutter umarmte mich mit Freudentränen in den Augen.

«Ihr seid einfach die besten!», sagte sie.

Nach einer Weile liess sie mich los und ich erklärte ihr bis ins Detail, was sich ereignet hatte. Lediglich die schlimmsten Szenen liess ich aus, da ich noch nicht dazu bereit war, meine grössten Sorgen zu teilen. Ausserdem wollte ich vermeiden, dass sie erfuhr, wie sehr ich physisch und psychisch gelitten hatte.

«Mir fällt gerade ein, dass ich kaum noch zu Essen bei mir habe, und mein Portemonnaie befindet sich momentan in Kiew. Ich kann mich auch noch nicht verwandeln, ohne meine Verletzungen zu verschlimmern. Könntest du für mich einkaufen gehen?», fragte ich sie, nachdem ich mit meiner Erzählung fertig war.

«Sicher kann ich das für dich machen. Du musst mir nur sagen, was du brauchst, und ich bringe es dir nach Hause.», antwortete sie.

«Danke. Das wäre sonst wirklich kompliziert geworden. Ich werde ...»

Mitten im Satz vernahm ich Schritte. Instinktiv sprang ich ins nächstgelegene Gebüsch und lauschte.

«Was ist los?», fragte sie.

«Jemand kommt.», entgegnete ich leise.

«Ich verstehe.»

Eine Minute später kam ein älterer Herr in Sicht. Meine Mutter wartete mit Paul neben dem Gebüsch, damit wir unser Gespräch baldmöglichst fortsetzen konnten. Es dauerte lange, bis der Spaziergänger endlich an uns vorbei war. Sie fror bereits vor Kälte, als ich mich nach einigen Minuten wieder aus dem Gebüsch wagte. Nun fragte sie mich, was ich ihr hatte erzählen wollen, bevor ich mich versteckt hatte. Da ich dies mittlerweile vergessen hatte, zählte ich ihr alle Lebensmittel auf, die ich für die nächsten Tage benötigte. Nachdem sich meine Mutter alles notiert hatte, verabschiedeten wir uns und ich flog zurück nach Hause.

Mitten im Flug kam mir eine Idee, wie ich das Vertrauen der Menschen in Zürich gewinnen konnte. Ich steuerte die Altstadt an und landete mitten auf dem Sechseläutenplatz, da sich dort die meisten Menschen befanden. Bereits während des Landeanflugs zeigten einige Passanten in meine Richtung. Deren Gesichter konnte ich nicht erkennen, da ich zu sehr mit einer sanften Landung beschäftigt war, ohne jemandem in die Quere zu kommen, was auf diesem überfüllten Platz alles andere als leicht war. Sobald ich den Boden berührte, wichen die Menschen in meiner nahen Umgebung einige Schritte verängstigt zurück. Nun setzte ich mich hin und sah niemanden direkt an, um ihnen keinen weiteren Grund zur Furcht zu geben. Bereits wenige Sekunden später senkten sich ihre aufgeregten Stimmen und sie gingen unbeirrt weiter. Viele von ihnen zückten ihre Mobiltelefone und schossen Fotos von mir. Obwohl ich bereits ähnliche Situationen in der Ukraine erlebt hatte, war ich sehr nervös. Ich wagte es kaum, mich zu bewegen, da dutzende Menschen jede meiner Schuppen misstrauisch betrachteten. Nach wenigen Minuten begann ich, ihre Blicke zu ignorieren. Langsam konnte ich mich entspannen, indem ich mich in den festgetretenen Schnee legte. Den Kopf liess ich erhoben, um mein Umfeld besser überwachen zu können.

Mit der Zeit entspannten sich die Passanten ebenfalls. Sie nahmen weniger Abstand und einige von ihnen hielten ihre Hand vor meine Schnauze, um mich anschliessend berühren zu können. Obwohl ich die Berührungen immer noch nicht mochte, liess ich sie über mich ergehen.

«Darf ich ihn streicheln?», fragte ein kleiner Junge seine Mutter.

«Nein, halt bloss Abstand von diesem Tier!», antwortete sie und zerrte ihren Sohn von mir weg.

Passives Verhalten hilft leider nicht gegen Übervorsichtigkeit, dachte ich.

Um Eltern umzustimmen, die ihre Kinder nicht zu mir lassen wollten, musste ich noch einiges an Geduld aufbringen. Vier Jugendliche näherten sich, während einer von ihnen mit seinem Mobiltelefon filmte. Sie schienen eine Mutprobe machen zu wollen.

«Ich wette, dass du es nicht wagst, ihm deine Bierdose auf den Kopf zu stellen.»

«Auf was wetten wir?»

«Keine Ahnung.»

«Es muss schon etwas dafür rausspringen, sonst mach ich's nicht.»

«Dann sagen wir zwanzig Franken.»

«Machen wir fünfzig, okay?»

«In Ordnung. Aber die Flasche muss von allein auf seinem Kopf stehenbleiben.»

«Nimmst du auf, Kevin?», fragte der junge Mann einen seiner anderen Kollegen.

«Sicher.», antwortete dieser.

«Dann schaut mal alle her.»

Mit diesen Worten kam er auf mich zu und stellte seine Bierdose auf meinem Kopf ab, als wäre ich ein harmloses Tier, was alles zu erdulden hatte.

Der könnte seinen Übermut irgendwann noch bereuen. Heute lasse ich es jedoch zu, um nicht das Vertrauen der anderen Menschen zu verlieren, dachte ich, als er die Dose vorsichtig losliess.

Sie blieb tatsächlich auf meinem Kopf stehen, ohne umzukippen. Nun trat er zwei Schritte zurück, damit Kevin sein Video machen konnte. Mein Anblick schien die Jugendlichen zu belustigen, denn sie lachten und tauschten Scherze aus, während sie die Dose auf meinem Kopf nicht aus den Augen liessen.

Jetzt komme ich zum Zug, dachte ich voller Schadenfreude, als sich der junge Mann schliesslich sein Getränk zurückholen wollte.

Gerade als er seine Hand danach ausstreckte, stiess ich die Dose mit meinem rechten Vorderbein um, sodass der Inhalt gegen sein Hosenbein spritzte. Seine Kumpel brachen in Gelächter aus und konnten es kaum fassen, alles aufgenommen zu haben. Selbst ich musste bei diesem Anblick schmunzeln. Nur der Mann mit der schmutzigen Hose blickte grimmig drein. Während seine Kollegen ihn auslachten, forderte er die fünfzig Franken ein und stapfte wütend davon.

In der nächsten Stunde geschah nichts Aussergewöhnliches mehr. Tausende Menschen kamen und gingen, während ich fast durchgehend von irgendjemandem gestreichelt wurde. Mittlerweile machte es mir fast nichts mehr aus. Die Kirchenglocken läuteten und ich machte mich auf den Weg nach Hause, da es bereits drei Uhr nachmittags war. Meine Entscheidung, zurückzufliegen, kam gerade zur rechten Zeit, denn aus einem Transporter stiegen mehrere Personen mit Betäubungsgewehren aus. Anscheinend wollten sie mich aus welchem Grund auch immer gefangennehmen.

Genau deswegen brauche ich das Vertrauen der Menschen, dachte ich während des Fluges.

Als ich über den Spielplatz hinweg zu meinem Balkon flog, sah erneut keines der Kinder nach oben, da ich lautlos durch die Luft glitt. Erst als ich mit den Krallen gegen den Steinboden stiess, blickte jemand in meine Richtung, der mich durch das Geländer hindurch jedoch nicht sehen konnte. Leise öffnete ich die Balkontür, die ich bei meiner Abreise nicht verschlossen hatte, und trat ein. Aus meinem Zimmer waren immer noch keine Geräusche zu vernehmen. Als ich die Tür öffnete, schlief Tom noch in derselben Position wie bereits am Morgen.

Wie lange schläft der denn bitte? So erschöpft kann man doch überhaupt nicht sein.

Ich setzte mich auf mein Sofa und las in einem der Bücher, die ich auf meinen Geburtstag erhalten hatte. Ungefähr zwei Stunden später klingelte es an der Tür. Meine Mutter brachte mir die Lebensmittel, die ich für die nächsten Tage benötigte. Nachdem ich die Einkaufstaschen ausgeräumt hatte, betrat ich mein Schlafzimmer und setzte mich neben meine Mutter, die Tom liebevoll streichelte. Sie schien ausserordentlich froh darüber zu sein, ihn nicht verloren zu haben. Währenddessen schlief Tom seelenruhig in meinem Bett und schien überhaupt nicht zu bemerken, was in diesem Augenblick geschah.

Später am Abend, nachdem meine Mutter mehrere Stunden neben Tom gesessen hatte, bevor sie nach Hause gegangen war, bereitete ich mir mein Essen zu und ass anschliessend vor dem Fernseher. Als ich mich schlafen legte, war Tom immer noch nicht aufgewacht. Langsam zweifelte ich an der Wirkung des Serums. Ich war mir nicht mehr sicher, ob er sich jemals vollständig erholen würde, selbst wenn die äusserlichen Verletzungen verheilt waren.

Mit rasendem Puls erwachte ich aus einem der vielen Albträume, die mich diese Nacht heimgesucht hatten. Erleichtert stellte ich fest, dass die Sonne bereits aufgegangen war und ich aufstehen konnte. Da mein Bruder immer noch in meinem Bett schlief, hatte ich auf dem Sofa übernachtet. Leise öffnete ich die Schlafzimmertür, um nach ihm zu sehen. Nun lag er in einer anderen Position wie gestern und seine Muskeln zuckten, während er träumte.

Geträumt hat er gestern noch nicht. Wahrscheinlich ist das ein gutes Zeichen, dachte ich hoffnungsvoll.

Ich öffnete das Fenster, um die stickige Luft herauszulassen, und bereitete mir anschliessend mein Frühstück zu. Als ich es nach dem Essen wieder schloss, wurde der Traum meines Bruders wilder. Sein Atem beschleunigte sich und das Zucken ging in ein Strampeln über. Nachdem ich ihn für einige Sekunden beobachtet hatte, ging ich auf ihn zu und strich mit meinem rechten Vorderbein über seinen Oberkörper, um ihn zu beruhigen. Dabei kratzten meine Klauen über seine rauen Schuppen, was bestimmt unangenehm sein musste. Ich verwandelte meine rechte Hand und streichelte ihn erneut. Durch die Wärme, die von seinen Schuppen ausging, fühlten sie sich lebendiger an, als ich angenommen hatte. Erstaunt über die absolute Perfektion, in der sie angeordnet waren, massierte ich seinen Rücken, wobei er sich augenblicklich entspannte. Sein Atem ging regelmässiger und das unkontrollierte Zucken stellte sich ein. Mit einem tiefen

Seufzer versank er erneut in einen erholsamen Schlaf. Ich strich ihm über seine Flügel und anschliessend auch seinen Kopf, da ich dem Drang nicht mehr widerstehen konnte, ihn wie ein Haustier zu streicheln. Es wurde so still in meinem Zimmer, dass ich den Schnee hören konnte, der draussen von einem Ast zu Boden rieselte. Ebenso wie die Heizungspumpe, die sich im Keller befand, und das Rauschen einer Wasserleitung in der Wand. Selbst weit entfernte Stimmen waren zu hören, von denen ich nicht erkennen konnte, woher sie stammten. Eine davon klang identisch zu meiner. Obwohl ich mich darauf konzentrierte, verstand ich kein Wort. Leise verliess ich das Zimmer, um die Geräuschquelle ausfindig zu machen, jedoch verstummten die Stimmen genau in diesem Moment.

Mich hätte es interessiert, wer solch eine ähnliche Stimme hat, dachte ich enttäuscht.

Erneut durchforstete ich das Internet nach neuen Videos oder Berichten über mich, denn die Meinungen der anderen Menschen interessierten mich brennend. Bereits nach wenigen Minuten stiess ich auf einen kürzlich verfassten Zeitungsartikel, der meinem gestrigen Besuch des Sechseläutenplatzes gewidmet war.

«Der Drache liess sich streicheln und verhielt sich allen Menschen gegenüber passiv, bis eine kürzlich gegründete Organisation namens 'Drachenschutzgesellschaft' (kurz DrSG) aufgetaucht ist. Hierbei handelt es sich nicht um Tierschützer, wie sie es der Öffentlichkeit stets mitteilen, sondern vielmehr um ein Forschungsinstitut, was um jeden Preis Versuche an lebenden Drachen durchführen möchte. Glücklicherweise entwischte der Drache im letzten Augenblick, bevor die DrSG eintraf.», schrieb eine Journalistin.

Dieser Zeitungsartikel weckte mein Interesse an der Drachenschutzgesellschaft. Nach einer kurzen Recherche fand ich weitere Zeitungsartikel und Reportagen über dieses Thema. Die DrSG wurde vom Staat ins Leben gerufen, um mehr über mich herauszufinden. Nun war sie ein Forschungsinstitut, was laut eigener Aussage 'das Wohl des Drachen schützt', indem es durch Versuche herausfinden wollte, wie der natürliche Lebensraum eines Drachen aussah, um ihn anschliessend richtig behandeln zu können. Aussenstehende hatten inzwischen aufgedeckt, dass statt des Tierwohls Profit an vorderster Stelle stand. Die DrSG erhoffte sich neue Erkenntnisse zur Energiegewinnung durch ihre Versuche. Ebenfalls waren sie an der Entwicklung von Waffen interessiert, die mit Energie anstelle von Projektilen schossen.

Es ist wohl am besten, wenn ich mich von dieser Drachenschutzgesellschaft fernhalte, dachte ich, froh darüber, nicht erwischt worden zu sein.

Während meiner Recherche vernahm ich plötzlich ein lautes Schnarchen aus meinem Zimmer. Schmunzelnd versuchte ich, es zu ignorieren. Da es jedoch nach einer Viertelstunde kein bisschen leiser geworden war, ging ich erneut in mein Zimmer. Tom lag mit leicht geöffnetem Maul auf dem Rücken und schnarchte so laut, dass es die Nachbarn mit Sicherheit ebenfalls hörten.

Jetzt sei doch mal still, dachte ich genervt und amüsiert zugleich.

Wie sollte ich mich auf meine Recherche konzentrieren, wenn mein Bruder Geräusche von sich gab, als würde er Holz sägen?

«Wach auf, Tom. Es ist Zeit, aufzustehen.», sagte ich leise, um ihn zu wecken.

Sein Schnarchen setzte sich fort.

«Was bist du bloss für ein Faulpelz? Wach auf!»

Ich versuchte, ihn wachzurütteln, jedoch ohne Erfolg. Unbeirrt schnarchte er weiter, als würde er noch für alle Zeiten weiterschlafen wollen. Nun kam mir eine Idee, wie ich ihn wecken konnte. In der Küche füllte ich ein Glas mit Wasser und brachte es zu meinem Bruder. Vor Schadenfreude grinsend schüttete ich einen Tropfen nach dem anderen in sein Maul, bis er zu husten begann und reflexartig schluckte.

Endlich konnte ich mich für den Wassereimer revanchieren, mit dem er mich im Armeelager geweckt hat, dachte ich.

«Guten Morgen, du verschlafener Grashüpfer.», begrüsste ich ihn, nachdem er verwirrt die hellgrün leuchtenden Augen geöffnet hatte.

Seine schlitzförmigen Pupillen verengten sich sofort, als sie auf das Tageslicht reagierten. Erstaunt sah er sich um und betrachtete seinen neuen Körper, während ich geduldig darauf wartete, dass er antwortete. Nun starrte er geistesabwesend in meinem Zimmer umher und schien immer noch nicht zu begreifen, was geschehen war.

Erst nach einigen Minuten sah er mir in die Augen und fragte: «Was ist passiert?».

«Ich habe dir das Serum verabreicht und du hast dich in einen Drachen verwandelt, nachdem du ungefähr vierzig Stunden ununterbrochen geschlafen hast.», antwortete ich.

Bei meinen ersten Worten zuckte er zusammen, als hätte ich ihn urplötzlich angeschrien.

«Es ist alles so anders. Die Geräusche sind viel lauter und intensiver, mein Körper fühlt sich seltsam an und ich sehe jedes noch so kleine Detail. Ich bin gerade ein wenig überfordert.»

«Das ist normal als Drache. Warte erstmal, bis du in eine Menschenmenge gerätst. Durch die tausenden Düfte und Geräusche wird einem ganz Sturm im Kopf.»

«Ich sehe tatsächlich aus wie ein Grashüpfer in diesem Grün.», sagte Tom, als hätte er meine Erklärung nicht wahrgenommen.

«Denkst du, dass dein Feuer ebenfalls grün ist wie der Rest an dir?», fragte ich ihn.

Er sah mich mit grossen Augen an.

«Stimmt. Ich kann jetzt Feuer speien, fliegen und alles andere, was du kannst! Hoffentlich sind meine Flammen grün. Das würde viel besser zu meinem Aussehen passen als dein orangerotes Feuer.», entgegnete er begeistert, als würde er am liebsten gleich aufspringen und all seine neuen Fähigkeiten ausprobieren.

«Soll ich dir etwas zu Essen machen, während du dich an deinen neuen Körper gewöhnst?»

Als ich ihm diese Frage stellte, hielt gerade ein Müllentsorgungsfahrzeug neben dem Haus an. Die Angestellten rollten vier Container auf die Strasse, um sie anschliessend zu entleeren. Die dabei entstandenen Erschütterungen liessen den Boden vibrieren. Tom blickte verwirrt umher, als hätte er noch nie eine Müllabfuhr miterlebt.

«Kannst du deine Frage bitte erneut stellen? Ich habe dich nicht verstanden.», sagte er schliesslich.

«Soll ich dir etwas zu Essen machen?»

Wieder schien er mich nicht verstanden zu haben.

«Wegen diesem Lärm verstehe ich kein Wort.»

«So laut ist das doch gar nicht.», erwiderte ich, nachdem das Müllentsorgungsfahrzeug verschwunden war.

«Trotzdem habe ich nichts verstanden. Du warst kaum lauter als die Müllabfuhr und ich konnte mich nicht auf deine Stimme konzentrieren.»

«Also konntest du die Nebengeräusche nicht herausfiltern?»

«Nein, anscheinend nicht. Kannst du das als Drache?»

«Nein, ich kann das wegen dem Asperger-Syndrom weder als Drache noch als Mensch. Aber ich hätte nicht erwartet, dass du nun dieselbe Wahrnehmung hast wie ich.»

«Bedeutet das, dass du alle Geräusche jederzeit so wahrnimmst?»

«Genau. Weshalb dachtest du denn, dass ich oft kein Wort verstehen kann, wenn jemand in einer lauten Umgebung zu mir spricht?»

«Ich dachte, du würdest einfach schlecht hören.»

«Dann weisst du es jetzt besser.», sagte ich schmunzelnd.

Ich war froh, dass er mir nun endlich nachfühlen konnte.

«Wie hältst du das überhaupt aus, wenn du alles ungefiltert wahrnimmst?»

«Indem ich alle Geräusche ausblende, wenn es mir zu viel wird. Das musste ich bereits als Kind lernen, um im Kindergarten nicht meinen Verstand zu verlieren. Der Nachteil besteht darin, dass ich währenddessen nichts mehr hören kann, selbst wenn mich jemand direkt anspricht.»

Tom warf mir einen mitfühlenden Blick zu.

«Das muss die Hölle gewesen sein bei dem ständigen Geschrei der Kinder. Apropos Kinder, können diese Bengel auf dem Spielplatz endlich Ruhe geben? Ich kann meine eigenen Gedanken nicht mehr verstehen!»

«Daran musst du dich leider gewöhnen.»

Als nun auch noch eine laute Unterhaltung im Treppenhaus stattfand, vergrub Tom seinen Kopf in der Decke und murmelte verzweifelt, es solle endlich aufhören. Um ihm Abhilfe zu verschaffen, brachte ich ihm meine Kopfhörer mit aktiver Geräuschunterdrückung.

«Setz die auf. Dann hörst du die Nebengeräusche kaum noch.»

Er tat wie geheissen und bedankte sich anschliessend. In seinem Blick spiegelte sich Erleichterung wider.

«Kannst du mir Essen machen? Ich verhungere gleich.», fragte mich Tom schliesslich.

«Ja, das mache ich für dich, du geflügeltes Faultier.»

Er schien meine freche Bemerkung überhört zu haben.

«Diese Kopfhörer helfen tatsächlich sehr. Trotz der Geräuschunterdrückung kann ich dich verstehen und die Nebengeräusche werden herausgefiltert.»

Zufrieden, dass ich ihm helfen konnte, verliess ich das Zimmer und bereitete uns beiden ein reichhaltiges Mittagessen zu.

«Das Essen ist fertig!», rief ich Tom entgegen, der bereits seit über einer halben Stunde das Badezimmer besetzte.

«Ich komme gleich.», antwortete er kurz darauf.

Als er sich wenige Minuten später zu mir setzen wollte, kippte sein Stuhl um.

«Genau dasselbe ist mir am ersten Tag ebenfalls passiert.»

Die Tollpatschigkeit meines Bruders amüsierte mich bereits, seitdem er aus dem Bett gestiegen war. Schmunzelnd half ich ihm, den Stuhl wieder auf die Beine zu stellen.

«Der Stuhl ist unbequem.», sagte er schliesslich, nachdem er sich erfolgreich gesetzt hatte.

«Ich weiss. Wir bräuchten speziell für uns entwickelte Stühle. Vorerst müssen wir uns aber mit dieser unbequemen Sitzposition zufriedengeben.»

Nun begannen wir mit unserer Mahlzeit. Tom nahm zögernd sein Glas zwischen die Klauen, wobei es augenblicklich wieder nach unten rutschte, als er es hochheben wollte.

«Du musst es von unten mit einer Kralle abstützen.», erklärte ich.

Er versuchte es erneut und mithilfe meines Tipps gelang es ihm, das Glas festzuhalten. Höchstwahrscheinlich wäre er bald von sich aus auf diese Idee gekommen, jedoch wollte ich vermeiden, dass er mein Glas versehentlich beschädigte.

«Und wie kann ich jetzt trinken?», fragte er verunsichert.

Ich machte es ihm vor, indem ich mein Getränk schwungvoll aus dem Glas in mein Maul schüttete. Bei seinem Versuch war er zu zaghaft, wodurch das Wasser am Glasrand entlang nach unten floss. Schnaubend stellte er sein Glas ab und wischte das verschüttete Getränk auf. Seinem Gesichtsausdruck nach zu urteilen, nervte ihn seine Ungeschicktheit. Es konnte jedoch auch sein, dass ich seine Gefühle falsch interpretiert hatte, da sich die Mimik eines Drachen gegenüber der eines Menschen unterschied. Nach diesem einen Missgeschick verlief unser Essen ohne weitere Zwischenfälle.

22

Fähigkeiten

Am frühen Nachmittag machten wir es uns auf dem Sofa bequem.

«Weshalb kann ich meine Flügel nicht bewegen?», fragte Tom, der seine Schwingen bereits seit dem Aufstehen schlaff herunterhängen liess.

«Du musst zuerst lernen, die neuen Muskeln einzusetzen. Am besten fängst du gleich damit an.»

«Dauert das lange?»

«Das kann ich dir nicht genau beantworten. Es kommt darauf an, wie sehr du dich bemühst. Bei mir hat es nur wenige Tage gedauert, bis ich fliegen konnte. Trotzdem hat es sich dann noch völlig fremd angefühlt.»

Eifrig begann er mit seinem Flügeltraining, wie ich vor einigen Wochen. Er konnte es nicht auf sich sitzen lassen, seine neuen Gliedmassen nicht bewegen zu können. Bereits nach wenigen Minuten konnte er beide Flügel leicht anziehen und wieder entspannen. Währenddessen erklärte ich Tom, was er sich vorstellen musste, um eine Verwandlung einzuleiten. Ich wollte ihm unbedingt alles schnellstmöglich beibringen.

«Kannst du mich bitte in Ruhe üben lassen? Ich kann mich nicht konzentrieren, wenn du andauernd sprichst. All diese Geräusche von draussen sind mir Ablenkung genug.», sagte er schliesslich.

«Entschuldigung. Ich kann es nur kaum erwarten, meine Erfahrungen mit dir zu teilen.»

Dass ich am liebsten gleich mit ihm durch die Wolken geflogen wäre, verschwieg ich ihm.

Abends wurde Tom stetig angespannter. Den ganzen Tag zu Hause zu bleiben, machte ihn nervös. Als er schliesslich kaum noch stillsitzen konnte, fragte ich ihn, ob er mich bei einem Waldspaziergang begleiten wollte.

«Eigentlich schon. Aber ich weiss nicht, ob das möglich ist. Ich kann mich noch nicht verwandeln.»

«Ich auch nicht wegen meinen Verletzungen, die zuerst vollständig verheilen müssen.»

«Du bist doch gar nicht mehr verletzt.»

Tom hatte grösstenteils recht, was meine Verletzungen anbelangte. Selbst die vernarbten Stellen meiner Flügel waren inzwischen vollständig verheilt, was als Mensch nicht möglich gewesen wäre. Lediglich mein gebrochenes Bein war noch nicht gesund.

«Doch. Mein linkes Vorderbein schmerzte noch vorgestern.», entgegnete ich.

«Und wie sollen wir dann ungesehen in den Wald kommen?»

«Ich könnte dich tragen.», antwortete ich mit einem Grinsen.

Tom schien nicht gerade begeistert zu sein von meiner Idee.

«Wäre es nicht besser, wenn wir noch ein wenig abwarten, bis ich mich verwandeln kann?»

«Nein, denn du bist jetzt nicht schwerer als zuvor.»

«Es ist nicht wegen dem. Was, wenn wir abstürzen?»

«Hast du etwa Angst davor?»

«Ich möchte lieber kein Risiko eingehen.», entgegnete er nach einer kurzen Pause.

«Es wird bestimmt nichts schiefgehen. Ich kann dir genau zeigen, wie du dich festhalten musst. Ausserdem werde ich keine Ruhe geben, bis du mitkommst.»

Nun gab er sich geschlagen und willigte ein, mit mir in den Wald zu fliegen. Wir verliessen die Wohnung durch die Balkontür und ich legte mich auf den kalten Boden, sodass Tom aufsteigen konnte.

«Leg dich einfach genauso hin wie ich, nur leicht nach vorne versetzt, damit du dich mit allen vier Beinen festhalten kannst. Die Flügel solltest du währenddessen anziehen.», erklärte ich.

«Ich werde es versuchen.»

Er war immer noch sehr unsicher in seinen Bewegungen. Als er endlich in der richtigen Position auf meinem Rücken lag, hielt er sich zitternd fest, wobei meine Stacheln ein kratzendes Geräusch auf seinen Schuppen erzeugten. Ob er vor Kälte oder Aufregung zitterte, konnte ich nicht feststellen. Langsam zog er seine Flügel an, wodurch er mir mehr Bewegungsfreiheit bot. Gleichzeitig richtete ich mich auf und machte mich flugbereit.

«Können wir loslegen?», fragte ich voller Vorfreude.

«Ähm… Ich weiss nicht so recht. Es fühlt sich unsicher an.»

«Das passt schon. Schliesslich bist du als Mensch bereits mit mir geflogen.», sagte ich und kletterte währenddessen über das Balkongeländer.

Meine Flügel halfen mir dabei, die Balance zu halten. Mit aller Kraft schwang ich mich mit Tom in die Höhe, ohne darauf achten zu müssen, ob uns jemand sah, denn es war inzwischen stockdunkel. Augenblicklich überwältigte mich das befreiende Gefühl des Fliegens. Obwohl ich es mir nicht eingestehen wollte, war mir das Wohlbefinden meines Bruders in diesem Moment gleichgültig. Wieder die kalte Luft an meinen Schwingen vorbeifliessen zu fühlen, liess mich all meine Sorgen vergessen. Erst als mir eine von Toms Klauen schmerzhaft in die Brust stiess, wurde mir seine Anwesenheit aufs Neue bewusst.

«So sehr musst du dich auch nicht festhalten. Entspann dich einfach. Fallen lassen werde ich dich ganz bestimmt nicht.»

«Ich rutsche ab, wenn ich mich entspanne.»

«Das glaube ich nicht. Es fühlt sich nur so an wegen den harten Schuppen. Du hältst dich schliesslich vor und hinter meinen Flügeln fest. Dadurch kannst du nicht nach hinten rutschen.»

Trotz meinen Erklärungsversuchen lockerte er seinen Griff nicht. Als ich kurz darauf nach unten in Richtung Wald segelte, verkrampfte er sich sogar noch mehr.

Ich muss ihn irgendwie dazu bringen, sich zu entspannen. Sonst schnürt er mir noch das Blut ab, dachte ich.

Nun erhitzte ich die Luft in meinen Lungen, wie ich es während unseres ersten gemeinsamen Fluges getan hatte, mit dem Unterschied, dass ich dieses Mal wesentlich mehr Energie einsetzte. Innerhalb kürzester Zeit wurde mein Körper heiss genug, um Wasser augenblicklich verdampfen zu lassen. Die Hitze breitete sich auch zu Tom aus, der mich daraufhin fragte, weshalb es auf einmal so heiss wurde. Antworten konnte ich ihm nicht, ohne die Energie aus meinen Lungen entweichen zu lassen. Nachdem sich die Hitze vollständig ausgebreitet hatte, entspannte er sich endlich.

«Fühlt es sich gut an?», fragte ich, während mein Atem Dampfwolken erzeugte.

«Und wie. Es ist besser als jede Massage.»

Entspannt glitten wir über die Bäume hinweg auf eine Lichtung zu. Ich bremste ab und landete, so sanft es mir möglich war.

«Hat dir der Flug gefallen?», fragte ich ihn neugierig.

«Ja, schlussendlich schon. Es war schön, so entspannt durch die Luft segeln zu können.»

Erfreut darüber, dass ihm das Fliegen nicht missfallen war, ging ich voraus in den Wald.

Um diese Jahreszeit war der Wald wunderschön. Überall reflektierte der Schnee das helle Mondlicht, wodurch der Boden wie ein Sternenhimmel glitzerte. Nicht die leichteste Brise wehte uns entgegen. Keine Tiere waren zu hören und niemand sonst befand sich in der Nähe. Dadurch war alles mucksmäuschenstill. Nur die Autos aus der Stadt gaben ein gleichmässiges Rauschen von sich. Gemeinsam stapften wir durch den mittlerweile kniehohen Pulverschnee. Zuerst gemütlich, dann jedoch immer schneller. Schlussendlich jagten wir uns gegenseitig durch den Wald, bis wir beide vollständig ausser Puste waren, wodurch wir eine Pause einlegen mussten. Währenddessen warf ich meinem Bruder eine Ladung Schnee ins Gesicht. Er schaufelte mir daraufhin mit seinen Klauen ebenfalls Schnee entgegen. Als Antwort stiess ich ihn um, wobei er mich mit in den Schnee zog. Gemeinsam wälzten wir uns darin und versuchten, den jeweils anderen mit Schnee zu bedecken. Irgendwann liess ich mich von Tom zuschütten und grub mich anschliessend noch tiefer ein. Der Pulverschnee war so weich, dass man darin beinahe wie in Wasser schwimmen konnte. Als ich mir sicher war, dass Tom nicht mehr wusste, wo ich mich befand, hielt ich den Atem an und bewegte keinen Muskel mehr. Über mir hörte und spürte ich die Schritte meines Bruders. Er hielt einen Moment inne und schnupperte am Schnee.

Sehr gut, du verwendest deine neuen Fähigkeiten, um mich zu finden, dachte ich stolz.

Nach nur wenigen Sekunden stand er direkt über mir. In diesem Augenblick sprang ich aus dem Schnee heraus, packte ihn und stiess ihn rücklings zu Boden.

«Hab ich dich!», sagte ich grinsend.

Tom musste nun ebenfalls lachen.

«Ohne dass ich dich kennen würde, hätte mich das wahrscheinlich zu Tode erschreckt, wenn urplötzlich ein Drache aus dem Schnee geschossen kommt.»

«Das kann ich mir gut vorstellen.»

«Können wir uns auf den Weg nach Hause machen? Der heutige Tag war sehr ermüdend.»

«Das ist eine gute Idee. Ist dir eigentlich kalt wegen dem Schnee oder geht es?»

«Ein wenig kühl ist es schon. Aber es ist nicht schlimm.»

Ohne Vorwarnung stiess ich einen blendend hellen Feuerstrahl aus, der den Schnee auf seinen Schuppen augenblicklich verdampfen liess.

«Jetzt hast du meine Augen geblendet. Und ich bin nass.», meckerte Tom.

«Dafür ist dir nicht mehr kalt.», entgegnete ich grinsend, da ich genau wusste, dass ihm das Feuer ebenso wenig ausmachte wie mir.

Meine Freude verging bereits kurze Zeit später, als ich erkannte, dass ihm der Feuerstoss im Gegensatz zu mir keinen Spass bereitet hatte.

«Kann es sein, dass du ein wenig überdreht bist?»

«Nein, ich wollte nur irgendwann mal einen Grund finden, Feuer zu speien. Es macht mir nun mal Spass.»

Gleichzeitig wusste ich jedoch, dass Tom recht hatte. Es wäre nicht nötig gewesen, den Schnee mithilfe eines Feuerstrahls zu schmelzen. Ausserdem hätte ich versehentlich einen Waldbrand auslösen können. Ich atmete einmal tief durch und liess meine Aufregung verblassen.

«Komm, wir fliegen zurück nach Hause.», schlug ich anschliessend vor.

Tom klammerte sich erneut an mir fest, damit wir abheben konnten. Dieses Mal entspannte er sich wesentlich schneller, wodurch der Flug angenehmer war. Nachdem wir zu Hause angekommen waren, assen wir noch etwas und legten uns daraufhin schlafen. Kurz bevor mir die Augen zufielen, kam mir eine Idee, wie ich Tom seine Verwandlung erleichtern konnte. Zufrieden übermannte mich der Schlaf und ich versank in aufregende Träume über Verfolgungsjagden im schneebedeckten Wald.

«Irgendwann binde ich dir deine Schnauze zu, wenn du weiterhin so laut schnarchst.», sagte ich am nächsten Morgen.

«Übertreib doch nicht. Es kann unmöglich so laut gewesen sein, dass du nicht schlafen konntest. Immerhin übernachten wir nicht im selben Zimmer.»

«Das sagt der, der mich gestern wegen der Müllabfuhr nicht verstehen konnte.»

«Ich bin auch nicht autistisch und schon seit meiner Geburt an all die ungefilterten Geräusche gewohnt.»

Ich unterdrückte den Drang, seine Bemerkung zu kommentieren, und erklärte ihm stattdessen meine Idee, ihn bei seiner Verwandlung zu unterstützen.

«Wenn das funktioniert, wäre ich sehr erleichtert. Ich kann es kaum erwarten, wieder ein Mensch zu sein und endlich nicht mehr alles gleichzeitig wahrzunehmen. Gestern hat mich das bereits stark erschöpft.», entgegnete er hoffnungsvoll.

«Zuerst muss ich dir aber Kleider aus deiner Wohnung besorgen.»

«Stimmt. Ich gebe dir den Schlüssel dazu. Er ist an meiner Hose befestigt, die du vorgestern zerrissen hast. Kannst du dich denn wieder verwandeln?»

«Ich werde es einfach mal versuchen. Selbst bei der gestrigen Schneeschlacht habe ich keine Schmerzen mehr verspürt. Übrigens habe nicht ich deine Hose zerrissen, sondern du während deiner ersten Verwandlung.»

Ich ging in mein Zimmer und konzentrierte mich auf meine Gedanken an Eis. Seit Wochen war ich kein Mensch mehr gewesen. Nachdem sich meine Sinne gewandelt hatten und das Kribbeln verebbt war, fühlte es sich unnatürlich an. Vom Gefühl in meinen Fingern bis hin zur Tatsache, dass ich keine Flügel und keinen Drachenschwanz mehr besass, hatte sich meine Wahrnehmung verändert. Vorsichtig zog ich mir Kleider an, wobei sich jeder Handgriff falsch anfühlte. Als ich aufstand, wurde mir schwindelig. Ich setzte mich für einige Minuten hin und wartete, bis das Schwindelgefühl verschwunden war.

«Alles in Ordnung bei dir?», fragte Tom durch die Zimmertür hindurch.

Seine Stimme klang gedämpft, sodass ich ihn kaum verstehen konnte.

«Ja. Ich muss mich nur wieder daran gewöhnen, ein Mensch zu sein.», antwortete ich.

Selbst das Sprechen fühlte sich seltsam an. Auf allen Vieren kroch ich zur Tür, bis mir auffiel, dass ich stattdessen auf zwei Beinen gehen sollte. Während des Aufstehens wollte ich meine Flügel und meinen Schwanz bewegen, um das Gleichgewicht besser halten zu können. Stattdessen schwankte ich nach hinten und rutschte aus. Mit dem Steissbein prallte ich auf den harten Fussboden, wodurch sich augenblicklich der daraus resultierende Schmerz ausbreitete. Ich biss die Zähne zusammen, wie ich es als Drache stets getan hatte, um selbst bei starken Schmerzen keinen Laut von mir zu geben. Schliesslich beabsichtigte ich, nicht zu menschlich zu wirken.

Ich bin jetzt aber wieder ein Mensch, ich Dummkopf, dachte ich selbstkritisch und liess daraufhin ein «Autsch» hören, was nicht einmal authentisch klang.

«Du siehst unsicher aus.», kommentierte Tom, nachdem ich mein Schlafzimmer verlassen hatte.

«Und du siehst gefährlich aus. Es ist das erste Mal, dass ich einen Drachen sehe, ohne selbst einer zu sein. Ich kann die anderen verstehen, weshalb sie solchen Respekt vor mir haben.»

Toms Augen funkelten und ich wusste, dass ich ihm eine falsche Idee in den Kopf gesetzt hatte. Leise knurrend kam er auf mich zu.

«Lass das. Ich kann solche Spielereien momentan echt nicht gebrauchen. Am Abend kannst du das von mir aus machen.»

Er setzte seinen spielerischen Angriff fort und drängte mich zurück zu meinem Bett.

«Soll ich dir deine Kleider nun bringen oder nicht?», fragte ich ihn in der Hoffnung, er würde mich einen Augenblick in Ruhe lassen.

Unbeirrt kletterte er nach mir auf mein Bett, während er mich durchgehend anknurrte. Ob er die Zähne fletschte oder nur grinste, konnte ich nicht feststellen. Ich wusste, dass er mir niemals Leid zufügen würde. Nichtsdestotrotz war der Anblick dieses grünen, knurrenden Drachen furchterregend.

«Hör auf damit. Ich muss mich zuerst wieder als Mensch orientieren können. Du bist hierbei keine grosse Hilfe.»

Als ich mit dem Rücken die Wand berührte, kam er immer noch bedrohlich auf mich zu. Er drückte seine Schnauze gegen meinen Oberkörper und schnupperte.

«Du stinkst.», sagte er schliesslich.

«Bestimmt weniger als du im Militär.», entgegnete ich in gespielter Selbstsicherheit.

«Wieso hast du eigentlich solche Angst? Du weisst doch, dass ich dir nichts antun würde.»

«Das weiss ich schon. Aber es war trotzdem sehr bedrohlich.»

«Gut zu wissen, dass ich so leicht bedrohlich sein kann.», sagte Tom grinsend und liess mich gehen.

Auf dem Weg zur Tramhaltestelle rutschte ich mehrfach im Schnee aus. Währenddessen warfen mir die Passanten fragende Blicke zu, weshalb ich nicht wie jeder andere Mensch auf dem eisigen Untergrund gehen konnte.

Ich könnte glatt im Boden versinken, dachte ich voller Scham.

Selbst in den öffentlichen Verkehrsmitteln kam ich mir vor wie ein Betrunkener. Ununterbrochen schwankte ich bei jeder Bewegung des Fahrzeugs und rempelte versehentlich meine Mitmenschen an. Nachdem ich endlich ausgestiegen war, schien sich der Boden fortlaufend weiterzubewegen. Wenige Minuten später erreichte ich die Wohnung meines Bruders. Weder seine Freundin Delia noch die beiden Hunde waren zu Hause. Ich packte einige von Toms Kleidern in eine Plastiktragtasche und machte mich auf den Rückweg. Glücklicherweise gewöhnte ich mich langsam wieder an meine menschliche

Gestalt. Ohne weitere Ausrutscher kam ich eine Stunde später in meiner Wohnung an. Dank meines Ersatzschlüssels musste ich nicht einmal einbrechen.

«Schau mal, wie gut ich meine Flügel bewegen kann.», sagte Tom stolz, nachdem ich die volle Tasche im Eingangsbereich abgestellt hatte.

Er legte seine Flügel an, streckte sie aus und bewegte sie anschliessend nach oben und unten.

«Nicht schlecht.», entgegnete ich. «Wahrscheinlich wirst du bald fliegen können.»

«Zuerst möchte ich mich aber verwandeln und Delia besuchen. Morgen muss sie nicht arbeiten. Dann könnten wir uns auf dem Walchwilerberg treffen.»

«In diesem Fall sollte ich dir am besten gleich die Verwandlung zeigen. Damit es dir leichtfällt, musst du ein kaltes Bad nehmen. Nachdem du aus dem Wasser gestiegen bist, stellst du dir vor, du würdest vollständig aus Eis bestehen. Und zwar nicht nur visuell, sondern auch physisch.»

«Was hat das jetzt wieder zu bedeuten?»

«Dass es nicht ausreicht, dir das Eis vor deinem inneren Auge vorzustellen. Du musst es fühlen können.»

«Ich werde es mal versuchen.»

Wir liessen die Badewanne mit kaltem Wasser volllaufen und anschliessend setzte sich Tom hinein.

«Oh, das ist extrem kalt!», sagte er schliesslich.

«Genauso muss es auch sein. Einmal war mir so kalt, dass ich mich aus Versehen mitten in der Luft in einen Menschen verwandelt habe.»

Nun warf mir Tom einen erstaunten, aber auch besorgten Blick zu. Er schien verstanden zu haben, weshalb die Kälte bei der Verwandlung in einen Menschen hilfreich sein konnte.

«Wann kann ich wieder aus der Badewanne steigen?», fragte er wenige Minuten später.

«Wenn du dich wie ein Eiszapfen fühlst.», antwortete ich mit leichter Schadenfreude.

Er stieg daraufhin aus der Wanne und ich verliess das Badezimmer, um ihn als Mensch nicht nackt zu sehen. Vor der Tür lauschend wartete ich darauf, dass seine Verwandlung gelang.

«Mann, das ist so kalt!», sagte er bibbernd.

Irgendwann wurde es still. Kurz darauf hörte ich, wie er sich abtrocknete.

«Hat es funktioniert?», fragte ich interessiert.

«Ja. Aber mir ist immer noch kalt.»

«Das ist nicht verwunderlich.», entgegnete ich amüsiert. «Nun kann ich dir die Verwandlung in einen Drachen zeigen, wenn du magst.»

«Lass mich zuerst einmal diese Ruhe geniessen.»

«In Ordnung.»

Für Tom musste es eine sehr grosse Erleichterung sein, die Nebengeräusche herausfiltern zu können, nachdem er tagelang nicht dazu in der Lage gewesen war. Deswegen liess ich ihm seine Ruhe und begann, in einem Buch zu lesen.

Am frühen Abend wollte sich Tom schliesslich doch wieder in einen Drachen verwandeln.

«Dazu musst du dir vorstellen, dein Körper würde aus Feuer bestehen.», erklärte ich.

«Gibt es dafür auch eine Hilfe?»

«Vielleicht. Ich bin mir aber noch nicht sicher, ob das funktioniert. Kannst du dich ausziehen und dir ein Tuch umbinden, während ich meine Theorie prüfe?»

«Einverstanden. Aber was für eine Theorie ist das?»

«Das wirst du gleich sehen.»

Nachdem er im Badezimmer verschwunden war, zündete ich ein Feuerzeug an und fuhr mit dem Zeigefinger durch die Flamme. Augenblicklich verwandelte er sich in eine Kralle, ohne dass das Feuer brannte oder ich die Verwandlung willentlich eingeleitet hatte. Je länger ich meine Hand über das Feuer hielt, desto mehr Schuppen bildeten sich auf der Haut. Nach einigen Sekunden hatte sich mein gesamter Arm verwandelt. Ich löschte das Feuer und machte die Verwandlung rückgängig.

«Interessant.», murmelte ich.

In diesem Augenblick kam mir Tom entgegen.

«Was ist interessant?»

«Feuer leitet augenblicklich eine Verwandlung ein, ohne dass man sich verbrennen kann.»

«Wirklich?»

«Ja.»

Ich reichte ihm das Feuerzeug und er hielt die Flamme unter seine linke Hand, die sich ebenfalls ohne Zeitverzögerung verwandelte.

«Das ist ja unglaublich!», stiess er hervor. «Diese seltsam angenehme Hitze breitet sich gleichzeitig mit der Verwandlung aus.»

«Wenn du dir vorstellst, es würde sich bis in die Zehenspitzen ausbreiten, kannst du den Prozess beschleunigen. Sonst dauert das bestimmt eine halbe Stunde mit dieser kleinen Flamme.»

Nach nur wenigen Minuten gelang es Tom, die Verwandlung anzutreiben. Kurz darauf verwandelte sich sein Kopf. Durch den temporären Verlust der Sinne liess er das Feuerzeug fallen. Geschickt fing ich es auf, bevor es den Boden berührte. Die Spitze war noch heiss, wodurch sich meine Hand augenblicklich verwandelte, als ich damit in Berührung kam. Tom blickte kurz verwirrt umher und lächelte mir anschliessend zu.

«Es ist sehr seltsam, wenn sich die Wahrnehmung verändert. Kann man sich daran gewöhnen?»

«Ja, zumindest einigermassen. Für mich ist es immer noch unangenehm.»

Nach dem Abendessen sassen wir gemeinsam auf dem Sofa. Ich las als Mensch in einem Buch, während Tom als Drache neben mir lag. Irgendwann wurde ihm langweilig und er fing wieder an zu knurren.

«Das funktioniert jetzt nicht mehr. Einerseits bin ich viel zu beschäftigt mit dem Buch und andererseits fühle ich mich wesentlich sicherer als am Morgen.»

Knurrend stupste er mich mit seiner Schnauze an. Dieses Mal war sein Grinsen eindeutig zu erkennen. Ich liess mich davon nicht beirren und las weiter. Nun schauspielerte er, als würde er meinen Arm abbeissen.

«Lass das. Es kitzelt! Ausserdem sabberst du meinen Pullover voll.»

«Weshalb hast du keine Angst mehr vor mir?», fragte er und pikste mir mit seinen Krallen in die Seite.

«Weil ich jetzt zu entspannt bin.», antwortete ich, während ich meine Sitzposition änderte, um seinen piksenden Krallen auszuweichen.

«Schade.»

Damit er sich nicht weiterhin langweilte, legte ich das Buch beiseite und startete einen Film. Ich blieb in meiner menschlichen Gestalt, um wieder besser damit klarzukommen. Tom hingegen machte es Spass, ein Drache zu sein, da er nun wusste, dass er sich jederzeit zurückverwandeln konnte. Er rollte sich neben mir zusammen und stützte seinen Kopf auf dem linken Vorderbein ab, was ihn zum ersten Mal nicht mehr menschlich erscheinen liess.

«Ich kann jedes einzelne Pixel erkennen. Die bestehen alle aus jeweils einem roten, grünen und blauen Rechteck, die je nach Bedarf ihre Helligkeit ändern.»

«Ich weiss, wie ein Monitor funktioniert, Tom.»

Nachdem der Film geendet hatte, legten wir uns schlafen. Die Tatsache, dass wir morgen Toms Freundin und die beiden Hunde besuchten, machte mich nervös, obwohl ich hierfür keine Begründung kannte. Als wenige Minuten später das laute Schnarchen meines Bruders durch die Tür drang, war ich erleichtert, nicht mehr die verstärkte Wahrnehmung eines Drachen zu besitzen. Trotz des Lärms und meiner Aufregung schlief ich irgendwann tief in der Nacht ein.

23

Besuch

Ein Schrei weckte mich am frühen Morgen. Sofort war ich hellwach und versuchte, die Geräuschquelle zu lokalisieren. Erst einen Moment später bemerkte ich, dass ich mich während des Schlafs erneut in einen Drachen verwandelt hatte. Dies war mir in diesem Augenblick jedoch egal, da ich aufgeregte Stimmen vernahm. Gleichzeitig hörte ich Tom, der sich unruhig im Bett wälzte.

«Alles in Ordnung bei dir?», fragte ich vorsichtig durch die Tür hindurch.

Es kam keinerlei Antwort. Stattdessen nahm ich erneut diese geheimnisvollen Stimmen wahr. Ihr Ursprung liess sich nicht feststellen, obwohl sie stetig lauter und deutlicher wurden, je länger ich mich darauf konzentrierte. Wie bereits an dem Tag, als ich Tom geweckt hatte, sprach jemand in meiner Stimme, nur dass ich die Worte dieses Mal verstand.

«Lass mich nicht im Stich!», schrie eine Stimme, identisch zu meiner, jedoch so leise und weit entfernt, dass ein Mensch sie niemals gehört hätte.

«Ich bin gleich bei dir.», antwortete eine andere Stimme, die von Tom stammen musste.

Das kann doch unmöglich wahr sein. Tom befindet sich in meinem Schlafzimmer. Dabei kann er nicht gleichzeitig kilometerweit weg sein, dachte ich leicht verwirrt.

Um sicherzugehen, dass ich recht hatte, öffnete ich leise die Zimmertür. Wie erwartet schlief Tom auf meinem Bett. Seine Beine zuckten, als würde er rennen.

«Hilfe!», schrie eine weit entfernte Stimme.

«Halte noch einen Augenblick durch.»

Während die letzten Worte kaum wahrnehmbar in Toms Stimme gesprochen wurden, zuckten seine Lefzen im Traum mit, als wollte er diese Stimme zeitgleich nachsprechen. Um Tom im Schlaf zu beruhigen, verwandelte ich meine Hand und begann, ihn zu streicheln. Augenblicklich entspannte er sich und die Stimmen verstummten.

Sehr seltsam, dachte ich.

Da ich immer noch sehr müde war, legte ich mich erneut hin und schlief kurz darauf ein.

Am nächsten Morgen hatte ich bereits vergessen, was in der Nacht geschehen war. Nur die Tatsache, dass ich mich erneut unbeabsichtigt verwandelt hatte, war in meinem Gedächtnis hängengeblieben und bereitete mir Sorgen.

«Mach dir deswegen keinen Kopf.», sagte Tom, um mich zu beruhigen. «Das mit der Verwandlung ist auch wirklich schwer zu kontrollieren. Ich konnte mich zum Beispiel noch nie willentlich verwandeln ohne Hilfe. Gestern im Bad geschah es einfach durch die Kälte und anschliessend hat mich das Feuer automatisch zu einem Drachen werden lassen.»

«Vermutlich hast du wieder einmal recht. Um welche Uhrzeit sollen wir heute Delia besuchen?»

«Es wäre am besten, wenn wir gleich nach dem Frühstück gehen. Kannst du mich zu ihr fliegen?»

«Wir sollten eher die öffentlichen Verkehrsmitteln nutzen. Am Tag sieht uns sonst jeder.»

«Was wäre so schlimm daran?»

«Wir werden gesucht.»

«Von wem?»

«Von einer Organisation, die sich Drachenschutzgesellschaft nennt. Sie wollen Experimente an lebenden Drachen durchführen.»

«Hattest du bereits mit denen zu tun?»

«Nur fast. Als ich auf dem Sechseläutenplatz war, sind sie gekommen, um mich zu fangen.»

«Und?»

«Ich bin entwischt, bevor sie auch nur einen einzigen Betäubungspfeil nach mir abschiessen konnten.»

«Was für Feiglinge. Die kommen mit Betäubungswaffen, ohne dir überhaupt eine Chance geben zu wollen. Wir sollten dieser Drachenschutzgesellschaft mal ordentlich einheizen, wenn du verstehst, was ich meine.»

«Das würde unsere Lage nicht verbessern, sondern eher die Menschen dazu bringen, uns zu fürchten. Sobald sie einen guten Grund haben, uns zu jagen, werden wir nirgends mehr sicher sein. Deswegen müssen wir aufpassen, wer uns sieht. Am wichtigsten ist jedoch unsere Tarnung als Mensch. Damit niemand Drachen mit Menschen in Verbindung setzt, solltest du ebenso wenig sprechen wie ich.»

«Ich möchte mich aber nicht verstecken müssen.»

«Es geht hierbei nicht um das, was wir gerne haben wollen, sondern um unsere Sicherheit.»

«Na gut. Wie du meinst. Aber mit Delia werde ich sprechen.»

«Dagegen habe ich nichts einzuwenden. Es muss aber geheim bleiben, dass wir Drachen sind. Sonst sucht man bald auch nach uns in Menschengestalt und somit ebenfalls nach unserer Familie.»

Der Gedanke daran, rund um die Uhr in jeder Gestalt vor einer unberechenbaren Organisation fliehen zu müssen, liess mir einen kalten Schauer über den Rücken laufen.

Nachdem wir fertig gegessen hatten, verwandelten wir uns zurück in Menschen und fuhren mit den öffentlichen Verkehrsmitteln zu Toms Wohnung. Mithilfe eines kalten Bads hatte Tom lediglich wenige Minuten für seine Verwandlung benötigt.

Als wir schliesslich die Wohnung betraten, stürmten uns sofort Emma (Toms Hündin) und Nova (Delias Hündin) entgegen. Nun stiess auch Delia zu uns, die meinen Bruder in einer langen Umarmung begrüsste, während die Hunde versuchten, mein Gesicht abzulecken.

«Ich bin so froh, dich zu sehen.», sagte Delia erleichtert.

«Ich auch.», antwortete Tom, der seine Freundin keinen Moment aus den Augen liess.

«Was ist dort in Kiew passiert? Alle haben gesagt, dass du von einem Panzer abgeschossen wurdest.»

«Das stimmt. Aber dann hat Nils mich gerettet.»

«Was? Echt?»

Nun sahen beide in meine Richtung. Ich konnte fühlen, wie meine Wangen rot wurden und starrte verlegen zu Boden, während ich Emma streichelte. Nova hatte sich inzwischen wieder auf eines ihrer Spielzeuge gestürzt, was sie Tom gegen die Beine warf.

«Ja. Und ich muss dir etwas zeigen, bevor wir dir erklären können, was geschehen ist.», antwortete Tom, da ich nichts gesagt hatte. «Am besten gehen wir auf den Walchwilerberg, damit uns niemand dabei stört.»

«Da bin ich aber mal gespannt.»

Bereits eine Stunde später erreichten wir mit Toms Auto den Walchwilerberg. Während der Fahrt hatte Delia versucht, Tom die Wahrheit zu entlocken, jedoch ohne Erfolg.

«Jetzt erklär endlich, was los ist. Du machst mich ganz neugierig.», forderte sie Tom auf.

«Gleich. Wir müssen zuerst in den Wald.»

Delia liess einen enttäuschten Seufzer hören, löcherte meinen Bruder aber nicht weiter.

«Kannst du kurz mit den Hunden hier warten? Wir sind gleich zurück.», bat Tom seine Freundin, als wir den Wald erreichten.

Delia sah ihn fragend an und hielt Emma und Nova an den Leinen fest. Trotz ihrer Verwirrung stellte sie keine Fragen mehr. Nun verschwand Tom mit mir zwischen den Bäumen. Weit und breit war kein Mensch in Sicht.

«Bist du bereit?», fragte ich.

«Ja. Aber bitte warte auf mich. Sie soll uns gleichzeitig sehen.»

«In Ordnung. Denkst du, dass du es trotz dieser Kälte schaffst, dich zu verwandeln?»

Heute war es wärmer als in den letzten Wochen. Dennoch reichte die Wärme nicht aus, den Schnee schmelzen zu lassen.

«Ich hoffe es.», antwortete Tom.

«Dann lass ich dich mal allein.»

Mit diesen Worten ging ich ein Stück weiter, zog mich aus und leitete die Verwandlung ein. Ich war bereits derart routiniert, dass ich nach nur einer Minute zu meinem Bruder zurückkehrte. Geduldig wartete ich hinter einem Baum, um ihn nicht abzulenken. Nach einer Weile kamen mir Zweifel, ob ihm die Verwandlung unter diesen Umständen gelingen würde.

«Brauchst du Hilfe?», rief ich ihm entgegen.

Als Mensch konnte er mich aus dieser Distanz lediglich dann verstehen, wenn ich sehr laut zu ihm sprach.

«Nein, es geht schon.»

«Wir sollten Delia nicht zu lange warten lassen. Sag einfach Bescheid, wenn ich kommen soll.»

«Verdammte Kälte.», murmelte er leise vor sich hin.

Nach weiteren fünf Minuten hatte er es immer noch nicht geschafft.

«Ich helfe dir jetzt.», sagte ich mit erhobener Stimme.

«Nein, ich kann das. Gib mir nur noch kurz Zeit dafür.»

«Das hast du vor fünf Minuten bereits gesagt.»

«Trotzdem musst du noch kurz warten.»

«Delia hat bestimmt schon die Geduld verloren und sucht mit Emma und Nova nach uns.»

Langsam trat ich näher und entdeckte Tom, der splitterfasernackt im Schnee stand. Seine Haut hatte sich bereits rot verfärbt vor lauter Kälte.

«Das sieht nicht gesund aus. Du erkältest dich noch.», kommentierte ich.

«He! Schau mich doch nicht an, wenn ich nackt bin.»

«Du tust so, als hätte ich meinen eigenen Bruder noch nie ohne Kleider gesehen.»

Daraufhin wusste er keine Antwort mehr. Er wich schlotternd einige Schritte zurück und versteckte sich hinter einem Baum. Mit leichten Schritten folgte ich ihm durch den hohen Schnee.

«Du brauchst nur ein wenig Wärme. Dann klappt das mit der Verwandlung.», sagte ich grinsend.

«Nein, das machst du nicht.», entgegnete Tom, der genau wusste, worauf ich anspielte.

«Oh doch!»

Nun ergriff er die Flucht, jedoch viel zu spät, da ihn mein Feuerstrahl bereits erreicht hatte. Augenblicklich verdampfte der nasse Schnee, der seine Beine bedeckte, in einem lauten Zischen. Noch bevor das Feuer erloschen war, konnte ich seine grün reflektierenden Schuppen erkennen. Er hatte sich innerhalb eines Sekundenbruchteils verwandelt und kämpfte nun gegen seine veränderte Wahrnehmung an. Als er schliesslich wieder zu sich kam, blickte er mir zornig entgegen.

«Ich sagte, ich kann das ohne deine Hilfe!»

«Du hast mir gegenüber einen ganz anderen Eindruck gemacht.», antwortete ich grinsend.

«Das ist nicht witzig!»

«Sei doch nicht wütend. Das Feuer hat dir keinen Schaden zugefügt, oder?»

Bei diesem Satz sprang er auf mich zu. Kurz bevor er mich erreichte, schwang ich mich in die Luft und schlug mit den Flügeln, um einige Meter über dem Boden zu schweben.

«Warte nur, bis ich auch fliegen kann. Dann krieg ich dich!»

«Bis dahin hast du diesen Streit schon längst wieder vergessen. Lass uns jetzt zu Delia gehen. Sie wartet nämlich schon lange.»

Mürrisch stimmte Tom zu und folgte mir, während ich zwischen den Bäumen hindurchflog.

Delia warf Emma und Nova Schneebälle zu, die sie entweder direkt aus der Luft schnappten oder ihnen hinterherjagten. Sie hatten mich noch nicht entdeckt, da ich lautlos durch den Wald flog. Tom rannte einige Meter unter mir durch den Schnee. Trotz seiner schnellen Schritte konnte er kaum mit meiner hohen Geschwindigkeit mithalten. Als er in Windeseile über ein Gebüsch sprang, nahmen ihn die Hunde schliesslich wahr. Nova blieb auf der Stelle stehen und liess einen lang gezogenen Laut hören, der an ein Heulen erinnerte. Emma stimmte mit ihrem tieferen und kürzeren Bellen ein. Nun entdeckte auch Delia meinen Bruder, der sich bemühte, nicht ausser Atem zu wirken, während er zwischen den Bäumen hervortrat. Leise wie ein Blatt landete ich neben Tom im Schnee. Erst jetzt entdeckten sie mich ebenfalls. Nova suchte hinter Delia Schutz, während sich Emma kläffend näherte.

«Emma, komm her!», rief Delia in völliger Überforderung.

«Ist schon gut. Wir sind es.», antwortete Tom, der zwischen jedem Satz einmal durchatmen musste.

«Das ist Tom und ich bin Nils.», erklärte ich zusätzlich, denn Delias verwirrtem Blick nach zu urteilen, wusste sie nicht, was mein Bruder ihr mitteilen wollte.

Emma stand immer noch bellend einige Meter vor uns.

«Alles gut, Emma.», sagte ich, um sie zu beruhigen.

Sie legte den Kopf schräg, als ich ihren Namen aussprach, und trat langsam näher. Ganz sicher fühlte sie sich jedoch nicht, denn kurz bevor sie mich erreichte, wich sie einige Schritte zurück und liess ein hohes Bellen hören. Tom schien weniger geduldig zu sein wie ich, denn er stapfte ohne zu zögern durch den Schnee auf Delia zu. Verunsichert trat sie mit Nova ein paar Schritte zurück.

«Wieso hast du Angst vor mir, Delia? Erkennst du mich nicht?», fragte er sie.

«Ich bin nur gerade sehr verwirrt, dass zwei sprechende Drachen auf mich zukommen. Seid ihr das wirklich?»

«Ja, wer denn sonst? Das wollten wir dir schliesslich zeigen.»

Inzwischen konnte ich Emma mit meiner zurückhaltenden Art zu mir locken. Sie schnupperte an meiner Schnauze und wedelte kurz mit dem Schwanz, bevor sie erneut Tom anstarrte. Verunsichert bellte sie ihn an.

«Das ist Tom.», erklärte ich ihr. «Komm mit.»

Zögerlich folgte sie mir. Tom versuchte immer noch, Delia davon zu überzeugen, dass wir es waren.

«Du verhältst dich wie Tom, du sprichst wie er, aber vor mir steht ein Drache. Wie soll ich mir sicher sein, dass es wirklich du bist?», fragte sie.

«Stell mir irgendeine Frage, die nur ich beantworten kann.»

«Also gut. Wo haben wir beschlossen, zusammen zu leben?»

«Während den Wellnessferien in Scuol.»

Diese Antwort verschlug Delia die Sprache. Offensichtlich war sie korrekt, jedoch konnte sie es immer noch nicht glauben.

«Was ist denn los?», fragte Tom, der sich zu ihr setzen wollte.

Nova stiess wieder ihr langgezogenes Bellen aus und Delia wich zurück, da sie uns immer noch nicht traute.

«Lass ihr ein wenig Zeit, die Situation zu begreifen.», mischte ich mich ein.

Ich wollte verhindern, dass mein Bruder seiner Freundin Angst einjagte, denn ich wusste, wie furchteinflössend ein Drache wirken konnte. Emma hatte sich inzwischen vollständig beruhigt und setzte sich neben mir in den Schnee. Ich kraulte sie vorsichtig mit meinen Krallen, während sie vor Kälte zitterte. Nun breitete ich meinen linken Flügel flach auf dem Boden aus und klopfte zweimal darauf, um Emma zu signalisieren, dass sie sich setzen sollte. Augenblicklich stieg sie auf und legte sich hin, den Kopf meinem Bruder zugewandt. Ich erhitzte die Luft in meinem Inneren und liess die Wärme durch meinen gesamten Körper fliessen, damit mein Flügel Emma als wärmende Unterlage diente. Sie kuschelte sich bei mir ein und ich begann, sie zu streicheln.

Währenddessen beobachtete uns Delia misstrauisch. Erst nach einer Weile schien Emmas Entspannung auf sie überzugehen.

«Wenn ich das richtig verstanden habe, seid ihr Tom und Nils.», sagte Delia schliesslich, nachdem sie ihre Sprache wiedergefunden hatte.

«Genau. Wir können uns neuerdings in Drachen verwandeln.», entgegnete Tom.

«Bist du das auf all diesen Videos, Nils?»

«Ja. Aber in der Öffentlichkeit spreche ich nicht.», antwortete ich.

«Dann hast du gegen all diese Soldaten gekämpft?»

«Das habe ich. Aber nur, um Tom zu helfen.»

Interessiert fragte sie uns während der nächsten halben Stunde aus, wie wir gemeinsam gekämpft hatten, wie ich Tom nach seiner Verletzung mit dem Serum gerettet hatte und was unsere neuen Fähigkeiten genau waren. Emma war in der Zwischenzeit auf meinem linken Flügel eingeschlafen. Selbst Nova wagte sich hinter Delias schützenden Beinen hervor. Schlussendlich nahm sie neben Emma auf dem wärmenden Flügel Platz.

«Sobald du fliegen kannst, musst du mich mal mitnehmen.», sagte Delia begeistert.

«Deswegen muss ich das dringend lernen. Nils, kannst du mir das Fliegen jetzt endlich beibringen?»

«Nächste Woche muss ich noch nicht arbeiten. Dann kann ich dir zeigen, wie es geht. Ausserdem müssen wir dringend unsere Sachen aus Kiew holen. Wenn du möchtest, können wir gemeinsam hinfliegen.», antwortete ich.

«Super! Wann fangen wir an?»

«Wann immer du möchtest. Ich habe momentan nichts anderes vor.»

«Wie wäre es mit jetzt?»

«Ich glaube, das wäre ein bisschen zu viel auf einmal.»

«Okay. Aber dafür morgen. Treffen wir uns hier um zwölf Uhr?»

«In Ordnung.»

«Können wir jetzt nach Hause gehen? Ich steh hier schon seit einer Stunde und es ist kalt.», warf Delia ein.

Wir beschlossen, uns auf den Weg nach Hause zu machen. Tom folgte mir zurück zu unseren Kleidern und wir verwandelten uns. Dies war keine grosse Herausforderung mehr für ihn, da er sich lediglich im Schnee wälzen musste, um sich wie ein Eiszapfen zu fühlen. Nach unserer Verwandlung joggten wir zurück. Auf diese Weise wurden wir die Kälte los und Delia musste nicht noch länger warten.

«Darf ich euch beiden beim Flugtraining zusehen?», fragte Sie.

«Sicher. Du solltest aber einen Feldstecher mitnehmen.», antwortete Tom und gab ihr einen Kuss.

Als wir bei meinem Bruder zu Hause angekommen waren, verwandelte er sich erneut.

«Ich musste gar kein Feuerzeug verwenden.», sagte er stolz, nachdem er das Badezimmer verlassen hatte.

«Dafür hat es eine Viertelstunde gedauert.», entgegnete ich schmunzelnd.

«Ich fress dich gleich, wenn du dich weiterhin über meine Fortschritte lustig machst.»

«Das glaub ich dir aufs Wort.»

Nun mussten wir beide lachen.

«Besser machst du das nicht. Sonst kann er dir das Fliegen nicht mehr beibringen.», ergänzte Delia. «Zeig mir mal deine Augen, Tom. Die sehen echt schön aus.»

Beide setzten sich auf ihr Sofa und Delia betrachtete Tom, so genau sie konnte.

«Und die Schuppen glänzen wie Smaragde.», sagte sie begeistert, während sie ihm über den Rücken strich. «Alles an dir sieht perfekt aus!»

«Findest du, dass das Grün zu mir passt?», fragte Tom.

«Ja, sogar sehr.»

Er legte seinen Kopf auf Delias Schoss und liess sich von ihr streicheln. Mit einem tiefen Seufzer entspannte er sich und schloss die Augen, als sie ihm den Rücken massierte.

Jetzt verhält er sich schon wie ein Haustier, dachte ich schmunzelnd.

Nachdem wir den gesamten Nachmittag miteinander verbracht hatten, machte ich mich auf den Weg nach Hause. Da es bereits dunkel war, konnte ich die gesamte Strecke unentdeckt im Flug zurücklegen. Ich landete auf dem Balkon, verwandelte mich zurück und kletterte nach unten in den Garten, um das Haus anschliessend normal zu betreten, denn ich wagte es nicht, mich auf der hell beleuchteten Strasse als Drache zu zeigen. Während des gesamten Abends dachte ich mir eine Methode aus, mit der Tom das Fliegen erlernen konnte, ohne sich zu verletzen.

Das wird ein Spass, dachte ich, kurz bevor ich mich schlafen legte.

Meine Freude auf den morgigen Tag war riesig. Vor lauter Aufregung dauerte es mehrere Stunden, bis mir endlich die Augen zufielen.

24

Flugstunden

Helle Sonnenstrahlen drangen durch die Fensterläden meines Zimmers, als ich erwachte. Kurz befürchtete ich, mich erneut im Schlaf verwandelt zu haben. Dies war jedoch nicht der Fall. Stattdessen stand die goldene Sonne strahlend hell am wolkenlosen Himmel. Laut des Wetterberichts konnte es heute bis zu zehn Grad warm werden.

Das ist doch eher ungewöhnlich für den Januar, dachte ich.

Der Winter war schliesslich meine Lieblingsjahreszeit, was grösstenteils dem Schnee zu verdanken war. Bei solch warmen Temperaturen konnte selbst eine dicke Schneeschicht in wenigen Tagen schmelzen. Da es bereits kurz vor elf Uhr war, musste ich mich auf das Flugtraining mit Tom vorbereiten. So schnell ich konnte, ass ich mein Frühstück und machte mich auf den Weg zum Walchwilerberg, der selbst an den sonnigsten Tagen meist menschenleer war. Da die Zeit drängte, verschwand ich im nächstgelegenen Wald, verwandelte mich, nachdem ich die Kleider an einen Baum gehängt hatte, um sie vor dem Schmelzwasser zu bewahren, und flog zu unserem Treffpunkt. Erneut genoss ich das Fliegen in vollen Zügen. Durch die warmen Sonnenstrahlen und die windstille Atmosphäre konnte ich ohne jegliche Anstrengung dahingleiten.

Obwohl es erst Viertel vor Zwölf war, erkannte ich Tom auf dem Walchwilerberg, der sich bereits verwandelt hatte und den Himmel nach mir absuchte. Delia stand mit einem Feldstecher daneben und betrachtete den Horizont. Die Hunde hatten sie zu Hause gelassen. Im Sturzflug schoss ich auf sie zu, breitete im allerletzten Moment die Schwingen aus und schoss knapp über ihre Köpfe hinweg. Mit hoher Geschwindigkeit wendete ich über der schneebedeckten Wiese, wobei ich absichtlich mit meinem linken Flügel den Boden streifte. Unglücklicherweise erwischte mich eine Windböe genau in diesem Augenblick, was mich aus dem Gleichgewicht brachte. Mein Flügel grub sich einige Zentimeter tief in den Schnee und traf währenddessen einen Eisbrocken, was ihn schmerzhaft nach hinten drückte. Um nicht abzustürzen, schlug ich einmal mit den Flügeln und korrigierte dadurch meinen Kurs. Die Schmerzen liess ich mir nicht anmerken, da ich mich vor meinen Zuschauern auf keinen Fall blamieren wollte. Ich flog erneut auf sie zu und bremste wenige Meter vor ihnen mit einem Rückwärtssalto ab. Mitten in der Bewegung legte ich die Flügel an und landete schwungvoll auf allen Vieren, wobei der aufgeweichte Schnee meinen Sturz dämpfte. Mein linker Flügel zuckte kurz, als ich mich setzte. Verlegen starrte ich an Delia und Tom vorbei, da ich mir nicht sicher war, ob diese beinahe schiefgelaufene Vorführung eher peinlich oder beeindruckend gewesen war. Ich war heilfroh, dass mein Gesicht als Drache nicht erröten konnte.

«Angeber!», kommentierte Tom, nachdem er seine Sprache wiedergefunden hatte.

Delia starrte mich mit offenem Mund an.

«Das war unglaublich!», sagte sie schliesslich voller Begeisterung.

Tom sah zuerst Delia an und warf mir daraufhin einen eifersüchtigen Blick zu. Erleichterung machte sich in mir breit, als ich erkannte, dass sie mein Missgeschick nicht bemerkt hatten.

«Heute ist der perfekte Tag für deine erste Flugstunde, Tom. Die Sonne scheint, es ist einigermassen warm und selbst hoch im Himmel weht kaum ein Lüftchen.», sagte ich, so gelassen ich konnte, um meine Verunsicherung zu überspielen.

«Gut. Dann erklär mal, wie ich fliegen kann.»

Toms Blick nach zu urteilen, wollte er mein Flugmanöver von eben baldmöglichst übertreffen, um seine Freundin zu beeindrucken.

«Ich habe mir folgendes überlegt: Je weiter oben wir üben, desto sicherer ist es. Denn falls du abstürzt, kann ich dich jederzeit auffangen. Hier unten würdest du dich bei einem Sturz verletzen, bevor ich eingreifen könnte. Also schlage ich vor, dass ich dich ein bis zwei Kilometer nach oben trage und wir dort oben erstmal das Gleiten üben, denn das Starten vom Boden aus ist alles andere als leicht.», erklärte ich.

«Bei dir sieht es wie ein Kinderspiel aus. Ich glaube, dass ich lieber zuerst das Starten lerne, bevor wir derart hoch fliegen.»

«Das solltest du eben nicht. Gleiten ist viel einfacher. Wie bei einem Flugzeug sind Starten und Landen die schwersten Manöver.»

«Trotzdem fühle ich mich hier unten sicherer.»

«Das mag schon sein. Aber mit mir kann dir hoch oben in der Luft auch nichts zustossen.»

Tom ignorierte meinen Ratschlag, stiess sich vom Boden ab, breitete die Flügel aus und versuchte, an Höhe zu gewinnen. Bereits eine Sekunde später fiel er zurück in den Schnee und versuchte es erneut. Nach einem Dutzend Versuchen waren seine Bewegungen immer noch unkoordiniert, wodurch er die Luft nach jedem Flügelschlag erneut nach oben drückte.

«So wird das nichts. Du musst zuerst das richtige Gefühl für deine Flügel erlangen. Komm jetzt, ich trage dich nach oben. Von dort aus ist es wesentlich leichter.»

Widerstrebend gab er nach und kletterte auf meinen Rücken. Wie bereits während unseres ersten Fluges in den Wald, klammerte er sich mit den Beinen jeweils vor und hinter meinen Flügeln fest, sodass wir uns in derselben Position leicht versetzt übereinander befanden.

«Pass auf dich auf, Schatz.», sagte Delia und gab meinem Bruder einen Kuss auf die Schnauze.

Dieser Anblick liess mich schmunzeln.

«Bist du bereit?», fragte ich.

«Ja.», antwortete er seufzend.

Immer noch zweifelte er an meiner Erfahrung. Nichtsdestotrotz war ich davon überzeugt, ihm seine Zweifel während der heutigen Flugübung nehmen zu können. Er zog die Flügel an, wodurch ich mich vom Boden abstossen konnte. Nur mit grosser Anstrengung gewann ich an Höhe. Durch die stechenden Schmerzen meines linken Flügels wurde der Aufstieg noch zusätzlich erschwert. Als wir endlich die richtige Höhe erreichten, war ich völlig ausser Atem.

«So. Jetzt sind wir … genug hoch.», sagte ich keuchend.

«Und was jetzt?», fragte Tom verunsichert, der sich in diesem Augenblick fester an mich klammerte.

«Jetzt breitest du deine Flügel aus und lässt los.»

«Was?»

«Dir passiert schon nichts. Wenn du nach unten fällst, fang ich dich auf. Versprochen.»

«Aber wir sind so weit oben. Und ich weiss nicht, wie ich mich bewegen soll.»

«Du musst dich gar nicht bewegen, sondern nur die Flügel ausstrecken und anspannen, damit sie dein Gewicht tragen können.»

Nun hielt er sich noch stärker fest und blickte verängstigt in die Tiefe.

«Du warst bei deinem ersten Flug auch nicht so weit oben.», sagte er.

«Das stimmt. Aber ich bin abgestürzt und habe mich verletzt. Wenn dir hier oben dasselbe passiert, habe ich problemlos Zeit, dich aufzufangen.»

«Und was, wenn du es nicht schaffst? Dann stürze ich ab und bin tot.»

«Jetzt sei doch kein Angsthase und lass los! Oder möchtest du lieber ohne meine Hilfe Fliegen lernen? Einen einfacheren Start als hier oben bei diesem windstillen Wetter wirst du niemals wieder bekommen.»

«Okay. Also lass ich jetzt los und spann die Flügel. Was muss ich danach machen?»

«Gar nichts. Die richtigen Bewegungen wirst du automatisch herausfinden. Aber jetzt hör auf, Fragen zu stellen, und lass endlich los!»

Langsam streckte er seine Flügel aus. Als die Luft kurzzeitig zwischen uns geriet, zuckte er zusammen. Ich spürte seinen rasenden Puls an meinem Rücken. Endlich gelang es ihm, die Flügel vollständig auszubreiten. Da wir beinahe deckungsgleich übereinander lagen, strömte nur wenig Luft zwischen unseren Flügeln hindurch.

«Lass dich von der Luft tragen.», sagte ich.

Ganz langsam wurde das Gewicht auf meinem Rücken leichter, als Tom seine Flügel besser ausrichtete.

«Es trägt mich tatsächlich!», rief er begeistert.

«Und jetzt lass los. Ich werde noch ein wenig unter dir fliegen, um dich zu unterstützen.»

Zögerlich lockerte er seinen Griff und schien erleichtert zu sein, dass er auf mir liegenblieb, anstatt herunterzufallen. Er liess mich vollständig los und sein Gewicht reduzierte sich weiterhin. Nun war ich mir sicher, dass er auch ohne meine Hilfe weiterfliegen konnte. Ich klappte meine Flügel ein und sackte einige Meter nach unten, bevor ich sie wieder ausbreitete, um mich aufzufangen. Inzwischen waren die Schmerzen meines linken Flügels beinahe verschwunden.

«He! Was machst du?», schrie er mir erschrocken nach. «Du kannst mich nicht einfach verlassen.»

«Ich verlasse dich auch nicht.», antwortete ich. «Hast du bemerkt, dass du eigenständig fliegst?»

Erstaunt blickte Tom umher. Er schwankte währenddessen gefährlich in der Luft, konnte sich jedoch halten.

«Ja! Ich fliege!»

Nun lachte er vor lauter Erleichterung, nicht augenblicklich abzustürzen. Vorsichtshalber flog ich einige Meter unter ihm her, denn ich wollte kein Risiko eingehen. Plötzlich erreichte uns ein leichter Windstoss, der Tom ins Trudeln brachte.

«Hilfe!», schrie er voller Panik, als er sich zur Seite drehte und nach unten fiel.

Zeitgleich setzte ich zum Sturzflug an, um ihn zu verfolgen. Seine Angst liess ihn unkontrolliert nach unten trudeln. Die Flügel flatterten schlaff und nutzlos im Gegenwind. Immer schneller raste er dem Boden entgegen, der sich zum Glück noch mehr als einen Kilometer unter uns befand. Vorsichtig näherte ich mich ihm in der Luft. Ich passte meine Geschwindigkeit und Rotation an, bis er sich wieder an meinem Rücken befand. Er strampelte wild umher, wodurch er sich nicht an mir festhalten konnte, obwohl wir uns mittlerweile berührten. Sachte drückte ich unsere Flügel deckungsgleich aneinander, bis sich keine Luft mehr dazwischen befand. Nun streckte ich sie und brachte uns in einen kontrollierten Sturzflug. Langsam richtete ich uns gerade und bremste somit den Sturz ab. Kurz darauf glitten wir geradeaus über den Walchwilerberg hinweg. Wir befanden uns immer noch einige hundert Meter über dem Untergrund. Endlich bekam mich Tom wieder zu fassen, obwohl er bereits seit einigen Sekunden auf meinem Rücken lag. Er klammerte sich krampfhaft an mir fest, wodurch ich fast nicht mehr atmen konnte.

«Wenn du willst, dass wir abstürzen, dann schnür mir ruhig weiterhin die Luft ab.», brachte ich unter grosser Anstrengung hervor.

Ich atmete erleichtert auf, als er seinen Griff geringfügig lockerte. Dass mich Toms Sturz ebenso schockierte wie ihn, liess ich mir nicht anmerken.

«Ich bin abgestürzt. Wir … du musst landen. Ich kann das nicht mehr.», stammelte Tom, der vor lauter Adrenalin zitterte.

«Jetzt beruhige dich erstmal. Es ist schliesslich nichts passiert.»

Schwer atmend lag er auf meinem Rücken, während er sich von seinem Schock erholte. Mittlerweile hatte er seine Flügel angezogen, was mir die Steuerung erleichterte. In regelmässigen Bewegungen schwang ich uns erneut höher.

«Ich werde dich niemals wieder loslassen! Weshalb steigen wir eigentlich? Ich möchte landen.»

«Wir müssen unser Training fortsetzen.», antwortete ich mit ruhiger Stimme, in der Hoffnung, ich könnte ihn auf diese Weise beruhigen.

«Aber ich habe Angst. Vorhin wäre ich fast gestorben.»

«Was habe ich dir versprochen, bevor du losgelassen hast?»

«Dass mich die Luft tragen wird.»

«Nein, das habe ich nebenbei gesagt. Was war mein Versprechen?»

«Du hast versprochen, dass du mich auffängst, wenn ich falle.»

«Und was habe ich getan, als du abgestürzt bist?»

«Du hast mich aufgefangen.»

«Eben. Weshalb machst du dir dann solche Sorgen? Je weiter oben wir sind, desto leichter kann ich dich auffangen.»

«Trotzdem habe ich Angst.»

«Es ist in Ordnung, Angst zu haben. Aber ich kann dir versichern, dass ich dich in jeder Situation auffangen werde, egal wie du stürzt.»

«Selbst wenn ich mich wie wild in der Luft drehe?»

«Ja, selbst dann.», sagte ich, obwohl mir bei dem Gedanken an einen unkontrollierbar drehenden Tom ein flaues Gefühl aufkam.

«Dann möchte ich es erneut versuchen. Aber versprich mir, dass du ganz dicht unter mir fliegst.»

«Geht klar.»

Erleichtert darüber, dass ich ihm seine Angst nehmen konnte, flog ich vorsichtshalber noch ein Stück höher als letztes Mal. Inzwischen traten erste Ermüdungserscheinungen meiner Flügelmuskeln auf, die ich jedoch ignorierte, um meinen Bruder nicht zu enttäuschen.

«Und jetzt wieder die Flügel spannen und loslassen.», sagte ich, als wir uns meines Erachtens genügend weit über dem Boden befanden.

Seufzend lockerte Tom seinen Griff und streckte gleichzeitig die Schwingen aus. Immer noch zitterte er vor Aufregung und Adrenalin. Sobald sich genügend Luft zwischen unseren Flügeln befand, um ihn tragen zu können, liess ich mich wenige Meter fallen.

«Du hättest mich ruhig vorwarnen können.», rief mir Tom entgegen.

«Das verdirbt doch den ganzen Spass.», entgegnete ich grinsend.

Tom musste nun ebenfalls schmunzeln, obwohl er sich noch immer fürchtete. Als ihn erneut eine schwache Böe aus dem Gleichgewicht brachte, war ich sofort zur Stelle und stützte seine Flügel von unten her, bevor er tiefer als ein paar Meter fallen konnte.

«Du hältst deine Flügel viel zu steif. Wenn du dich entspannst, bist du flexibler gegenüber unerwarteten Windstössen.», erklärte ich.

Unsicher nickte er mir zu und konzentrierte sich erneut auf das Fliegen. Mit der Zeit gelang es ihm, stabil durch die Luft zu gleiten, ohne ununterbrochen zu schwanken. Seine Angst verflog und er musste vor lauter Freude lachen.

«Gefällt dir das Fliegen?», fragte ich.

«Ja. Ich liebe es!»

«Versuch mal, eine leichte Kurve zu fliegen.»

«Wie geht das schon wieder, ohne abzustürzen?», fragte er grinsend.

«Indem du deinen Schwanz verwendest. Solange du nur leichte Kurven fliegst, reicht das aus. Es sei denn, du möchtest kopfüber fliegen wie ich beim ersten Mal.»

Er bewegte seinen Schwanz nach rechts und flog sogleich in diese Richtung. Kurzzeitig vergass er, sich auf seine Flügel zu konzentrieren, und geriet ins Schwanken. Ich wollte ihm gerade zur Hilfe eilen, als er die Balance mit seinem Schwanz halten konnte.

«Hast du das gesehen?», fragte er stolz.

«Sicher. Ich lasse dich schliesslich nicht aus den Augen.»

Diese Aussage schien ihm noch mehr Sicherheit gegeben zu haben, denn er versuchte erneut, eine Kurve zu fliegen. Dabei flog er ungewollt leicht nach oben, wodurch er an Geschwindigkeit verlor.

«Du musst weiter nach unten fliegen, sonst reisst die Strömung ab.»

«Das weiss ich doch schon.», entgegnete Tom leicht entrüstet, da ihn meine gut gemeinten Ratschläge zu ärgern begannen.

Zaghaft krümmte er sich, wodurch sich seine Schnauze wieder nach unten richtete. Augenblicklich erhöhte sich seine Geschwindigkeit. Immer schneller schoss er nach unten und kniff die Augen zu, die durch den starken Gegenwind innert kürzester Zeit austrocknen konnten.

«So weit nach unten nun auch wieder nicht.», schrie ich durch den Wind hindurch.

Ich wusste nicht, ob er mich noch verstehen konnte. Dies war jedoch zweitrangig, da ich mir sicher war, dass er seinen Fehler bereits bemerkt hatte. Einen kurzen Moment später richtete er sich wieder gerade und bremste dadurch leicht ab, ohne auf meine Hilfe angewiesen zu sein. Voller Selbstvertrauen versuchte er, eine schärfere Kurve zu fliegen. Zuerst sah es aus, als würde ihm eine vollständige Kehrtwende gelingen. Als ihn jedoch mitten in seiner Bewegung ein stärkerer Windstoss erwischte, drehte er sich plötzlich kopfüber und seine Flügel klappten ein. Wie ein Stein fiel er zu Boden, während ich ihm im Sturzflug nachjagte.

«Spreiz die Flügel auseinander und richte die Schnauze nach oben. Auf diese Weise kannst du dich eigenständig auffangen.», schrie ich ihm entgegen, nachdem ich zu ihm aufgeschlossen hatte.

«Das kann ich nicht. Bitte fang mich auf!», antwortete Tom verzweifelt.

Er schien wieder in Panik verfallen zu sein, weswegen ich ihm helfen musste. Da seine Flügel geradezu an seinem Körper klebten, stützte ich lediglich seinen Oberkörper mit meinem Rücken. Daraufhin drückte ich mit meiner

Schnauze nach oben, um uns aus der Rückenlage zu bringen. Wie bereits während meines ersten Rettungsmanövers breitete ich die Flügel aus und fing den Sturz auf.

«Ich kann mich nicht festhalten.», schrie Tom aufgeregt, der nun auf seinen Flügeln lag.

«Das macht nichts. Wenn du stillhältst, können wir auch so landen.»

Sanft glitt ich nach unten, um Tom nicht versehentlich fallenzulassen. Ich steuerte auf Delia zu, die uns wie gebannt durch ihren Feldstecher beobachtete. Selbst nach all unseren Flugmanövern war sie immer noch allein. Wahrscheinlich hatte uns hier oben niemand sonst beobachtet, was ein gutes Zeichen war. Kurz vor dem Boden bremste ich ab, schlug ein letztes Mal mit den Flügeln und setzte im mittlerweile matschigen Schnee auf. Die Sonne hatte einen Grossteil zum Schmelzen gebracht. Erst als ich vollständig zum Stillstand kam, rollte Tom seitlich von meinem Rücken hinunter.

«Geht es dir gut, Schatz?», fragte Delia besorgt, als sie kurze Zeit später auf uns zugestürmt kam.

«Ja, ich glaube schon.», antwortete Tom, der durch seinen erneuten Schock zitternd auf dem Boden lag.

Delia setzte sich daneben und beugte sich über ihn. Erst als sie sich davon überzeugt hatte, dass er nicht verletzt war, wandte sie sich mir zu.

«Danke, dass du ihn gerettet hast.», sagte sie und schloss mich in eine Umarmung.

Verlegen blickte ich zu Boden. Ich wusste nicht, was ich in dieser Situation sagen sollte. Schliesslich war das Flugtraining in grosser Höhe meine Idee gewesen. Nachdem Tom für einige Minuten schwer atmend im nassen Schnee gelegen hatte, fing er an zu lachen.

«Du wirst es nicht glauben, Delia, aber aus irgendeinem Grund hat es mir Spass gemacht.», sagte er.

«Wirklich? Es sah sehr gefährlich aus.», entgegnete sie skeptisch.

«Das war es bestimmt. Trotzdem gefällt mir das Fliegen. Morgen sollten wir es erneut versuchen.»

Nun sahen mich beide erwartungsvoll an. In diesem Moment hätte ich vor Freude platzen können. Aufgrund seiner beiden Abstürze hatte ich befürchtet, dass Tom sich gegen ein weiteres Flugtraining mit mir entscheiden würde.

«Also treffen wir uns morgen wieder hier um zwölf Uhr?», fragte ich, so ruhig ich konnte.

«Ja, das passt für mich.», antwortete Tom.

«Wegen Tom habe ich mir die nächsten Tage freigenommen. Ich schaue euch dann gerne zu.», ergänzte Delia.

Wir verabschiedeten uns und ich flog zurück zu meinen Kleidern im Wald. Nachdem ich mich verwandelt und umgezogen hatte, ging ich zu meiner Mutter, um ein wenig Geld für Lebensmittel auszuleihen. Schliesslich befand sich mein Portemonnaie immer noch in Kiew. Nach einem grossen Einkauf in Zürich setzte ich mich erschöpft auf mein Sofa und begann zu lesen.

Morgen wird es hoffentlich weniger anstrengend, dachte ich währenddessen.

Bereits am frühen Abend ging ich zu Bett. Durch meine Erschöpfung schlief ich innerhalb weniger Minuten ein und träumte davon, gemeinsam mit meinem Bruder über den Wolken der Sonne entgegenzufliegen.

Nachdem ich aufgestanden war, stellte ich verwirrt fest, dass ich mich erneut im Schlaf verwandelt hatte. Mittlerweile vermutete ich, dass es mit den Träumen zusammenhing. Sobald ich mir nachts vorstellte, zu fliegen, verwandelte ich mich ungewollt.

Ich sollte meine Gedanken unter Kontrolle bringen. Es kann doch nicht sein, dass ich jeden zweiten Morgen als Drache erwache.

Überrascht darüber, dass sich meine Gedanken gereimt hatten, bereitete ich mich auf den Tag vor. Heute erreichte ich unseren Treffpunkt fast eine halbe Stunde zu früh. Um mir die Zeit zu vertreiben, bis Tom und Delia eintrafen, flog ich ein wenig über den Wald des Walchwilerbergs hinweg. Nur zwei Wanderer konnte ich währenddessen erkennen. Ansonsten war ich allein mit den Tieren, die sich zwischen den Bäumen versteckten. Heute schien die Sonne beinahe genauso stark wie gestern. Dadurch schmolz kontinuierlich Schnee, wodurch an einigen Stellen bereits der matschige Untergrund entblösst wurde.

Nur zwei Minuten vor Zwölf traf Tom mit Delia ein. Er hatte sich bereits verwandelt und blickte mir erwartungsvoll entgegen, als ich zum Landeanflug wechselte. Dieses Mal setzte er sich ohne zu zögern auf meinen Rücken. Seine Vorfreude schien ihm jegliche Angst genommen zu haben.

«Viel Spass.», rief uns Delia entgegen, nachdem ich uns vom Boden abgestossen hatte.

«Freust du dich auf das Flugtraining?», fragte ich Tom, obwohl mir sein glücklicher Gesichtsausdruck bereits die Antwort verriet.

«Und wie! Ich musste die ganze Nacht daran denken.»

«Damit bist du wohl nicht der Einzige.»

Aufgrund der gestrigen Anstrengungen hatte ich Muskelkater in den Flügeln. Trotzdem gelang es mir in kürzester Zeit, unsere bevorzugte Flughöhe von mehreren Kilometern zu erreichen.

«Jetzt brauche ich … erstmal eine … Pause.», keuchte ich völlig ausser Atem.

«Ich dann heute Abend auch. Gestern hatte ich bereits Muskelkater.»

«*Du* hattest Muskelkater? Was ist denn mit mir? Ich musste dich zweimal … nach oben tragen.»

«Meine Flügel sind sich solche Strapazen nicht gewohnt.»

«Dann fangen wir besser mit dem Training an, statt unnötig zu quatschen.»

Mit erstaunlicher Selbstsicherheit breitete Tom seine Flügel aus und lockerte den Griff um meinen Oberkörper. Bevor er vollständig losliess, zögerte er dennoch.

«Fliegst du wieder dicht unter mir?», fragte er leicht verunsichert.

«Ganz bestimmt.»

Nun liess er los und ich flog wenige Meter unter ihm her. Zuerst schwankte er unsicher durch die Luft, jedoch wurden seine Bewegungen kurz darauf entspannter, wodurch sich sein Gleitflug stabilisierte. Strahlend vor Freude liess er sich treiben. Mit der Zeit verflog seine Angst und wir glitten anschliessend in sanften Kurven durch den Himmel. Selbst als uns ein leichter Windstoss erwischte, liess er sich nicht aus der Ruhe bringen und fing sich augenblicklich wieder auf. Ihn derart glücklich über mir fliegen zu sehen, erfüllte mich mit Freude.

«Folge mir.», sagte ich schliesslich und flog ein Stück nach rechts.

«He! Nicht davonfliegen.»

«Deswegen habe ich gesagt, du sollst mir folgen. Oder lassen sich deine Flügel nicht mehr bewegen, sobald ich zu weit weg bin?»

Grinsend entfernte ich mich einige Meter von ihm. Tom passte seine Richtung an und kam schliesslich näher. Kurz bevor er mich erreichte, setzte ich zum Sinkflug an, um meine Geschwindigkeit zu erhöhen. Verunsichert blickte mir mein Bruder nach, bevor er sich dazu überwinden konnte, mir zu folgen. Um ihn ein wenig herauszufordern, flog ich eine scharfe Linkskurve. Er hingegen glitt weiterhin geradeaus, wendete in einem grossen Bogen und kam anschliessend langsam auf mich zu. Mittlerweile befand ich mich höher oben als er.

«Kannst du nicht ein wenig tiefer fliegen?», fragte er mich.

«Das könnte ich. Aber stattdessen solltest du mal versuchen, mit den Flügeln zu schlagen.»

Mit grossen Augen nach Hilfe bittend blickte mir Tom entgegen. Da ich wollte, dass er den Flügelschlag trainierte, blieb ich über ihm und sagte, dass ich erst wieder unter ihm fliegen würde, nachdem er meine Höhe erreicht hatte. Unzufrieden über meine strengen Ausbildungsmethoden bemühte er sich, seine Flügel zu bewegen, ohne das Gleichgewicht zu verlieren. Erst nach mehreren Dutzend Flügelschlägen gewann er an Höhe.

«Deine Bewegungen sind nicht ganz korrekt. Schau mal, wie ich das mache.», rief ich ihm entgegen, da ich bemerkt hatte, wie unsauber er die Flügel während der Aufwärtsbewegung einklappte.

Ich bemühte mich, meine Flügel so perfekt wie möglich zu bewegen, sodass er von meinen Bewegungen lernen konnte. Leider misslangen mir meine 'perfekten' Flügelschläge derart, dass ich mehrere Meter nach unten sackte.

«Und das sollten korrekt ausgeführte Flügelschläge sein? Selbst mein erster Flügelschlag war besser.», sagte Tom.

«Das war nicht meine Absicht.», entgegnete ich.

Vor lauter Scham hätte ich mich am liebsten in Luft aufgelöst. Um die Situation zu retten, schwang ich die Flügel nun richtig und gewann währenddessen schnell an Höhe.

«Es ist nicht hilfreich, wenn du dich noch weiter von mir entfernst. Wie soll ich dich so einholen können?», rief mir Tom leicht gereizt hinterher.

Energisch schwang er sich mir entgegen, um mich einzuholen. Meine Strategie ging sogar besser auf, als ich gedacht hatte. Innerhalb kürzester Zeit bereitete es meinem Bruder keine Schwierigkeiten mehr, mit den Flügeln zu schlagen, während er flog. Ausserdem war ich mir ziemlich sicher, dass er mein peinliches Missgeschick von vorhin bereits vergessen hatte. Ich wechselte in den Gleitflug und bald darauf gelang es Tom, meine Höhe zu erreichen.

«Kannst du jetzt wieder unter mir fliegen?», fragte er leicht ausser Atem.

«Sicher.», antwortete ich grinsend.

Verwirrt starrte er mich an, denn er wusste nicht, weshalb ich mich freute. Um ihm seine unausgesprochene Frage zu beantworten, setzte ich zu einem kurzen Sturzflug an und fing mich wenige Sekunden später wieder auf. Tom machte es mir nach, indem er die Flügel anlegte und kontrolliert nach unten schoss. Erst als er bereits unter mir war, fing er seinen Sturz auf. Die plötzliche Belastung schien seinen linken Flügel zu überfordern, denn dieser knickte ein. Augenblicklich stürzte ich ihm nach, um ihn auffangen zu können. Bevor ich ihn erreichte, streckte er seine Flügel erneut und drückte die Schnauze nach oben, wie ich es ihm während seines letzten Absturzes erklärt hatte. Aus eigener Kraft bremste er seinen Fall ab und fing sich auf. Nur wenige Sekunden später erreichte ich seine Höhe. Positiv überrascht gratulierte ich ihm zu seinem gelungenen Auffangmanöver. Ein Teil von mir erwartete, dass er mich nun darum bitten würde, zu landen. Entgegen meiner Erwartungen grinste er mich an und sagte: «Lass uns das wiederholen!»

Ich musste lachen und setzte sogleich zum Sturzflug an. Hinter mir hörte ich Toms Freudenschrei, bevor der zunehmende Gegenwind jegliche Geräusche schluckte. Wie zwei Pfeile schossen wir dem Erdboden entgegen. Bevor wir zu tief waren, um sicher weiterzufliegen, breitete ich langsam meine Flügel aus, um sie während meiner Bremsung nicht zu sehr zu belasten. Tom tat es mir gleich, jedoch viel zu spät, wodurch er nahezu ungebremst auf mich zuraste. Er versuchte, eine Kollision zu vermeiden, indem er die Flügel ruckartig ausbreitete. Der mächtige Gegenwind drückte ihm nun mit voller Wucht entgegen. Plötzlich verkrampfte sich sein linker Flügel vor lauter Anstrengung. Er zuckte unkontrolliert und zog sich immer weiter zusammen. Im allerletzten Moment wich ich zur Seite aus und Tom schoss wenige Zentimeter an mir vorbei. Gleich darauf jagte ich ihm nach. Ich legte die Flügel an, so gut ich konnte, um möglichst wenig Luftwiderstand zu bieten. Trotzdem dauerte es eine Weile, bis ich ihn eingeholt hatte, da er mit über zweihundert Stundenkilometern nach unten raste. Inzwischen befanden wir uns nur noch wenige hundert Meter über dem Boden. Da mir die Zeit fehlte, klammerte ich mich von oben her an Tom fest, wie er es zuvor bei mir getan hatte, und bremste mit aller Kraft unseren Sturz ab. Meine vor Muskelkater zitternden Flügelmuskeln brannten unter dieser enormen Belastung. Trotz der Schmerzen gelang es mir, die Flügel gespannt zu halten. Knapp über dem Boden konnte ich unseren Sturz auffangen. Um eine Kollision mit den Baumwipfeln zu vermeiden, musste ich uns zusätzlich noch weiter nach oben ziehen.

Nachdem ich mit ihm über die Bäume hinweggeflogen war, glitt ich erleichtert auf Delia zu, die uns erneut aufgeregt entgegenstürmte. Mit letzter Kraft schlug ich noch einmal mit meinen Flügeln, um einigermassen sanft aufzusetzen. Gleichzeitig liess ich Tom los, der auf den matschigen Boden klatschte. Ich überschlug mich und blieb anschliessend reglos liegen. Obwohl Toms Flügel noch immer verkrampft war und ich ihm helfen wollte, fand ich nicht die Kraft, mich zu bewegen. Vor Anstrengung keuchend wartete ich im Matsch, bis Delia zu uns stiess.

«Was ist passiert?», fragte sie besorgt.

«Toms linker Flügel hat sich verkrampft.», antwortete ich ausser Atem. «Du musst ihn strecken, damit sich der Krampf wieder löst.»

Sie eilte zu ihm und zog an seinem Flügel, um ihn auszubreiten. Sie musste ihr gesamtes Körpergewicht einsetzen, um gegen den Krampf anzukommen. Dennoch gelang es ihr, den Flügel vollständig zu strecken, wodurch sich das unkontrollierbare Zucken einstellte. Zu meiner Verwunderung lachte Tom währenddessen, als wäre sein Absturz der beste Augenblick seines Lebens gewesen.

«Fliegen ist einfach das Schönste.», sagte er lachend.

Ich zwang mich zu einem Lächeln, obwohl mir allem anderen zu Mute war.

Hat ihm das tatsächlich Spass gemacht? Es war viel zu knapp für meinen Geschmack, dachte ich, als ich meinen Bruder besorgt anstarrte.

Mit zitternden Flügeln stand ich auf und ging zu ihm. Ich wollte ihn fragen, was an dieser Situation witzig war, jedoch hielt ich mich zurück. Allem Anschein nach war diese Reaktion seinem Schock zu verdanken.

«Ich schiesse im Sturzflug nach unten und dann verkrampft sich mein Flügel.»

Wieder musste er lachen, diesmal aufgrund seiner eigenen Aussage. Delia und ich tauschten fragende Blicke aus.

«Ich glaube, wir sollten uns auf den Rückweg begeben.», schlug sie schliesslich vor.

Am nächsten Tag trafen wir uns erneut auf dem Walchwilerberg. Dieses Mal erreichten wir den Treffpunkt zur selben Zeit.

«Vielleicht sollte ich mich heute ein wenig zurückhalten.», sagte Tom, nachdem wir uns begrüsst hatten.

«Das halte ich für eine gute Idee. Dein Flügel soll sich nicht erneut verkrampfen.», antwortete ich.

Er stieg auf meinen Rücken und wir flogen den Wolken entgegen, die sich während der letzten Stunden gebildet hatten. Allem Anschein nach würde es bald regnen, anstatt zu schneien, denn die Temperatur lag noch immer über dem Gefrierpunkt.

«Ab jetzt fliegst du weiter nach oben.», sagte ich, nachdem wir knapp einen halben Kilometer an Höhe gewonnen hatten.

«Kannst du mich nicht erneut bis ganz nach oben tragen?»

«Nein. Meine Flügel brauchen auch mal eine Auszeit.»

«Bitte, nur noch ein letztes Mal.»

Schweigend sah ich ihm in die Augen. Nach einigen Sekunden lockerte sich sein Griff und er spannte die Flügel.

«Dann eben nicht.», sagte er enttäuscht.

Ich liess mich wenige Meter fallen, nachdem er mich losgelassen hatte, und wir glitten kurzzeitig übereinander her. Anschliessend schlug ich mit den Flügeln, um nach oben zu steigen.

«Komm. Je schneller du oben bist, desto schneller kannst du Sturzflüge üben.»

Das liess sich mein Bruder nicht zweimal sagen. In schwungvollen Bewegungen stieg er dem Himmel empor. Trotz seiner Bemühungen und meiner vor Muskelkater geschwächten Flügel gelang es ihm nicht, mich einzuholen. Hierfür waren meine Bewegungen bereits zu routiniert. Nach nur wenigen Minuten hatten wir die Unterseite einer tiefhängenden Wolke erreicht.

«Höher würde ich an deiner Stelle nicht steigen. Die winzigen Wassertröpfchen könnten unter Umständen zu einer unbeabsichtigten Verwandlung führen, wenn du verstehst, was ich meine.»

Ich verwendete absichtlich weder Eis noch Kälte zur Beschreibung der Gefahr, denn selbst der kleinste Gedanke daran konnte eine Verwandlung einleiten.

Wir flogen gemeinsam in grosser Höhe über den Walchwilerberg hinweg. Zwischendurch übten wir kurze Sturzflüge und enge Kurven. Die meiste Zeit jedoch liessen wir uns treiben und genossen die kühle Luft, die uns entgegenströmte, ebenso wie die Aussicht.

«Wieso hast du mir nie gesagt, dass Fliegen derart viel Spass macht?», fragte er.

Mittlerweile kam er gar nicht mehr aus dem Grinsen heraus.

«Weil du kein Drache warst. Ich wollte nicht ständig vom Fliegen schwärmen, wenn du nicht selbst dazu in der Lage gewesen wärst.»

«Jetzt will ich niemals wieder etwas anderes machen. Delia muss ich auch unbedingt mal mitnehmen.»

«Das wäre ziemlich riskant. Wenn ihr gemeinsam abstürzt, könnte ich nicht euch beide auffangen.»

«Stimmt.»

Wir flogen ein Stück weiter und plötzlich warf mir Tom einen herausfordernden Blick zu.

«Fang mich, wenn du kannst!», sagte er und liess sich in die Tiefe stürzen.

Augenblicklich folgte ich ihm. Mit rasender Geschwindigkeit wechselte Tom seine Richtung, um mich abzuschütteln. Aufgrund meiner Wendigkeit gelang es ihm jedoch nicht. Stattdessen kam ich mit jeder Richtungsänderung ein Stück näher, da ich die Kurven jeweils wesentlich enger nehmen konnte und dabei weniger Geschwindigkeit einbüsste. Als ich genügend dicht hinter ihm flog, berührte ich seine Schwanzspitze mit meinem linken Vorderbein.

«Ich hab dich! Jetzt bist du an der Reihe.»

Mit diesen Worten drehte ich mich kopfüber, um gleich darauf mithilfe eines kraftvollen Flügelschlags einen Sturzflug einzuleiten. Auf diese Weise konnte ich um einiges schneller sinken als mein Bruder. Bevor er zu mir aufschliessen konnte, wechselte ich abrupt die Richtung, was ihn zum Wenden zwang. In einem grossen Bogen kam er erneut auf mich zu, wobei er bereits mit den Flügeln schlagen musste, um die Höhe zu halten. Plötzlich zog etwas auf dem Boden seine Aufmerksamkeit auf sich. Ich erkannte einen kleinen Lastwagen, aus dem fünf Menschen mit Betäubungsgewehren ausstiegen. Sofort wusste ich, dass es sich um diese sogenannte 'Drachenschutzgesellschaft' handelte. Zufälligerweise kamen sie direkt auf Delia zu, die ihnen im Weg stand. Toms Blick verfinsterte sich. In seinen Augen loderte auf einmal feuriger Zorn.

«Sie sind hinter uns her, nicht hinter ihr. Wenn du sie angreifst, wird uns das nicht weiterhelfen.», schrie ich ihm entgegen.

Er schien mich entweder nicht gehört zu haben oder zu ignorieren, denn mit todernstem Blick flog er schnurstracks auf die fünf Männer zu.

Nein, das darf doch nicht wahr sein, dachte ich verzweifelt.

Sie waren bereits an Delia vorbeigelaufen und richteten ihre Betäubungsgewehre auf Tom, als er ungebremst in ihre Richtung flog. Obwohl ich im Sturzflug beschleunigte, konnte ich ihn nicht rechtzeitig einholen. Einer der Betäubungspfeile, die bereits verschossen worden waren, traf Tom an der Schnauze. Unbeirrt rammte er einer der Männer mit der vollen Wucht seines Fluges. Beide stürzten anschliessend einige Meter weiter hinten zu Boden. Währenddessen gruben sich Toms Krallen in die Brust seines Gegners. Die anderen schossen weitere Betäubungspfeile ab, wovon einige ihr Ziel fanden. Nun taumelte Tom, da die betäubende Wirkung bereits einsetzte. Die vier verbleibenden Männer stürmten auf ihn zu und versuchten, ihn festzuhalten. Dem ersten verpasste er tiefe Schnitte in seinen linken Oberschenkel, während es den anderen gelang, den wild um sich schlagenden Drachen zu bändigen.

Endlich erreichte ich den Ort des Geschehens. Mitten im Flug schlug ich einen der Männer mit dem Schwanz beiseite, der sogleich mehrere Meter nach hinten flog und sein Betäubungsgewehr fallenliess. Blitzschnell setzte ich auf dem Boden auf und schleuderte die Waffe dem nächstbesten Gegner ins Gesicht. Aufgrund des Aufpralls verlor dieser das Bewusstsein und sackte zu Boden. Der letzte der fünf Männer, der noch aufrecht stehen konnte, feuerte mehrere Betäubungsschüsse auf mich ab. Geschickt duckte ich mich unter den Projektilen hindurch und schlitterte dem matschigen Untergrund entlang auf den Mann zu. Kurz bevor ich ihn erreichte, sprang ich hoch, um mich auf ihn zu stürzen. Mit dem rechten Vorderbein drückte ich seinen Kopf nach unten, während er fiel, sodass er bei seiner Landung das Bewusstsein verlor. Der verletzte Mann, dessen Bein stark blutete, griff nach einem Betäubungsgewehr, was neben ihm auf dem Boden lag. Bevor er mich anvisieren konnte, entriss ich es ihm und knurrte, wie ich es damals in Kiew getan hatte. Verängstigt kroch er einen Meter zurück und hielt schützend eine Hand vor sein Gesicht.

Statt mich weiterhin mit ihm zu beschäftigen, eilte ich zu Tom, der inzwischen tief schlafend im Matsch lag. Er schien nicht verletzt zu sein. Vorsichtig entfernte ich die in ihm steckenden Betäubungspfeile und hievte ihn auf meinen Rücken. Ich wollte gerade losfliegen, als mir Delia auffiel, die das Geschehen entsetzt beobachtete. Sie wusste, dass ich als Drache nicht in Anwesenheit fremder Personen sprechen wollte. Deswegen nickte sie mir stumm zu. Nun schwang ich mich in die Luft, so schnell ich konnte. Schliesslich wollte ich nicht darauf warten, bis die Verstärkung der Drachenschutzgesellschaft eintraf. Nur eine Viertelstunde später landete ich auf dem Balkon meines Bruders. Die Balkontür war verschlossen, weswegen ich nicht eintreten konnte. Emma und Nova, die geduldig zu Hause gewartet hatten, fingen an zu winseln, als sie uns entdeckten. Sie wollten uns unbedingt begrüssen, jedoch versperrte ihnen die Tür den Weg.

«Wach auf, Tom.», sagte ich ungeduldig und versuchte, ihn wachzurütteln.

Immer noch schlief er tief und fest. Seine ruhigen Atemzüge liessen nicht vermuten, dass er kurz zuvor gekämpft hatte. Ich legte ihn in einer bequemen Position hin und wartete darauf, dass Delia mit Toms Auto eintraf. Schliesslich hatte Tom seine Wertsachen mitsamt des Autoschlüssels bei ihr gelassen.

Eine halbe Stunde später traf Delia ein. Sie öffnete die Balkontür und half mir, Tom auf das Sofa zu tragen, der immer noch schlief.

«Was zum Teufel war das gerade?», fragte sie mich.

«Das war die DrSG. Sie wollen Experimente an lebenden Drachen durchführen. Tom dachte, sie würden dich angreifen. Zumindest vermute ich das. Deswegen hat er sich wie wild auf sie gestürzt. Sie hätten ihn gefangengenommen, wenn ich nicht eingegriffen hätte.»

Ungläubig starrte sie abwechslungsweise Tom und wieder mich an.

«Er hat einfach so einen von denen getötet! Und sie haben direkt auf ihn geschossen, bevor er überhaupt bei ihnen war. Meiner Meinung nach tragen beide Seiten Schuld an dieser Situation.», sagte sie schliesslich.

«Nach diesem Vorfall wird man uns leider noch eher jagen.», entgegnete ich.

«Und was macht ihr jetzt?»

«Ich werde versuchen, das Vertrauen der Menschen in uns wiederherzustellen. Wie ich diese Organisation bisher erlebt habe, wird sie uns fortan als gefährliche Tiere dastehen lassen.»

Emma, die ebenfalls mit uns auf dem Sofa sass, schnupperte an Tom, der nun ein leises Brummen von sich gab. Sie leckte seine Schnauze ab und kuschelte sich neben ihm ein. Mit der Zeit schien die Wirkung der Betäubungspfeile nachzulassen. Tom stöhnte unruhig und öffnete zwischendurch seine Augen. Nach weiteren zehn Minuten sah er mir ins Gesicht. Die Augen fielen ihm kurzzeitig wieder zu, danach konnte er sie jedoch offenhalten.

«Wassist?», fragte er benommen.

«Sie haben dich betäubt.», antwortete ich knapp.

Da ich nicht wusste, ob er alles verstehen, geschweige denn verarbeiten konnte, was ich ihm sagte, wartete ich mit weiteren Erklärungen. Kurz darauf versuchte er, sich hinzusetzen. Delia half ihm dabei, nicht wieder umzukippen.

«Was ist mit den Männern? Habe ich sie besiegt?», fragte er wesentlich klarer als noch vor wenigen Minuten.

«Du hast einen von ihnen getötet und den anderen schwer verletzt. Dann haben sie dich betäubt und ich musste mich um alle anderen kümmern.», entgegnete ich.

«Was hast du dir eigentlich dabei gedacht, sie anzugreifen?», entfuhr es Delia.

Sie schien alles andere als erfreut darüber zu sein, dass Tom jemanden getötet hatte.

«Sie haben zuerst angegriffen.»

«Das stimmt doch gar nicht! Du bist im Sturzflug auf sie zugeflogen, bevor sie dich abgeschossen haben.»

«Aber sie haben dich bedroht.», erwiderte Tom.

Er war nun sichtlich verwirrt.

«Von was redest du da? Sie sind nur an mir vorbeigelaufen, um zu euch zu gelangen.»

«Tatsächlich?»

Delia sah meinem Bruder streng in die Augen. Als er nach einer weiteren Viertelstunde wieder vollständig bei Sinnen war, fragte er, wie ich die DrSG-Mitarbeiter besiegt hatte.

«Ich habe einen nach dem anderen bewusstlos geschlagen oder entwaffnet.»

«Du hast sie leben lassen? Wieso das denn? Sie wollten uns gefangennehmen und irgendwelchen Experimenten aussetzen. Solche Menschen hätten den Tod verdient.»

Als er die ernsten Blicke von Delia und mir bemerkte, gab er einen mürrischen Ton von sich und schwieg.

«Wir sollten herausfinden, was unser Angriff auf die DrSG für Konsequenzen hat.», schlug ich vor.

Online suchten wir nach den neusten Pressemitteilungen und tatsächlich war bereits ein Zeitungsartikel über diesen Vorfall veröffentlicht worden.

'DrSG-Mitarbeiter von Drache getötet', hiess die Überschrift.

«Ein Mitarbeiter der DrSG berichtete heute der Polizei, dass er und vier seiner Kollegen grundlos von zwei Drachen angegriffen wurden, als sie sie aus sicherer Entfernung beobachteten. Sie verteidigten sich mit ihren Betäubungsgewehren, konnten jedoch den Tod eines Mitarbeiters nicht verhindern. 'Wie eine wilde Bestie hat sich der grüne Drache auf uns gestürzt', teilte uns einer der Männer mit, der diesen Vorfall grösstenteils unbeschadet überstanden hatte. Ein weiterer DrSG-Mitarbeiter wurde schwer verletzt in das nächstgelegene Krankenhaus gebracht. Laut der Einschätzung dieser Männer handelt es sich bei den Drachen um eine akute Gefahr, die baldmöglichst gebannt werden muss.», las ich vor.

«Was für verlogene Feiglinge! Die schieben uns alles in die Schuhe und kommen auch noch ungestraft davon. Das kann ich nicht auf mir sitzen lassen.»

Mit diesen Worten stand Tom auf und ging voller Zorn in Richtung Tür. Ich hielt ihn am rechten Flügel zurück, denn ein weiterer Angriff auf die Drachenschutzgesellschaft würde unsere Situation noch verschlimmern. Reflexartig stiess er mich beiseite, wobei ich gegen den Esstisch krachte, der durch den Aufprall umkippte. Die Gläser, die darauf gestanden hatten, fielen zu Boden und brachen in unzähligen Splittern auseinander. Emma und Nova verzogen sich derweil in ihre Betten. In Toms grünen Augen loderte nun blanker Hass. Er glich nicht mehr einem freundlichen Drachen, sondern eher einem blutrünstigen Monster. Erst als er mich zwischen den Scherben liegen sah, schien ihm sein Wutausbruch bewusst zu werden.

«Es tut mir leid. Ich wollte dich nicht verletzen.», sagte er voller Reue.

«Ich bin nicht verletzt.», entgegnete ich.

Verlegen wischte er die Scherben auf und stellte den Tisch gerade.

«Trotzdem müssen wir gegen diese hinterlistige Organisation kämpfen.», sagte er.

«Dann würdest du ihnen nur mehr Gründe geben, uns zu jagen.», entgegnete ich.

«Genau das wollen die doch. Wenn sie uns dazu bringen, klein beizugeben, gewinnen sie.», antwortete er.

«Sie wollen eine Rechtfertigung dafür, uns einzusperren. Wenn wir uns passiv verhalten, werden sie ihr Ziel nicht erreichen, denn die Öffentlichkeit ist grösstenteils auf unserer Seite.»

Unschlüssig blickte er zur Tür und wieder zu mir. Egal welche Worte ich auch wählen würde, seinen Hass auf die DrSG konnte ich nicht mindern.

«Lass gut sein, Tom.», sagte Delia schliesslich. «Sollen sie doch über euch denken, was sie wollen. Ich weiss, wer ihr wirklich seid. Und wahrscheinlich wissen das auch tausende andere Menschen dank dem, was Nils alles getan hat. Er war stets passiv und half den Menschen, wo er konnte. Statt unnötiges Blutvergiessen im Krieg wählte er Frieden. Und das wissen die Menschen, zumindest die, die daran glauben wollen. Möchtest du wirklich all das zerstören, was dein Bruder aufgebaut hat, nur wegen deinem Hass?»

Endlich schien Toms Zorn vollständig zu weichen.

«Aber sie wollen uns gefangennehmen und die Menschen gegen uns aufbringen. Und wenn wir nichts dagegen unternehmen, wird es denen gelingen.», entgegnete er leicht verunsichert.

«Das stimmt. Aber es gibt bessere Lösungen als Feuer mit Feuer zu bekämpfen. Wenn du sie angreifst, gibst du ihnen indirekt genau das, was sie wollen.»

Nun beruhigte sich Tom und blickte verlegen zu Boden.

«Ich glaube, ich sollte jetzt nach Hause fliegen.», sagte ich, denn Delia hatte bestimmt noch einiges mit meinem Bruder zu bereden.

«Sehen wir uns morgen wieder?», fragte Tom vorsichtig.

«Ja. Aber besser nicht auf dem Walchwilerberg. Die DrSG wird dort bestimmt nach uns suchen.»

Nachdem ich meine Flügel ausgebreitet hatte, um loszufliegen, zögerte ich einen Moment.

«Lass dich nicht von deinem Zorn beherrschen, Tom.», sagte ich und stiess mich schwungvoll ab.

Dieser Wutausbruch meines Bruders hatte mir sehr zu schaffen gemacht. Bis tief in die Nacht musste ich darüber nachdenken, was geschehen würde, sollte er die DrSG attackieren. Ausserdem spielte sich die heutige Kampfszene unzählige Male in meinem Kopf ab.

Wollte er diese Männer tatsächlich töten oder war dies nur eine sehr unglückliche Situation? Fragte ich mich.

Da ich keine Antwort auf diese Frage fand, versuchte ich, mich irgendwie zu entspannen.

25

Gedanken

Zahlreiche Regentropfen, die am frühen Morgen gegen die geschlossenen Fensterläden prasselten, hatten mich aufgeweckt. Da ich ohnehin nicht gut schlafen konnte, stand ich auf. Gedankenverloren machte ich mir mein Frühstück und ass vor meinem Computer. Unser gestriger Angriff auf die DrSG beschäftigte mich noch immer. Die öffentliche Meinung über Tom und mich war mir wichtig, weswegen ich das Internet nach neuen Meldungen über Drachen durchforstete. Zu den meist bewundernden und faszinierten Berichten gesellten sich nun einige angsterfüllte oder zornige Meinungen dazu.

«Jetzt sind es also schon zwei von denen. Wie soll das weitergehen? Werden irgendwann Drachen die dominante Spezies dieses Planeten sein?», las ich.

«Der jüngste Übergriff auf die DrSG zeigt klar und deutlich, dass die Drachen unberechenbar sind. Wir sollten uns vor ihnen schützen oder sie einsperren.», schrieb eine andere Person.

Frustriert schloss ich das Browserfenster und ass mein Frühstück auf. All meine Bemühungen, den Menschen ihre Angst zu nehmen, schienen umsonst gewesen zu sein.

Ist es unvermeidbar, dass sie uns fürchten? Fragte ich mich.

Niedergeschlagen machte ich mich auf den Weg zu Tom. Aufgrund des starken Regens startete ich vom Balkon aus. Ob mich währenddessen jemand beobachtete, war mir in diesem Augenblick gleichgültig.

Leise klopfte ich an die geschlossene Balkontür meines Bruders. Gleich darauf nahm ich Emmas Bellen wahr. Nova tat es ihr gleich, bevor mich Tom eintreten liess.

«Du tropfst den ganzen Boden voll.», begrüsste er mich.

«Ich freue mich auch, dich zu sehen.», antwortete ich.

«Es tut mir leid wegen gestern. Ich hätte nicht angreifen sollen.»

«Also hat dich Delia doch noch überzeugt.»

Ohne auf meine Bemerkung einzugehen, brachte er mir ein Handtuch, mit dem ich mich abtrocknen konnte. Nun schloss mich Tom in eine Umarmung.

«Danke, dass du mich gerettet hast. Du bist echt der beste Bruder, den ich mir wünschen könnte.», sagte er schliesslich. «Und der beste Drachencoach. Was möchtest du mir heute beibringen?»

Grinsend wartete er auf meine Antwort. Tatsächlich hatte ich mir noch nichts überlegt.

«Vielleicht könnte ich dir das Feuerspeien zeigen.», erwiderte ich.

«Wirklich?»

Tom eilte augenblicklich ins Badezimmer und kam zu meiner Überraschung bereits eine Minute später als Drache zurück.

«Du hast geübt, wie ich sehe.»

«Ja, sogar sehr viel.», antwortete er stolz.

Wir setzten uns auf den Balkon, um bei unseren Übungen nichts abzufackeln, und ich erklärte ihm bis ins kleinste Detail, wie das Feuerspeien funktionierte. Dabei rollte ein Zug an uns vorbei, denn Toms Wohnung befand sich direkt an den Gleisen.

«Kannst du das wiederholen? Ich habe dich wegen dem Zug nicht verstanden.», bat er mich.

Die Tatsache, dass er nun dieselben Probleme hatte wie ich mit dem Asperger-Syndrom, liess mich schmunzeln. Ich erklärte ihm erneut, wie er die Luft in seinen Lungen erhitzen konnte, woraufhin er seine Augen schloss und es selbst versuchte. Währenddessen beobachtete ich ihn genau, denn ich wollte seine ersten Flammen nicht verpassen. Für die nächsten Minuten geschah nichts.

«Es funktioniert nicht.», sagte Tom schliesslich.

«Dann stellst du es dir falsch vor.»

«Ich stelle es mir genauso vor, wie du es erklärt hast.»

«Wenn dem so wäre, müsstest du jetzt Feuer speien. Oder zumindest heisse Luft.»

«Bei ihm sieht es immer so leicht aus. Bestimmt gibt es irgendeinen Trick, den er mir nicht verraten möchte.», sagte Tom derart leise, dass ich ihn trotz meines ausgezeichneten Gehörs kaum verstehen konnte.

«Nein, es gibt keinen anderen Trick dabei.», antwortete ich.

Gespannt wartete ich auf seine Reaktion, denn ich war mir sicher, dass er nicht beabsichtigt hatte, sich verständlich auszudrücken.

«Was?», fragte er verwirrt.

«Was?», entgegnete ich schmunzelnd.

«Ich habe gar nichts gesagt.»

«Doch hast du. Nur so leise, dass ich es kaum verstehen konnte.»

«Das kann doch gar nicht sein. Ich habe nicht zu dir gesprochen.»

«Dann hast du leise Selbstgespräche geführt.»

«Das auch nicht.»

«Was war es dann?»

«Ich weiss es nicht.»

Nachdenklich sah er den Passanten auf der Strasse nach, die durch den starken Regen ausschliesslich nach unten blickten oder Regenschirme trugen.

«Wie hast du mich bei diesem lauten Geplätscher überhaupt verstanden, wenn du die Nebengeräusche nicht herausfiltern kannst?»

«Indem ich mich auf alles gleichzeitig konzentriere. Zumindest dann, wenn jemand bei mir ist. Ansonsten könnte ich etwas überhören.»

«Ist das nicht sehr anstrengend? Mir brummt der Schädel jetzt schon.»

«Und wie das anstrengend ist. Deswegen wirke ich nach wenigen Stunden in der Öffentlichkeit abwesend.»

«Das ergibt Sinn. Dann soll ich es deiner Meinung nach erneut versuchen mit dem Feuerspeien? Gibt es wirklich nichts, was du mir verschwiegen hast?», fragte Tom, um wieder auf unser Training zurückzukommen.

«Ich habe dir alles gesagt, was ich weiss. Es ist jedoch sehr schwer zu beschreiben, was du denken musst.»

Mit neuer Hoffnung konzentrierte sich Tom wieder auf die Erwärmung der Luft. Ebenso konzentriert starrte ich ihn währenddessen an. Ich versuchte zu erkennen, was sein Fehler war.

«Du darfst dir kein Feuer in deinen Lungen vorstellen, sondern Luft, die langsam erwärmt wird.», sagte ich schliesslich.

«Woher weisst du, was ich mir vorstelle?»

«Es war nur eine Vermutung, da du es bis jetzt noch nicht geschafft hast. Denselben Fehler habe ich anfangs auch gemacht.»

Nachdenklich sah ich meinen Bruder an, der sich erneut konzentrierte. Bevor ich ihm den Tipp gegeben hatte, war urplötzlich ein Bild von orangeroten Flammen innerhalb einer Lunge vor meinem inneren Auge erschienen. Ich wusste nicht, woher dieser Gedanke stammte.

«Vielleicht liegt es auch daran, dass du orangerotes Feuer erzeugen möchtest. Bei dir ist es bestimmt grün.»

«Kann der nicht mal Ruhe geben? Ich höre meine eigenen Gedanken kaum noch wegen all diesem Geplätscher und seiner Stimme.», sagte Tom erneut kaum hörbar.

Gedanken? Das ist es! Wie mir scheint, kann ich seine Gedanken verstehen. Aber wie kann ich überprüfen, ob es nicht doch Einbildung ist? Fragte ich mich.

«Denk mal an irgendetwas.», forderte ich Tom auf.

«Sei ruhig. Ich muss mich konzentrieren.»

«Nein, wirklich. Es ist wichtig.»

«Was ist so wichtig, dass du mich ständig stören musst?»

«Es mag verrückt klingen, aber ich glaube, dass ich neuerdings über telepathische Fähigkeiten verfüge.»

«Du bist eindeutig verrückt geworden.»

«Sagt der, der gestern grundlos jemanden getötet hat.»

«Das war doch bloss ein Missverständnis. Ausserdem haben die das verdient.», glaubte ich, Toms Gedanken zu hören, während er griesgrämig mit den Augen rollte.

«Also gut. Wenn du glaubst, du kannst Gedanken lesen, an was denke ich jetzt?», fragte er.

Ich konzentrierte mich auf alle Empfindungen zugleich, da ich nicht wusste, wie ich Gedanken empfangen konnte. Ich hörte die tausenden Regentropfen plätschern, fühlte den kühlen Wind und wie der Balkon durch einen herannahenden Zug vibrierte, roch den nassen Asphalt auf der Strasse und sah selbst die winzigsten Kratzer und Unebenheiten in Toms Schuppenpanzer. Voller Konzentration schloss ich die Augen und versuchte, an nichts zu denken, während all diese Eindrücke an mir vorbeiflossen. Trotzdem dachte ich an unseren gemeinsamen Flug von gestern. Angestrengt versuchte ich, den Gedanken loszuwerden, jedoch war er zu verlockend. Ich jagte Tom hinterher, der seltsamerweise viel wendiger war als ich. Seine Schuppen waren rot, während meine wie Smaragde glitzerten.

Warte, das sind nicht meine Gedanken, dachte ich überrascht.

«Du denkst an unsere Verfolgungsjagd von gestern, nachdem ich dich gefangen habe. Kurz bevor …»

«Das ist unmöglich!», unterbrach mich Tom.

Augenblicklich brach das Bild ab und wich einem wilden Durcheinander von Eindrücken. Ich öffnete meine Augen und konzentrierte mich nur noch auf Toms Worte.

«Wie kannst du meine Gedanken lesen?»

«Ich weiss es nicht.»

Nun traten meine Erinnerungen an die unbekannten Stimmen hervor.

«Seitdem du ein Drache bist, habe ich zwischendurch in der Nacht Stimmen gehört, die ich nicht einordnen konnte. Du warst jeweils am Schlafen.», erklärte ich.

«Also hast du meine Träume gehört?»

«Wahrscheinlich.»

«Das will ich auch können. Kannst du es mir beibringen?»

«Ich weiss nicht einmal, wie ich das mache.»

«Dann sag mir Bescheid, sobald du mehr herausgefunden hast. Die Gedanken der Mitmenschen zu lesen, ist die nützlichste Fähigkeit, die ich mir hätte vorstellen können.»

Wieder konzentrierte ich mich auf meine gesamte Wahrnehmung. Ich versuchte, irgendwelche Gedanken aufzuschnappen. Dabei liess ich alle Empfindungen ungefiltert durch mich hindurchfliessen. Selbst der Zug, der neben dem Balkon vorbeifuhr, konnte mich nicht aus der Fassung bringen, obwohl die Intensität der Geräusche und Erschütterungen unter normalen Umständen zu einer Reizüberflutung geführt hätte. Nach einer unbestimmbar langen Zeitspanne öffnete ich meine Augen. Ausser den eigenen Gedanken konnte ich nichts wahrnehmen.

«Und?», fragte Tom, der mittlerweile als Mensch auf dem Sofa lag.

«Nichts. Da ist absolut gar nichts.»

«Vielleicht solltest du es morgen erneut versuchen.»

«Da hast du vermutlich recht.»

Ich setzte mich zu ihm und wir sahen uns einen Spielfilm an, dem ich aufgrund meiner neusten Entdeckung kaum Beachtung schenken konnte.

«Können wir morgen zusammen nach Kiew fliegen, um unsere Sachen zu holen?», fragte ich Tom am frühen Abend.

«Ja. Wann und wo treffen wir uns?»

«Ich würde sagen um sechs Uhr morgens auf deinem Balkon.»

«So früh?»

«Um diese Zeit ist die Sonne noch nicht aufgegangen. Dann riskieren wir nicht, gesehen zu werden.»

Seufzend stimmte Tom meinem frühen Treffen zu.

«Glaubst du, dass ich es bis nach Kiew schaffe?», fragte er leicht besorgt.

«Das werden wir sehen. Falls nicht, kann ich dich zwischendurch tragen.»

Zufrieden verabschiedete ich mich von ihm und flog zurück nach Hause.

Um Punkt sechs Uhr des nächsten Morgens klopfte ich an Toms Balkontür. Für unsere Reise hatte ich mir eine kleine Tasche mit Lebensmitteln umgebunden. Mehr benötigten wir schliesslich nicht. Gähnend trat Tom auf den Balkon. Er hatte sich bereits verwandelt und trug ebenfalls eine kleine Tasche mit sich.

«Bist du bereit?», fragte ich aufgeregt.

Ich wäre am liebsten noch viel früher aufgestanden, denn die Freude am Fliegen hatte jegliche Müdigkeit vertrieben.

«Ja. Aber kannst du mich eine Weile tragen? Ich bin hundemüde.», antwortete er schläfrig.

Wieder musste er gähnen, was seine furchterregend langen und spitzen Zähne entblösste, die normalerweise hinter seinen Lefzen versteckt waren.

«Klar kann ich das. Steig auf!»

Eigentlich wollte ich sagen, er solle gefälligst aus eigener Kraft fliegen, jedoch hatte ich Mitleid mit ihm. Er war allemal kein Morgenmensch und auch kein Morgendrache. Langsam kletterte er auf meinen Rücken und hielt sich fest.

«Es kann losgehen.», sagte er schliesslich.

Voller Energie sprang ich mit ihm über das Balkongeländer, breitete die Flügel aus und stieg dem dunklen Himmel empor. Die Sonne war noch nicht aufgegangen und die Sterne wurden durch eine dicke Wolkendecke verhüllt. Das einzige Licht stammte von Zürich, was durch die Wolken zurückgeworfen wurde. Schnee gab es keinen mehr, denn der Regenschauer hatte bis Mitternacht angehalten.

«Schade, dass der ganze Schnee geschmolzen ist, findest du nicht?», fragte ich meinen Bruder.

«Mhm.», brummte er verschlafen.

Als wir knapp unter den Wolken ankamen, geriet ich erstmals ausser Atem, da ich nicht nur einen Passagier, sondern auch noch zwei Taschen tragen musste. Gerade als mir der Gedanke kam, Tom zu fragen, ob er von nun an eigenständig fliegen wollte, vernahm ich sein Schnarchen.

Aha. So läuft das also. Ich trage ihn und unser Gepäck, während er ein Nickerchen hält.

Trotz dieser offensichtlichen Ungerechtigkeit und meiner vor Anstrengung schmerzenden Flügelmuskeln musste ich schmunzeln. Ich liess mich eine Weile treiben, bevor ich erneut mit den Flügeln schlug. Obwohl es mit jeder Bewegung schwerer wurde, musste ich weiter an Höhe gewinnen, denn ich wollte die Wolkendecke unbedingt vor Sonnenaufgang durchqueren.

Keuchend und zitternd stiess ich nach fast einer Stunde endlich aus den Wolken heraus. Tausende Sterne funkelten mir entgegen und am Horizont war bereits das schwache Leuchten der Morgensonne zu erkennen. Da wir Richtung Osten flogen, konnte ich den Sonnenaufgang durchgehend beobachten. Trotz meiner körperlichen Erschöpfung genoss ich jeden Augenblick, in dem ich über dem Wolkenmeer der aufgehenden Sonne entgegenflog.

«Wach auf, Tom!», rief ich begeistert, als mich das erste direkte Sonnenlicht blendete.

«Hä? Was?»

Tom war sichtlich verwirrt. Höchstwahrscheinlich hatte er nicht bemerkt, dass er überhaupt eingeschlafen war.

«Wow, das sieht ja wunderschön aus!», sagte er schliesslich, nachdem er sich orientiert hatte.

«Ist das nicht der perfekte Start in den Tag, über den Wolken der aufgehenden Sonne entgegenzugleiten?», fragte ich.

«Da hast du wohl recht.»

«Möchtest du jetzt selbst fliegen?»

«Ja, warum nicht? Ich bin zwar gerade erst aufgewacht, aber das lasse ich mir nicht entgehen.»

Tom streckte sich, breitete die Flügel aus und liess mich los, sodass ich nach unten sinken konnte. Nun flogen wir beide im Gleitflug über die rosarot beleuchteten Wolkenberge hinweg, der aufgehenden Sonne entgegen. Ich blickte kurz zu meinem Bruder nach oben, um mich zu vergewissern, dass bei ihm alles in Ordnung war. Er strahlte voller Freude, als wollte er der Sonne Konkurrenz machen, und schien jede Sekunde in vollen Zügen zu geniessen.

Das ist wie in einem Traum, dachte ich, ebenfalls von Freude erfüllt.

Am frühen Nachmittag hatten wir Hunger bekommen und mussten landen. Dabei liess es sich Tom nicht entgehen, jubelnd im Sturzflug dem Boden entgegenzurasen, obwohl ich ihn gewarnt hatte, dass meine mittlerweile steifen Flügel kaum noch zu einer Rettungsaktion taugten. Meine Zweifel verflogen in dem Augenblick, als ich sah, wie gut er sich inzwischen aus eigener Kraft auffangen konnte. Seine Flügelschläge wurden stets geschmeidiger und präziser. Die Kurven nahm er enger, als ich es ihm zugetraut hatte. Aufgrund meiner Erschöpfung hätte er unter diesen Umständen tatsächlich ein Wettrennen gewinnen können. Lediglich das sanfte Landen bereitete ihm noch Schwierigkeiten. Während ich gekonnt mit einem letzten Flügelschlag abbremste, stiess er mit hoher Geschwindigkeit gegen den Boden, was ihn mehrere Male überschlagen liess.

«Alles in Ordnung bei dir?», fragte ich verunsichert, da seine Landung schmerzhaft ausgesehen hatte.

«Ja, mir ist nichts passiert.», antwortete Tom.

Er richtete sich auf und zuckte sogleich zusammen, als er sein linkes Vorderbein bewegte.

«Nichts passiert, ja?», neckte ich ihn.

«Das ist nichts. Höchstens eine Verstauchung.»

«Eine Verstauchung ist nicht nichts.»

«Besserwisser.», dachte Tom.

«Das habe ich gehört.», entgegnete ich grinsend.

«Hör auf, meine Gedanken zu lesen. Ausser du sagst mir endlich, wie du das machst.»

«Ich höre einfach hin und lasse alle Geräusche in voller Intensität durch mich hindurchfliessen. Mehr steckt nicht dahinter. Leider befürchte ich, dass dein armes, neurotypisches Gehirn dadurch überlastet werden könnte, da du diese autistische Wahrnehmung nicht gewohnt bist.»

Dies liess Tom nicht auf sich sitzen und pikste mir mit seinen Krallen in die Seite, da er wusste, dass ich dort kitzlig war. Ich versuchte, seiner Attacke zu entkommen, jedoch war ich zu erschöpft. Er warf sich auf mich und kitzelte so lange weiter, bis ich kaum noch atmen konnte.

«Lass das! Bitte. Ich kann nicht mehr!», schrie ich zwischen dem Lachen hindurch.

Endlich liess er mich los und grinste mir entgegen.

«Dann bereite mal unser Essen zu. Sonst muss ich weitermachen.»

«So läuft das also bei dir. Du folterst deine Mitmenschen, bis sie sich ergeben und deinem Willen gehorchen. Deswegen warst du so erfolgreich als Wachtmeister.»

Nun mussten wir beide lachen.

Nachdem wir uns beruhigt hatten, packte ich das Essen aus und bereitete es mit meinem Feuer zu. Währenddessen versuchte Tom erneut, die Luft in seinen Lungen zu erwärmen, um irgendwann ebenfalls Feuer speien zu können. Selbst nachdem wir fertig gegessen hatten, gab er nicht auf.

«Möchtest du nicht zuerst die Telepathie lernen? Dann könnte ich dir auf eine andere Weise zeigen, wie ich Feuer und Hitze erzeugen kann.», schlug ich vor.

«Das ist eine fantastische Idee! Also gut, wie geht das mit dem Gedankenlesen?»

«Wie bereits gesagt, musst du dich voll und ganz auf all deine Sinne konzentrieren und genau zuhören. Die Gedanken sind jeweils nur sehr leise hörbar.»

«Das klingt schwer, aber ich werde es versuchen.»

«In der Zwischenzeit spreche ich in Gedanken zu mir selbst, bis du sagst, dass du mich verstanden hast.»

Wenn du mich hören kannst, sag 'Smaragd', dachte ich.

Dieses Schlüsselwort war meines Erachtens passend, da mich Toms Schuppen an Smaragde erinnerten. Ununterbrochen repetierte ich diesen Satz in Gedanken wie ein Gebet. Nach einigen Minuten hatte ich noch immer keine Antwort erhalten. Trotzdem machte ich weiter, da sich Tom fortlaufend konzentrierte.

«Wie lange willst du diesen Satz noch wiederholen?», fragte er schliesslich.

«So lange, bis du das Schlüsselwort nennst. Wenn du nichts sagst, weiss ich nicht, ob du mich verstanden hast.»

«Das Wort ist 'Smaragd'. Aber ich habe gehofft, noch anderes in deinen Gedanken herauszufinden.»

«Deinem hämischen Grinsen nach wolltest du bestimmt meine dunkelsten Geheimnisse erfahren. Aus dem wird jedoch nichts.»

«Schade. Trotzdem finde ich es interessant, dass ich deine Gedanken hören kann. Es hat eine Weile gedauert, bis ich auf diese leise Stimme aufmerksam geworden bin, aber danach konnte ich dich klar und deutlich verstehen.»

Dann sollten wir uns ab jetzt immer telepathisch unterhalten, dachte ich, in der Hoffnung, er würde zuhören.

«Hast du mir gerade zugehört?», fragte ich ihn, nachdem er keine Antwort von sich gegeben hatte.

«Du hast nichts gesagt.»

«Dafür habe ich etwas gedacht. Wir sollten uns ab sofort telepathisch unterhalten, um diese Fähigkeit zu trainieren.»

«Das kannst du vergessen. Es ist viel zu anstrengend, sich andauernd auf alles zu konzentrieren.»

«Dann lausche ich immer in deinen Gedanken und du kannst meine nicht hören. Für mich wäre das auch in Ordnung.»

«Du hast mich überzeugt. Ich werde mich ab sofort auf deine Gedanken konzentrieren.», entgegnete Tom schnaubend.

Gut. Dann können wir weiterfliegen. Ich glaube, wir sollten in wenigen Stunden ankommen, da wir so früh losgeflogen sind, dachte ich.

«Ich habe nur den Teil mit der Ankunftszeit verstanden.», sagte Tom.

Du solltest gedanklich zu mir sprechen.

«Stimmt. Das habe ich bereits wieder vergessen. Können wir jetzt weiterfliegen?», dachte er.

Ja. Genau das war meine Frage, die du vorhin nicht verstanden hast.

Die gedankliche Kommunikation war für uns beide sehr anstrengend, weswegen wir unsere Unterhaltung kurzhielten. Trotzdem mussten wir diese Fähigkeit nutzen, um uns darin zu verbessern. Mit schmerzenden Flügelmuskeln startete ich. Tom stiess sich kurz darauf ebenfalls vom Boden ab, breitete jedoch seine Flügel zu spät aus und streifte am feuchten Gras, bevor er in die Luft stieg.

«Von wegen, das Starten vom Boden aus ist schwer. Nils hat doch keine Ahnung.», dachte Tom.

Ich höre dich immer noch, antwortete ich gedanklich.

Da er keine Reaktion zeigte, vermutete ich, dass er durch das Fliegen zu sehr abgelenkt war, meine Gedanken zu hören. Schmunzelnd flog ich weiter, froh darüber, dass mich mein Bruder begleitete. Auf diese Weise bereitete mir das Fliegen noch mehr Spass als sonst.

Kurz vor Sonnenuntergang hatten wir Kiew erreicht.

«Lass uns direkt neben dem Wald landen, damit uns die Soldaten nicht augenblicklich sehen.», rief ich Tom durch den Wind entgegen.

Die gedankliche Kommunikation mit ihm hatte ich inzwischen aufgegeben, denn in den meisten Fällen konnte er mich nicht hören.

«Aber ich möchte mich den Leuten zeigen. Es sind schliesslich keine Feinde.»

«Wie du meinst. Dann ist es aber nicht meine Schuld, wenn du vor lauter Stimmen deine eigenen Gedanken nicht mehr verstehen kannst.»

«So schlimm wird es bestimmt nicht sein.»

Wir liessen unsere Taschen neben einem Gebüsch fallen, steuerten das Schweizer Armeelager an und landeten neben den äussersten Zelten im feuchten Gras, was einst von meterhohem Schnee bedeckt gewesen war.

Dieses warme Wetter passt überhaupt nicht zu einem Januar, dachte ich in der Hoffnung, Tom würde zuhören.

Er hingegen benötigte seine volle Konzentration, sich bei seiner Landung nicht vor den Augen seiner Kollegen zu blamieren. Kurz bevor er mit den Krallen aufsetzte, schlug er mit den Flügeln, wie ich es jeweils getan hatte. Seine Geschwindigkeit war jedoch zu hoch, wodurch er hart auf dem Boden aufschlug und seinen Sturz gerade noch mit den Beinen abfangen konnte. Zu seinem Glück achteten die herumstehenden Männer kaum auf seine Landung. Sie waren viel zu beschäftigt damit, mich strahlend anzustarren. Offensichtlich freuten sie sich auf meine Wiederkehr, wenngleich ich mir nicht sicher war, ob sie lediglich meine Unterstützung im Krieg oder auch mich als Drache vermisst hatten.

«Der Drache ist zurück!», schrie einer.

«Und er hat sogar Verstärkung mitgebracht.», entgegnete ein anderer.

Nun traten sie näher und begrüssten mich, wie sie es bisher immer getan hatten. Tom liessen sie grösstenteils in Ruhe, da sie ihn als Drache noch nie gesehen hatten. Selbst Leutnant Marti begrüsste mich herzlich.

«Da bist du ja wieder!», sagte er ausserordentlich freundlich und tätschelte mir mit seiner Hand auf den Kopf.

Ich bin immer noch kein Haustier, dachte ich empört.

Zu meinem Erstaunen stiess Vasilev ebenfalls dazu. Er schien sich mit Marti verbündet zu haben, was mich positiv überraschte. Meine Bemühungen, mit unseren Feinden Frieden zu schliessen, waren offensichtlich nicht gänzlich umsonst gewesen. In den nächsten Minuten hatten sich alle Soldaten in unserer Nähe versammelt. Tom starrte geistesabwesend zu Boden, während sein Gesicht Anspannung verriet. Ich stupste ihn an, woraufhin er zusammenzuckte, als hätte er mich zuvor nicht wahrgenommen.

Komm mit! Wir müssen diesem wilden Durcheinander entkommen, dachte ich.

«Hilfe.», hörte ich Toms Gedanken schwach durch das aufgeregte Stimmengewirr hindurch.

Selbst mir fiel es schwer, etwas zu verstehen, obwohl ich mit ungefilterter Wahrnehmung aufgewachsen war. Mein Bruder war unter diesen Umständen vollkommen überfordert und benötigte meine Unterstützung. Ich zwängte mich zwischen den Männern hindurch in Richtung des Gebüschs, wo wir unsere Taschen fallengelassen hatten. Erst als ich auffordernd zurückblickte, folgte mir Tom. Langsam nahm die Lautstärke ab, während wir uns unseren Sachen näherten. Die Soldaten waren im Lager geblieben.

«Du hattest recht.», sagte Tom schliesslich. «Wir hätten am Waldrand landen sollen.»

Da er durch die Aufregung einen erschöpften Eindruck auf mich erweckte, fragte ich nicht, weshalb er nicht gedanklich zu mir sprach. Stattdessen suchte ich nach meinen alten Sachen, die noch irgendwo zwischen den Sträuchern versteckt waren. Ohne jeglichen Schnee sah die Landschaft anders aus, als ich sie in Erinnerung hatte. Nur eine schwache Duftspur verriet, dass ich mich den Esswaren näherte. Wie ein Spürhund schnuppernd folgte ich dem Geruch bis zu dem Strauch, unter dem ich damals meine Tasche versteckt hatte. Durch das Schmelzwasser hatte sich eine Schlammschicht gebildet, die mittlerweile alles verdeckte. Sachte grub ich die Tasche aus dem getrockneten Schlamm heraus. Der Reissverschluss liess sich nicht mehr öffnen, weswegen ich den Stoff aufreissen musste. Zu meiner Erleichterung war der Inhalt trocken geblieben.

«Das nenne ich mal eine wasserdichte Tasche. Nicht ein bisschen Schlamm konnte durch den Stoff dringen.», sagte ich begeistert.

«Mhm.», antwortete Tom, der es sich inzwischen auf dem Gras bequem gemacht hatte.

Seine Augen waren geschlossen.

«Möchtest du noch etwas essen?»

«Dafür bin ich zu erschöpft.»

Es war stockdunkel, als ich fertig gegessen hatte. Dank der kühlen Temperaturen war selbst das Fleisch noch in einem guten Zustand geblieben, obwohl es seit Tagen aufgetaut sein musste. Tom schlief inzwischen tief und fest. Sein lautes Schnarchen erfüllte die Nacht.

Es muss doch irgendetwas geben, was ich gegen dieses ständige Geschnarche unternehmen kann, dachte ich.

Mit leicht geöffnetem Maul lag Tom seitlich zusammengerollt im Gras. Ich ging zu ihm, zog seinen Kopf gerade nach vorn und drehte ihn auf den Bauch. Dadurch schloss sich sein Maul und er atmete leise durch die Nase. Zufrieden legte ich mich neben ihn und breitete meine vor Muskelkater schmerzenden Flügel flach auf dem Boden aus. Kurz darauf fielen mir die Augen zu und ich versank in angenehme Träume.

Lautes Vogelgezwitscher und helle Sonnenstrahlen weckten mich am nächsten Morgen. Meine Flügel schmerzten fortlaufend bei jeder Bewegung. Ich streckte mich und bereitete mir mein Frühstück zu, da mir der Magen knurrte. Nach dem

Essen weckte ich Tom, der immer noch schlief. Träge und schläfrig stand er auf und beschwerte sich über seinen Muskelkater, als würde es mir besser ergehen. Während er daraufhin sein Frühstück verspeiste, nachdem ich es ihm gebraten hatte, betrachtete ich gedankenverloren die Stadt. Ununterbrochen waren entfernte Schüsse zu hören, denn der Krieg hatte sich nicht beruhigt. In Gedanken sah ich erneut einen Kampf als Drache, wie ich es vor einigen Wochen zur Genüge erlebt hatte. Ivan und die anderen von Toms Männern waren dabei. Ihn selbst konnte ich jedoch nicht erkennen. Stattdessen erfüllte ein gewaltiger orangeroter Feuerstrahl die Luft, der dutzende feindliche Soldaten tötete, gefolgt von einem roten Drachen, der sich wild auf die wehrlosen Männer stürzte.

«Ich bin nicht nach Kiew geflogen, um erneut in den Krieg zu ziehen!», sagte ich entrüstet, nachdem mir aufgefallen war, dass es sich um Toms Gedanken handelte.

«Das solltest du nicht sehen. Es ist unhöflich, ohne Erlaubnis die Gedanken Anderer zu lesen.», entgegnete Tom sichtlich überrascht, aber auch wütend.

«Hast du von Anfang an geplant, mit mir nach Kiew zu fliegen, um gegen die russische Armee zu kämpfen?»

«Nein.», antwortete er.

«Eigentlich schon.», hörte ich seine Gedanken zeitgleich.

«Wenn das so ist, fliege ich jetzt wieder zurück. Ich möchte nichts mehr mit dem Krieg zu tun haben.»

Ich spannte bereits die Flügel, nachdem ich mir meine beiden Taschen umgebunden hatte, als mir Tom hinterherrief.

«Warte! Ich wollte dich heute fragen, ob du mich unterstützen möchtest. Ohne deine Hilfe kann ich das nicht. Du musst mir auch noch das Feuerspeien beibringen.»

«Damit du all deine Feinde lebendig verbrennen kannst? Nein, danke.»

«Bitte. Ich brauche dich!»

In diesem Augenblick erreichten mich Bilder von Tom, der bei dem verzweifelten Versuch, seine Militärkollegen zu retten, überwältigt und gefangengenommen wurde.

Was für ein mieser Trick. Du wusstest genau, dass ich diese Gedanken ebenfalls sehen würde, dachte ich.

«Deswegen habe ich sie dir gezeigt. Ohne deine Hilfe könnte alles Mögliche geschehen.», antwortete Tom gedanklich.

Du lernst wirklich schnell.

Hoffnungsvoll sah mir Tom entgegen. Ich wusste, dass er unbedingt seinen Freunden helfen wollte. Er konnte sie ebenso wenig im Stich lassen wie ich ihn.

Ich zeige dir das Feuerspeien und bleibe anschliessend noch für einen Tag hier, um dir zu helfen. Danach fliege ich zurück und du bist auf dich allein gestellt, dachte ich schliesslich.

«Danke. Aber möchtest du nicht länger bleiben?»

Nein, das geht nicht. Einerseits muss ich übermorgen wieder arbeiten und andererseits verabscheue ich das Töten.

Enttäuscht setzte sich Tom hin, während ich ihm erneut erklärte, was er beim Feuerspeien denken musste. Dieses Mal fügte ich gedanklich Bilder und Gefühle hinzu, wodurch er es besser verstehen konnte. Als es ihm immer noch nicht gelang, befahl ich ihm, alles was ich während des Feuerspeiens dachte, zu sehen und zu fühlen. Ich konzentrierte mich, so gut ich konnte, und erzeugte eine gewaltige Flamme, die mindestens zwanzig Meter lang war. Meine durch Toms Verschwiegenheit entstandene Wut half mir dabei.

«Jetzt weiss ich endlich, was ich falsch mache! Das ist tatsächlich unmöglich in Worte zu fassen, wie du gesagt hast.», dachte Tom erkennend.

Er versuchte erneut, die Luft in seinen Lungen zu erhitzen, wobei ich an seinen Gedanken erkannte, dass er keine Fehler mehr beging. Kurz darauf atmete er aus und leuchtend grüne Flammen schossen aus seinem Maul hervor.

«Wow!», entfuhr es Tom.

Aufgrund seines plötzlichen Ausrufs nach der langanhaltenden Stille zuckte ich erschrocken zusammen.

«Was ist los?», fragte er.

«Ich habe mich auf die kleinsten Empfindungen konzentriert und du hast mich mit deiner lauten Stimme erschreckt.»

«Das tut mir leid. Ich bin nur sehr erfreut, dass es endlich geklappt hat.»

Ich wollte mich ebenfalls für ihn freuen, jedoch gelang es mir nicht, da ich wusste, was er mit dem Feuer anstellen würde. Trotzdem konnte es ihm helfen, sich zu verteidigen.

«Wir sollten deine Kollegen mit dir vertraut machen, bevor ich dich verlasse.», sagte ich gedankenverloren.

«Ich weiss, dass der Krieg grausam ist, aber kannst du nicht meinetwegen mitkämpfen? Ich könnte es mir nicht verzeihen, meine Freunde im Stich zu lassen. Oder ist es derart schlimm für dich?», fragte Tom, nachdem wir uns auf den Weg zu den anderen begeben hatten.

«Deinem besorgten Gesichtsausdruck nach hast du meine Gedanken gelesen. In diesem Fall solltest du die Antwort bereits kennen.»

Er sah mir mitfühlend in die Augen und schien keine passende Antwort zu finden. Schweigend näherten wir uns dem Armeelager.

Keiner hatte uns gesehen, als wir bei den Zelten eintrafen.

Warte hier. Ich versuche, Ivan und die anderen zu finden, dachte ich, sodass mir Tom darauf antworten konnte.

«Sollte ich nicht mitkommen?»

Nein, sonst führt es bei dir noch zu einer Reizüberflutung wie gestern.

Er nickte und ich schritt anschliessend zwischen den Zelten hindurch. Nun entdeckten mich einige Männer, die mich daraufhin kurz begrüssten. Ohne mich lange mit ihnen zu beschäftigen, suchte ich weiter nach Toms Kollegen. Wenige Minuten später witterte ich die Männer. Ich folgte der Duftspur und fand sie schliesslich neben einem Lagerfeuer. Ivan trug das Abzeichen eines Wachtmeisters und sass neben seinen Kollegen, die mit ihm in ein lockeres Gespräch vertieft waren. Keine anderen Soldaten befanden sich in der Nähe.

«Ivan. Ivan, komm her. Tom ist hier.», sprach ich leise zu ihnen, da Tom und ich beschlossen hatten, mit seinen Militärkollegen zu sprechen.

Sie hatten mich weder gehört noch gesehen. Um ihre Aufmerksamkeit zu erlangen, trat ich zwischen den Zelten hervor.

«Ivan.»

Endlich hatte er mich gehört. Verwirrt drehte er sich um, sah mich kurz an und suchte anschliessend nach weiteren Personen, da er nicht wusste, dass ich sprechen konnte.

«Kommt mit. Tom ist hier.», sagte ich.

Nun bemerkten sie, dass ich zu ihnen gesprochen hatte.

«Du kannst sprechen?», fragte Ivan verwirrt.

«Ich wusste es doch!», rief der junge Mann, der anfangs die Theorie gehabt hatte, ich könne sie verstehen.

«Nicht so laut. Es muss geheim bleiben, dass ich sprechen kann.», entgegnete ich.

«Okay.»

Leise folgte mir die kleine Gruppe von fünf Männern an den Rand des Lagers.

«Und wo ist Tom?», fragte Ivan, nachdem wir bei Tom angekommen waren.

«Ich bin hier.», antwortete er.

«Was?»

Erstaunt und verwirrt zugleich starrten uns Toms Kollegen an.

«Ich bin Tom und das ist Nils, mein kleiner Bruder. Er konnte mich heilen, indem er mir irgend so ein Serum verabreicht hat. Jetzt kann ich mich in einen Drachen verwandeln wie er.»

Vor lauter Fassungslosigkeit hatte es den Männern die Sprache verschlagen. Erst einen Augenblick später antwortete Ivan.

«Deswegen habt ihr euch ständig gegenseitig unterstützt. Jetzt ergibt alles Sinn. Aber wie ist das möglich und woher habt ihr das Serum?»

Wir erklärten ihnen, dass ich das Serum von einer ausserirdischen KI erhalten hatte, was unsere Drachenkräfte waren und weshalb wir gekommen sind. Nur unsere telepathischen Fähigkeiten verschwiegen wir.

Konntest du bis jetzt ihre Gedanken hören? Fragte ich Tom gedanklich.

«Nein, nur deine.», antwortete er.

Bei mir ist es dasselbe. Wahrscheinlich funktioniert die Gedankenübertragung nur zwischen zwei Drachen.

«Kann sein.»

«Habt ihr noch mehr von diesem Serum?», fragte Michael.

«Nein, leider nicht, Michael.», antwortete Tom.

«Schade. Ich würde liebend gern fliegen können.»

«Dann frag doch Tom, ob er dich mitnimmt.», warf ich ein.

«Gute Idee!», entgegnete Michael.

«Auf gar keinen Fall trage ich einfach so jemanden von euch durch die Gegend.», sagte Tom entrüstet.

«Ich möchte keinen Absturz mit einem meiner Kollegen riskieren.», dachte er währenddessen.

Dass seine Gedanken derart im Kontrast zu seiner verbalen Aussage und Körpersprache standen, überraschte mich.

Das ist verständlich, antwortete ich in Gedanken.

«Kannst du nicht bei uns bleiben, Nils?», fragte Ivan schliesslich.

«Nein. Ich habe die Schnauze voll vom Krieg. Kämpfen möchte ich nicht mehr und Frieden mit unseren Feinden schliessen ist nahezu unmöglich. Das habe ich bereits zur Genüge versucht.»

«Schade. Aber wenigstens kann uns Tom dabei helfen, den Krieg zu gewinnen.»

«Möchtest du es dir nicht noch einmal überlegen?», fragte Tom telepathisch.

Nein, meine Entscheidung bleibt. Du hast schliesslich in meinen Gedanken gesehen, wie sehr es mich belastet. Diese Last soll nicht noch grösser werden, dachte ich.

Wenige Minuten später stiessen weitere Männer zu uns, weswegen wir unser Gespräch unterbrechen mussten. Wir assen gemeinsam und nachdem sich alle verabschiedet hatten, flog ich mit Tom zurück zu meinen Taschen.

«Ich werde dich vermissen.», sagte er.

«Ich dich auch. Versprich mir, dass du dich nicht gefangennehmen lässt wie ich.»

«Bestimmt nicht werde ich mich von denen einsperren lassen.»

Wenngleich seine Antwort überzeugt klang, so spürte ich Unsicherheit in ihm. Nachdem die Sonne untergegangen war, legten wir uns schlafen. Obwohl Tom diese Nacht kaum schnarchte, fand ich lange keine Ruhe, denn meine Sorgen um ihn waren zu gross. Erst spät nach Mitternacht fielen mir die Augen zu.

26

Zwiespalt

Mit schlechtem Gewissen flog ich zurück nach Hause. Noch immer machten mir die Umstände Sorgen, unter denen Tom demnächst mit seinen Kollegen in den Krieg zog.

Was, wenn er mitten im Flug abstürzt, wie bei unseren Trainingsflügen? Oder wenn er sich aus Versehen verwandelt? Wird er all die Eindrücke, die gleichzeitig auf ihn eintreffen, verarbeiten können?

Je länger ich nachdachte, desto grösser wurden meine Sorgen um ihn. Trotzdem hielt ich an meiner Entscheidung fest, denn ich wollte auf gar keinen Fall wieder kämpfen.

Es wird schon alles gutgehen, dachte ich zur Beruhigung.

Vollkommen davon überzeugt war ich jedoch nicht.

Als ich zu Hause landete, war es bereits dunkel. Ich packte meine Tasche aus und schloss mein Mobiltelefon an die Steckdose an, da es keinen Strom mehr hatte. Nachdem es gestartet war, schrieb ich meiner Mutter, dass ich wohlbehalten zu Hause angekommen war, und sie mich ab sofort wieder telefonisch erreichen konnte. Erschöpft von der Reise nahm ich ein heisses Bad, verzehrte ein reichhaltiges Abendessen und ging früh zu Bett. Schliesslich war morgen Montag, der neunte Januar 2023, mein erster Arbeitstag nach dem Urlaub.

Es war exakt 6:20 Uhr, als mich mein Wecker mit einer ruhigen Musik weckte. Da ich vor lauter Sorgen um Tom kaum geschlafen hatte, stand ich müde auf und bereitete mich auf den Arbeitstag vor. Aufgrund dessen, dass mein Auto gestohlen worden war, musste ich mit den öffentlichen Verkehrsmitteln zur Arbeit fahren. Erschöpft und demotiviert stieg ich in die Strassenbahn ein, in der viele weitere erschöpfte und demotivierte Menschen sassen.

Wenigstens geht es am Montagmorgen jedem so, dachte ich, um mich ein wenig zu trösten.

Nachdem ich im Büro angekommen war, begrüssten mich meine Arbeitskollegen.

«Geht es dir gut, Nils? Du siehst niedergeschlagen aus.», sagte Sven.

«Das bin ich auch.», antwortete ich wahrheitsgetreu.

Trotzdem versuchte ich, mich auf meine Arbeit zu konzentrieren. Nach einigen Stunden stellte ich fest, dass es mir bereits leichter fiel. Während des Mittagessens sprach ich viel mit meinen Kollegen, wobei ich nichts über den Krieg oder meine neuen Fähigkeiten verriet. In der zweiten Hälfte des Tages vergass ich sogar für eine Stunde, dass sich Tom im Krieg befand, da mich die Arbeit ablenkte. Erst auf dem Weg nach Hause kam mir in den Sinn, im Internet nach neuen Informationen bezüglich des 'grünen Drachen' zu recherchieren. Es existierten bereits mehrere Videos über ihn, die in den letzten vierundzwanzig Stunden veröffentlicht worden waren. Während der Fahrt sah ich sie mir ununterbrochen an. Erleichtert stellte ich fest, dass es keine Schwierigkeiten gegeben hatte. Einmal jagte Tom sogar seinen Kollegen nach, die lachend versuchten, ihm zu entkommen. Problemlos holte er sie ein und warf sie zu Boden. Bei diesem Anblick musste ich schmunzeln.

Vielleicht mache ich mir nur unnötig viele Sorgen, dachte ich.

Selbst wenn mein Bruder gegen feindliche Soldaten kämpfte, hiess dies nicht, dass er auch verletzt werden würde. Schliesslich standen ihm seine Kollegen treu zur Seite.

Nachdem ich zu Hause angekommen war, verwandelte ich mich und flog über Zürich hinweg, um mich besser entspannen zu können. Langsam schien sich der Winter erneut zu zeigen, denn es wurde jede Nacht kälter. Laut des Wetterberichts würden die Temperaturen bereits morgen unter den Gefrierpunkt sinken.

Wenn der Schnee kommt, habe ich noch einen Grund mehr, mich zu freuen, dachte ich vergnügt.

Das Fliegen hatte mich inzwischen von all meinen Sorgen befreit. Zufrieden landete ich auf meinem Balkon und bereitete mir anschliessend mein Abendessen zu. Als ich mich einige Stunden später schlafen legte, fielen mir innerhalb weniger Minuten die Augen zu.

Am nächsten Morgen hatte ich Homeoffice. Entspannt startete ich in den Tag und genoss die Tatsache, wieder ein normales Leben führen zu können. In Kiew hatte ich bereits befürchtet, dass dies nie wieder der Fall sein würde. Der

Arbeitstag verlief wie alle anderen Tage vor dem Krieg. Jegliche Sorgen waren vergessen. Erst als ich mich abends auf mein Sofa setzte, kam mir in den Sinn, erneut nach Videos über meinen Bruder zu recherchieren. In einem kurzen Ausschnitt war zu erkennen, dass er gegen feindliche Soldaten kämpfte. Während er einen Gegner nach dem anderen niederstreckte, glich er einer blutrünstigen Bestie. Seine Krallen waren mit Blut bedeckt und die normalerweise strahlend grünen Schuppen hatten durch den Schmutz jeglichen Glanz verloren.

Wenigstens kommt er gut klar, dachte ich leicht besorgt.

In einem weiteren Video verbrannte er eine kleine Gruppe an Männern mit seinem hellgrünen Feuer, die verzweifelt versucht hatten, ihn zu erschiessen.

Ist es erlaubt, solche brutalen Szenen im Internet zu veröffentlichen?

Toms durch Hass hervorgerufene Brutalität bereitete mir inzwischen mehr Sorgen als seine Gesundheit. Ich fragte mich, wie es überhaupt möglich war, seine Gegner derart zu verabscheuen. Leicht schockiert legte ich mein Mobiltelefon beiseite und verwandelte mich erneut für meinen abendlichen Flug. Gedankenverloren stiess ich mich vom Balkongeländer ab und stieg dem dunklen Himmel empor. Lange flog ich durch die kalte Nacht, während sich die Videos aus Kiew kontinuierlich in meinem Kopf wiederholten.

Plötzlich weckten mich Sirenen aus meinen Gedanken. Ein halbes Dutzend Feuerwehrfahrzeuge fuhren mit hoher Geschwindigkeit durch die Strassen. Wenige Kilometer entfernt erblickte ich eine riesige Rauchwolke, die von mehreren Wohnhäusern aufstieg. Orangerotes Leuchten drang zwischen dem dunkelgrauen Rauch hervor. Instinktiv flog ich näher, ohne zu wissen, weshalb. Die Feuerwehr hatte bereits ihren Löschvorgang begonnen. Mit ausfahrbaren Leitern wurden Menschen aus den Fenstern gerettet. Obwohl dutzende Feuerwehrleute unter grossem Stress unzählige Personen aus den brennenden Wohnhäusern retteten, war ich mir sicher, dass sie auf Unterstützung angewiesen waren.

Ich bin nicht umsonst feuerresistent, dachte ich in diesem Augenblick.

Lediglich das Kohlenmonoxid und weitere giftige Gase, die bei einem Feuer entstanden, konnten mir gefährlich werden. Ohne weiterhin darüber nachzudenken, hielt ich die Luft an und flog durch eines der oberen Fenster in einen lichterloh brennenden Raum hinein. Als ich unsanft auf dem halb abgefackelten Boden landete, brannte der Russ in meinen Augen. So schnell ich konnte, betrat ich das angrenzende Treppenhaus und schloss die Tür hinter mir, damit sich das Feuer langsamer ausbreitete. Einige Stockwerke unterhalb vernahm ich gedämpfte Schreie. In grossen Sätzen sprang ich die noch intakte Treppe hinunter und folgte den Geräuschen. Ich kam in einem langen Korridor an, dessen Decke eingestürzt war. Unter einem schweren Balken aus Stahlbeton war ein Mann mittleren Alters eingeklemmt, der verzweifelt nach Hilfe rief. Innert wenigen Sekunden war ich bei ihm. Ich zwängte mich durch eine schmale Lücke unter den Balken und drückte ihn mit dem Rücken nach oben, sodass ich alle vier Beine einsetzen konnte. Der Beton bewegte sich nur wenige Zentimeter, obwohl ich all meine Kraft einsetzte. Trotzdem gelang es dem Mann, seine Beine herauszuziehen und aufzustehen. Ich liess den schweren Balken wieder nach unten sinken und kroch darunter hervor. Erleichtert atmete ich aus, bevor mir bewusst wurde, dass ich die Luft anhalten sollte. Augenblicklich musste ich husten, da ich versehentlich Rauch eingeatmet hatte.

«Danke. Ich …», sagte der Mann, den ich eben gerettet hatte.

Sobald er mich erblickte, verstummte er und starrte mich verängstigt an. Offensichtlich hatte er vermutet, ein Mensch hätte ihn befreit. Hinkend trat er einige Schritte zurück. Als ich ihm nicht folgte, drehte er sich um und humpelte zum nächstgelegenen Fenster.

«Hilfe!», schrie er hinaus, sodass ihn die Feuerwehr hören konnte.

Ich brauche frische Luft, dachte ich in diesem Moment.

Aufgrund des Rauchs brannten meine Lungen und ich war mir nicht sicher, ob ich giftige Gase eingeatmet hatte. Ich suchte mir ein weiteres Fenster, was ich sogleich öffnete und als Ausstieg benutzte. Erleichtert atmete ich die frische Luft ein und flog um den Häuserblock herum. Die Feuerwehr hatte den um Hilfe schreienden Mann inzwischen mit einer Leiter abgeholt. Erfreut darüber, dass ich gerade jemandem das Leben gerettet hatte, versuchte ich, weitere Hilfeschreie aus den brennenden Wohnhäusern zu vernehmen. In diesem Augenblick fühlte ich mich wie ein Superheld.

Das wird bestimmt einige Menschen davon überzeugen, dass Drachen keine Bedrohung sind, dachte ich hoffnungsvoll.

Nach wenigen Minuten schnappte ich den Schrei einer Frau auf, die verzweifelt versuchte, in das brennende Gebäude zurückzukehren, aus dem sie von mehreren Feuerwehrleuten herausgeschleift wurde.

«Meine Tochter ist noch da drin!», schrie sie.

«Beruhigen Sie sich. Wir geben unser Bestes, sie zu befreien.», entgegnete ein Feuerwehrmann.

«Wo haben Sie sie zuletzt gesehen?», fragte ein anderer.

«Da wo Sie mich herausgeholt haben. Im dritten Stock links vom Treppenhaus her gesehen.», antwortete die Mutter mit zittriger Stimme.

«Aber da war niemand mehr. Wir haben alle Räume durchsucht.»

«Sie muss noch dort sein!»

Also im dritten Stock links, dachte ich.

Augenblicklich steuerte ich das Gebäude an und flog durch ein Fenster im dritten Stockwerk direkt in das Treppenhaus hinein. Als ich durch die Glasscheibe brach, hielt ich die Luft an, denn dicke Rauchschwaden erfüllten die Gänge. Die Sicht war stark eingeschränkt, wodurch ich bei meiner Landung unsanft gegen die Treppenstufen krachte. Mit schmerzenden Rippen richtete ich mich wieder auf und öffnete sogleich die linke Tür. In diesem Moment schoss mir eine Wand aus Feuer entgegen, die einen Menschen augenblicklich getötet hätte.

Das sieht nicht gut aus, dachte ich besorgt.

Ich trat in die heissen Flammen und versuchte, jemanden zu hören. Durch das lodernde Feuer hindurch nahm ich die Stimmen der Feuerwehrmänner, das Rauschen der Wasserschläuche, den Elektromotor einer ausfahrbaren Leiter und noch viele weitere Geräusche wahr, jedoch nichts, was von einem Kind stammte. Sachte öffnete ich die erste Zimmertür. Dahinter befand sich ein Büro, was ebenfalls lichterloh brannte. Hinter der zweiten Tür lag das Wohnzimmer. Auf diese Seite der Wohnung hatte sich das Feuer noch nicht ausgebreitet.

Plötzlich nahm ich ein leises Wimmern durch die Wand hindurch wahr. In schnellen Schritten eilte ich zur nächsten Tür, hinter der ich das Geräusch vermutete. Dabei kratzten meine Klauen über den Fussboden und ich rutschte beinahe aus. Hastig griff ich nach der Türklinke und trat daraufhin ein, ohne auch nur eine Sekunde zu vergeuden. Nun befand ich mich in einem Kinderschlafzimmer. Das Bett war leer und ich konnte auch sonst niemanden erkennen. Trotzdem vernahm ich ein leises Schluchzen. Vorsichtig schloss ich die Tür hinter mir und näherte mich den Geräuschen, die vom Bett zu stammen schienen. Unter dem Bett erblickte ich ein kleines Mädchen von höchstens vier Jahren, was mir verängstigt entgegenstarrte. Sie hatte sich an einen Plüschbären festgeklammert und wagte es kaum, zu atmen. Ratlos sah ich sie an. Offensichtlich hatte sie sich vor dem Feuer versteckt, mein Anblick jagte ihr jedoch nicht weniger Angst ein.

Wie soll ich ein kleines Mädchen dazu bringen, unter dem Bett hervorzukriechen, wenn es panische Angst vor mir hat? Fragte ich mich.

Die Sekunden verstrichen, während sich das Feuer ausserhalb des Zimmers langsam und bedrohlich näherte. Erste Rauchschwaden drangen durch das Schlüsselloch hindurch. Ansonsten war die Tür vollständig abgedichtet, zumindest vorerst. Einerseits wollte ich das Mädchen nicht gewaltsam mitnehmen und andererseits konnte ich sie nicht im Stich lassen. Nach reiflicher Überlegung entschied ich mich dazu, mit ihr zu sprechen. Schliesslich waren alle anderen Menschen davon überzeugt, dass Drachen nicht sprechen konnten, und einem vierjährigen Mädchen, was eben ein traumatisierendes Erlebnis durchlebt hatte, würde wohl kaum jemand Glauben schenken.

«Komm unter dem Bett hervor, ich bringe dich zu deiner Mama. Sie wartet draussen auf dich.», sagte ich schliesslich, so beruhigend ich konnte.

Der angsterfüllte Blick des Mädchens hatte sich durch meine Worte nicht verändert.

«Nein! Du bist ein Monster. Das hat Mama gesagt.», antwortete sie weinerlich.

«Hat sie das? Okay, ähm …»

Mit dieser Reaktion hatte ich nicht gerechnet.

«Ich will nicht gefressen werden. Bitte geh wieder!», sagte das Mädchen flehend.

Was zum Teufel hat diese Frau ihrem Kind über Drachen erzählt?

Die Zeit drängte, während ich immer noch nach den richtigen Worten suchte. Ratlos starrte ich die Rauchschwaden an, die mit zunehmender Dichte aus dem Schlüsselloch quollen.

«Ich fresse aber keine Menschen.», sagte ich schliesslich.

«Das glaube ich dir nicht.»

«Wenn ich dich tatsächlich fressen wollte, dann hätte ich das bereits getan.»

«Ich bin hier aber sicher.»

«Tatsächlich?»

«Ja. Hier kannst du mich nicht fressen.»

«Und was ist mit dem Feuer da draussen? Bald wird es dieses Zimmer erreichen und davor wird dich dein Bett nicht schützen.»

«Doch.»

«Also schützt dich dein Bett vor allem?»

«Ja.»

«Weshalb glaubst du das?»

«Mama hat gesagt, dass ich hier immer sicher bin.»

«Das stimmt aber nicht. Der Rauch kommt bereits jetzt zu dir unter das Bett. Wenn du zu viel davon einatmest, kannst du sterben.»

«Du lügst!»

Überrascht von der Hartnäckigkeit dieses kleinen Mädchens blickte ich ihr ratlos entgegen. Mittlerweile hatte sich das Schlafzimmer stark erwärmt. Schweissperlen bildeten sich auf ihrer Stirn und sie begann zu husten.

Ich muss jetzt handeln, ansonsten stirbt sie noch an einer Rauchvergiftung. Und ich ebenfalls. Giftige Gase sind meist sogar gefährlicher als das Feuer selbst. Das Kohlenmonoxid zum Beispiel ist farb- und geruchlos. Wir würden es nicht einmal wahrnehmen, bevor es zu spät ist, dachte ich.

Mit den Vorderbeinen drückte ich von unten her gegen das Bettgestell und richtete es auf. Das Mädchen gab einen spitzen Schrei von sich, als ich ihr Bett mühelos beiseitestiess.

«Siehst du? Das Bett kann dich nicht beschützen. Weder vor mir noch vor dem Feuer.»

«Geh weg!», schrie sie verzweifelt.

Ihr rannen dicke Tränen über die Wangen und sie drückte sich mit ihrem Plüschbären gegen die Wand.

«Du musst keine Angst vor mir haben. Wirklich.»

«Aber du bist ein Monster.»

«Mag schon sein, aber ich bin ein gutes Monster.», entgegnete ich, da ich es bereits aufgegeben hatte, ihr zu widersprechen.

«Ein gutes Monster?»

«Ja. Gute Monster helfen den Menschen.»

«Okay.»

Endlich schien ihre Angst vor mir zu weichen. Ich öffnete das Fenster und atmete erleichtert die frische Luft ein. In diesem Augenblick fragte ich mich, weshalb ich nicht bereits früher auf diese Idee gekommen war.

«Komm her, ich kann dich durch das Fenster zu deiner Mama bringen.», sagte ich zu dem kleinen Mädchen.

«Und wie?», fragte sie zögerlich, als sie sich langsam näherte.

«Indem du auf meinen Rücken steigst. Ich kann nämlich fliegen.»

«Wirklich?»

Ihre Augen leuchteten auf vor Begeisterung.

«Ja. Aber halte dich gut fest.»

Ich legte mich flach auf den Boden, sodass sie auf meinen Rücken klettern konnte. Ganz sachte umschloss sie meinen Hals mit ihren Armen, nachdem sie sich zwischen zwei Zacken gesetzt hatte.

«Du musst dich stärker festhalten. Sonst rutschst du noch runter.», sagte ich.

«Ich traue mich nicht.»

«Weshalb denn?»

«Das weiss ich nicht so genau.»

«Hast du immer noch Angst vor mir?»

«Nein, nicht wirklich. Aber ich möchte dir nicht weh tun.»

Diese Antwort überraschte mich. Weshalb sorgte sie sich um mein Wohlergehen, obwohl sie wenige Minuten zuvor noch felsenfest davon überzeugt gewesen war, ich würde sie fressen wollen?

«Da musst du dir keine Sorgen machen. Du kannst mich auf diese Weise nicht verletzen.»

«Okay.», sagte sie schliesslich und klammerte sich an mir fest.

«Bist du bereit?»

«Ja.»

Ohne noch mehr Zeit zu verschwenden, kletterte ich vorsichtig aus dem Fenster hinaus, während ich darauf achtete, keine ruckartigen Bewegungen auszuführen. Schliesslich wollte ich das Mädchen nicht erschrecken. Trotz all meiner Bemühungen schrie sie panisch auf, als ich die Flügel ausbreitete und nach unten glitt. Der Schock war jedoch bereits wieder vergessen, als ich wenige Sekunden später vor ihrer Mutter landete, die weinend mit dem Rücken gegen die Hauswand auf der Strasse sass.

«Mama!», schrie das Mädchen und sprang auf, um zu ihrer Mutter zu rennen.

«Silvia, mein Schatz!», antwortete die Frau in unbeschreiblicher Erleichterung.

Weshalb habe ich sie nicht nach ihrem Namen gefragt? Das hätte die Situation bestimmt erleichtert, dachte ich selbstkritisch.

Nun erblickte mich Silvias Mutter, die erschrocken aufsprang und ihre Tochter auf den Arm hob, um sie schnellstmöglich von mir wegzuschaffen.

«Was ist los, Mama?», fragte Silvia.

«Der Drache ist hier!»

«Ich weiss. Er hat mich zu dir gebracht.»

«Was? Das kann nicht wahr sein.»

«Doch. Und er hat gesagt, dass er ein gutes Monster ist. Du musst keine Angst haben.»

Verwirrt sah mich die Mutter an. Würde sie ihre Meinung bezüglich Drachen überdenken? In diesem Augenblick fiel mir ein, dass wahrscheinlich noch andere Menschen meine Hilfe benötigten. Deswegen flog ich erneut durch ein Fenster in das nächstgelegene brennende Wohnhaus hinein, bevor Silvias Mutter ihr antwortete.

Die Luft wurde allmählich knapp, als ich nach einigen Minuten immer noch niemanden gefunden hatte, der meine Hilfe benötigte, obwohl ich als Drache sehr lange den Atem anhalten konnte. Ich verliess das Haus durch ein zerstörtes Fenster und sog erleichtert die klare Abendluft ein. Mittlerweile waren meine Schuppen vollständig von Russ und Asche bedeckt, wodurch die schönen Rottöne nicht mehr zu erkennen waren. Meine Augen brannten und ich war erschöpft.

Ich glaube, hier benötigt niemand mehr meine Hilfe, dachte ich und flog ein Stück höher, um mir einen Überblick zu verschaffen.

Das Feuer war nun grösstenteils gelöscht und beinahe die gesamte Innenstadt von dichten Rauchwolken durchzogen. Ich steuerte den See an, um mich darin zu waschen. Direkt aus dem Flug liess ich mich ins Wasser fallen. Die plötzliche Kälte führte zu einer kurzzeitigen Muskelverspannung. Durch in meinen Lungen erhitzte Luft wärmte ich meinen Körper wieder auf, während ich tauchte. Kurz darauf schwamm ich nach oben und stiess durch die Wasseroberfläche. Die kalten Wellen hinderten mich daran, abzuheben.

Das war wirklich eine ganz tolle Idee, mitten im See zu landen. Jetzt kann ich nicht mehr abheben, dachte ich leicht genervt.

Nun war ich gezwungen, in diesem eiskalten Wasser bis ans Ufer zu schwimmen, was ich erst einige Minuten später erreichte. Triefend vor Nässe kletterte ich auf einen Steg, schüttelte das Wasser ab und flog ohne Umwege zurück nach Hause.

Das war ein anstrengender Tag, dachte ich erschöpft, aber auch zufrieden.

Am nächsten Morgen fühlte ich mich prächtig. Mit dem guten Gewissen, zwei Menschenleben gerettet zu haben, stand ich auf und setzte mich an meinen Computer. Die Arbeit bereitete mir wieder einmal viel Spass, was dazu führte, dass ich kein einziges Mal an Tom denken musste. Um fünf Uhr abends, nachdem ich meinen Computer heruntergefahren hatte, setzte ich mich wie jeden Abend auf mein Sofa und recherchierte nach neuen Videos über meinen Bruder. Erneut wurde ich von brutalen Kampfszenen überschwemmt.

So viel zu meiner guten Laune.

Enttäuscht klickte ich das nächste Video an. Tom hatte sich eine tiefe Wunde von seinem linken Hinterbein bis hin zum Schwanz zugezogen. Stark hinkend näherte er sich seinen Militärkollegen, die an einem Lagerfeuer sassen und sich die Hände wärmten. Eine hauchdünne Schneeschicht bedeckte den Boden. Schockiert starrte ich auf den kleinen Bildschirm meines Mobiltelefons. Tom schien sich von seiner Verletzung nicht beirren zu lassen, denn er legte sich entspannt neben das Feuer. Trotzdem konnte ich erkennen, dass er unter starken Schmerzen litt.

Das ist mir auch ständig passiert. Die Verletzung wird bestimmt schnell verheilen, beruhigte ich mich in Gedanken.

Die Bilder von Toms blutender Wunde liessen mich selbst während meines abendlichen Rundflugs nicht in Ruhe. Fortlaufend sah ich, wie er hinkte, und dachte daran, wie stark seine Schmerzen sein mussten. Immer wieder redete ich mir ein, dass alles gut werden würde. Schlussendlich war ich mir nicht mehr sicher, ob ich die richtige Entscheidung getroffen hatte, ihn zu verlassen. Vor dem ins Bett gehen suchte ich erneut nach den neusten Videos, die über Drachen handelten. In den wenigen Stunden hatte es kaum neues Videomaterial gegeben. Die meisten der brutalen Kampfszenen waren mittlerweile nicht mehr verfügbar oder hatten eine Altersbeschränkung erhalten. Gerade als ich mein Mobiltelefon ausschalten wollte, erregte eine Überschrift meine Aufmerksamkeit.

'DrSG geht in Kiew auf Drachenjagd', hiess es.

Augenblicklich war ich hellwach.

Natürlich! Durch die ganzen Videos wissen die, wo Tom ist. Er schwebt in grosser Gefahr!

In grösster Eile packte ich einige Esswaren und mein Mobiltelefon in eine Tasche, die ich mir vor einer Woche gekauft hatte. Nicht einmal eine Minute später schoss ich bereits mit hoher Geschwindigkeit den tiefhängenden Wolken entgegen.

Mein Maul war vollständig ausgetrocknet und meine Flügel steif, als ich kurz nach Sonnenaufgang Kiew erreichte. Ich war die gesamte Nacht hindurch ununterbrochen geflogen. Die Drachenschutzgesellschaft war bereits eingetroffen. Neun ihrer Fahrzeuge waren neben dem Armeelager geparkt und zwei Dutzend Männer mit Betäubungswaffen standen den Schweizer Soldaten entgegen, die allem Anschein nach erst vor wenigen Minuten aus einem Einsatz zurückgekehrt waren. Im senkrechten Sturzflug schoss ich nach unten, obwohl ich noch einige Kilometer vom Armeelager entfernt war. Auf diese Weise wollte ich vermeiden, in der Luft gesehen zu werden. Nur wenige Meter über dem Boden flog ich den Männern entgegen. Als sie in Hörweite waren, landete ich und schlich über das leicht schneebedeckte Gras hinweg.

Wo ist Tom? Fragte ich mich.

Bisher hatte ich ihn nirgends entdeckt. Bei den Zelten angekommen, huschte ich von einer Deckung zur nächsten, um unentdeckt zu bleiben. Einige Meter weiter links hörte ich, wie sich mehrere Personen näherten. Ich versteckte mich in einem der Zelte, worin sich glücklicherweise niemand befand. Mucksmäuschenstill wartete ich, bis die zwei Männer, die ich wahrgenommen hatte, ausser Hörweite waren. Leise kroch ich aus dem Zelt hinaus und suchte weiterhin nach Tom, bis ich ihn plötzlich witterte. Blitzschnell folgte ich dem Duft in das Zentrum des Lagers hinein. Bei jedem Geräusch blieb ich stehen oder versteckte mich. Vor lauter Anspannung pochte mein Herz so laut, dass ich befürchtete, es würde meine Position verraten.

«Wo ist der grüne Drache? Wir wissen, dass er hier ist.», fragte einer der DrSG-Mitarbeiter Leutnant Marti, der ihn grimmig anstarrte.

«Das geht Sie überhaupt nichts an. Nun verschwinden Sie von hier, ehe ich meinen Männern befehle, Sie zu erschiessen.», antwortete der Leutnant.

Zwischen zwei Fahrzeugen hindurch beobachtete ich die Situation. Alle DrSG-Mitarbeiter standen mit Betäubungswaffen ausgerüstet zwischen den Soldaten, die diese wiederum feindselig anstarrten. Bei so vielen Betäubungsgewehren war es unmöglich, nicht getroffen zu werden, falls sie mich entdeckten. Selbst ein einziger Treffer konnte zu meiner Gefangenschaft führen, weswegen ich nicht angreifen konnte.

«Ich frage Sie noch ein letztes Mal: Wo ist der Drache?»

Die Stimmlage dieses Mannes verriet, dass er vor nichts zurückschreckte. Selbst Leutnant Marti konnte sich bei der DrSG keinen Respekt verschaffen.

«Sie sind nicht dazu befugt, mir Befehle zu erteilen.», antwortete dieser.

Ein Schnarchen drang aus einem der Lastwagen an meine empfindlichen Ohren.

Das muss Tom sein! Er schläft bestimmt im Lastwagen hinter Marti. Aber wie soll ich zu ihm gelangen, ohne entdeckt zu werden?

Ich trat so nahe an das grosse Militärfahrzeug heran, wie ich konnte. Mittlerweile nahm ich weitere Stimmen wahr, die derart leise waren, dass ich sie kaum verstehen konnte.

«Hinter dir, Ivan!»

«Ich bin umzingelt! Hilfe!»

Nun waren leise Schussgeräusche zu hören. Augenblicklich wusste ich, dass es sich hierbei um Toms Träume handelte.

Tom, kannst du mich hören? Dachte ich hoffnungsvoll.

«Trag mich hier raus, Tom!», rief Ivan aus dem Traum hinaus.

Tom, die DrSG ist hier und möchte dich gefangennehmen. Du musst aufwachen!

«Nils?», dachte Tom verwirrt.

Ja, ich bin es.

«Was ist los? Ich kann dich nicht sehen.»

Du träumst gerade.

«Jetzt belästigst du mich also schon in meinen Träumen, oder was?»

Lass die Scherze und hör mir endlich zu! Du schläfst in einem Lastwagen, der von DrSG-Mitarbeitern umstellt ist. Leutnant Marti wird sie nicht mehr lange daran hindern können, dich zu finden. Du musst aufwachen, und zwar sofort!

«Und wie soll ich das anstellen?»

Dies war tatsächlich eine berechtigte Frage. Angespannt dachte ich nach, während sich die Situation zuspitzte.

«Verschwinden Sie von hier, oder ...», schrie Marti.

In diesem Augenblick hatte ihn ein Betäubungspfeil getroffen und er brach zusammen, wurde jedoch von einem DrSG-Mitarbeiter aufgefangen. Die Soldaten richteten ihre Waffen auf sie.

«Waffen runter, oder ich töte euren Leutnant!»

Zögerlich ergaben sich die Männer, die nicht wussten, wie sie reagieren sollten.

«Durchsucht alle Fahrzeuge, wir müssen den Drachen finden. Anschliessend verschwinden wir von hier.», befahl einer der DrSG seinen Männern.

Endlich kam mir eine Idee, wie Tom aufwachen konnte.

Halt die Luft an, dann wirst du aufwachen, dachte ich.

«Das funktioniert bestimmt nicht.»

Doch, da bin ich mir ganz sicher. Sobald du im Schlaf die Luft anhältst, wachst du wegen dem Sauerstoffmangel auf.

Die Männer durchsuchten bereits ihren zweiten Lastwagen, als das Schnarchen endlich verstummte. Einer von ihnen näherte sich bereits Tom.

«Es hat funktioniert!», dachte er begeistert. *«Und wie kann ich jetzt am besten fliehen?»*

Ich sorge für ein Ablenkungsmanöver, während du durch das Führerhaus aussteigst. Dort befindet sich gerade niemand.

«In Ordnung.»

Ohne auch nur eine Sekunde zu warten, stiess ich einen Feuerstrahl senkrecht nach oben aus, der trotz des vorhandenen Tageslichts alle umstehenden Männer blendete.

«Dort ist er!», schrie einer.

Bevor sie mich erblickten, verschwand ich zwischen den Zelten und stiess erneut Feuer aus, sodass sie es sehen konnten. In diesem Augenblick vernahm ich, wie sich eine Lastwagentür öffnete, gefolgt von einem leisen Flügelschlag. Kurz darauf erspähte ich Tom am wolkenbedeckten Himmel. Erleichtert stiess ich mich in die Luft und schlug einige Male kräftig mit meinen vor Muskelkater schmerzenden Flügeln. Innert weniger Sekunden befand ich mich ausser Reichweite der Betäubungsgewehre. Die wütenden Schreie der DrSG-Mitarbeiter drangen vom Armeelager her zu Tom und mir, als wir immer weiter dem Himmel emporstiegen.

«Danke, das war echt knapp. Einer hätte mich fast erwischt, als ich ausgestiegen bin. Wärst du nicht gewesen, hätten sie mich gefangen.», sagte Tom dankbar.

«Dafür bin ich doch da.», entgegnete ich grinsend.

«Woher hast du gewusst, dass diese Typen gekommen sind, bevor wir es wussten?»

«Es stand in der Zeitung.»

«Tatsächlich?»

«Ja.»

«Du siehst erschöpft aus, Nils.»

«Das bin ich auch. Schliesslich musste ich deinetwegen die ganze Nacht hindurch nach Kiew fliegen.»

«Soll ich dich zur Abwechslung mal tragen?»

«Das wäre sehr zuvorkommend. Meine Flügelmuskeln brennen bereits vor lauter Anstrengung.»

Tom flog nun ein Stück unter mir, damit ich auf ihm landen konnte. Sobald ich seinen Rücken berührte, faltete ich die Flügel zusammen.

«Oh, Gott.», entfuhr es Tom, als er durch die plötzliche Gewichtszunahme einige Meter nach unten sackte.

«Bin ich so schwer?», fragte ich amüsiert.

«Nein, aber ich hätte beinahe das Gleichgewicht verloren.»

«Es freut mich übrigens, dich wiederzusehen.»

«Mich auch, Born.»

«Wie geht es deiner Wunde am linken Hinterbein?»

«Bereits viel besser als gestern. Es blutet nicht mehr und das Gewebe hat begonnen, zusammenzuwachsen.»

Aufgrund dessen, dass Tom nicht mehr in akuter Gefahr schwebte und sich seine Verletzung bereits besserte, konnte ich mich endgültig entspannen. Innert kürzester Zeit fielen mir die Augen zu und ich versank in einen tiefen, traumlosen Schlaf.

27

Friedensplan

Ein harter Schlag gegen meinen Kopf weckte mich unsanft aus dem Tiefschlaf. Ich überschlug mich und kam auf einer schneebedeckten Wiese zum Stillstand.

«Das mit dem Landen müssen wir nochmals üben.», sagte ich zu Tom, der nach seiner Bruchlandung immer noch mit dem Kopf im Schnee steckte.

Er war derart erschöpft, dass ich für einen Augenblick befürchtete, er wäre eingeschlafen.

«Es tut mir leid, ich wollte dich nicht wecken. Leider musste ich landen, da sich meine Flügel vor lauter Anstrengung beinahe verkrampft hätten.», antwortete er schliesslich, ohne sich zu rühren.

«Bleibst du etwa in dieser Position liegen?», fragte ich ihn einige Sekunden später.

«Ja. Jetzt lass mich schlafen.»

Erstaunt starrte ich meinen Bruder an, der mit dem Kopf im Schnee innert weniger Sekunden zu schnarchen begann. Wie konnte man bloss so schnell einschlafen? Kopfschüttelnd öffnete ich meine Tasche und nahm die Wasserflasche heraus, die ich von zu Hause mitgenommen hatte. Mein Hals war aufgrund des nächtlichen Fluges vollständig ausgetrocknet. Nachdem ich gierig getrunken hatte, ass ich ein wenig, um den grössten Hunger zu stillen, und legte mich neben Tom hin. Bevor ich einschlief, verwandelte ich meine rechte Hand, um auf meinem Mobiltelefon nachzusehen, wo wir uns befanden. Mittlerweile waren wir einige Kilometer östlich der Ukraine.

Weshalb ist er mit mir nach Russland geflogen? Fragte ich mich.

Da Tom bereits tief und fest schlief, musste diese Frage warten, bis er aufgewacht war. Ich verstaute mein Handy in der Tasche und schlief wenige Minuten später ebenfalls ein.

Vor Kälte zitternd wachte ich auf. Inzwischen hatte ein Schneesturm eingesetzt. Tom war unter den Schneewehen kaum noch zu erkennen.

«Aufwachen, Tom. Sonst erkältest du dich noch.»

Sachte schaufelte ich den Schnee aus seinem Gesicht und stupste ihn an. Daraufhin streckte er sich und öffnete die Augen.

«Mir ist kalt.», sagte er.

«Was du nicht sagst.»

«Wo sind wir?»

«Dort, wo du uns hingebracht hast. Wir befinden uns jetzt in Russland.»

«Eigentlich wollte ich wieder nach Hause fliegen.»

«Und weshalb fliegst du dann nach Osten?»

«Weiss ich nicht.»

«Da wir bereits hier sind, kommt mir eine Idee, wie wir unter Umständen den Krieg beenden könnten.»

«Und die wäre?», fragte Tom interessiert.

«Wenn wir es schaffen, Putin zu stürzen, könnte sein Nachfolger ein Friedensangebot der Ukraine akzeptieren. Auf diese Weise wären deine Militärkollegen in Sicherheit und ich müsste nie wieder in diesem Krieg kämpfen.»

«Das funktioniert aber nur, wenn wir Glück haben.»

«Trotzdem müssen wir es versuchen.»

«Bisherige Attentate auf ihn sind allesamt fehlgeschlagen. Weshalb denkst du, dass es uns gelingen wird?»

«Ich spreche nicht von einem Attentat, sondern von einer Festnahme. Er soll sich vor dem europäischen Kriegsgericht verantworten.»

«Du hast echt nicht mehr alle Tassen im Schrank. Dieser Mann hat es nicht verdient, am Leben gelassen zu werden.»

«Das Problem besteht darin, dass wir ihn nicht töten können, ohne unweigerlich all seine Verbündeten gegen uns aufzubringen. Ausserdem wäre ein Attentat Selbstjustiz.»

«Seine Anhänger werden so oder so gegen uns sein, wenn wir ihn stürzen.»

«Das stimmt. Trotzdem würden wir ihnen dadurch einen handfesten Grund geben, uns zu jagen. Im Falle eines Attentats könnten sie unter Umständen andere Menschen davon überzeugen, sich ihnen anzuschliessen. Sollten wir Putin stattdessen festnehmen und vor Gericht stellen, werden seine Anhänger kaum Unterstützung erhalten.»

«Wir werden ja noch sehen, was mit ihm geschieht.», dachte Tom.

Ich konnte seinen Hass förmlich spüren. Da all seine Gedanken nun daraus bestanden, was er mit Putin anstellen wollte, vermied ich es, genauer hinzusehen.

«Wie hast du dir diese Festnahme vorgestellt?», fragte er schliesslich, als wäre er vollkommen einverstanden mit meinem Vorschlag.

«Da sie höchstwahrscheinlich nicht mit Drachen rechnen, die ihren Kremlchef angreifen, können wir sie überraschen. Wir müssen nur wissen, wann er sich wo befindet. Am besten warten wir, bis er eine Pressekonferenz hält, und verfolgen anschliessend den Konvoi. Dann greifen wir zu einem passenden Zeitpunkt an.»

«Du hast also keinen Plan.»

«Nicht wirklich, aber es könnte trotzdem funktionieren.»

«Und weshalb bist du so plötzlich wieder daran interessiert, zu kämpfen.»

«Weil ich es nicht länger ertrage, dass all diese Menschen in einem Krieg sterben, der von Grund auf unnötig ist.»

Und weil ich nicht länger zusehen kann, wie du unzählige Männer auf brutalste Weise tötest, dachte ich.

«Ich habe deine Gedanken gehört.», sagte Tom grinsend.

«Mist. Das habe ich vergessen. Jetzt ist mir das auch einmal passiert.»

«Dann würde ich sagen, wir machen uns auf den Weg nach Moskau. Schliesslich habe ich einem Angriff auf Putin nichts entgegenzusetzen.»

«Zuerst musst du aber etwas essen.»

«Ja, ich verhungere gleich.»

Als ich Tom einige gefrorene Würstchen überreichen wollte, stiess er einen hellgrünen Feuerstrahl aus, der mich beinahe vollständig einhüllte. Der Schnee in meiner Umgebung schmolz augenblicklich und das Essen war innert weniger Sekunden gar.

«So viel Feuer hättest du auch nicht erzeugen müssen.», sagte ich schliesslich zu Tom, der sich gierig auf die gebratenen Würstchen stürzte.

«Aber ich habe Hunger! Ausserdem hast du mich auch mehrmals mit deinem Feuer abgeschossen.», antwortete er mampfend.

Obwohl ich versuchte, ernst zu bleiben, konnte ich mir ein Schmunzeln nicht unterdrücken.

Nachdem wir beide fertig gegessen hatten, flogen wir in Richtung Moskau davon. Trotz des Schneesturms und unseren erschöpften Flügeln wollten wir keine Zeit vergeuden. Kurz nach unserem Abflug erreichten mich Bilder von Ivan und seinen Männern, die von der DrSG gefangengenommen wurden. Augenblicklich wusste ich, dass es sich hierbei nicht um meine Gedanken handelte.

«Mach dir keine Sorgen wegen dieser Drachenschutzgesellschaft. Die sind nur hinter uns her.», schrie ich Tom durch den Schneesturm entgegen.

«Du hast meine Gedanken durch diesen Wind hindurch wahrgenommen?», fragte er mit lauter Stimme.

«Ja, sogar sehr deutlich. Es liegt vermutlich daran, dass du dir grosse Sorgen machst.»

«Das stimmt. Denkst du wirklich, dass wir sie gefahrlos zurücklassen können?»

«Ganz bestimmt. Die DrSG ist uns mit ihren Fahrzeugen gefolgt, solange sie konnten, nachdem wir geflohen sind. Keiner von denen ist im Armeelager geblieben.»

«Sie sollten nicht Drachenschutzgesellschaft, sondern Drachenterrorgesellschaft heissen, so skrupellos wie die sind. Nach Putin sollten wir uns um die kümmern.»

«Das haben wir doch bereits besprochen. Ausserdem hätten wir keine Chance gegen die. Es sind mittlerweile zu viele und ihre Ausrüstung ist darauf ausgelegt, Drachen zu fangen.»

Düstere Gedanken und Todeswünsche gegenüber der DrSG erreichten mich von Tom. Er wollte sich auf gar keinen Fall kampflos geschlagen geben. Um mich nicht von seinem Hass anstecken zu lassen, ignorierte ich seine Gedanken. Während wir uns mit hoher Geschwindigkeit Moskau näherten, entspannte er sich ein wenig. Am Abend liess der Schneesturm nach und wir flogen ausgelassen über die orangerot beleuchtete Wolkendecke hinweg. Erste Sterne zeigten sich am Himmel und wir vergassen bei diesem wunderschönen Anblick jegliche Sorgen.

Am nächsten Morgen weckten mich helle Sonnenstrahlen, die jedoch nur wenig Wärme spendeten. Wir hatten in einem kleinen Wald ausserhalb von Moskau übernachtet, um uns der Stadt in ausgeschlafenem Zustand nähern zu können. Tom schnarchte immer noch in voller Lautstärke neben mir.

Wie konnte ich bei diesem Lärm überhaupt schlafen? Fragte ich mich.

Um herauszufinden, wann und wo die nächste Pressekonferenz mit Putin stattfand, nahm ich mein Mobiltelefon zur Hand. In diesem Augenblick stellte ich fest, dass Sven mehrere Male versucht hatte, mich zu erreichen. Schliesslich hätte ich gestern und auch heute zur Arbeit erscheinen müssen. Ratlos und mit einem flauen Gefühl im Magen starrte ich seine Nachrichten an, die er hinterlassen hatte.

Was soll ich ihm bloss antworten? Klingt es glaubhaft, wenn ich behaupte, krank zu sein, oder muss ich mir eine bessere Ausrede überlegen?

«Kannst du mal leiser denken? Ich höre dich wieder in meinem Traum.», dachte Tom.

Du schläfst ohne Probleme bei einem Schneesturm aber selbst die leisesten Gedanken stören dich dabei?

«Ja. Jetzt lass mich weiterträumen.»

Eigentlich solltest du mir dankbar dafür sein, dass ich dich gestört habe.

«Weshalb?»

Jetzt weisst du, dass es ein Traum ist, und du kannst machen, was auch immer du möchtest.

«Du hast recht! Weshalb habe ich nicht früher daran gedacht?»

Schmunzelnd liess ich Tom schlafen, der immer noch seelenruhig vor sich hin schnarchte. Ich konnte es kaum glauben, mich mit ihm unterhalten zu haben, obwohl er vollkommen regungslos dalag.

Nach meinem Frühstück und einer kurzen Notlüge an meinen Vorgesetzten weckte ich meinen Bruder dennoch auf. Schliesslich wollten wir nach Moskau fliegen, um Putin gefangenzunehmen, statt den gesamten Tag zu verschlafen.

«Kannst du ab jetzt jedes Mal zu mir sprechen, während ich schlafe, sodass ich meine Träume steuern kann?», fragte er verschlafen.

«Ja, aber nur, wenn ich vor dir wach bin. Was hast du geträumt, nachdem dir dein Traum bewusst geworden war?»

«Am besten zeige ich es dir in Gedanken. Ansonsten könnte ich ewig davon schwärmen.»

Ich konzentrierte mich auf alle Empfindungen zugleich und stiess augenblicklich auf Toms Traum, den er mit mir teilte. Er stand auf einem Hochhaus in einer riesigen Stadt, die ich noch nie zuvor gesehen hatte. Das Gebäude war mindestens dreihundert Meter hoch. Ohne zu zögern, sprang er herunter, da er sich des Traums bewusst war. Die Strassen kamen in rasender Geschwindigkeit näher und einen Sekundenbruchteil bevor er den Boden berührte, befand er sich plötzlich über den Wolken. Er flog als Drache dem Sonnenuntergang entgegen und wechselte einige Sekunden später in einen Sturzflug. Nachdem er die Wolken durchstossen hatte, flog er über ein riesiges Gebirge hinweg. Mit nur leicht ausgebreiteten Flügeln schoss er den schneebedeckten Bergspitzen entgegen und bremste im allerletzten Moment ab, um knapp über dem Berghang ins Tal zu fliegen. Sobald er im Tal angekommen war, landete er mit hoher Geschwindigkeit in einem reissenden Fluss, der sich zeitgleich mit seinem Aufprall in einen Ozean verwandelte. Er tauchte immer tiefer, bis die vollständige Finsternis ihn umgab.

«Das ist tatsächlich ein sehr schöner Traum.», sagte ich schliesslich, als ich genug gesehen hatte.

«Es geht aber noch weiter.», entgegnete Tom.

«Vielleicht kannst du mir den Rest zeigen, nachdem wir Putin vor Gericht gestellt haben.»

Er willigte mit einem Nicken ein und bereitete sich auf den Tag vor, wie ich es zuvor getan hatte.

«Es wurde gerade bekanntgegeben, dass Putin morgen um neun Uhr eine Pressekonferenz neben der Basilius-Kathedrale hält.», rief ich Tom begeistert entgegen, während er sein Frühstück mit Feuer zubereitete.

«Das ist grossartig! Hast du schon einen Plan, wie wir vorgehen sollen?»

«Ja. Da das Wetter morgen ebenfalls sonnig sein sollte, können wir alles aus grosser Höhe betrachten. Schliesslich wird ein Kremlchef bei einer Pressekonferenz gut bewacht. Vier bis fünf Kilometer sollten reichen, um nicht gesehen zu werden. Höchstwahrscheinlich wird er danach in einem Konvoi an einen anderen Ort gebracht. Wir müssen nur die Fahrzeuge im Auge behalten und anschliessend in das Gebäude einbrechen, in dem sie verschwinden.»

«Und was, wenn dort dutzende bewaffnete Soldaten auf uns warten?»

«Dafür haben wir unser Gehör- und Geruchssinn. Wir sollten in der Lage sein, Gefahren frühzeitig zu erkennen, ohne in eine Falle zu tappen. Ausserdem sind die nicht darauf vorbereitet, einem Angriff von Drachen standzuhalten. Sie denken immer noch, wir wären wilde Tiere, die rein zufällig angreifen.»

«Wie du meinst. Und was ist, wenn wir ihn haben? Wie sieht es mit dem Fluchtplan aus?»

«Ich schlage vor, dass wir so vorgehen wie ich damals im russischen Militärstützpunkt. Wir können Putin als Geisel verwenden und hoffen, dass er seinen Leuten befielt, nicht zu schiessen.»

«Das ist sehr riskant.»

«Ich weiss. Aber wir müssen es versuchen.»

In diesem Augenblick hoffte ich, er würde meine Gedanken nicht lesen. Ansonsten würde er meine Angst vor unserer bevorstehenden Mission wahrnehmen können. Schliesslich war solch eine Geiselnahme nicht ungefährlich. Dass ich mich trotzdem dafür entschieden hatte, lag einzig und allein an meiner Hoffnung auf Frieden.

Gespannt warteten wir auf den morgigen Tag. Dies war unser erster gemeinsamer Kampfeinsatz als Drachen und wir wollten alles bis ins kleinste Detail geplant haben. Stundenlang diskutierten wir unsere Vorgehensweise in bestimmten Situationen. Während des Nachmittags flogen wir über Moskau hinweg, um uns einen besseren Überblick zu verschaffen. Dabei fiel uns auf, dass es über zwei Stunden dauerte, vom Wald bis zur Basilius-Kathedrale im Stadtzentrum zu fliegen. Dementsprechend stellte ich den Wecker meines Mobiltelefons früh ein, sodass wir rechtzeitig ankommen würden. Der Akku war mittlerweile nur noch zu zwanzig Prozent voll. Trotzdem war ich mir sicher, dass es ausreichte. Wir legten uns gleich nach Sonnenuntergang schlafen, obwohl wir noch keine Müdigkeit verspürten.

Aufgrund unserer Aufregung hatten wir beide nur wenige Stunden geschlafen, als mein Wecker klingelte. Schweigend bereiteten wir unser Frühstück zu. Die Vorräte aus meiner Tasche waren inzwischen beinahe vollständig aufgebraucht.

«Denkst du, dass wir irgendwo in Moskau Essen kaufen können?», fragte ich Tom, der einen erschöpften Eindruck machte.

«Vermutlich schon.», antwortete er knapp.

Unsere Nervosität vor dem bevorstehenden Einsatz war allgegenwärtig. Selbst als wir uns bereits in der Luft befanden, entspannte sich keiner von uns. Schwer atmend erreichten wir unsere geplante Höhe von ungefähr fünf Kilometern. Von hier oben konnten wir mit unseren scharfen Drachenaugen die gesamte Stadt überblicken, ohne gesehen zu werden. Als wir uns nach einem halbstündigen Gleitflug über dem Stadtzentrum befanden, war es Viertel vor neun. In fünfzehn Minuten begann die Pressekonferenz.

«Ich sehe bereits jetzt den Konvoi.», sagte Tom zwei Minuten später. «Sie nähern sich der Kathedrale.»

«Aus welcher Richtung kommen sie?», fragte ich interessiert, denn ich hatte die Fahrzeuge noch nicht entdeckt.

«Von links.»

«Meinst du Nordwesten?»

«Keine Ahnung. Von uns aus gesehen ist es links.»

«Dann ist es Nordwesten.»

Trotz seiner vagen Beschreibung erspähte ich wenige Sekunden später den Konvoi aus sieben schwarzen Fahrzeugen. Es war nicht zu erkennen, in welchem sich Putin befand. Wie Adler über ihrer Beute kreisend, warteten wir darauf, dass die Pressekonferenz startete. Erwartungsgemäss stieg Putin aus einem der Fahrzeuge aus, nachdem ihm einer seiner Angestellten die Tür geöffnet hatte. Augenblicklich erkannte ich Abscheu in Toms Augen. Er wäre am liebsten gleich im Sturzflug nach unten geflogen und hätte den Kremlchef in einem einzigen Feuerstoss getötet. Während wir darauf warteten, dass unsere Zielperson die Pressekonferenz verliess, schien die Zeit nicht voranschreiten zu wollen. Vor lauter Aufregung trocknete mein Hals aus, jedoch wagte ich es nicht, meine Wasserflasche aus der Tasche zu holen, da ich Putin nicht aus den Augen lassen wollte. Nach über einer halben Stunde stieg er endlich in das zweithinterste Fahrzeug ein. Nachdem sie losgefahren waren, verschwanden alle sieben Fahrzeuge in einem Tunnel. Drei davon verliessen den Tunnel nach Nordwesten und die anderen vier nach Nordosten.

«Was machen wir jetzt?», fragte Tom verunsichert.

«Ich sage, wir trennen uns. Sobald alle Fahrzeuge ihr Ziel erreicht haben, treffen wir uns wieder hier. Sollte keiner von uns Putin gesehen haben, müssen wir an beiden Orten nach ihm suchen.», antwortete ich.

«Ich verfolge die vier Fahrzeuge und du die anderen, okay?»

Ich nickte und flog den drei Fahrzeugen aus grosser Höhe nach. Sie nahmen einige Abzweigungen, verliessen das Stadtzentrum und erreichten schlussendlich ein Industriegebiet. Aus jedem Fahrzeug stiegen Personen aus, jedoch nicht Putin selbst. Um mich zu vergewissern, dass er nicht sitzengeblieben war, flog ich ein Stück tiefer und versuchte, durch die getönten Scheiben hindurch jemanden zu erkennen.

Dumm sind die leider nicht, dachte ich leicht gereizt, da ich nun dazu gezwungen war, noch näher zu fliegen.

Im Sturzflug näherte ich mich dem Boden einige hundert Meter neben den Fahrzeugen. Anschliessend flog ich in hoher Geschwindigkeit zwischen den grossen Lagerhallen und Fabriken hindurch, um nicht entdeckt zu werden. Nachdem ich bei den Fahrzeugen angekommen war, wagte ich einen genaueren Blick durch die Frontscheiben hindurch. Ich konnte weder jemanden sehen noch hören, der sich in einem der schwer gepanzerten Fahrzeuge befand. Stattdessen vernahm ich Schritte hinter mir. Die Personen, die ausgestiegen waren, kehrten zurück. Blitzschnell stieg ich erneut dem Himmel empor, nur wenige Sekunden bevor die mit Pistolen und Sturmgewehren bewaffneten Personen zurückkehrten.

Sie schienen per Funk neue Anweisungen erhalten zu haben, denn sie fuhren augenblicklich mit quietschenden Reifen los.

Haben sie Tom entdeckt oder ist dies ein Zufall? Fragte ich mich besorgt.

Glücklicherweise waren sie so sehr damit beschäftigt, in die Fahrzeuge zu steigen, dass mich keiner von ihnen am Himmel erspähte.

Keuchend vor lauter Anstrengung erreichte ich Tom, der immer noch fünf Kilometer über der Erdoberfläche flog.

«Da bist du ja endlich. Hast du Putin gefunden?», fragte er ungeduldig.

«Nein, bei mir war er nicht.»

«Ich konnte nicht sehen, ob er ausgestiegen ist oder nicht. Aber ich weiss, in welchem Gebäude sich die vier Fahrzeuge befinden.»

«In diesem Fall sollte er dort sein. Aber bevor wir losfliegen, muss ich kurz ein wenig Wasser trinken.», entgegnete ich immer noch ausser Atem.

Nachdem ich während des Fluges aus meiner Wasserflasche getrunken hatte, folgte ich Tom zu dem Gebäude, in dem sich unsere Zielperson befinden musste.

«Ab jetzt müssen wir uns gedanklich unterhalten, um nicht aufzufallen.», erinnerte ich ihn, nachdem wir auf einem grossen, durch mehrere Zäune gesicherten Gebäude gelandet waren.

Die Fenster waren durch Metallgitter verstärkt und an jeder Ecke befanden sich Überwachungskameras.

«Bist du bereit?», fragte Tom telepathisch.

Ja, antwortete ich schweigend.

Ich stellte meine Tasche ab, da sie bei unserem Angriff hinderlich sein würde, und näherte mich mit pochendem Herzen einer Tür, die vom Dach ins Innere des Gebäudes führte.

«Hier oben gibt es keine Kameras, aber wie machen wir es, wenn wir drin sind?»

Wir müssen versuchen, so schnell wie möglich an den Überwachungskameras vorbeizuschleichen. Vielleicht sehen die Angestellten im Kontrollraum gerade rechtzeitig weg.

«Wäre es nicht besser, die Kameras zu zerstören?»

Das fällt wesentlich mehr auf, denn bei einer Fehlfunktion wird augenblicklich das Personal alarmiert, um der Sache auf den Grund zu gehen.

«Und wenn die uns auf den Kameras sehen?»

Dann müssen wir improvisieren und auf unsere Instinkte vertrauen.

«Falls sie uns angreifen, werde ich einfach mit Feuer zurückschiessen.»

Wie du meinst, dachte ich mit einem schlechten Gefühl im Bauch.

Schliesslich wollte ich diese Mission möglichst gewaltlos ausführen und nicht unzähligen Menschen einen der schmerzhaftesten Tode bereiten, die man sich vorstellen konnte. Ich verdrängte meine negativen Gefühle und konzentrierte mich wieder auf unseren Plan. Die Tür auf dem Dach war nicht zusätzlich verstärkt. Gemeinsam hebelten wir die durch die Wetterverhältnisse verrostete Tür mit unseren Krallen auf. Mit einem lauten Knacken brach der Riegel durch. Die Scharniere knirschten, als wir schliesslich eintraten.

Warte, ich muss zuerst sicherstellen, dass wir allein sind, dachte ich, während Tom bereits die Treppe hinunterschlich.

«Das wollte ich gerade machen.», antwortete er gedanklich.

Aber doch nicht so. Wir wollen schliesslich nicht gesehen werden.

Leise schnaubend blieb Tom stehen und wartete auf mein Zeichen.

Ein Stockwerk unter uns befinden sich mehrere Personen. Am Ende dieser Treppe ist jedoch alles frei, dachte ich einige Sekunden später.

«Und das hörst du von hier aus?»

Ja, du etwa nicht?

«Doch, eigentlich schon. Aber durch all diese Nebengeräusche hindurch bin ich mir nicht sicher, woher die Geräusche stammen.»

Tom hatte recht, was die Nebengeräusche anbelangte. Schliesslich befanden wir uns in einer grossen Stadt. Tausende Fahrzeuge, Menschen, elektrische Geräte und sogar vereinzelte Tiere erzeugten die unterschiedlichsten Geräusche. Sich hierbei mit einer ungefilterten Wahrnehmung auf bestimmte Geräusche zu konzentrieren, erforderte viel Übung, was ich durch mein Leben mit dem Asperger-Syndrom glücklicherweise bereits hatte.

«Wir sollten weitergehen.», dachte er schliesslich.

Seinen neidischen Gedanken konnte ich entnehmen, dass er meine Freude daran, ihm in einer Disziplin überlegen zu sein, wahrgenommen hatte. Mein ganzes Leben lang war mir mein grosser Bruder stets einen oder mehrere Schritte voraus gewesen. Die Tatsache, dass ich nun endlich etwas früher gelernt hatte als er, erfüllte mich mit Stolz.

Zufrieden folgte ich ihm die Treppe hinunter ins Innere des Gebäudes. Obwohl wir mit grösster Vorsicht einen Fuss vor den anderen setzten, erzeugten unsere Krallen ungewollte Geräusche.

Wenn das keiner hört, grenzt es an ein Wunder, dachte ich.

«So laut sind unsere Schritte nun auch wieder nicht. Die Menschen sind im Vergleich zu uns beinahe taub.», antwortete Tom in beruhigenden Gedanken, obwohl er ebenso angespannt war wie ich.

So leise wir konnten, schlichen wir durch die schwach beleuchteten Gänge. Niemand kam uns entgegen und keine Kameras versperrten den Weg.

«Das muss der falsche Weg sein. Putin wird bestimmt mit Kameras und Sicherheitspersonal bewacht.», dachte Tom.

Telepathisch stimmte ich ihm zu und wir suchten nach den Menschen, die ich gehört hatte.

Hinter dieser Wand, dachte ich schliesslich, als sich der Korridor vor uns in drei Richtungen teilte.

«Sollten wir einen Blick riskieren?», fragte Tom.

Ja, sonst finden wir nichts Neues heraus.

Vorsichtig reckte ich meinen Kopf um die Biegung des Korridors herum. Zwei Männer standen neben einer geschlossenen Tür und starrten genau in meine Richtung. Erschrocken zog ich den Kopf zurück.

«Was hast du gesehen?»

Wachen. Ich glaube, sie haben mich entdeckt, dachte ich voller Aufregung.

Mein Verdacht bestätigte sich, als einer der Männer zu sprechen begann. Eine Stimme aus seinem Funkgerät antwortete. Kurz darauf waren Schritte zu hören, sie sich uns schnell aus verschiedenen Richtungen näherten.

Wir sitzen in der Falle!

Verzweifelt nach einem Ausweg suchend stand ich da und analysierte die Situation. Jedes Fenster war zusätzlich durch ein Metallgitter verstärkt, wodurch wir es nicht ohne Weiteres aufbrechen konnten. Vor und hinter uns näherte sich bewaffnetes Sicherheitspersonal, sofern ich mich nicht verhört hatte.

«Keine Sorge, ich regle das.», dachte Tom und verschwand um die Ecke herum, bevor ich meine Gedanken zu Ende denken konnte.

Ein Mann schrie etwas in Russisch, was ich nicht verstand, und mehrere Schüsse wurden abgefeuert. Endlich erwachte ich aus meinen Gedanken und konnte gerade noch miterleben, wie Tom beide Türsteher mit seinen Krallen aufschlitzte. Blutverschmiert blieb er stehen und zog ein kleines Projektil zwischen seinen Schuppen hervor, was zufälligerweise steckengeblieben war.

Was sollte das jetzt gerade? Das Sicherheitspersonal wird diese Schüsse gehört haben und Putin von hier wegschaffen, dachte ich enttäuscht und wütend zugleich.

«Putin wird uns nicht entwischen.», entgegnete Tom gedanklich mit überraschender Selbstsicherheit.

Aber wir sitzen in der Klemme. Von allen Seiten kommt bewaffnetes Personal auf uns zu. Wenn wir nicht sofort einen Ausweg finden, müssen wir uns den Weg freikämpfen. Putin ist bestimmt schon über alle Berge, bevor wir von hier geflohen sind. Und was machst du jetzt eigentlich? Dachte ich verzweifelt.

Tom hatte begonnen, die gepanzerte Tür, die von den beiden Türstehern bewacht worden war, mit seinem hellgrünen Feuer zu erhitzen.

«Nur die Ruhe, Nils. Ich bin mir sicher, dass Putin hinter dieser Tür ist. Schliesslich war es die einzig bewachte Tür. Ausserdem ist sie gepanzert und durch ein elektronisches Eingabefeld gesichert.», dachte Tom, ohne auch nur eine Sekunde sein Feuerspeien einzustellen.

Endlich begriff ich, weshalb er sich sicher war, dass unsere Zielperson nicht entwischen konnte. Niemand liess grundlos eine gepanzerte Sicherheitstür zusätzlich mit Türstehern bewachen. Da das Sicherheitspersonal nicht auf einen Angriff vom Dach her vorbereitet war, befanden sich die meisten von ihnen unten und mussten daher einige Korridore entlanglaufen, um zu uns zu stossen.

Du bist ausgesprochen schlau für einen Grashüpfer, dachte ich schmunzelnd und näherte mich nun ebenfalls der stahlverstärkten Tür.

Meine Freude verging jedoch augenblicklich, als ich gezwungenermassen über die beiden Leichen stieg.

«Schmilz endlich, du bescheuertes Stück Metall!», hörte ich Toms Gedanken, als er nach einigen Sekunden immer noch keinen Schaden an der Panzerung verursachen konnte.

Verzweifelt kratzte er mit seinen Krallen an der schwach glühenden Tür, als würde sie sich dadurch öffnen lassen.

Das dauert zu lange. Kann ich es mal versuchen? Du musst mir nur wenige Sekunden Zeit verschaffen, dachte ich.

«Wie du meinst.»

Gereizt stapfte er zurück zu dem Korridor, aus dem wir gekommen waren. Inzwischen hatte uns das Sicherheitspersonal entdeckt und begann, auf uns zu schiessen. Mit einem Feuerstrahl, der die gesamte Breite des Korridors einnahm, verteidigte mich Tom. Augenblicklich versteckten sich die Männer hinter einer Wand, um nicht von den Flammen erwischt zu werden.

Währenddessen widmete ich mich der Tür. Das elektronische Eingabefeld war die einzige Möglichkeit, sie zu öffnen. Ich griff mit meinen Krallen danach und riss es gewaltsam aus der Wand heraus, um die dahinterliegenden

Kabelverbindungen zu erreichen. Anschliessend schnitt ich ein schwarzes und ein blaues Kabel durch, die mit dem Eingabefeld verbunden waren, da ich wusste, dass es sich hierbei um die Phase und den Neutralleiter handelte. Um die Tür zu öffnen, musste ich lediglich das Eingabefeld überbrücken, indem ich die Phase, aus dem der Strom floss, mit dem Neutralleiter verband. Dadurch konnte man der Tür vorgaukeln, die korrekte Zahlenkombination eingegeben zu haben. Vorsichtig entfernte ich die Isolierung der beiden Kupferdrähte mit meinen scharfen Klauen. Ein Funke entstand, als ich sie vorübergehend miteinander verband. Augenblicklich glitt die schwer gepanzerte Tür beiseite und gab einen fensterlosen Raum frei, in dem mehrere Personen an einem kleinen Tisch sassen. Ihre Augen weiteten sich, als sie mich erblickten. Einer der Männer, die mich verängstigt anstarrten, war tatsächlich Putin. Die anderen mussten allem Anschein nach Generäle sein, denn sie trugen allerlei militärische Abzeichen.

Komm her, Tom! Putin ist hier, dachte ich, ohne unsere Zielperson aus den Augen zu lassen.

«Wie zum Teufel hast du so schnell ...? Besser, ich frag dich das später einmal.», entgegnete Tom, der nun mit dem Feuerspeien aufgehört hatte und in meine Richtung eilte.

Sobald er den gesicherten Raum betreten hatte, stürzte er sich auf die Männer, die es bis jetzt nicht gewagt hatten, aufzustehen. Zeitgleich schob ich einen schweren, mit Akten gefüllten Schrank vor die Türöffnung, da sich die Tür vollständig in die Wand zurückgezogen hatte. Nur wenige Sekunden später erreichte uns das Sicherheitspersonal. Sie versuchten, den Schrank umzustossen, während ich mich mit aller Kraft dagegenstemmte. Meine Hinterkrallen gruben sich in den Steinboden, als ich mit den Vorderbeinen gegen den Schrank drückte. Noch konnte ich Putins Angestellte aufhalten. Hinter mir hörte ich lautes Geschrei, jedoch wagte ich es nicht, mich umzusehen. Von aussen warfen sich nun mehrere Männer gleichzeitig gegen den Schrank. Durch den Aufprall schwankte ich nach hinten, meine Krallen rutschten ab und ich verlor beinahe das Gleichgewicht. Glücklicherweise kippte der Schrank nicht um, wodurch ich erneut dagegendrücken konnte.

Ich kann sie nicht mehr lange aufhalten, Tom. Hast du Putin gefesselt, sodass wir mit ihm fliehen können?, fragte ich ihn gedanklich.

Wieder versuchten die Männer mit voller Wucht, den Weg freizubekommen. Akten fielen zu Boden und ich rutschte einige Zentimeter nach hinten, wodurch meine Krallen tiefe Kratzer im Stein hinterliessen. Einer der bewaffneten Männer konnte bereits seinen Arm zwischen dem Schrank und der Türöffnung hindurchzwängen. Mit einem kurzen Feuerstrahl zwang ich ihn dazu, sich wieder zurückzuziehen.

Tom, antworte mir, schrie ich in Gedanken.

Wieder erreichte mich keine Antwort. Ich blickte nach hinten und sah, wie Tom Putin gegen die Wand drückte und ihn hasserfüllt anstarrte. Mit den Klauen hielt er seinen Hals fest, wodurch sein Gegner kaum noch atmen konnte.

Oh nein! Er hört mich nicht.

Ohne meine Gedanken zu beachten, holte er tief Luft und schoss Putin Feuer ins Gesicht. Schreiend versuchte dieser, sich aus dem eisernen Griff meines Bruders zu befreien, während ihm das Fleisch vom Schädelknochen schmolz. Dieser entsetzliche Anblick lenkte mich kurzzeitig ab, wodurch es dem Sicherheitspersonal gelang, den Schrank umzustossen. Bevor ich ausweichen konnte, wurde ich darunter begraben. Augenblicklich presste das Gewicht des Möbelstücks jegliche Luft aus meinen Lungen. Stechende Schmerzen zuckten durch meinen Rücken, der durch den Aufprall hart getroffen worden war. Zu allem Übel kletterten die Männer nun auch noch über den Schrank hinweg, unter dem ich lag.

Hilfe, dachte ich verzweifelt, in der Hoffnung, Tom würde mich hören.

Neben mir wurden einige Schüsse abgefeuert, Männer schrien durcheinander und das hellgrüne Licht von Toms Feuerstössen flackerte zeitweise auf. Einige schmerzhafte Momente später gelang es mir, unter dem schweren Schrank hervorzukriechen. Gerade als ich aufstehen wollte, erwischte mich jemand mit einem Elektroschocker. Meine Muskeln zogen sich krampfhaft zusammen und ich war nicht mehr in der Lage, mich zu bewegen. Farbige Funken tanzten über mein Sichtfeld, während ich das Geschehen beobachtete. Tom stürzte sich auf jeden, den er erwischen konnte. Innert kürzester Zeit hatte er seine Gegner entweder verbrannt oder mit seinen Krallen getötet. Schlussendlich stand er schwer atmend zwischen mehr als einem Dutzend Leichen. Endlich richtete er seine Aufmerksamkeit auf mich.

«Bist du verletzt?», fragte er in Gedanken.

Sein Zorn schien inzwischen vollständig verblasst zu sein. Stattdessen konnte ich in seinem Blick ausschliesslich die Sorge um seinen kleinen Bruder erkennen.

Sie haben mir einen Stromschlag verpasst, dachte ich, um ihm die Frage zu beantworten.

Langsam versuchte ich, auf die Beine zu kommen, während sich das krampfhafte Zucken meiner Muskeln beruhigte. Ich blickte umher, wobei mir beim Anblick und dem Gestank dieses Schlachtfelds übel wurde. Mit zittrigen Beinen stand ich zwischen unzähligen Leichen und starrte Tom an, der mich immer noch nicht aus den Augen gelassen hatte.

Du hast sie alle getötet. So war das nicht geplant.

Vor lauter Abscheu gegenüber diesem Gemetzel konnte ich kaum noch klare Gedanken fassen.

«Trotzdem hat alles geklappt. Ohne Putin wird der Krieg höchstwahrscheinlich bald enden und wir sind auch beinahe unbeschadet davongekommen.», entgegnete Tom telepathisch.

Jetzt wird man uns eindeutig als blutrünstige Monster sehen. Dieses Attentat hat bestimmt noch Folgen für uns.

«Das glaube ich nicht. Jetzt lass uns von hier verschwinden. Sonst kreuzt noch halb Russland hier auf, um ihren Kremlchef zu rächen.»

Schockiert und leicht benommen verliess ich den geschützten Raum. Ausserhalb des Gebäudes waren Hubschrauber zu hören. Wir eilten auf das Dach, so schnell mich meine immer noch unsicheren Beine tragen konnten. Hinter uns hörten wir unzählige bewaffnete Verfolger, die uns dicht auf den Fersen waren. Auf dem Dach angekommen, band ich mir meine Tasche um und atmete einen Moment tief durch, um wieder klare Gedanken fassen zu können.

Wir müssen schnell fliehen. Wenn uns die Hubschrauber einholen, haben wir ein Problem.

«Da stimme ich dir zu.»

Pfeilschnell stieg ich mit Tom in die Höhe, ohne zurückzublicken. Durch das Adrenalin und den schockierenden Anblick des vorherigen Kampfes nahm ich meine Rückenschmerzen kaum noch wahr. Während wir flogen, hörten wir den Hubschrauber näher kommen. Ich riskierte einen Blick nach hinten und war überrascht, wie schnell sich dieser näherte. Innert kürzester Zeit trennten uns lediglich noch wenige hundert Meter.

Das schaffen wir nicht! Weshalb konntest du dich nicht einfach an den Plan halten? Dachte ich in trauriger Verzweiflung.

«Ich konnte einfach nicht anders.», antwortete Tom.

Plötzlich feuerte der Kampfhubschrauber mit einem Maschinengewehr auf uns. Ich drehte nach links ab, wodurch ich unglücklicherweise genau in die Schussbahn flog. Die grossen Projektile durchschlugen an mehreren Stellen meine Flügel oder blieben in meinem Rücken stecken. Dank der harten Schuppen drangen die Projektile nicht tief ein. Trotzdem geriet ich durch die

Schmerzen ins Trudeln und musste schlussendlich zwischen den Häusern landen. Tom folgte mir, ohne zu zögern.

Verdammte Grosskaliber, dachte ich mit schmerzverzerrtem Gesicht, als ich in einem Hauseingang Deckung suchte.

«Seit wann fluchst du eigentlich?»

Ich fluche immer, jedoch nur in Gedanken.

«Heute lerne ich ganz neue Seiten von dir kennen.», dachte Tom schmunzelnd.

Sein unerschütterlicher Humor liess mich ebenfalls schmunzeln, obwohl wir uns in einer schwierigen Lage befanden. Meine Flügel bluteten und einige Projektile, die meine Schuppen durchschlagen hatten, steckten immer noch in meinem Rücken.

Was machen wir jetzt? Fragte ich Tom in Gedanken.

«Ich zerstöre diesen Hubschrauber und danach fliehen wir.», antwortete er.

Verwirrt blickte ich ihm hinterher, als er vom Hauseingang auf die Strasse sprang und sich ein Fahrrad griff, welches nicht festgebunden war. Er hob es hoch und flog damit dem Hubschrauber entgegen, der sich gerade eben zwischen den Häusern näherte. In der Sekunde, als das Maschinengewehr erneut feuerte, wich Tom zur Seite aus, flog um den Hubschrauber herum und warf das Fahrrad gegen den Heckrotor. Augenblicklich verhedderte es sich zwischen den Rotorblättern, was ihre Drehbewegung stoppte. Ohne funktionstüchtigen Heckrotor begann sich der Hubschrauber um die eigene Achse zu drehen und verlor gleichzeitig an Höhe. Schliesslich krachte er in eine Hauswand und fiel gleich darauf zu Boden. Als die Rotoren mit dem Asphalt kollidierten, splitterten sie in unzählige Stücke, die dutzende Meter der Strasse entlang flogen.

«Wer hätte gedacht, dass ein Fahrrad einen Kampfhubschrauber zerstören kann?», dachte Tom grinsend, als er kurz darauf neben mir landete.

Ich blickte ihm entgegen und musste aufgrund seines Humors lachen, bis mich die Schmerzen meines Rückens dazu zwangen, aufzuhören.

«Kann ich dir irgendwie helfen?», fragte er mich mit besorgten Gedanken.

Ja, du könntest die Projektile aus meinem Rücken entfernen.

Nun trat Tom näher, sah sich meine Wunden an und ich nahm seine erneut hasserfüllten Gedanken wahr. Innerlich verwünschte er denjenigen, der mit dem Maschinengewehr auf mich geschossen hatte. Trotz seines Zorns zog er ein Projektil nach dem anderen mit grösster Sorgfalt aus meinem Rücken, während ich das Geschehen auf der Strasse mitverfolgte. Unzählige Menschen beobachteten uns aus ihren Fenstern. Die Wenigen, die sich ausserhalb eines

Hauses befanden, versteckten sich hinter Mülltonnen, Fahrzeugen oder Mauern. Von beiden Seiten der Strasse trafen Fahrzeuge ein, aus denen bewaffnete Personen ausstiegen, die uns ins Visier nahmen. All diese Menschen hatten eine Gemeinsamkeit: Sie fürchteten uns. Da ich genau dies zu vermeiden versucht hatte, sah ich betreten zu Boden. Ich wollte den Krieg auf eine friedliche Art und Weise beenden und nicht ein Attentat begehen, bei dem dutzende Menschen starben.

Wenn wir lebendig aus dieser Sache herauskommen, habe ich ein ernstes Wörtchen mit dir zu reden, dachte ich.

«Wie du meinst.», antwortete Tom telepathisch, der viel zu beschäftigt damit war, die Projektile aus meinem Rücken zu entfernen, um meinen Gedanken Beachtung zu schenken.

Nachdem er alle Projektile entfernt hatte, blutete es zwar noch, jedoch konnte ich mich wieder nahezu schmerzfrei bewegen. Mittlerweile waren wir umzingelt von bewaffneten Männern und Frauen, die entweder der Polizei, dem Militär oder Putins Sicherheitspersonal angehörten. Über den Dächern flogen mehrere Kampfhubschrauber umher. Zwei davon befanden sich bereits in Schussposition zwischen den Häusern.

«Jetzt wäre eine Geisel wie Putin tatsächlich hilfreich.», dachte Tom verlegen.

Es gibt trotzdem einen Ausweg. Hast du die Metro-Station gleich um die Ecke rechts gesehen?

«Nein.»

Wenn wir es bis dorthin schaffen, können wir durch die unterirdischen Tunnel fliehen.

«Und wie überleben wir das?»

Indem wir durch das Gebäude auf der anderen Strassenseite fliehen. Wenn wir drin sind, müssen wir nur nach rechts gehen, bis wir die Strasse erreichen. Dort befindet sich gleich der Eingang zur Metro.

Nickend stimmte mir Tom zu. Ohne weiterhin Zeit zu vergeuden, sprangen wir über die Strasse hinweg auf den gegenüberliegenden Hauseingang zu. Währenddessen hatten unsere Gegner das Feuer eröffnet. Durch unsere Schnelligkeit trafen uns nur die wenigsten Projektile. Keines davon richtete ernsthaften Schaden an. Tom, der als Erster losgesprungen war, rammte die hölzerne Eingangstür mit seinem gesamten Körpergewicht. Das Holz gab splitternd nach und er fiel in einen hell beleuchteten Eingangsbereich.

Blitzschnell rappelte er sich wieder auf und wir folgten dem ersten Korridor nach rechts. Trotz meines schmerzenden Rückens gelang es mir, mit Tom Schritt zu halten. Nur wenige Sekunden später erreichten wir einen Ausgang, der direkt neben dem Zugang der Metro-Station mündete. Von innen her liess sich die Tür ohne Weiteres öffnen. Draussen auf der Strasse angekommen, hatten unsere Verfolger bereits bemerkt, dass wir durch die Metro fliehen wollten. Dutzende von ihnen waren uns dicht auf den Fersen, als wir die Treppe zu den unterirdischen Gleisen nahmen.

Die Gleise befinden sich gleich vor uns, teilte ich meinem Bruder telepathisch mit, obwohl er es bestimmt ebenfalls auf den Schildern gesehen hatte.

Auf dem glatten Boden war es nahezu unmöglich, nicht zu rutschen, besonders wenn man sich auf der Flucht befand. Die unzähligen Passanten erschwerten unsere Situation zusätzlich. Als ich einer Frau mit einem Kinderwagen auswich, geriet ich ins Rutschen und schlitterte geradewegs gegen einen älteren Herrn, der daraufhin zu Boden fiel. Voller Schuldgefühle wollte ich ihm helfen, wieder auf die Beine zu kommen. Dieser kroch jedoch mit angsterfülltem Gesicht beiseite. Tom erging es nicht besser. Nach einer Rolltreppe rutschte er aus und rempelte drei Jugendliche an, die anschliessend panisch zur Seite wichen.

Da sich unsere Verfolger bereits von hinten näherten, hatten wir keine Zeit, uns um die Menschen zu kümmern, die wir versehentlich umstiessen oder anrempelten. Als wir endlich bei den Gleisen ankamen, hatte ich bereits vergessen, mit wie vielen Personen ich versehentlich zusammengestossen war. Unbeirrt rannten wir den Gleisen entlang durch den unterirdischen Tunnel. Obwohl es stockdunkel war, konnten wir dank unserer Drachenaugen beinahe alles erkennen. Der Tunnel erstreckte sich über eine Länge von fast einem Kilometer, bis er an einer weiteren Station endete. Kurz davor teilten sich die Schienen nach rechts. Wir entschieden uns, nicht zur Station zu gehen, und stattdessen dem anderen Tunnel zu folgen, der sich schräg nach unten schlängelte.

«Hier ist auch gleich eine Haltestelle.», dachte Tom, als wir Licht hinter einer Biegung erkannten.

Das ist keine Haltestelle, sondern die Metro.

Gerade als ich diesen Gedanken zu Ende gedacht hatte, kam uns die unterirdische Strassenbahn entgegen.

«Was machen wir jetzt?», fragte Tom verunsichert.

Wir klammern uns an der Wand fest

«Ich glaube nicht, dass das eine gute Idee ist. Die Bahn ist beinahe so breit wie dieser Tunnel.»

Das passt schon irgendwie, dachte ich, obwohl ich es selbst kaum glaubte.

Trotz unserer Zweifel drückten wir uns flach gegen die linke Wand. Mit voller Geschwindigkeit … Der Luftzug war

…sche die Seite des

… wieder festhalten

…aggons gestreift.»,

…standen zu haben.

…zu verlassen. Wir

…ig und eilten die

… ignorierten wir.

…d meine Wunden

… sie noch stark

…as obere Ende der

…efand.

…wir immer noch

…n Magen knurrte

…elepathisch.

…ele Esswaren in

…geld habe ich

…land gesucht

…m russischen

…mit Tom den

…. Stattdessen

Draussen angekommen, erhoben wir uns in die Lüfte und wollten gerade den Wolken entgegensteigen, als wir erneut Kampfhubschrauber hinter uns hörten.

Wir sollten zwischen den Häusern hindurchfliegen, um nicht gesehen zu werden, dachte ich.

Kommentarlos folgte mir Tom, während ich mit meinen verletzten Flügeln eine enge Abzweigung nach der anderen nahm. Obwohl jeder Richtungswechsel schmerzhaft war, bereitete mir das Fliegen Freude. Immer schneller nahm ich die Kurven, bis die Hubschrauber kaum noch zu hören waren. In halsbrecherischer Geschwindigkeit flog ich durch schmale Gassen, nur um im allerletzten Moment vor einer Kurve abzubremsen und so schnell wie möglich weiterzufliegen. Urplötzlich hörte ich hinter mir Glas splittern. Als ich zurückblickte, konnte ich Tom nicht mehr erkennen. Verwirrt landete ich und wartete einige Sekunden auf ihn.

Wo ist der denn wieder geblieben? Fragte ich mich ungeduldig.

Sein Geruch strömte in meine Richtung. Ich folgte der Duftspur, die zu einem zerstörten Fenster führte, und fand ihn zwischen hunderten Glasscherben auf dem Boden liegend.

Was ist passiert? Fragte ich ihn gedanklich.

«Du bist so schnell durch diese engen Kurven geflogen, dass ich dir nicht mehr folgen konnte. Ich habe in Gedanken nach dir gerufen, aber du hast mich nicht gehört. Dann bin ich vor lauter Eile in dieses Gebäude gekracht.»

Das ist doch unmöglich! Wie habe ich dich nicht gehört?

Verärgert über die Tatsache, dass ich durch meine Freude am Fliegen Tom ignoriert hatte, sah ich mir seine neuen Wunden an. Ein grosser Glassplitter steckte in seinem rechten Flügel. Als ich ihn herausziehen wollte, kam mir Tom zuvor. Mit zusammengebissenen Zähnen riss er die mindestens zehn Zentimeter breite Scherbe aus der ledrigen Flügelhaut. Blut strömte aus der Wunde und bildete bald darauf eine Lache.

Kannst du noch fliegen? Fragte ich ihn vorsichtig.

«Ja, das geht schon.»

Er richtete sich auf und zuckte sogleich vor Schmerz zusammen. Sein linker Flügel hing schlaff zur Seite. Der Knochen war mittig gebrochen.

«Das darf doch nicht wahr sein!», dachte Tom frustriert.

Es tut mir so leid. Ich hätte langsamer fliegen sollen. Dann wäre das nicht passiert.

«Du musst dir nicht die Schuld dafür geben. Ich hätte dir vorsichtiger folgen sollen.»

Aber es ist meine Schuld, dass du so schnell fliegen musstest.

Vor lauter Schuldgefühlen kamen mir beinahe die Tränen. Ich konnte es nicht ertragen, auch nur eine Teilschuld an Toms gebrochenem Flügel zu haben.

Ich fliege dich zurück nach Hause, dachte ich schliesslich.

«Das geht nicht. Du bist schliesslich auch verletzt.»

Und wie das geht. Meine Verletzungen sind nicht so schlimm wie deine.

Ich legte mich flach auf den Boden und Tom kletterte zögerlich auf meinen Rücken.

«Versprich mir, dass du gleich nach der Stadtgrenze landest. Ich möchte nicht, dass sich deine Verletzungen verschlimmern.», dachte er besorgt.

Einverstanden.

Trotz der Schmerzen, die ich bei jedem Flügelschlag verspürte, flog ich mit hoher Geschwindigkeit zwischen den Gebäuden hindurch. Jegliche Freude war durch Toms Absturz aus meinen Gedanken vertrieben worden. Wie in Trance schoss ich knapp über dem Boden den Strassen entlang. All meine Gefühle schienen von mir gewichen zu sein. Nur der unumstössliche Gedanke der Flucht beeinflusste mein Handeln. Ich flog, ohne die Menschen um mich herum wahrzunehmen. Nicht einmal meiner halsbrecherischen Geschwindigkeit war ich mir bewusst. Selbst einen Kampfhubschrauber vor meiner Schnauze hätte ich in dieser Situation übersehen. Erst als wir Moskau verlassen hatten, löste ich mich aus meinem gefühllosen Fluchtzwang. Erschöpft und hungrig steuerte ich eine kleine Baumgruppe an. Ich bremste vor der Landung ab, so gut ich in meinem ausgelaugten Zustand konnte. Trotz all meiner Bemühungen schlugen wir hart auf dem schneebedeckten Boden auf. Die Wunden meiner Flügel und des Rückens schmerzten zeitgleich, als ich mich daraufhin überschlug. Warmes Blut tropfte in den Schnee und hinterliess dutzende rote Flecken. Tom erging es nicht besser, denn er landete auf seinem gebrochenen Flügel. Fluchend stand er auf und versuchte, die Knochen in eine einigermassen normale Stellung zu rücken.

Währenddessen bereitete ich unser Essen zu, was wir anschliessend schweigend verspeisten. Gedankenverloren starrte ich der früh untergehenden Sonne entgegen. Erneut musste ich an all die Menschen denken, die Tom heute getötet hatte. Ich sah vor meinem inneren Auge, wie sie in den giftgrünen Flammen verbrannten und rauchend mit leerem Blick liegenblieben. Dann stellte ich mir vor, was die Menschen nun über uns denken mussten, wie sehr sie uns nach diesem Attentat fürchteten und dass die DrSG nun mehr Unterstützung erhalten würde. Auch sah ich in Gedanken, wie Ivan und seine Männer nach Hause zurückkehrten, nachdem der Krieg geendet hatte. Mit glücklichen

Gesichtern wurden sie von ihren Familien empfangen. Augenblicklich breitete sich das angenehme Gefühl in mir aus, etwas Gutes getan zu haben. Ich sah, wie sich alles nach dem Kriegsende normalisierte. Jeder Soldat setzte seine alltäglichen Aufgaben fort, die zerstörten Städte wurden wieder aufgebaut und Kriegsflüchtlinge kehrten in ihre Heimat zurück. In diesem Augenblick fragte ich mich, woher all diese positiven Gedanken plötzlich stammten. Verwirrt blickte ich zu Tom, der mir schweigend entgegenlächelte.

«Du weisst schon, dass durch Putins Ableben kein Frieden garantiert wird, oder?», fragte ich ihn.

«Das ist mir durchaus bewusst. Trotzdem musste ich verhindern, dass du wieder in eine depressive Stimmung verfällst.»

Wieder einmal hatte mein Bruder recht. Ich sollte mich nicht zu sehr auf die negativen Aspekte des Krieges fokussieren. Schliesslich war die Wahrscheinlichkeit gross, dass der dritte Weltkrieg durch unser Handeln ein friedliches Ende finden würde.

«Kannst du mir erklären, weshalb du all diese Menschen getötet hast, Tom?»

«Ich habe sie gehasst. Putin, weil er diesen unnötigen Krieg ins Leben gerufen hat, seine Generäle, weil sie ihn dabei unterstützt haben, und all seine Anhänger und Soldaten aus demselben Grund.», antwortete er gelassen.

Er schien seinen Zorn durch den heutigen Angriff vollständig losgeworden zu sein.

«Trotzdem fand ich es falsch, dass sie alle wegen uns gestorben sind. Selbst wenn sie für Putin gearbeitet haben, bedeutet dies nicht, dass sie ihn auch tatsächlich in seinem Handeln unterstützten. Einige von ihnen taten es bloss, weil sie aus welchen Gründen auch immer keine andere Wahl hatten.»

«Sie sind nicht wegen uns gestorben, sondern wegen mir. Du musst dir keine Schuld dafür geben. Schliesslich hast du niemanden getötet. Ich bin derjenige von uns, der sich die Hände … ich meine Klauen schmutzig gemacht hat.»

Die Tatsache, dass seine Aussage korrekt war, beruhigte mich ein wenig. Nichtsdestotrotz verfolgten mich die düsteren Gedanken noch bis in den Schlaf.

28

Normalität

Es war exakt 6:20 Uhr, als mich mein Wecker mit einer ruhigen Musik weckte. Heute war Freitag, der 20. Januar 2023. Mittlerweile waren knapp zwei Wochen vergangen, seitdem wir in Moskau gekämpft hatten. Vor zwei Tagen war ich mit Tom in Zürich angekommen. Seine Flügel konnte er dank seiner ausgezeichneten Wundheilung bereits wieder verwenden. Ich ass mein gewohntes Frühstück und machte mich auf den Weg zur Arbeit. Die Strassen waren nun wieder schneebedeckt, was bei den öffentlichen Verkehrsmitteln zu Verzögerungen führte. Während ich auf die Strassenbahn wartete, las ich einen Zeitungsartikel auf meinem Mobiltelefon, der über die gestrigen Friedensverhandlungen zwischen der Ukraine und Russland handelte.

«Russland akzeptierte gestern die Friedensbedingungen der Ukraine, wodurch der dritte Weltkrieg nun offiziell beendet ist.», las ich in dem Moment, als sich die leicht verspätete Strassenbahn näherte.

Zum Glück war Putins Nachfolger nicht daran interessiert, den Krieg fortzusetzen. Ansonsten hätte das Attentat überhaupt nichts bewirkt, dachte ich.

Zufrieden stieg ich ein und widmete mich anderen Artikeln, die mich interessierten.

«Jetzt haben es die Drachen tatsächlich geschafft, den Krieg zu beenden.», sagte einer der Passanten neben mir zu seinem Kumpel.

«Glaubst du diesen Schwachsinn tatsächlich? Das war doch bloss ein normales Attentat. Russland hat bestimmt die Wahrheit vertuscht, um sich nicht vor aller Öffentlichkeit zu blamieren.», antwortete dieser.

«Aber es existiert ein Video, in dem die beiden Drachen auf der Flucht waren. Die Aufnahme entstand fünf Minuten nach dem Attentat. Das kann unmöglich ein Zufall sein.»

«Solche Zufälle gibt es.»

«Wie du meinst. Trotzdem glaube ich, dass uns die Drachen den Frieden gebracht haben. Wir sollten ihnen dankbar sein.»

Mit leicht abschätzigem Blick sah der skeptische Mann seinen Kumpel an. Eine junge Frau, die das Gespräch mitverfolgt hatte, musste leise kichern.

Gut zu wissen, dass es Menschen gibt, die uns für diese Taten dankbar sind, dachte ich, während ich einen Zeitungsartikel über die wegfallenden Sanktionen gegenüber Russland las.

«Guten Morgen Nils. Geht es dir wieder besser?», fragte mich Sven, als ich kurz vor acht Uhr das Büro betrat.

«Guten Morgen. Ja, es geht wieder. Ich habe nur noch schwache Gliederschmerzen.», antwortete ich.

Um meine Abwesenheit zu begründen, hatte ich angegeben, krank zu sein. Schliesslich konnte ich ihm unmöglich sagen, dass ich mit meinem Bruder nach Moskau geflogen war, um den Krieg zu beenden. Das mit den Gliederschmerzen war trotzdem nicht gelogen, da ich Tom die gesamte Strecke getragen hatte, nachdem meine Verletzungen verheilt waren, was anschliessend zu einem hartnäckigen Muskelkater geführt hatte. Selbst die Arme und Beine schmerzten, obwohl ich sie während unserer Reise kaum beansprucht hatte.

Wieder zu Hause angekommen, sah ich mir erneut die Fernsehsendung über Drachen an, in der derselbe Zoologe Fragen beantwortete wie bereits vor mehreren Wochen.

«Verschiedenste Mitarbeiter von Putins Sicherheitspersonal behaupten, dass die Drachen das Attentat ausgeführt haben. Was halten Sie davon?», fragte die Moderatorin.

«Noch vor zwei Wochen hätte ich diesen Aussagen keinerlei Glauben geschenkt. Da ich mir jedoch das neuste Videomaterial der russischen Regierung angesehen habe, in dem klar zu erkennen war, wie die Drachen zu zweit strategisch angriffen, sich gegenseitig halfen und einen Kampfhubschrauber mithilfe eines Fahrrads zerstörten, bin ich nun anderer Meinung. Meine einstige Einschätzung bezüglich der Intelligenz dieser Geschöpfe war falsch. Anstelle von wilden Tieren handelt es sich hierbei um hochintelligente Lebensformen, die gezielt zusammenarbeiten.»

«Wenn Sie von hochintelligenten Lebensformen sprechen, wie intelligent schätzen Sie sie ein im Vergleich zu Menschen.»

«Das ist schwer zu sagen. Es ist gut möglich, dass sie eine vergleichbare Fähigkeit zum logischen Denken besitzen. Eine genauere Aussage möchte ich jedoch nicht ablegen, um eine erneute Fehleinschätzung zu vermeiden.», sagte der Zoologe schmunzelnd.

Ist das gut oder schlecht, dass sie uns für intelligent halten? Fragte ich mich währenddessen.

«Glauben Sie, dass von diesen Drachen eine akute Gefahr für uns ausgeht? Schliesslich haben sie bereits unzählige Male bewiesen, dass sie problemlos bewaffnete Menschen töten können.», fragte ihn die Moderatorin.

«Das kann ich Ihnen nicht beantworten. Wir können nur hoffen, dass sie sich nicht eines Tages gegen uns wenden. Die Drachenschutzgesellschaft sammelt laufend weitere Daten über sie. Vermutlich werden wir bald erfahren, woher die Drachen stammen, weshalb sie hier sind und wie sich diese Situation in Zukunft weiterentwickeln wird.»

Diese DrSG könnte noch zu einem ernsthaften Problem werden. Zum Glück wissen die nicht, dass wir eigentlich Menschen sind, dachte ich.

Einige Stunden später legte ich mich schlafen. Da ich während meiner Rückreise so viel Zeit mit Tom verbracht hatte, konnte ich mich inzwischen damit abfinden, dass er seinen Hass auf gewaltsame Weise an Putin ausgelassen hatte. Trotzdem beschäftigten mich die Kampfszenen der letzten Wochen noch jede Nacht.

Am nächsten Morgen hatte ich mich mit Tom zu einem Rundflug verabredet. Vor lauter Vorfreude vergass ich, die Zähne zu putzen. Ich eilte in den Wald, verwandelte mich und flog zu unserem Treffpunkt auf dem Walchwilerberg. Da wir bereits längere Zeit nicht mehr dort gesichtet worden waren, rechnete die DrSG nicht mit unserem Erscheinen. Die waren ohnehin noch viel zu beschäftigt, unseren Angriff auf Putin zu analysieren.

Beinahe eine Viertelstunde nachdem ich den Treffpunkt auf die Minute pünktlich erreicht hatte, stiess Tom mit Delia dazu. Wie bei unseren Flugstunden hatte er sich bereits verwandelt.

«Du kommst spät. Ich warte schon seit dreizehn Minuten auf dich.», begrüsste ich ihn.

«Es freut mich auch, dich zu sehen.», entgegnete er grinsend.

«Weshalb bist du hier, Delia?», fragte ich.

«Ich möchte heute mal mit Tom mitfliegen.», antwortete sie.

«Tatsächlich? Und hält das dein frisch zusammengewachsener Flügel durch, Tom?»

«Ganz bestimmt. Es fühlt sich wieder so an, als wäre er nie gebrochen gewesen.», erklärte er.

«Dann macht euch mal bereit. Ich friere hier noch fest, wenn ich nicht gleich losfliegen kann.»

Tom erklärte Delia, wie sie sich festhalten musste, während er sich flach in den Schnee legte. Anschliessend setzte sie sich zögerlich auf seinen Rücken.

«Bist du dir wirklich sicher, dass das eine gute Idee ist?», fragte sie verunsichert.

«Ja, denn ich werde dich ganz bestimmt nicht fallenlassen.»

«Das kommt mir vor wie bei deinem ersten Flug mit mir.», warf ich ein, da mich diese Situation amüsierte.

«Bist du bereit, loszufliegen?», fragte Tom, ohne sich von meiner Aussage beirren zu lassen.

«Eigentlich schon, aber ich fürchte mich ein wenig davor.»

«Das vergeht, sobald wir in der Luft sind. Ich hatte anfangs genau dasselbe Problem.»

«Dann starten wir jetzt endlich?», fragte ich ungeduldig.

«Ja.», antwortete Tom und stiess sich sogleich sachte vom Boden ab.

Mit sanften Flügelschlägen gewann er an Höhe. Er achtete peinlich genau darauf, nicht zu schwanken und keine ruckartigen Bewegungen auszuführen. Mit geringem Abstand folgte ich den beiden. Delia klammerte sich verkrampft an Tom fest, der immer noch in höchster Konzentration seine Flügel bewegte.

«Pass auf, dass du Tom nicht erwürgst.», rief ich Delia durch den Wind entgegen.

«Ich versuche es.», antwortete sie angespannt.

«Wenn dir der Blick nach unten Angst einjagt, kannst du die Wolken betrachten, denen wir uns nähern. Dann wirst du den Flug bald ebenfalls geniessen können.», sagte Tom, um sie zu beruhigen.

Nach einigen Minuten erreichten wir die Unterseite der Wolken. Delia hatte sich inzwischen ein wenig entspannt und betrachtete die Landschaft unter sich.

«Es ist wunderschön!», sagte sie schliesslich.

«Das habe ich dir doch gleich gesagt.», entgegnete Tom schwer atmend.

Aufgrund des zusätzlichen Gewichts war der Aufstieg für ihn wesentlich anstrengender als für mich. Während er sich mit jedem Meter abmühte, flog ich in hoher Geschwindigkeit um sie herum, machte Sturzflüge und stiess schliesslich wieder zu ihnen. Als wir endlich die Wolkendecke durchbrachen, brachte Tom vor Erschöpfung kaum noch ein klares Wort heraus.

«Und, wie … findest du … es jetzt?», fragte er keuchend.

«Dieser Anblick ist atemberaubend! Aber es ist auch sehr kalt und deine Rückenzacken sind unbequem.», antwortete sie.

«Ich habe dir … doch gesagt, … du musst dickere … Kleidung anziehen. Sollen wir wieder … landen?»

«Noch nicht. Ich finde es hier oben zu schön, um gleich wieder nach unten zu fliegen.»

Entspannt glitt ich neben den beiden her und grinste sie an.

«Das sieht aus, als würdest du die Zähne fletschen, Nils.», stellte Delia fest.

«Ich weiss.», antwortete ich, wobei sich mein Grinsen aufgrund ihrer Aussage zusätzlich verstärkte.

Hier über den Wolken gab es keinerlei Platz für die negativen Gedanken, die mich in letzter Zeit geplagt hatten. Selbst die öffentliche Meinung über Drachen war mir nun gleichgültig.

Eigentlich kann es mir auch egal sein, was die Menschen über uns denken. Wir haben schliesslich erfolgreich den dritten Weltkrieg beendet, dachte ich glücklich.

«Ich habe dir bereits von Anfang an gesagt, dass du dich nicht so sehr um die Meinung der anderen kümmern sollst. Endlich hast du es begriffen.», dachte Tom zustimmend.

Das waren keine Gedanken, die ich dir mitteilen wollte.

Schmunzelnd flog er neben mir her und genoss die Tatsache, mich bei meinen privaten Gedankengängen erwischt zu haben.

Eine halbe Stunde später wollte Delia schliesslich doch landen. Sie stiess einen erschrockenen Schrei aus, als Tom plötzlich zum Sturzflug ansetzte.

«Nicht so schnell!», rief sie.

Augenblicklich fing er sich auf und flog wieder geradeaus.

«Hat dir das keinen Spass gemacht?», fragte er sie.

«Es hat mich erschreckt, weil du mich nicht vorgewarnt hast.»

«Dann sage ich ab jetzt Bescheid, wenn ich zum Sturzflug ansetze. Soll ich steil nach unten fliegen oder eher flach?»

«Ich weiss nicht so recht.»

«Achtung Sturzflug!», rief Tom grinsend und klappte die Flügel ein, um erneut rasend schnell dem Boden entgegenzufliegen.

«He!», schrie Delia, die immer noch nicht darauf gefasst war.

Erst als er mit ihr wie ein Pfeil durch die Wolken schoss, schien es ihr zu gefallen. Sie jubelte und feuerte ihn an, weiterzumachen, bis sie vor lauter Kondenswasser vollständig durchnässt war und vor Kälte bibberte. Tom bremste ab und schien ebenfalls zu frieren. Trotzdem lachten beide voller Vergnügen.

Plötzlich schrumpften Toms Flügel und die Schuppen wichen nackter Haut. Dieser schockierende Anblick traf mich wie ein Schlag, da ich genau wusste, was da vor sich ging.

Oh, nein, dachte ich erschrocken und flog den beiden augenblicklich entgegen.

«Hilfe!», schrie Delia, die sich immer noch an Tom festklammerte, obwohl er sich mittlerweile vollständig verwandelt hatte.

Im Sturzflug beschleunigte ich, bis ich sie eingeholt hatte. Tom musste sich wieder verwandeln, denn ich konnte nicht beide auf einmal tragen.

«Halte dich an mir fest, Delia. Dann kann ich seine Verwandlung mit Feuer hervorrufen.», schrie ich ihr durch den lauten Wind entgegen.

Sie schien nicht zu begreifen, was ich von ihr wollte, bis ich sie an den Armen packte. Nun liess sie Tom los und ich flog mit ihr einige Meter voraus. Mithilfe eines voluminösen Feuerstosses, den ich nach oben in Richtung Tom schoss, leitete ich seine Verwandlung ein. Als er durch die lodernden Flammen hindurchfiel, wuchsen augenblicklich seine Flügel nach und grüne Schuppen bildeten sich auf seiner Haut. Der Boden hatte sich bereits auf wenige hundert Meter genähert. Aufgrund des zusätzlichen Gewichts musste ich sofort abbremsen. Kaum hatte ich meine Flügel ausgebreitet, schoss Tom ungebremst an mir vorbei. Er war durch die doppelte Verwandlung noch nicht bei Sinnen. In einem steilen Gleitflug folgte ich ihm, während ich Delia weiterhin an den Armen festhielt. Vor lauter Aufregung grub ich unbewusst die Krallen in ihre Oberarme, was sie jedoch in ihrer Panik nicht bemerkte. Knapp über dem Boden schien Tom endlich wieder wach zu werden. Instinktiv breitete er seine Flügel aus und fing seinen Sturz ab, kurz bevor er aufgeschlagen wäre. Nun schoss er wenige Meter über den weichen Pulverschnee hinweg, der hinter ihm in die Luft wirbelte, wie es damals bei mir der Fall gewesen war, als ich mich im allerletzten Moment aufgefangen hatte. Erleichtert setzte ich Delia ab und wartete, bis Tom neben uns landete.

«Was ist gerade passiert?», fragte sie ihn verwirrt.

«Ich habe mich versehentlich in der Luft verwandelt. Das hätte nicht geschehen dürfen. Noch nie ist mir dieses Missgeschick passiert.», antwortete er mit zittriger Stimme.

«Leider gibt es für alles ein erstes Mal. Zum Glück ist es nochmal gut ausgegangen.», sagte ich, um ihn ein wenig zu beruhigen.

Nun bemerkte ich die durch meine Krallen aufgerissenen Ärmel in Delias Jacke und blickte verlegen zu Boden. Obwohl ich beiden das Leben gerettet hatte, war mir diese Situation peinlich.

«Es war doch keine gute Idee, dich mitzunehmen.», sagte Tom, der seine Freundin nun besorgt anstarrte.

«Das glaube ich nicht. Es hat mir heute Spass gemacht, mit euch zu fliegen. Und Unfälle geschehen nun mal.», entgegnete sie, obwohl ihr der Schock noch deutlich ins Gesicht geschrieben stand.

In den nächsten Minuten entschuldigte sich Tom ununterbrochen bei ihr für sein Missgeschick. Nachdem wir uns endlich alle beruhigt hatten, flog ich zurück nach Hause. Mir hatte dieser Beinahe-Absturz ebenfalls einen grossen Schrecken eingejagt.

Langweilig wird diese neue Normalität garantiert nie wieder, dachte ich, froh darüber, dass unser riskanter Ausflug doch noch ein gutes Ende genommen hatte.

Erleichtert aufatmend flog ich über die schneebedeckte Landschaft hinweg und dachte über mein zukünftiges Leben als Drache nach. Einige Minuten später schob ich diese Gedanken jedoch beiseite, denn es war sinnlos, sich über die Zukunft den Kopf zu zerbrechen. Man sollte stets das Beste aus dem machen, was einem gegeben ist, denn niemand weiss, was die Zukunft tatsächlich mit sich bringt.